VINA
JACKSON

4 Seasons

ZEITEN
DER LUST

VINA
JACKSON

4 Seasons

ZEITEN DER LUST

ROMAN

Aus dem Englischen
von Susanne Aeckerle
und Marion Balkenhol

carl's books

Die Originalausgabe erschien 2014 unter dem Titel
»The Pleasure Quartet – Autumn« im Verlag Simon & Schuster, London.

MIX
Papier aus verantwortungsvollen Quellen
FSC® C083411
FSC
www.fsc.org

Verlagsgruppe Random House FSC® N001967
Das für dieses Buch verwendete FSC®-zertifizierte Papier
Lux Cream liefert Stora Enso, Finnland.

1. Auflage

Umschlaggestaltung: semper smile, München
Satz: Uhl + Massopust, Aalen
Druck und Bindung: CPI – Clausen & Bosse, Leck
Printed in Germany
ISBN 978-3-570-58543-6

www.carlsbooks.de

1

SCHWANENGESANG

Ich wusste schon immer, dass ich nicht so war wie andere Frauen.

Eine bedeutende Psychiaterin hat fünf Phasen der Trauer definiert: Verdrängung, Wut, Verhandeln, Depression und Akzeptanz.

Als Dominik starb, machte ich zunächst keine dieser Phasen durch.

Also sprechen Sie mir ruhig normale menschliche Regungen ab, wenn Sie wollen.

Zuerst war es bloß der Schock. Und dann fehlte Dominik mir, fehlte mir und fehlte mir immer mehr.

Heute war Valentinstag. Zum ersten Mal seit vierzehn Tagen verließ ich das Haus. Ich zog meinen Wintermantel über, ging zur Hauptstraße, um Kaffee und Brot zu kaufen, und überlegte, welche verdrehte Logik mich dazu gebracht hatte, ausgerechnet an diesem Tag das gemütliche Haus zu verlassen, in dem wir seit drei Jahren zusammengelebt hatten.

Vor dem Schaufenster eines Papierwarenladens blieb ich stehen und starrte auf die Ständer mit den billigen fröhlichen Grußkarten und dem dicken goldenen Cupido, der mit gespanntem Bogen auf eine Traube roter Ballons zielte. »Was vergessen, Mister?«, stand in verschnörkelter schwarzer Schrift in einer weißen Sprechblase, die aus seinen wulstigen Lippen quoll.

Dominik hätte einen Witz darüber gemacht, besonders über die Vorstellung, er könnte einen romantischen Anlass vergessen haben, nicht ich.

Erst zwei Monate waren seit jenem letzten Tag vergangen, den wir gemeinsam verbracht hatten.

Am Morgen vor Weihnachten lagen wir zusammen im Bett, Seite an Seite. Dominik drückte seine Lippen auf mein Ohrläppchen, sein Atmen strich warm über mein Ohr. Ich hielt die Augen geschlossen und tat so, als schliefe ich noch, obwohl er bestimmt gemerkt hatte, dass ich wach war. Mein Atemrhythmus war anders, wenn ich schlief. Genau wie seiner. So etwas fällt Liebenden und Paaren ganz automatisch auf.

Plötzlich strich kühle Luft über meinen Rücken. Dominik hatte die Decke angehoben und schlüpfte aus dem Bett, drehte sich um und zog das Federbett über meine Schultern. Dabei schob er mir eine Locke aus dem Gesicht, dann war er fort. Ich streckte mich aus wie ein Seestern und rollte mich wieder zusammen, als könnte ich den Morgen umso länger hinausschieben, je kleiner ich mich machte.

Von unten hörte ich das Summen der Espressomaschine, während sie warm wurde, und den Knall, mit dem Dominik den Filter gegen die Spüle schlug, um den Satz vom letzten Aufguss zu entfernen. Er achtete stets darauf, die Maschine abzuwischen und alle Teile zu säubern, nachdem er sie benutzt hatte. Eine Espressomaschine anzuschaffen, war eines seiner Zugeständnisse an mich gewesen, als wir zusammenzogen. Er hatte stets dagegen gewettert, hatte gemurrt, die schlanken Silberdinger, die auf Küchenzeilen in ganz Nordlondon standen, seien spießig und reine Geldverschwendung. Ein Teelöffel Instant oder eine Cafetière täten es doch genauso. Aber er hatte sich rasch meiner ausgewachsenen Koffeinsucht geschlagen gegeben.

Der kräftige, aromatische Duft frisch gemahlener Kaffeebohnen wehte ins Zimmer, und die Tür schloss sich quietschend. Dominik tappte leise zum Bett, stellte meine Tasse auf den Nachttisch und kroch über mich hinweg auf seine Seite, wobei er darauf achtete, seinen Körper ein paar Handbreit über mir zu halten. Um auf dem Weg zur Küche die Kälte unserer Holzböden abzuwehren, hatte er eine lockere Pyjamahose und Socken übergestreift, aus denen er sich mit einer Hand zu befreien versuchte, während er sich unter die Decke schlängelte. Nun wieder nackt, zog er mich in seine Arme. Er strich mir den wirren Haarschopf aus dem Gesicht und knabberte an meinem Ohr. Seine Lippen zeichneten einen Kusspfad entlang meiner Kinnpartie. Ich kuschelte mich an ihn und gab ein leises Stöhnen von mir, ein Geräusch schläfriger Zustimmung.

Sein linker Arm schob sich wie ein Kissen unter meinen Hals, sein rechter Arm legte sich über meinen Körper. Er hielt meine Brüste in den Händen und drückte sie sanft, als erforsche er ihre Form und ihr Gewicht zum ersten Mal. Wie zwei S lagen wir hintereinander, die volle Länge seines Körpers an den meinen geschmiegt. Mein Rücken an seinem Brustkorb, unsere Oberschenkel aneinander gepresst, seine Knie in meinen Kniekehlen, meine Fußsohlen auf seinem Rist. Hätte ich nur eine Stellung wählen können, in der wir für den Rest unseres Lebens umschlungen liegen könnten, in derselben Art, wie man Menschen auffordert, ein Buch oder ein Musikstück zu nennen, das sie mit auf eine einsame Insel nehmen würden, dann wäre es vermutlich diese gewesen. Dominik hatte oft seine Verblüffung darüber geäußert, dass wir trotz unserer unterschiedlichen Größe so gut zusammenpassten.

Die weiche, seidige Spitze seines Schwanzes begann gegen mein Kreuz zu drücken, als seine Erektion wuchs, doch ich hielt die Augen geschlossen. Natürlich wollte ich ihn in mir haben. Das wollte ich ständig. Aber ich war kein Morgenmensch, und so kämpfte auch an diesem Morgen, genau wie an jedem anderen, die Erregung mit meinem Wunsch, weiterzudösen, während ich mich gegen die Ankunft eines neuen Tages wehrte, noch zu faul, mich zu bewegen oder Dominik zu liebkosen. Ich rührte mich, gab schnurrende Laute von mir und ließ ihn weiter meine Brüste streicheln. Ich verschob meine Hüften, wölbte den Rücken und drückte meinen Hintern gegen ihn, vergrub mich in dem V, das sein Oberkörper und seine Hüften auf dem Bett bildeten. Das war mein übliches Zeichen, um anzudeuten, dass ich wach genug für Sex war. Anscheinend wartete er immer auf ein Zeichen, dass ich ihn wollte, egal wie oft ich ihm gesagt hatte, er könne mich vögeln, auch wenn ich schlafe oder es zumindest den Anschein habe. Unabhängig von Gefühlslage, Gesundheitszustand oder Tageszeit, ich war immer für Sex zu haben. Nur die Art von Sex, die meiner Stimmung entsprach, konnte sich je nach meinem Energieniveau und meiner Laune ändern.

Seine Hand tauchte tiefer und umschloss meinen Venushügel. Als er die Lippen meiner Möse mit seinen Fingern teilte, stöhnte ich leise und wusste, dass ich nass war. Er hob den Zeigefinger, als wollte er mich zum Schweigen bringen, und strich die Feuchtigkeit auf meine Unterlippe, damit ich den süß-salzigen Geschmack kosten konnte. Dominik hatte immer betont, wie sehr er es liebte, mich zu schmecken, und er hatte nie aufgehört, das beweisen zu wollen. Seine Knöchel schabten über mein Rückgrat, als er nach seinem Schwanz griff und ihn allmählich einführte, nachdem all unser Schlängeln uns nicht verbunden hatte.

Der Moment, in dem die Kuppe seines Schwanzes die Enge meines Eingangs überwand, entlockte mir stets ein Keuchen. Dominik hatte nicht den größten Schwanz der Welt. Seiner war etwas mehr als durchschnittlich. Perfekt für mich. Nicht die Größe war es, die mir den Atem nahm, sondern der Augenblick, in dem unsere körperliche Vereinigung vollkommen wurde. Vielleicht war ich naiv, unterschied mich in gewisser Weise von anderen Frauen. Natürlich mochte ich auch all die anderen Liebkosungen, die Intimität, mit ihm zu schmusen, aneinander gekuschelt zu schlafen, all die zärtlichen Berührungen, die wir austauschten, wenn wir zusammen waren. Aber ich lebte und starb für das Gefühl, seinen Schwanz in meiner Möse zu spüren, wie er hineinglitt, und nichts war so schön wie der Moment seines ersten Zustoßens. Wir schaukelten vor und zurück, bis er kam, dann wiegte er mich in seinen Armen, bis er schrumpfte und aus mir hinausglitt.

»Danke«, sagte ich, streckte meine Arme über den Kopf und griff nach der Tasse. Damit meinte ich nicht den Kaffee, den er für mich zubereitet hatte. Der war inzwischen kalt und hatte eine dünne Haut gebildet, die riss, als ich daran nippte. »So wache ich am liebsten auf.«

»Ich weiß«, antwortete er. Über sein Gesicht breitete sich ein aufreizendes, wissendes Lächeln. Damals hatte es mich genervt, wie gut er mich bereits kannte. Ich bildete mir gern ein, ein Buch mit sieben Siegeln zu sein. Ein Rätsel. Ein psychologisches Durcheinander, in dem sich mein böses Selbst und mein verrücktes Selbst hinter einem cleveren Schleier aus Widersprüchen verbargen. Doch für Dominik war ich das alles nicht. Von unserem ersten Treffen in St. Katharine Docks an, als er nach der Prügelei in der U-Bahn, bei der meine alte Geige zu Bruch gegangen war, mit mir Kontakt aufnahm, hatte er intuitiv verstanden, meine geheimsten Knöpfe zu drücken und das Beste und Schlechteste in mir zum Vorschein zu bringen. Er hatte es sofort geschafft, das wirre Chaos zu beherrschen, das ich war. Aber all das spielte keine Rolle für Dominik. Wenn er mich ansah, hatte ich das Gefühl, durchsichtig zu sein.

Dieses Gespräch führten wir jedes Mal, wenn wir morgens Sex gehabt hatten. Das war eines unserer Rituale. Erst nach seinem Tod wurde mir bewusst, wie viele Rituale wir uns zu eigen gemacht hatten. Wie tief er mit meinem Leben verflochten war. Ohne Dominik hatte ich kein Leben. Er war mein Leben. All die kleinen Momente wie dieser, die waren mein Leben.

Wieso hatte ich mir jemals eingebildet, es käme auf irgendetwas anderes an?

Ich hatte mich bereit erklärt, später am Nachmittag bei einem kleinen Benefizkonzert in einer Kirche in Highgate mitzuwirken. Lauralynn trat ebenfalls auf, und ich würde ihr Streichquartett nur bei einem Stück ergänzen, einem von Paganinis vierundzwanzig Capriccios. Paganinis kurze Stücke spielte ich oft beim Üben, da ich während meiner turbulenten Teenagerjahre in Neuseeland von meinem Geigenlehrer Mr. van der Vliet ausgiebig darin geschult worden war. Sie waren technisch schwer zu meistern, doch genau das war der Zweck, und wir hatten dieses Stück bei einer raschen Probe am vergangenen Wochenende gemeinsam durchgespielt.

Dominik und ich hatten uns den Morgen für letzte Einkäufe frei gehalten. In diesem Jahr würde ich zum ersten Mal am Weihnachtstag für ihn kochen, denn sonst hatten wir immer auswärts gegessen, da wir auf Reisen waren. Wir hatten erneut New Orleans besucht, wo Dominik sich bemühte, nach einem späten Essen bei Tujague's, nicht weit vom Jackson Square, den geheimen Club zu finden, in dem ich auf seine Anweisung einst nackt vor Publikum getanzt hatte, nach wie vor unter dem Bann der seltsamen, elementaren Anziehungskraft, die uns zusammengeführt hatte, und dem Einfluss der umwerfenden russischen Tänzerin, deren Auftritt wir uns angeschaut hatten. Doch das Gebäude, in dem sich der Club befunden hatte, war verschlossen, und niemand wusste, wohin er gezogen war. Viel später im Verlauf unserer manchmal stürmischen Beziehung war Dominik mit mir nach Reykjavik geflogen, wo wir einen SUV gemietet und um Mitternacht dem Nordlicht über der unheimlichen Dunkelheit der schwarzen Lavaebene nahe eines einsamen Gletschers nachgejagt waren. Sein Kuss hatte die eisige Kälte auf meinen Lippen geschmolzen und mein Herz in Brand gesetzt.

Die Pute, die wir online bestellt hatten, war vor zwei Tagen geliefert worden und inzwischen aufgetaut. Wir hatten ein Kochbuch kaufen müssen, denn obwohl das Haus ein Refugium für tausende Bücher war, beschäftigte sich kein einziges mit Kochen. Wie im Rezept beschrieben, hatte ich eine mit Kräutern gewürzte Füllung zubereitet und den Vogel damit gestopft. Danach hatte ich die Pute wie angewiesen mit Zucker und weiteren Gewürzen eingerieben und in den Ofen geschoben, in dem sie nun vor sich hin brutzelte. Die Pute war gewaltig, und die Sorge, sie richtig hinzukriegen, machte mich nervöser, als ein neues Musikstück in Angriff zu nehmen oder mit einem von Dominiks inzwischen selteneren, aber immer willkommenen kinky Sexspielen konfrontiert zu werden.

»Das ist ein Riesenvieh«, sagte ich. »Und bei meinem Glück wird es entweder trocken oder bleibt roh.« Mir war ganz schwindlig vor Besorgnis. »Wir werden noch wochenlang davon essen …«

Dominik lächelte nur und schwieg. Seine Augen glitzerten, und seine Lippen kräuselten sich mokant.

Er schritt den Hauptgang des Ladens entlang, griff hier zu einer Flasche, da zu Pralinenschachteln und teuren Keksen, nahm sie genau in Augenschein, bevor er seine Wahl traf.

Wir hatten Freunde und Bekannte zu Drinks am zweiten Weihnachtstag eingeladen und beschlossen, ihnen zur Feier des Tages ein paar nachträgliche Weihnachtsgeschenke zu kaufen.

Das alles kam mir seltsam häuslich vor.

In dem Moment fiel mir ein, dass ich mich nicht um das Gemüse gekümmert hatte. Ich hatte vorgehabt, das gleich nach dem Frühstück zu machen, aber der verträumte Dämmerzustand nach unserem Liebesspiel hatte mich Raum und Zeit vergessen lassen, obwohl wir unser morgendliches Schäferstündchen abgekürzt hatten, um den Tag zu beginnen. Gelegentlich, wenn wir beide

Zeit hatten und nachdem die Löffelchenstellung zu seitlichem, schlaftrunkenem Sex geführt hatte, drehte er mich auf den Rücken, verteilte Küsse zwischen den Brüsten entlang über meinen Bauch bis zu meinem Venushügel und leckte dann meine Klitoris, bis ich kam. Mir auf diese Art Lust zu bereiten, erregte ihn derart, dass er unweigerlich wieder hart war, wenn er stolz den Kopf hob und meinen Körper hinaufkroch, um mich zu küssen, was für gewöhnlich zu weiterem Sex führte. Das war zu einer Gewohnheit geworden, eine von einer ganzen Palette sexueller Regelmäßigkeiten, die ich inzwischen auswendig kannte, aber für mich nie wie Routine wirkten. Eher wie eine Tonfolge – ganz gleich, wie oft ich eine Melodie spielte, die ich mochte, ich wurde nie müde, dieselben Töne in derselben Abfolge zu hören.

»Verdammt«, sagte ich. »Ich habe mich nicht um das Gemüse gekümmert. Und ich muss bald zu dem Konzert …«, fügte ich hinzu. »Ich schau lieber, dass ich nach Hause komme.«

Er sah mich an. In seinen dunklen Augen spiegelten sich die langen Neonröhren des Ladens.

»Kein Problem. Ich erledige die Einkäufe. Vielleicht finde ich ja eine Überraschung für dich. Geh du nur, ich komme dann in einer Stunde nach.«

Ich erklärte, ich hätte gerade noch Zeit, das Gemüse vorzubereiten, mein Instrument zu holen und nach Highgate zum Benefizkonzert zu fahren, daher müsse er sich nicht beeilen. Der Timer am Ofen sei eingestellt, und ich würde am späten Nachmittag rechtzeitig zurück sein, um alles für das geplante Essen fertig zu machen.

Mit einem flüchtigen Winken ging ich davon.

Ich dachte nicht mal daran, ihn zu küssen.

Scheiße.

Als ich die Haustür öffnete, schlug mir der aromatische Geruch der langsam im Ofen brutzelnden Pute entgegen, und mir lief das Wasser im Mund zusammen. Vielleicht würde aus mir ja doch noch eine Köchin werden! Rasch wusch, schälte und zerschnitt ich das Gemüse und wickelte es in Folie. Bei meiner Rückkehr würde ich es in den Ofen schieben. Ich eilte hinauf ins Arbeitszimmer, überlegte kurz, welche meiner Violinen ich heute spielen sollte, und entschied mich für die Bailly. Eine intuitive, irrationale Entscheidung, da ich sie in letzter Zeit weder oft gespielt noch darauf geübt hatte.

Ich nahm ein zartes, leichtes Seidenkleid aus dem Schrank, kurzärmlig, glatt und geschmeidig, eines aus meiner Sammlung kleiner Schwarzer für öffentliche Veranstaltungen und Auftritte. Beinahe eine Uniform. Ich überprüfte es auf Flecken und schlüpfte hinein, kramte dann nach einer Strumpfhose und dazu passenden schwarzen Schuhen und rannte mit meinem schweren Wintermantel und dem Geigenkasten unter dem Arm aus dem Haus und zu meinen Fahrrad. Dann trat ich in die Pedale, den Hügel hinauf nach Jack Straw's Castle, von wo aus ich die Spaniards Inn Road nach Highgate nehmen würde, vorbei an Kenwood House.

Eine Viertelstunde später traf ich bei der Kirche ein, gerade als ein schwarzes Taxi vorfuhr und Lauralynn ausstieg, anscheinend größer denn je in einem eleganten grauen Nadelstreifenanzug. Bevor sie den Fahrer bezahlte, hievte sie erst ihren ramponierten Cellokasten heraus.

»Wie originell«, meinte sie, als sie mich nach einem Geländer suchen sah, an dem ich das Fahrrad anschließen konnte.

»Das ist der Vorteil, wenn man ein leichteres Instrument spielt«, erwiderte ich und zwinkerte ihr zu. Trotz ihrer früheren Beziehung zu Dominik waren wir beste Freundinnen geworden, seit ich wieder fest mit ihm zusammen war.

Die anderen Mitglieder von Lauralynns Ensemble warteten bereits drinnen auf uns. Der ältliche Benefizveranstalter begrüßte uns überschwänglich, als wir in den schmalen Andenkenladen traten, der in einen provisorischen Aufenthaltsraum verwandelt worden war. Das Quartett würde eine Improvisation über ein Thema von Philip Glass spielen, bevor ich an der Reihe war. Ich setzte mich auf einen wackeligen Stuhl an der offenen Tür zum Kirchenschiff, damit ich sie in dem für die Musiker frei geräumten Bereich neben dem Lesepult hören konnte. Der bereitgestellte Kaffee war dünn und lauwarm, ein einziger Schluck reichte mir, um auf Leitungswasser umzusteigen. Der dunkle, sinnliche Klang von Lauralynns Cello umkreiste die eintönige Melodie wie ein Vogel im Flug, dominierend, majestätisch, elegant, maskulin in seiner Eindringlichkeit. Ihre Mitspieler waren äußerst kompetent und professionell, aber mir kam es so vor, als führte Lauralynn sie durch eine fröhliche Gavotte. Die tröstliche Wärme ihrer Saiten glitt über die Musik, wie ein befreiter Löwe in einem Dschungel aus kirchenartiger Resonanz und gelegentlichem Husten des unsichtbaren Publikums.

Verhaltener Applaus ertönte. Ich griff nach meiner treuen Bailly und betrat das Kirchenschiff, nachdem der Veranstalter mich angekündigt hatte.

Das Publikum war ein verschwommener Fleck aus pastellfarbenen Mänteln, Pullovern, Schals und Gesichtern. Wenn ich spielte, nahm ich nie wahr, ob die Zuhörer mich aufmerksam betrachteten. Von dem Moment, in dem ich die Geige an die Schulter legte und den Bogen hob, schalteten sich meine normalen Sinne automatisch ab, und ich war in meiner eigenen Welt.

Allein in meinem Körper, lebte ich für die Kaskade der Noten, die Wellen auserlesener Klänge, die ich meinem Instrument entlockte, die Pizzikati, die ich aus der Stille zupfte und in Schönheit verwandelte.

Wie immer war es, als zöge sich die ganze Welt in weite Ferne zurück und ich wäre allein mit meinen Gefühlen. Meine Seele brannte mit einem sanften Feuer, das sich in meinem Körper ausbreitete, während sich das Tempo steigerte und ich zur Dienerin des Instruments wurde, nicht mehr seine Virtuosin, seine Herrin.

Die Musik verwandelte das Blut in meinen Adern in Pfeile aus Licht und Freude. Ein Kribbeln überlief mich von Kopf bis Fuß. Ich war ein Geschöpf der Sinne, wollüstig, befreit, wieder lebendig. Ganz kurz davor, meinen Gefühlen vollständig Ausdruck zu verleihen, genau wie auf dem Höhepunkt der Lust und deren dunklem, manchmal widersprüchlichem Verlangen, wenn ich danach gierte, schmachtete, darum bettelte, Hure, Opfer, Eroberin, Geliebte zu sein, all diese gefährlichen Unterströmungen, die das Fundament meiner Seele bildeten und die nur Dominik hatte zähmen können. Selbst wenn sie schlummerten, wusste ich, dass sie in meinem Kopf lauerten, krankhaft, lüstern, und nur auf ein Zeichen meiner Schwäche warteten.

Ja … die Musik und Dominik: nur sie bewahrten mich davor, den Verstand zu verlieren.

Beim Betreten des Kirchenschiffs hatte ich gefröstelt, doch jetzt umgab mich eine zärtliche Wärme, während das Leder des Kinnhalters sanft im Rhythmus der Paganini-Melodie an meiner Haut rieb. Ich schloss die Augen, erlaubte mir zu wandern und mich in den labyrinthischen Windungen des Stückes zu verlieren, bis es mir vorkam, als spiele es mich, und nicht umgekehrt.

Meine Gedanken schweiften ab.

Heute Abend, beschloss ich, als ich einen weiteren Wasserfall perlender Töne entfesselte, würde ich Dominik bitten, mich hart ranzunehmen. Ich wollte schreien, vor Schmerz aufheulen, mein Innerstes unter Schweiß und Tränen wiederfinden.

Dieses Weihnachtsfest sollte anders werden.

Ich hatte ja keine Ahnung …

Ich erwachte aus meiner Trance. Das graugesichtige Publikum applaudierte höflich, manche sahen mich besorgt an, spürten, wie unsicher ich auf den Beinen war, während der Nachhall der Caprice noch im Kirchenschiff verklang. Ich drehte mich um und sah Lauralynn dort sitzen, ein schiefes Lächeln im Gesicht, als könnte sie in mir lesen wie in einem offenen Buch. Sie applaudierte zusammen mit dem Publikum und den anderen Musikern. Dann stand sie auf, lehnte ihr großes Cello an den Stuhl und küsste mich auf die Wange.

»Das war … scharf, Liebling«, flüsterte sie mir ins Ohr. »Gut gemacht.«

Ihr Gesicht zeigte einen so verschwörerischen Ausdruck, dass ich mich nackt fühlte und beinahe rot wurde.

»Ich übe das Stück ziemlich oft«, verteidigte ich mich. Eine Lüge.

Ihre Lippen verzogen sich ungläubig, und ihre Augen blitzten. Ich verneigte mich vor dem Publikum, zog mich in den Aufenthaltsraum zurück, griff nach meinem Mantel und verließ die kleine Kirche, als Lauralynns Ensemble zu Schuberts Streichquartett in g-Moll ansetzte, nicht gerade eines meiner Lieblingsstücke. Ich wusste, sie würde mir mein übereiltes Verschwinden nicht übel nehmen.

Ich schloss mein Fahrrad vom Geländer los. Blickte auf meine Uhr.

Dominik würde inzwischen zu Hause sein.

Wir könnten ficken.

Meinetwegen konnte die verdammte Pute noch ein bisschen länger im Ofen brutzeln. Das würde die Salmonellen in Schach halten …

Die Kälte des Nachmittags senkte sich herab.

Ich schloss auf, öffnete behutsam die Tür, und eine duftende Woge warmer, beruhigender Kochdünste schlug mir entgegen. Aus Dominiks Arbeitszimmer ertönte Musik. Er schrieb immer bei lauter Rockmusik. Ich stellte den Geigenkasten neben der Tür ab und achtete darauf, sie nicht zuzuschlagen, um Dominik nicht auf mich aufmerksam zu machen. Rasch schaute ich nach dem Backofen und schob das vorbereitete Gemüse auf die Schiene unter der inzwischen dunkel gebräunten Pute. Ich veränderte die Einstellung, befolgte immer noch brav die Anweisungen aus dem Kochbuch.

Auf Zehenspitzen stieg ich in unser Schlafzimmer hinauf, schlüpfte aus dem Mantel, öffnete den Reißverschluss des kleinen Schwarzen und zog es aus. Ich tappte auf Strümpfen zum Schrank, um das Kleid aufzuhängen, und überlegte, was ich jetzt anziehen sollte.

Klänge der Musik, die Dominik aufgelegt hatte, drangen aus dem unteren Stockwerk herauf. Ich erkannte einen Song von Lana Del Rey mit üppiger Orchesterbegleitung. Das Stück endete, und während ich noch zu entscheiden versuchte, in welchem Outfit ich mich ihm präsentieren sollte, hin und her gerissen zwischen Schlichtheit und demonstrativer Freizügigkeit, breitete sich ein vertrauter Fiebertraum in meinen Adern aus, als mir Erinnerungen an Spiele und Umarmungen durch den Kopf wirbelten. Ich wartete eine Weile auf den nächsten Song, damit ich etwas Passendes zur Musik aussuchen konnte, Stoffe, Farben, etwas Lockeres oder Enges, eine perfekte Ergänzung zu der Melodie, die er zur Anregung seiner Phantasie wählen würde. Er arbeitete jetzt schon seit einer Weile an einem neuen Roman, hatte mir bisher jedoch noch nicht viel darüber verraten wollen.

Ich wartete.

Der enge graue Bleistiftrock, der meine schmale Taille betonte, mit einer weißen Baumwollbluse, falls er Arcade Fire wählte?

Der Faltenrock, falls er sich für Country Music entschied?

Lauschend stand ich in Unterwäsche vor dem Spiegelschrank, blickdichter Slip und dazu passender BH von Victoria's Secret, genau die richtige Ausgewogenheit von sexy und anständig, dazu eine schrittoffene Strumpfhose.

Immer noch keine Musik.

Womöglich war Dominik vollkommen vertieft in den Absatz, an dem er schrieb, und wollte sich durch die Suche nach der richtigen Musik nicht ablenken lassen.

Oder sollte ich einfach nackt in sein Arbeitszimmer gehen?

Nein, entschied ich. Nacktheit hat ihren Kodex, ihre Rituale. Manchmal wurde sie sogar zur Uniform. Etwas, das ich aus Erfahrung gelernt hatte, sowohl mit Dominik als auch mit anderen Männern.

Die Stille, die sich im Haus ausbreitete, machte mich allmählich stutzig. Das sah ihm so gar nicht ähnlich.

Ich warf einen letzten Blick in den Spiegel. Wie ein Dessous-Model sah ich nicht aus. Schon gar nicht wie ein Pornostar. Mein Haar war ein Wirrwarr aus roten, ungleichmäßigen Locken, die mir auf die Schultern fielen, meine Brüste waren alles andere als üppig, meine geschminkten Lippen nicht gerade verführerisch, und meine Haut war leichenblaß.

Doch ich wusste auch, dass Dominik mich genau so mochte.

Ich trat zurück.

Geile Frau in Unterwäsche. Das musste reichen.

Langsam ging ich die Treppe hinunter.

An der Tür des Arbeitszimmers vernahm ich keine Tippgeräusche. Auch keine anderen.

Ich klopfte an. Nicht dass Dominik jemals ärgerlich wirkte, wenn ich ihn beim Schreiben unterbrach.

Keine Reaktion.

Ich nahm an, dass er mich nicht gehört hatte, vollkommen verloren auf den Pfaden seiner Phantasie, wie auch ich es so oft war, wenn ich mich von der Musik forttragen ließ.

Meine Hand griff nach dem Türknauf.

Drehte ihn.

Mit den Zehen stieß ich die Tür auf.

Der Raum lag halb im Dunkeln, nur erhellt von der Stehlampe neben dem Computer. Der tiefe, schwarze Ledersessel, in dem er saß, war zum Bildschirm gedreht, und ich sah nur Dominiks Hinterkopf. Er bewegte sich nicht.

»Dominik? Stört es dich, wenn …«

Unheimliche Stille lag in der Luft.

Zögernd ging ich auf den Schreibtisch zu.

Dominik rührte sich immer noch nicht.

Mein Mund wurde trocken.

Ich erreichte den Sessel.

Dominik trug nach wie vor dasselbe wie beim Einkaufen vor ein paar Stunden.

Er saß reglos im Sessel, den Kopf dem schimmernden Bildschirm zugewandt. Offenbar in Gedanken versunken.

Absurderweise wurde mein Blick vom Cursor angezogen, der mitten im Wort *Halbscha …* flackerte.

Das hätte *Halbschatten* heißen sollen, wie ich wusste. Ich bekam ein schlechtes Gewissen, als wäre ich dabei ertappt worden, Dominik nachzuspionieren, in seine Gedanken einzudringen. Sein Vertrauen zu missbrauchen. Ihn zu betrügen. Seine Worte zu lesen, bevor sie der Öffentlichkeit zugänglich gemacht oder auch nur im privaten Kreis gelesen wurden.

Er reagierte immer noch nicht.

Ich blickte hinunter.

Er war kreidebleich, sein Gesicht zu einer gleichgültigen Maske erstarrt.

Mir war sofort klar, dass er tot war.

Ich blieb ruhig, selbst als sich ein Sturm in mir zusammenbraute, heftige, verwirrte Wogen der Verzweiflung und Angst, die gegeneinander ankämpften. Ich ballte die Fäuste und versuchte mich an das wenige zu erinnern, was ich in der Schule in Neuseeland über Mund-zu-Mund-Beatmung gelernt hatte, obwohl mir eine innere Stimme sagte, es wäre vergeblich.

Es war vergeblich.

Mein Atem besaß keine Zauberkraft, und im Gegensatz zu einem schlechten Film kam Dominik nicht mit stotterndem Husten und erstauntem Blick wieder zu sich.

Ich weinte nicht.

Ich rief den Notarzt an.

Ein Herzinfarkt, erfuhr ich später. Plötzlich und tödlich. Ich hätte nichts tun können, wurde mir gesagt, selbst wenn ich da gewesen wäre.

Aber ich wusste, ich hätte da sein sollen. Ihm zumindest die Hand halten, Abschiedsworte ins Ohr flüstern, ihn auf dieser furchtbaren Reise in den Schlaf singen sollen. Etwas hätte sagen sollen, das er gehört hätte, Worte, die seinen Übergang abfederten. Irgendetwas.

»Tja, da kann man nichts machen«, sagten sie.

Ich wusste, dass Dominiks Vater an einem Herzinfarkt gestorben war, hatte das aber einfach auf dessen Alter geschoben, und Dominik war noch jung. Nie hatte es Anzeichen gegeben, dass er gesundheitlich angeschlagen war, zumindest nicht in meiner Gegenwart. Er joggte nach wie vor regelmäßig in der Hampstead Heath und benutzte einen Hometrainer, von dem er behauptete, er halte ihn wach, und er könne sich dann stundenlang auf den Bildschirm konzentrieren, doch ich hatte das immer einer Eitelkeit zugeschrieben, die er nicht eingestehen wollte.

Der Krankenwagen kam. Benommen öffnete ich die Tür für die grün und gelb gekleideten Sanitäter. Mechanisch erledigten sie alles und nickten mir mitfühlend zu. Doch das drang nicht zu mir durch.

Sie transportierten den Leichnam ab und ließen mir einen Stapel Papiere da, die ich ausfüllen sollte. Formulare. Fragen. Da erst ging mir auf, dass ich die ganze Zeit in meiner Unterwäsche bei ihnen gestanden hatte, so wie ich bekleidet oder unbekleidet gewesen war, als ich in Dominiks Arbeitszimmer hinunterging. Keiner der Sanitäter hatte mich darauf aufmerksam gemacht, während sie ihre Arbeit erledigten. Nicht mal die ältere Frau, die offenbar die Fahrerin war. Mir war es egal. So viele Fremde hatten meinen Körper schon gesehen, dass es keine Rolle mehr spielte.

Der Krankenwagen fuhr los. Zum Royal Free Hospital unten am Hügel? Zu irgendeinem Leichenschauhaus? Einem Lagerhaus, in dem Leichen in Kühlräumen aufbewahrt wurden, bis alle Formalitäten erledigt waren? Ich hatte keine Ahnung. Bevor sie abfuhren, hatte ich sie nur gefragt, ob unter diesen Umständen eine Obduktion nötig wäre, und bekam zu hören, das sei höchst unwahrscheinlich. Es sei eindeutig ein Herzinfarkt.

Gut so. In dem Moment war mir nur der Gedanke unerträglich, Dominik könnte aufgeschnitten werden.

Erst danach fiel mir mit Schrecken ein, dass ich nicht einmal wusste, ob er begraben oder eingeäschert werden wollte. Uns war nicht im Traum eingefallen, über so etwas zu sprechen.

Ich zog die Strumpfhose und den BH aus und ging nur mit meinem Slip bekleidet ins Bett. Ich wollte weinen, aber die Tränen kamen einfach nicht. Ich schlief sehr lange.

Zwei Tage später forderte das Krankenhaus mich telefonisch auf, die ausgefüllten Papiere abzuliefern, und ich wurde gefragt, ob ich die Kleidungsstücke abholen wollte, die er bei seinem Tod getragen und in denen er abtransportiert worden war.

Entsetzt über diese Frage, musste ich schlucken und konnte nicht antworten.

Ich hängte gerade den Mantel auf, den er zuletzt getragen und ordentlich gefaltet über einen Küchenstuhl gelegt hatte, als ich auf einen Umschlag stieß, der in der Innentasche steckte. Adressiert an mich in Dominiks eleganter Handschrift.

Für Summer an einem Wintertag, las ich.

Angstvoll krampfte sich mein Magen zusammen, während ich den Umschlag kurzerhand aufriss und auf vergessene Worte hoffte, hervorgeholt hinter dem Einwegspiegel, hinter dem Dominik nun ruhte.

Nichts. Nur eine grob skizzierte Karte.

Zuerst ergab sie keinen Sinn. Sie war rudimentär und stilisiert, wie eine Kinderzeichnung von einer einsamen Insel mit einem großen X für die Fundstelle des verlorenen Schatzes. Ich drehte das Blatt um, und einige Umrisse kamen mir bekannt vor.

Ich atmete tief durch.

Erkannte plötzlich, wohin all die kleinen Pfeile deuteten und welche Botschaft die Karte enthielt.

Wann hatte Dominik sie gezeichnet?

Wann hätte ich darauf stoßen sollen?

Am 1. Januar, nahm ich an. Er hatte immer einen ausgeprägten Sinn für Rituale gehabt, der manchmal ans Melodramatische grenzte, wenn auch auf äußerst romantische Weise. War das hier ein Plan, um mich wie die Heldin aus einem Märchen zu meinem Weihnachtsgeschenk zu führen?

Wo hatte er den Umschlag hinlegen wollen?

Auf den niedrigen Nachttisch an meiner Seite des Bettes. Da hätte ich ihn beim Aufwachen gefunden, während ich noch gegen die Reste des Schlafs ankämpfte und Dominik praktischerweise das Haus verlassen hatte, um die Überraschung nicht zu verderben.

Ich nahm das Stück Papier und rannte nach unten. Dort band ich die Schnürsenkel meiner Laufschuhe fester, zog eine alte, abgewetzte Lederjacke über, die ich seit Ewigkeiten nicht getragen hatte, und verließ das Haus. Der vor ein paar Tagen gefallene

Schnee war größtenteils geschmolzen, nur noch ein paar Haufen und Klumpen umringten die Stämme der Bäume auf der anderen Seite der Straße zur Hampstead Heath wie schlammige Halsbänder.

Der steile Abstieg ins Vale of Health lag nur hundert Meter von unserem Haus entfernt, und der erste hohe Baum unten hatte eine seltsame Form und stand eigenartig schief. Mir fiel ein, dass Dominik mich einmal darauf aufmerksam gemacht hatte.

Und der Baum war auf seiner groben Karte deutlich eingezeichnet, daneben eine Skizze, wohl ein Gitarrenplektrum. Ein unauslöschlich in mein Gedächtnis eingeprägtes Bild. Ich überquerte die Straße, bückte mich neben dem Baumstamm und wühlte mit bloßen Fingern in Schnee und Dreck herum, schloss die Augen und verließ mich auf meinen Tastsinn. Ich durchstöberte die bröckelnde Eiskruste und die aufgewühlte Erde, bis ich es fand.

Ein Gitarrenplektrum.

Ich wusste, wohin die Spur führen würde.

Vom letzten Mal, als eine ähnliche Spur gelegt wurde.

Von mir. Für Dominik.

Als Bestätigung.

Ich lief den Hügel hinunter. In meiner Eile würde ich unterwegs sicherlich eine ganze Reihe weiterer billiger Gitarrenplektra übersehen, aber ich zweifelte keinen Moment daran, wohin sie mich führen würden.

Als mich beim Betreten der offenen Fläche in der Nähe des Parkplatzes ein eisiger Wind erfasste, schlug ich den Jackenkragen hoch und ging weiter über den Pfad bei den Teichen.

Dann über die Brücke und nach links auf einen schmaleren Pfad, der zwischen hohe Bäume führte.

Ich hätte den Weg auch mit verbundenen Augen gefunden.

Und bei dem Gedanken an eine echte Augenbinde überlief mich unwillkürlich ein Schauder.

Jenes erste Mal, als ich in der Krypta für ihn gespielt hatte …

Mein Atem bildete weiße Wölkchen, als ich schneller lief und schließlich die Lichtung erreichte.

Die grasbewachsene Anhöhe, die zum Musikpavillon führte.

Keuchend erreichte ich den großen Pavillon.

Ich überprüfte ihn nach der Karte, die Dominik für mich hinterlassen hatte.

N für Norden, S für Süden und so weiter …

Ich fand mich zurecht.

Das große X auf der Karte verwies auf die nördliche Ecke des Musikpavillons.

Wieder kniete ich mich hin und zerbrach die dünne Eisschicht auf dem Boden. Meine Finger spürten die Kälte nicht mehr. Ich scharrte und grub.

Mein Herzschlag setzte aus.

Ich spürte etwas Hartes. Grub darum herum. Griff mit den Fingern danach und zog es heraus.

Eine kleine Schachtel.

In der Schachtel befand sich noch eine. Nicht aus fester Pappe, wie die äußere, dazu gedacht, den Inhalt vor Feuchtigkeit und Schmutz zu schützen, sondern eine winzige Truhe, etwa sechs Zentimeter hoch, quadratisch und halb so groß wie meine Handfläche, mit kleinen goldenen Scharnieren an der Rückseite. Sie war mit feinem, dunkelblauem Samt bezogen.

Ich umklammerte sie fest und sog in tiefen Zügen die kalte Luft ein, die in meiner Lunge brannte. Ich hatte den Atem angehalten. Mein Herz klopfte wie wild.

Oh, Dominik, was hast du getan? Doch bestimmt kein Verlobungsring. Wir fanden beide, dass die Ehe etwas für andere war, nicht für uns. Und vielleicht war es eine Art Überheblichkeit, diese Ansicht, dass wir das ganze Brimborium eines total altmodischen Anspruchs, uns einander näherzubringen, nicht brauchten. Wir wollten beide keine Kinder, daher waren uns die gesetzlichen und anderen Vorteile nicht so wichtig.

Meine Knie schmerzten auf dem kalten Boden. Ich drückte mich hoch und wischte die Hände an der Jeans ab.

Nein, dachte ich. Dominik würde mir nie einen Verlobungsring schenken. Dafür hatte er viel zu viel Phantasie und einen eingefleischten Sinn für das Unkonventionelle.

Mein Mund verzog sich zu einem Lächeln, als mir Erinnerungen an andere kreative und gewagte Situationen in den Sinn kamen, mit denen er mich zu früheren Gelegenheiten überrascht hatte. Einmal, als ich nackt vor ihm stand und das Solo aus dem letzten Satz von Max Bruchs Violinkonzert spielen sollte, hatte er mich um meinen Lippenstift gebeten und mir damit beide Nippel und die Schamlippen knallrot angemalt. Nie würde ich meinen Schreck vergessen, als mir aufging, was er vorhatte, und das Gefühl des Stiftes auf meiner Haut, wächsern und erregend, während er mich bemalte. Seine Geliebte, seine Hure.

Ich zählte nicht bis zehn oder holte tief Luft. Ich ließ einfach den Deckel aufschnappen. Und da lag auf einem Polster aus schwarzer Seide ein zartes Goldarmband, so dünn, dass es aussah, als würde es leicht reißen. Vorsichtig nahm ich es heraus und betrachtete es auf meiner Handfläche genauer. Es fühlte sich stabiler an, als es aussah. Statt einer gewöhnlichen Schließe bestand der Verschlussmechanismus aus einem winzigen Vorhängeschloss – nicht mal halb so groß wie der Nagel meines kleinen Fingers –, das mit einer sanften Druck-und Drehbewegung über einer Öse einschnappte.

Das Armband passte genau um mein schmales Handgelenk, als hätte Dominik Maß genommen, während ich schlief. Er hatte nicht die Möglichkeit gehabt, es an ähnlichen Dingen in meinem Schrank abzumessen, da ich keine Armbanduhr besaß und selten Schmuck trug.

Obwohl das Armband zweifellos seit vielen Tagen in der Kälte gelegen hatte, fühlte sich das Metall nicht kalt an. Das Gold besaß eine Wärme, die wunderbar zu meinem roten Haar und der bleichen Haut passen würde.

Ich wünschte nur, es wäre Dominiks Hand gewesen, die das Armband an meinem Handgelenk befestigte, und nicht meine.

Was mich auf einen Gedanken brachte.

Mir war klar, was er mit dem Vorhängeschloss gemeint hatte. Halsbänder im BDSM-Stil hatten ihm nie so recht gefallen – er hielt sie für zu offensichtlich, und obwohl er nie viel dazu gesagt hatte, wusste ich intuitiv, dass für ihn so ein Accessoire unserer Beziehung eher etwas Pantomimisches hinzugefügt hätte, kein erotisches Element.

Also war dies ein weiterer Kompromiss. Ich hätte liebend gern Dominiks Halsband getragen, doch das war einfach nicht sein Stil.

Auch wenn die Symbolik des Vorhängeschlosses offensichtlich war, sah es Dominik nicht ähnlich, keine Notiz oder Karte beigelegt zu haben, anstelle aller Worte, die er persönlich geäußert hätte. Das geschriebene Wort war Dominiks erwähltes Ausdrucksmittel. Oft hinterließ er kleine Notizzettel für mich irgendwo im Haus. Manchmal stand nur darauf, dass er etwas zu erledigen habe und wann er wieder zu Hause wäre, manchmal waren es Anweisungen, was ich tragen oder tun sollte, wenn er zurückkam.

Ich griff wieder nach der Schachtel und betrachtete sie genauer. Da war es, in der Schutzhülle, die ich beinahe weggeworfen hätte. Ein weißes Blatt Papier, mehrfach gefaltet. Dicker als Computerpapier und scharf an den Rändern. Noch war der Abend hell genug, die schwarze Schrift zu entziffern.

Liebste Summer,

ein Armband, kein Halsband – weil ich stets nur hoffen kann, einen Teil von dir zu besitzen. Diesen Teil werde ich für immer in meinem Herzen verschließen. Der Rest, meine Liebe, gehört dir. Wie ich dir immer gehören werde.

Dein Dominik

Ich steckte die Notiz und das Armbandkästchen in die Jackentasche und lief los, stolpernd und rutschend auf der weichen Erde des Parks. Während ich mir im schwindenden Licht zu hastig den Weg über Baumwurzeln und Steine bahnte, wünschte ich mit jeder Faser meines Herzens, Dominik irgendwie zurückholen zu können, damit er da war, wenn ich heimkehrte, voller Triumph, alle Hinweise seiner Schnitzeljagd entdeckt zu haben.

Doch als ich die Tür öffnete und ins Haus trat, waren da nur leere Zimmer und das Geräusch meines eigenen, keuchenden Atems.

Er fehlte mir. Mir fehlte seine Präsenz. Mir fehlten das klangvolle Timbre seiner Stimme und seine Angewohnheit, mich ohne besonderen Grund anzurufen, obwohl er wusste, wie ungern ich telefonierte. Mir fehlte das Klicken seiner Tastatur mitten in der Nacht, das mich manchmal wach hielt oder in meine Träume drang. Mir fehlte es, wie wir darüber lachten. Wie ich in den Nächten ihm gegenüber am Frühstückstisch saß, wenn er von Geistesblitzen wie besessen war oder ihm so sehr vor dem Gespenst des Abgabetermins graute, dass er sich weigerte, ins Bett zu kommen, und wir beide erschöpft waren, er vom Schlafentzug und ich von den seltsamen Visionen, die seine Tastatur in meinem Kopf hervorrief – Bilder von Stepptänzern auf einer Bühne oder das Prasseln von Regentropfen auf einem Blechdach. Er behauptete felsenfest, ich könne ihn unmöglich im oberen Stockwerk hören, und ich entgegnete spaßhaft, wir seien nicht nur körperlich, sondern auch geistig unzertrennlich.

Mir fehlte sein holziger, maskuliner Geruch, der nie von Rasierwasser, Seife oder Haargel stammte, sondern nur Dominik war. Mir fehlte die Art, wie sich sein einer Mundwinkel immer etwas höher hob als der andere, wenn er lächelte. Mir fehlte der Anblick seiner Leisten, die – wie ein Pfeil geformt – auf seinen Schritt deuteten; wie Dominik sich über seinen »Altersspeck« beklagte, den ich auf seinem flachen Bauch kaum zwischen zwei Finger nehmen konnte. Mir fehlte der leichte Flaum auf seiner Brust, und es fehlte mir, auf der Couch halb auf ihm zu liegen und mit den Fingern darüberzustreichen, wenn wir zusammen fernsahen, was selten genug vorkam, um uns alte Folgen von Endlosserien anzuschauen, DVDs oder auch nur die Nachrichten.

Mir fehlte sogar das, was mich an ihm gestört hatte. Sein gelegentliches Schnarchen. Wie er benutzte Handtücher an den Türknauf des Badezimmers hängte, statt über den Handtuchhalter, sodass sie ständig zu Boden fielen. Wie er sich weigerte, Trauben zu essen, wenn sie nicht kernlos waren. Seine Angewohnheit, mir durchs Haus zu folgen, alle Lampen auszuschalten, die ich angelassen hatte, und dabei missbilligend zu schnalzen, obwohl ich nur zu gut wusste, dass ihm Umweltfragen und Geldangelegenheiten völlig gleichgültig waren. Die unglaubliche Menge Zucker, die er in seinen Kaffee rührte. Sein Gesichtsausdruck, wenn ich ihn damit piesackte, wie gerne ich eine Katze hätte, wobei ich doch wusste, dass ihm allein der Gedanke an ein Haustier absolut zuwider war.

Vor allem fehlte mir jedoch die vertraute, harte Wärme seines Körpers neben mir im Bett, wenn ich morgens aufwachte und mir all die unterschiedlichen Arten ins Gedächtnis rief, in denen er mich geliebt hatte, und wie ich mich ihm und seinen Wünschen geöffnet hatte, wie keinem Mann je zuvor. Auch konnte ich mir nicht vorstellen, nach ihm mit irgendeinem anderen Mann zu schlafen, obwohl ich weiß Gott erregt genug war und viele gekannt hatte, bevor wir schließlich nach unserer ersten und unter großem Kummer abgebrochenen Beziehung wieder zusammengefunden hatten.

Meine Trauer nahm die Form von Verlangen an, und mein Verlangen nach Dominik war eine allgegenwärtige Sehnsucht. Eine glühende Hitze, die jede Faser meines Wesens füllte, bis ich das Gefühl hatte, sie könnte mich wie eine endlos, erbarmungslos brennende Flamme verzehren.

Jeden Tag durchlebte ich jetzt von Neuem, wie ich zum letzten Mal mit ihm wach geworden war. Manchmal hatte ich unseren letzten Morgen genau so vor Augen, wie er abgelaufen war. Dann wieder stellte ich mir vor, wie es gewesen wäre, wenn ich gewusst hätte, dass ich zum letzten Mal mit ihm aufwachte. All die Dinge, die ich gesagt hätte. Wie ich ihm gesagt hätte, dass ich ihn liebe und er alles für mich bedeute, und wie egal es mir sei, wenn er mich wegen meiner Schlampigkeit aufzog. Oh, wie ich mich danach sehnte, von ihm gehänselt zu werden. Ich stellte mir vor, mich nach ihm umzudrehen, sobald ich seine streichelnde Hand auf meinem Haar spürte, und wie ich seine Berührungen erwidern würde. Ich dachte daran, wie ich meine Lippen auf seine Haut drücken und küssend einen Pfad bis hinab zu den Lenden verfolgen würde. Wie ich seinen Schwanz in den Mund nehmen und ihm huldigen würde. Mit der Zungenspitze seinen Schaft hinauf und hinüber und um jede Rille und Falte fahren würde, bis ich ihn auf der Zunge schmeckte.

Wenn ich nachts ruhelos wach lag und nicht einschlafen konnte, rief ich ihn mir ins Gedächtnis. Die präzise Festigkeit seiner Berührung, der Druck seiner Lippen auf den meinen. Wie er sich spielerisch und aufreizend verhielt, bis ich kurz davor war, zu explodieren, und sich dann zurückzog und lachte, als wäre meine zunehmende Verzweiflung das Spaßigste von der Welt. Ich konnte mich sogar erinnern, wie es sich anfühlte, wenn seine Fingerkuppen über meine Haut strichen. Das Muster seiner Fingerabdrücke hatte sich meinem Gedächtnis wie eine Straßenkarte eingeprägt, durch die ich in meinen Träumen wie eine verlorene Seele streifte. Ich kannte jede Rille, jedes Tal, jede Senke und jede Kurve seines Körpers. Die durchbrochenen Verzweigungen seiner Lebenslinie.

Manchmal kam es mir vor, als gäbe es mich nicht mehr. Als hätte es mich nie gegeben. Vor Dominik war ich nichts gewesen. Der Magnet, der mir für so kurze Zeit Halt gegeben hatte, war fort. Und die Leere war zurückgekehrt.

2

DANSE MACABRE

Gedanken an Dominik schwirrten durch meine fahrigen Träume und überlagerten die Ödnis meiner Tage.

Nachts trug ich meinen Kummer wie einen Umhang. Als hätte ich mich in einen schweren Mantel gehüllt, und je fester ich mich darin einwickelte, desto näher fühlte ich mich Dominik.

Während meiner wachen Momente widmete ich mich den Angelegenheiten des Todes.

Die Beerdigung kam und ging, und meine Schwester Fran und mein alter Freund Chris blieben ein paar Tage, obwohl sie kein Paar mehr waren. Ich hatte das Gefühl nie so richtig ablegen können, dass die beiden meine Beziehung zu Dominik nicht vollkommen verstanden oder akzeptiert hatten. Daher schaffte ich es irgendwie, auch wenn es mir das Herz zerriss, die Ausrüstung für die kinky Sexspiele zu finden, die Dominik überall im Haus verborgen hatte, um sicherzugehen, dass die beiden nicht versehentlich über ein Stück Bondage-Schnur oder einen Flogger stolperten.

Viel war es nicht. Dominik hatte nie viel übriggehabt für all das Drum und Dran von kinky Sex. Handschellen und Paddle waren nicht sein Stil. Im Schlafzimmer gegeneinander zu kämpfen und uns zu ergeben, lag in unserer Natur, aber dazu hatten wir nie Gerätschaften benötigt. Er hatte ein paar Dinge gesammelt, entweder aus Neugier, aus dem Wunsch, mich zu erfreuen, aufzureizen oder zu quälen, oder auch nur, um neue Gefühle zu erkunden, vor allem, da für mich alles so neu war und ich wie ein Kind im

Spielwarenladen alles ausprobieren wollte, von Kerzenwachs bis zu Elektrofolter.

Bevor meine Gäste eintrafen, hatte ich alles, was ich nur ungern neugierigen Blicken aussetzen wollte, hastig in die tiefen, verschließbaren Schubladen des niedrigen Schränkchens geräumt, das neben der Eingangstür als Ablagetisch diente, und den Schlüssel versteckt. Solange sie blieben, verhielt ich mich so, wie ich mich meiner Ansicht nach verhalten sollte. Wie sie es von mir erwarteten.

Mit dem starren Gesicht einer trauernden Witwe lag ich auf der Couch, ließ mir von ihnen Becher mit heißem Tee bringen, ließ sie an die Tür gehen, wenn es klingelte, und bei den Stadtwerken und der Autoversicherung anrufen, um alles auf meinen Namen umschreiben zu lassen.

Die Versicherung abzuändern, erwies sich als unmöglich. »Wir müssen mit dem Versicherungsnehmer persönlich sprechen«, hörte ich eine laute, leiernde Stimme am anderen Ende sagen. »Sie begreifen es nicht«, zischte Fran zurück. »*Er ist tot.*«

An Dominik adressierte Briefe fielen nach wie vor durch den Briefkastenschlitz und landeten genauso sanft auf dem Boden wie alle anderen, ganz gleich, wie sehr der Schock, seinen Namen gedruckt zu sehen, auf meinem Herzen lastete. Die Formalitäten des Todes nahmen anscheinend kein Ende, und von allen banalen Möglichkeiten, wie ein Mensch fortbestehen kann, waren Werbesendungen und Stromrechnungen die schlimmsten.

Anfangs trug ich das Armband mit dem winzigen Vorhängeschloss, das er beim Musikpavillon versteckte hatte, nur wenn ich allein war, wobei ich es nachts im Schlaf meist mit der Hand umklammert hielt. Ich schämte mich nicht für das, was es symbolisierte, oder dafür, mich öffentlich als Dominiks Sub erkennen zu geben. Mir erschien es nur zu persönlich und zu perfekt zum

Vorzeigen, und ich wollte es nicht mit der Gewöhnlichkeit des Alltagslebens entehren.

Nachdem sich all meine Freunde, Familienangehörigen und diverse wohlmeinende Bekannte allmählich zurückgezogen hatten, stand ich von der Couch auf und stürzte mich in Aktivitäten.

Die öffentliche Summer und die private Summer. Die Gegensätzlichkeit meiner beiden Seiten kam mir so natürlich vor. Und der Unterschied ließ mich erkennen, wie schrecklich einsam ich ohne Dominik geworden war. Er war der einzige Mensch, dem ich mein Selbst vollständig offenbart hatte, mit all meinen Mängeln, seltsamen Sehnsüchten und verworrenen Gefühlen.

Zum ersten Mal seit dem Tag, an dem er gestorben war, betrat ich sein Arbeitszimmer und betrachtete den dunklen Computerbildschirm, die ungleichen Papierstöße, Nachschlagewerke und Mappen auf seinem Schreibtisch. Bemerkte das schwache rote Licht an seiner Stereoanlage; sie war die ganze Zeit an gewesen, und ich hatte vergessen, sie auszuschalten.

Sein Verleger hatte angefragt, wie weit Dominik mit seinem neuen Buch vorangekommen war. Dominik hatte es sich immer zur Regel gemacht, nicht über seine laufende Arbeit zu sprechen, und ich hatte keine Ahnung, ob der Roman über einen ersten Entwurf überhaupt hinausgekommen war.

Ich versuchte zu ergründen, welche Ausdrucke tatsächlich zu dem Projekt gehörten, über das ich nichts wusste, und zwischen beiläufigen Notizen, alten Vorlesungsentwürfen, Haushaltsrechnungen, Bankauszügen und Schmierzetteln zu unterscheiden, doch es war zwecklos.

Stattdessen bewegte ich die Maus, sah den Bildschirm erwachen und bestellte Umzugskartons von Argos, die am Nachmittag geliefert werden sollten. Dominik hätte über meine Impulsivität geschimpft, Geld für einen teuren Kurierdienst auszugeben, wenn ich genauso gut ein paar Tage auf freie Lieferung hätte warten können. Aber ich brachte es einfach nicht über mich, das Haus zu verlassen.

Der blau uniformierte Bote kam zwei Stunden später, beladen mit einem riesigen Karton, der neun weitere Kartons enthielt, dazu Klebeband und verschiedenfarbige Filzstifte. Wortlos zeichnete ich die Lieferung ab, schloss die Tür, baute die Kartons zusammen und begann, die Überreste von Dominiks Leben zu entsorgen.

Meine Erinnerungen an Dominik waren wie fest in meiner Faust verschlossene Perlen. Je mehr Zeit verging, desto schneller würden sie sich in Rauch auflösen, an den Rändern verschwimmen und davontreiben, das wusste ich. Doch in diesem Moment war ich nicht besonders sentimental, was seine Besitztümer anbelangte. Meinetwegen hätte das ganze Haus bis auf die Grundmauern niederbrennen können. All das war nichts ohne ihn.

Ich fing mit dem Einfachsten an. Die Abendschuhe, Krawatten und Manschettenknöpfe, Sachen, die er nur anzog, wenn der Anlass es erforderte, und die mir daher nicht wie ein Teil von ihm vorkamen. Ich konnte ihn mir sogar grinsend vorstellen, während die Beweise für geschäftliche Konferenzen, Networking-Events und die gelegentliche Hochzeit eines Bekannten in der anonymen Tiefe eines braunen Pappkartons verschwanden und mit Klebeband verschlossen wurden.

Meine hektische Betriebsamkeit kam jedoch zu einem abrupten Halt, nachdem ich die Schränke von belanglosen Gegenständen befreit hatte und zu denen kam, die ihm tatsächlich etwas bedeuteten oder die er tagtäglich benutzt hatte. Den Sachen, an denen immer noch sein Geruch hing. Warm, maskulin und tröstlich. Er hatte so viel Schwarz getragen. Schwarze Jeans, schwarze Hosen, schwarze Kaschmirpullover, schwarze Schals, schwarze Lederhandschuhe. Dominiks Alltagskleidung war die für eine Leiche, und daher ließ ich sie in seinem Schrank.

Ich ging zu den Dingen auf unseren Flurregalen über, plante, seine Bücher neu zu ordnen und zumindest einige davon einzulagern. Er war ein Sammler gewesen, und am Ende war die schiere Anzahl der Bände, die er angehäuft hatte, kaum noch zu bewältigen. Wir hatten sogar darüber gesprochen, einen Speicher anzubauen, um seine ständig wachsende Sammlung aufzunehmen, denn dieses Hobby würde er nie aufgeben. Es gehörte so sehr zu ihm, dass ich mich nicht überwinden konnte, ihn davon abzubringen, selbst wenn das möglich gewesen wäre (dabei hatte ich immer gewusst, dass es nicht ging).

Ich öffnete irgendeinen Band, hielt ihn ans Gesicht und atmete tief ein. Der eigentümliche Geruch alter Bücher traf mich wie ein Schlag in die Magengrube. Das war derselbe Geruch, der auf meine Sinne eingestürmt war, als ich zum ersten Mal in dieses Haus kam, und er erinnerte mich so sehr an Dominik, dass sein Geist, wenn ich die Augen schloss und weiter einatmete, so lebendig und plastisch neben mir auftauchen würde, als stünde er wirklich da.

Ich zog ein Buch nach dem anderen heraus und warf sie auf den Boden; triviale Thriller und Gruselromane, billige Detektivgeschichten im Taschenbuch und Nackenbeißer, oft mit vollbusigen Blondinen auf dem Umschlag und Werbesprüchen wie »Er warf nur einen Blick auf sie und schwor sich, sie zu besitzen«. Schwere, literarische Hardcoverbände mit Goldschnitt, dicke Fantasyromane, Fotobände in Hochglanz und eine ungewöhnlich große Anzahl Bücher mit antiken Karten, dünne Lyrikzeitschriften mit losen Blättern und zahllose Biografien von Schriftstellern, Entdeckern und Musikern. Eines nach dem anderen fiel mit einem dumpfen Aufschlag oder flatternd zu Boden, bis ich von Büchern umgeben war. Dann sank ich zwischen ihnen auf die Knie, krümmte mich zusammen und begann zu schluchzen.

Wer warst du, Dominik?, wollte ich schreien. Abgesehen von gelegentlichen Zeitschriften oder einem rasch erstandenen Thriller, um mir die Zeit auf Flughäfen, in Flugzeugen oder Hotelzimmern zu vertreiben, wenn ich auf Reisen war, las ich fast nie. Warum hatte er sich mit all diesen imaginären Welten umgeben? Ich wusste, dass er sie in einer bestimmten Ordnung gehalten hatte. Doch ich hatte keine Ahnung, welche das war. Plötzlich kam es mir wie das Wichtigste auf der Welt vor, wie er seine Bücher geordnet hatte. Warum hatte ich ihn nie danach gefragt?

Das waren die ersten echten Tränen, die ich seit seinem Tod vergossen hatte, und sie flossen in Strömen, bis ich keine Tränen mehr hatte. Ausgelaugt und erschöpft senkte ich den Kopf, drückte meine Wange gegen die Seiten eines Taschenbuchs und fiel in einen unruhigen Schlaf.

Ich hatte mir angewöhnt, in verschiedenen Räumen des Hauses zu schlafen oder dort, wo ich mich gerade befand, wenn ich einnickte. Nur ein einziges Mal in Dominiks Arbeitszimmer, in dem Bett, auf das er mich gehoben hatte, als wir uns zum ersten Mal liebten, nachdem ich für ihn aufgetreten war, nackt und allein in einer abgelegenen Krypta, in der ihn meine Musik so erregt hatte, dass er mich gegen die Steinwand gedrückt nahm, bevor er mich zu sich nach Hause fuhr. In meinen Erinnerungen an sein Arbeitszimmer hielten sich Lust und Vertrautheit die Waage. Es war nicht nur das Zimmer, in dem wir uns zum ersten Mal wirklich geliebt hatten, sondern der Raum, den ich am meisten mit Dominik in Verbindung brachte. Der Raum, in dem er so viele lange und einsame Nächte damit verbracht hatte, die Wörter zu tippen, die ihm so viel bedeuteten, der Raum, den ich intuitiv als sein Territorium empfand. Jetzt aber war es auch das Zimmer, in dem er gestorben war, und ich konnte es nicht ertragen, dort zu sein. Der Rest des Hauses wirkte ohne ihn einfach nur leer. Doch sein Arbeitszimmer kam mir mehr als leer vor. Als hätte Dominik ein schwarzes Loch hinterlassen, eine riesige Höhle der Abwesenheit, so groß, dass ich, wenn ich zu lange daneben stand, hineingesogen werden könnte.

Meine Träume waren sporadisch, aber durchdringend in ihrem Schmerz. Ich hätte gern behauptet, dass ich wie eine Tote schlief, doch selbst wenn ich in der Einsamkeit meiner Gedanken daran dachte, zuckte ich bei diesem Ausdruck zusammen. Ich schlief wie betäubt, mehr Stunden, als jeder normale Mensch brauchte, und das trotz all des Kaffees, den ich trank, und ohne die Hilfe von Walgesängen, Panflöten oder Schlaftabletten. Wenn ich träumte, waren meine Träume entweder gewalttätig oder fantastisch, aber ich träumte immer von Dominik. Von seinen Händen um meine Kehle, wenn er mich hart ritt, oder um meine Handgelenke, wenn er mich niederdrückte. Selbst wie er mich bei unseren härtesten Sexnummern manchmal zum Würgen gebracht oder mir ins Gesicht gespuckt hatte, während ich vor ihm kniete und mich bis aufs Äußerste anstrengte, seinen Schwanz ganz in meiner Kehle aufzunehmen. Tagsüber rief ich mir seine sanfte Zuneigung in Erinnerung, die Wärme seines Körpers, wenn wir aneinander geschmiegt lagen, oder wie seine Hand in meine passte, wenn wir spazieren gingen. Aber nachts war es unweigerlich Dominiks dunkle Seite, die meine Phantasie anregte, die hervorhob, dass dieser Teil von ihm für mich unverzichtbar geworden war.

Ein leises Geräusch von draußen weckte mich. Es war kalt und dunkel, da weder Licht noch Heizung angeschaltet waren, als ich einschlief. Ich öffnete die Haustür und schaute hinaus. Die frische Luft des späten Abends schlug mir in das tränenverschmierte, geschwollene Gesicht, erfrischend wie ein Spritzer kaltes Wasser. Ein großer, mit einem Handtuch abgedeckter Korb stand vor der Türschwelle. Vorsichtig hob ich das Tuch. Im Korb waren Muffins und ein noch warmer Brotpudding. Zum Glück ist es kein

Baby, dachte ich beinahe kichernd, als ich den Korb in die Küche trug und dabei sorgsam den Büchern auswich, die ich vorhin verstreut hatte. Ich stellte die Glasform mit dem Pudding auf die Arbeitsfläche neben der Spüle, wo sie stehen bleiben würde, bis die Eiercreme erstarrte und die Kruste einsank. Dann ging ich in den Flur und räumte alle Bücher wieder in die Regale.

Direkt nach Dominiks Tod wurde ich überschüttet mit Blumen und Karten, heißer Suppe und Aufläufen mit karamellfarbener Kruste, die Chris und meine Schwester entweder aßen, wegwarfen oder in Portionen aufteilten, beschrifteten und im Gefrierschrank verstauten, in dem sie immer noch lagen. Jetzt kamen die Geschenke seltener und in größerem Abstand, doch es trafen nach wie vor welche ein, und ich ließ sie in der Küche stehen, knabberte manchmal an den Krusten, Muffins oder Keksen, während ich eine weitere Tasse Kaffee trank.

Dabei wusste ich diese kleinen Gesten der Freundlichkeit durchaus zu schätzen. Die Leute wollten mir ihr Mitgefühl zeigen. Da sie nicht wussten, was sie mir sagen sollten, verlegten sie sich aufs Backen. Doch in diesen ersten Wochen konnte ich kaum etwas schmecken und fand Kauen viel zu anstrengend. Alles Feste blieb mir im Hals stecken. Ich lebte von Koffein und Süßigkeiten. Ich versuchte nicht, mich zu Tode zu hungern. Essen kam mir einfach unwichtig vor. Der Aufwand, die Hand an den Mund zu heben, war zu groß.

Hungergefühle kamen sporadisch, wie meine Aufräumanfälle. Eines Morgens entdeckte ich eine Tüte mit Bagels in der Speisekammer, von der Sorte, die Dominik und ich oft am Wochenende mit Frischkäse und einem Klacks Marmelade gegessen hatten. Sie waren altbacken, aber nicht verschimmelt. Und da war auch noch ein Topf Philadelphia hinten im Kühlschrank, ungeöffnet und noch innerhalb des Verfallsdatums. Ich toastete den Bagel, bestrich ihn dick mit Frischkäse und verzehrte ihn so schnell, dass ich kaum etwas schmeckte und mir die Zunge an der heißen Kruste verbrannte. Ich toastete einen weiteren und aß auch den. Dann öffnete ich die Schranktür und holte sämtliche Marmeladen heraus. Dominiks geliebte Pflaumenmarmelade, mein Glas mit Schokoladenaufstrich, die Erdnussbutter. Den nächsten Bagel toastete ich gar nicht erst, sondern riss Stücke davon ab, tauchte sie in irgendein Glas und steckte sie in den Mund. Genauso machte ich es mit dem nächsten und dem übernächsten, bis ich plötzlich feststellte, dass ich mit der leeren Tüte in der einen und einem letzten Bissen in der anderen Hand vor dem Toaster stand. Meine Zunge war trocken und mein Bauch aufgebläht. Ich warf das letzte Stück in den Müll, spülte den Mund aus, legte mich auf die Couch und schlang die Arme um den Bauch, bis ich einschlief. Als ich aufwachte, war ich immer noch voll, und der Tag war vergangen. Ich hievte mich hoch, ging hinauf ins Schlafzimmer, kroch aufs Bett und schlief prompt wieder ein.

Auf diese Weise vergingen Wochen. Ich wusste, dass ich ein Wrack war, innerlich wie äußerlich. Es war mir egal. Ich zog mich nur vollständig an, wenn ich aus dem Haus ging, was nicht oft vorkam, und selbst dann griff ich blindlings nach irgendetwas, steckte mein Haar zu einem unordentlichen Knoten auf und schminkte mich nicht. Im Haus trug ich einen alten Morgenmantel oder T-Shirt und Unterwäsche, was gerade zur Hand war.

Manchmal wusch ich mich tagelang nicht, dann wieder drehte ich den Hahn voll auf, rutschte an der Duschwand hinab und ließ das heiße Wasser auf mich prasseln, bis es kalt wurde.

Und dann, am Morgen des Valentinstags, wachte ich zu einer ganz normalen Uhrzeit auf und verspürte plötzlich einen Heißhunger auf Frühstück. Keine Süßigkeiten oder Bagels, sondern ein ordentliches Frühstück, wie ich es regelmäßig zu Hause in Neuseeland gegessen hatte. Eggs Benedict, perfekt pochiert, damit das Eigelb noch flüssig bleibt, serviert auf Sauerteigbrot, dazu ein Glas kalter, frisch gepresster Orangensaft und einen Cappuccino. Ich duschte, zog mich an, ging rasch in den nächsten kleinen Supermarkt, um die Zutaten zu kaufen, und machte mich dann daran, die erste richtige Mahlzeit zuzubereiten, die ich in den letzten zwei Monaten zu mir genommen hatte.

Angeregt durch meine morgendliche Emsigkeit, beschloss ich, die letzten Sachen von Dominik zu verpacken, bis auf die Bücher, die ich noch in den Regalen stehen lassen wollte.

Lauralynn kam, als ich gerade anfing.

»Großer Gott, er hatte wirklich einen furchtbaren Geschmack. Ich habe versucht, ihm das auszutreiben.«

Eine silberne, mit Edelsteinen besetzte Krawattennadel, die sich unter seine normalen Sachen verirrt hatte, glitt mir aus den Fingern und fiel zu Boden, zerbrach in zwei Teile und schepperte über den Holzboden, bevor sie unter dem Sofa verschwand.

»Himmel noch mal, kannst du nicht anklopfen?«

»Du hast die Tür offen gelassen«, erwiderte sie mit gedämpfter Stimme. Auf Händen und Knien fummelte sie blind unter dem Sofa herum. »Ich werde Viggo dazu bringen, herzukommen und Staub zu saugen«, fügte sie hinzu, als sie sich hochdrückte und ihre staubigen Hände an der Hose abwischte.

Viggo war inzwischen ein fester Bestandteil von Lauralynns Leben, und sie wohnten jetzt zusammen im nahen Belsize Park. Ihre Beziehung hatte viel Ähnlichkeit mit meiner und Dominiks, allerdings mit umgekehrten Vorzeichen. Viggo war Leadsänger einer Band, und sein Image in der Öffentlichkeit war das eines typischen exzentrischen Rockstars, mit wirrem Haar und wiegendem Gang, spindeldürrem Körper und Röhrenjeans, die ihm tief auf der Hüfte saßen.

Doch hinter verschlossenen Türen, vermutete ich stark, übernahm Lauralynn das Kommando sowohl über ihr sexuelles wie auch ihr häusliches Leben. Sie besaß genug Reitpeitschen für einen ganzen Pferdestall, wie ich wusste. Wir hatten sogar einmal gemeinsam einen Mann dominiert, und ich war zugleich erregt und schockiert über die Gefühle gewesen, die es in mir ausgelöst hatte, während ich Lauralynn dabei zusah, wie sie ihn mit einer Peitsche in der Hand umkreiste, wobei ihr das lange blonde Haar wie eine seidig glänzende Woge um die Schultern fiel. Normalerweise machten mich Frauen sexuell nicht an, und ich hatte mir nie vorgestellt, auch nur die leiseste Veranlagung zur Domme zu haben. Aber Lauralynns Charisma war wie ein Sirenengesang, und es war unmöglich, ihr etwas abzuschlagen.

Sie hielt mir die beiden zerbrochenen Teile hin.

»Tut mir leid. Ich hoffe, dir lag nicht zu viel an dem Ding.«

»Schon gut. Wirklich. Er konnte dieses ganze Zeug nicht leiden.«

Sie warf die Stücke kurzerhand in den Müll und begann, den Inhalt ihrer Tasche in den Küchenschränken zu verstauen. Kaffee. Haribo-Bonbons. Eine große Flasche Gin.

Ich bekam einen Kloß im Hals. Diesmal nicht wegen Dominik, sondern wegen Lauralynn und ihrer Freundlichkeit. Sie kannte mich ebenfalls gut und hatte daher keine Blumen, Aufläufe, Beileidskarten oder sonst etwas geschickt, das nur im Müll gelandet wäre. Typisch für sie, hatte sie mir die Dinge gebracht, die ich wirklich wollte, auch wenn sie nicht gut für mich waren. Lauralynn hatte die Angewohnheit entwickelt, stets dann unerwartet aufzutauchen, wenn ich am wenigsten Gesellschaft haben wollte und sie daher vermutlich am nötigsten brauchte. Sie hatte sich als wachsame Beobachterin erwiesen und behielt mein Wohlbefinden im Auge, dessen war ich mir sicher.

Lauralynn besaß nach wie vor einen Schlüssel, den sie nie zurückgegeben hatte nach der kurzen Zeit, in der Dominik und sie platonisch zusammengelebt hatten. Viggo und Lauralynn waren so freundlich gewesen, vorbeizukommen und durchzulüften, wenn wir auf Reisen waren, oder uns ins Haus zu lassen, als wir uns einmal ausgeschlossen hatten. Also konnte es nur sie gewesen sein, oder Viggo auf ihre Anweisung, die hergekommen waren, während ich im Park spazieren ging, das schmutzige Geschirr in der Spüle abgewaschen und die schlecht gewordenen Lebensmittel aus dem Kühlschrank entfernt hatten.

»Du brauchst einen starken Drink, meine Liebe«, sagte Lauralynn, als sie mit einem Glas voll Eis, Gin und einem Spritzer Tonic aus der Küche zurückkam. »Und ein heißes Bad.«

»Ich habe heute Morgen geduscht«, maulte ich wie ein bockiges Kind.

»Deine Haare müssen gewaschen werden.« Mit einem Blick auf meinen schlaffen Pferdeschwanz rümpfte sie die Nase. Ich hätte ihr glatt zugetraut, mich hochzuheben und in die Wanne zu setzen, damit sie es selbst waschen konnte.

Lauralynn war Trauer nicht fremd. Ihr Bruder war vor einiger Zeit gestorben, und obwohl wir nie richtig darüber geredet hatten, wusste ich, dass sie in vielerlei Hinsicht verstand, wie ich mich fühlte.

»Aber ich bin nicht gekommen, um an dir herumzunörgeln«, fügte sie hinzu. »Oder dir beim Saubermachen zu helfen. Wobei das Haus es weiß Gott nötig hätte.«

Ich wartete, dass sie fortfuhr.

»Genau genommen«, sagte sie, »brauche ich deine Hilfe.« Sie wandte sich ab, streckte sich über die Arbeitsplatte nach der Ginflasche und einem Glas und goss sich einen Kurzen ein, pur. Ihre schwarze Jeans war hochtailliert und betonte die außergewöhnliche Länge ihrer Beine und die Rundung ihres Hinterns. Das blonde Haar war hoch auf dem Kopf zusammengefasst, was sie noch größer wirken ließ. Sie warf es nach hinten, als sie sich wieder zu mir umdrehte und auf meine Antwort wartete.

»Klar«, erwiderte ich. »Gerne. Nur kann ich mir nicht vorstellen, wie hilfreich ich im Moment für irgendjemanden sein könnte.«

»Du kannst immer noch spielen, oder?«

Die Frage traf mich unerwartet. Seit Dominiks Tod hatte ich keine Geige mehr angerührt.

»Ich hab's nicht versucht. Seit damals. Aber ich kann immer spielen …«

Musik war meine Zuflucht, und das simple Streichen meines Bogens über die Geigensaiten war wie eine schmerzlindernde Salbe für meine Seele. Erst da ging mir auf, dass ich seit Dominiks Tod nicht mal daran gedacht hatte, eines meiner Instrumente in die Hand zu nehmen. Vielleicht weil mein Geigenspiel ein so wesentlicher Teil unseres Kennenlernens und dann Ineinander-Verliebens gewesen war, dass es mich zu stark an ihn erinnerte. Aber ich wusste, er hätte sich gewünscht, dass ich spielte.

»Gut.« Lauralynn trank den letzten Schluck von ihrem Gin. Sie stellte das Glas auf die Arbeitsplatte und wischte sich mit dem Handrücken über den Mund.

»Viggo hat nächste Woche einen Auftritt. Nur einen inoffiziellen in einem kleinen Theater … aber ein paar Leute aus der Musikbranche werden da sein. Und diese Leute sind … Na ja, halt nicht die üblichen Rockmusik-Typen. Er hat an Solo-Sachen gearbeitet, will einen Neuanfang machen, aber es passt alles noch nicht so richtig zusammen. Er braucht irgendwas dazu, irgendwas anderes. Dich.«

»Mich?«

»Ja. Du hast doch schon Rock auf der Bühne gespielt. Er sagt, du warst umwerfend.«

Mir kam es vor, als wäre das eine Ewigkeit her, doch sie hatte recht. Chris' Band Groucho Nights hatte als Vorgruppe für Viggo und die Holy Criminals in der Brixton Academy gespielt, und Chris hatte mich als Gast auf die Bühne gerufen. Ich war zum festen Bestandteil ihrer Europatournee geworden. Dominik und ich lebten zu der Zeit getrennt, und die aufregenden Tage damals waren davon überschattet gewesen, wie sehr er mir fehlte.

»Okay«, stimmte ich zu. »Ich mach es.«

»Gut«, sagte sie. »Weil Viggo jetzt im Studio auf dich wartet.« Sie blickte auf ihre Armbanduhr, ein schlankes, silbernes Ding mit kleinem ovalen Zifferblatt. »Ich habe ihm gesagt, du wärst in einer Dreiviertelstunde dort, also solltest du dich lieber beeilen. Ich räum das hier auf.«

»Und wenn ich nun Nein gesagt hätte?«, protestierte ich.

»Du bist absolut vorhersehbar, Summer, auch wenn du das nicht wahrhaben willst«, erwiderte sie.

Rasch zog ich mir saubere schwarze Leggings an, Ballerinas und ein langärmliges weißes Hemd, darüber meine Radlerjacke, band mir einen Schal um, schlüpfte in die Handschuhe und verließ das Haus. Ein Instrument brauchte ich nicht mitzunehmen. Viggo besaß Dutzende jeder erdenklichen Art und würde mich mit dem ausstatten, das am besten zu dem Klang passte, der ihm vorschwebte. Höchstwahrscheinlich über Verstärker.

Schnell radelte ich das kurze Stück zu Viggo. Seit dem Weihnachtsabend, dem Nachmittagskonzert und Dominiks Tod war ich zum ersten Mal wieder mit dem Fahrrad unterwegs. Die Straße war vereist, und selbst mit Handschuhen wurden meine Hände steif vor Kälte. Aber es fühlte sich gut an, mich auf zwei Rädern zu bewegen.

Lauralynn hatte sich nicht geirrt. Ich hatte halb vermutet, dass Viggo überhaupt keine Hilfe brauchte und das Ganze nur ein Plan war, mich abzulenken und aus dem Haus zu locken, doch als er zur Tür kam, sah er noch zerzauster aus als sonst, und seine Augen waren gerötet, als hätte er seit Tagen nicht geschlafen.

»Morgen«, sagte ich munter, bevor mir aufging, dass es vermutlich mitten am Nachmittag war. Zeit hatte sowieso wenig

Bedeutung für mich, da ich nie in einem typischen Bürojob gearbeitet hatte. In letzter Zeit waren die Wochen für mich zusammengeschnurrt wie ein Akkordeon, und die Stunden glitten unbemerkt vorbei oder beschleunigten und verlangsamten sich, je nach meinem emotionalen Zustand. Je schlechter ich mich fühlte, desto länger erschienen mir die Tage.

»Hi, Summer«, erwiderte er, brachte ein schwaches Lächeln zustande und strich sich dabei eine Strähne seiner langen schwarzen Haare aus der Stirn. »Komm rein.«

Er bot mir nichts zu trinken an oder hielt sich mit irgendwelchen anderen Nettigkeiten auf, sondern führte mich einfach zum Studio, in dem er seine Nummern einstudierte. Ich musste schneller laufen, um mit ihm Schritt zu halten auf den langen Fluren zu dem Kellerraum, den er jetzt als Studio benutzte. Seine Jeans hatte die Farbe von Traubensaft, ein verschwommener Farbfleck vor den weißen Wänden um uns herum.

»Wann ist das Konzert?«, fragte ich ihn, als er mir eine Geige reichte. Wie erwartet, sollte ich eine elektrische spielen. Eine Bridge. Ich hob sie an die Schulter und machte ein paar Fingerübungen zum Aufwärmen. Die Geige hatte einen angenehmen Ton, aber ich hatte seit meiner kurzen Tournee mit Groucho Nights kein elektrisches Instrument mehr gespielt und würde mich erst wieder daran gewöhnen müssen. Meine Finger fühlten sich auf den Saiten steif und hölzern an.

»Nächste Woche«, erwiderte er. »Mittwoch. Nur eine kleine Sache, aber ich will was von meinem eigenen Zeug ausprobieren, und es werden ein paar Journalisten da sein … Großer Gott, ich muss ja klingen, als hätte ich nichts mit Rock 'n' Roll am Hut. Aber ich möchte wirklich, dass es gut läuft.«

Der öffentliche Viggo war meilenweit von dem privaten entfernt. Inzwischen konnte ich es kaum mehr glauben, dass ich mich je von seiner Bühnenpräsenz hatte verführen lassen, der

Version von Viggo, für die Frauen weltweit kreischend vor den Konzerthallen Schlange standen, wenn er live spielte. Der Mann, der vor mir saß, auf den Boden starrte und mit seinen Stiefelspitzen an den Stuhlbeinen scharrte, während wir über die Besetzung der Band und meine mögliche Mitwirkung sprachen, wirkte wie eine vollkommen andere Person.

Schließlich einigten wir uns, dass ich mit einem Riff aus dem *Zauberlehrling* beginnen würde. Ein technisch anspruchsvolles Stück mit genau dem richtigen Maß an Originalität und gut passend zu Viggos typisch phantasmagorischer Bühnenkunst, fand ich.

»Ist doch cool, Sum, keine Bange«, beharrte Viggo, als ich erneut versuchte, mit der Elektrischen klarzukommen. Meine Hände waren so steif, dass es mir vorkam, als bewegten sich meine Finger durch Teer statt durch Luft. »Du kriegst das schon hin.«

»Ich habe meine Partitur nicht dabei …«, erklärte ich. »Und es ist knifflig, das Stück auswendig zu spielen …«

Ich musste kräftig in die Pedale treten, während ich bergauf radelte. Meine Handschuhe steckten in meinen Jackentaschen, meinen Schal hatte ich versehentlich in Viggos Studio liegen lassen. Inzwischen war es dunkel, und meine Hände waren innerhalb von Minuten so kalt, dass das Umschalten der Gänge schmerzte. Der Wind peitschte gegen meinen nackten Hals. Ich hatte vergessen, meine Fahrradlichter mitzunehmen, und verließ mich auf mein Gedächtnis, den Rückweg zu finden, nur mit den kleinen Reflektoren als Sicherheit. Ungebeten tauchte Dominik vor meinem geistigen Auge auf und schalt mich für meinen Leichtsinn. Er hatte sich immer Sorgen gemacht, wenn ich in London mit dem Rad fuhr.

»Fick dich, Dominik«, dachte ich verbittert. Tränen liefen mir über das Gesicht, machten meine Wangen noch kälter. Meine Finger lagen zu erstarrt auf dem Lenker, um die Tränen wegzuwischen, selbst wenn ich die Energie dafür aufgebracht hätte. Kaum waren mir die Worte in den Kopf geschossen, als Wogen von Schuldgefühl und Kummer über mich schwappten und ich wünschte, ich könnte sie zurücknehmen, obwohl er mich ja nicht mehr hören konnte. Ich hatte es nicht mit Geistern oder irgendeiner Form von Leben nach dem Tod.

Aber hatten sich der Kummer, der Schock auf meine Fähigkeit als Musikerin ausgewirkt?

Im Grunde meines Herzens wusste ich, dass ich mich melodramatisch verhielt. Ich war aus der Übung und hatte aus mir unbekannten Gründen darauf bestanden, ein schwieriges Stück zu spielen, das sogar an meinen besten Tagen eine Herausforderung war. Doch das war mir in dem Moment egal. Gefühle fegten durch mich wie ein Tornado, und ich hatte keine andere Möglichkeit, sie auszudrücken. Alles, was ich je gehabt hatte, waren Dominik und meine Violine, und jetzt fühlte ich mich von beiden verlassen.

Ich stellte das Fahrrad an der Hauswand ab, ohne mir die Mühe zu machen, es abzuschließen oder hineinzutragen. Meine Bailly war an ihrem üblichen Platz, lehnte an der Wand des Raums, der jetzt mein Schlafzimmer war. Bisher war es unseres gewesen. Alle Lichter waren aus. Lauralynn hatte offensichtlich ihre Arbeit beendet und war gegangen, doch ich schaute gar nicht erst nach. Zwei Stufen auf einmal nehmend, eilte ich die Treppe hinauf, griff nach meinem Geigenkasten und wollte wieder gehen. Dabei sah ich mich im Spiegel. Meine Haare hatte ich mit einem Band zurückgebunden – eine praktische Frisur, obwohl ich mir damit immer ein bisschen fremd vorkam. Auch wenn sie oft schwer zu bändigen waren, gehörten meine vollen roten Locken zu den Dingen, die ich vollkommen mit meiner Identität verband, mit mir als Ich. Normalerweise trug ich auch keine Hosen, wenn es nicht unbedingt sein musste. Und meine Fahrradjacke hatte Signalfarbe und war unmodisch. Ich erkannte mich selbst nicht wieder.

Meine Hände bewegten sich scheinbar aus eigenem Antrieb. Ich riss das Band von meinem Pferdeschwanz und ließ die Haare über die Schultern fallen. Zog Ballerinas und Leggings aus, Slip, Jacke, Bluse und BH. Ich war nackt. Wieder hob ich den Geigenkasten hoch und drückte ihn an meine bloße Haut.

Als ich zur Haustür kam, blieb ich stehen und nahm meinen langen grauen Daunenmantel mit Kapuze vom Haken. Sobald ich mein Ziel erreichte, konnte ich ihn wieder ausziehen, doch ich würde unterwegs wenigstens nicht wegen Erregung öffentlichen Ärgernisses angehalten und verhaftet werden. Sogar in meinen selbstzerstörerischsten Momenten setzte mein Verstand nicht vollkommen aus. Ich schlüpfte wieder in die Laufschuhe, die ich vorher weggekickt hatte.

Aber ich hätte mir die Mühe sparen können, da nicht mal ein einsamer Spaziergänger stehen blieb, um mich anzuschauen, als ich durch die Hampstead Heath zum Musikpavillon ging, trotz meiner schlampigen Aufmachung und des Instrumentenkastens, den man im Dunkeln für etwas Gefährlicheres hätte halten können.

Der Musikpavillon. Dort hatte ich zum ersten Mal für Dominik gespielt. Er hatte mich angewiesen, vollkommen nackt dazustehen, in vollem Tageslicht, während ich für ihn auftrat – mit Vivaldi, *Die vier Jahreszeiten*. Das war ebenfalls ein anspruchsvolles Stück gewesen. Der Ort, zu dem ich ihn geführt hatte, kurz nachdem wir zusammengezogen waren, und an dem wir uns ein für alle Mal bestätigten, dass wir, wie ungewöhnlich unsere Beziehung auch sein mochte, so perfekt zusammenpassten, als hätte die Natur uns zu einem Paar verschmolzen. Und es war der Ort, an dem er das Armband mit dem Vorhängeschloss für mich versteckt hatte. Und nun war es der Ort, an dem ich herausfinden wollte, welcher Teil von mir begraben worden war, als Dominik starb. Diesen Teil wollte ich wiederhaben.

Ich nahm meinen Platz in der Mitte des Musikpavillons ein, ließ den Mantel fallen und begann zu spielen.

Ein Ton folgte dem anderen wie von selbst, und bald hatte ich meine Umgebung vollkommen vergessen; meine aufgescheuerten Knöchel vergessen, den eisigen Wind, der mit den bösartigen Klauen einer erfrorenen Hand über meine nackte Haut kratzte, meine Nacktheit und das seltsame Bild, das ich für Vorübergehende abgeben musste.

Die ungestümen Klänge meiner Melodie hüllten mich in den lindernden Balsam von Anwesenheit und Abwesenheit zugleich. Konzentriert allein auf die nächste winzige Bewegung meiner Finger auf den Saiten, nahm ich alles überdeutlich wahr und war doch vollkommen versunken. Mein Kummer verschwand vorübergehend, zumindest aus meinem Bewusstsein, und falls meine Musik eine neue Dimension der Sehnsucht angenommen hatte, die vorher nicht vorhanden war, merkte ich es nicht. Wir können immer nur die Summe unserer Teile sein.

Ich spielte weiter.

Ich schnappte nach Luft, und meine Finger lösten sich vom Hals des Instruments und den Saiten, auf denen sie beim obersten Wirbel zur Ruhe gekommen waren. Langsam, aber triumphierend hob ich den Bogen. Endlich hatte ich das Dukas-Stück gemeistert. Haare hatten sich aus der Bespannung gelöst und hingen von der Spitze des Bogens, was ich bei meinem rasenden Angriff auf die Musik gar nicht bemerkt hatte. Ich fühlte mich fiebrig, und im selben Augenblick überfiel mich die nächtliche Kälte mit einem Frontalangriff, hüllte meinen Körper in eine eisige Decke und überzog ihn mit Gänsehaut. Ich legte die Geige auf den Boden, griff nach meinem Daunenmantel und schlang ihn zitternd um mich. Die Leidenschaft der Musik hatte mich geschützt, während ich spielte, aber ihr Kraftfeld hatte sich rasch verflüchtigt.

Ich zog den Mantel enger um meine Nacktheit und griff nach dem Reißverschluss, um meinen Körper vor der Kälte abzuschirmen. Ich hob das Instrument auf, verpackte es sorgsam im Kasten, richtete mich wieder auf und begann den Abstieg vom Musikpavillon zu dem schmalen Pfad, der sich hundert Meter darunter öffnete und mich zurück zu den Teichen und schließlich nach Hause bringen würde.

Eine Wolke zog vor den Mond, und ich stand in vollkommener Dunkelheit.

In dem Moment drang eine Stimme an mein Ohr.

»Bravo, bravo …«

Die Stimme eines Mannes. Kehlig, gebildet, mit leichtem südenglischem Akzent.

Ich schaute in die Richtung und blinzelte. Der rote Punkt einer Zigarette durchdrang die Dunkelheit.

Ich erschauderte.

Blieb wie angewurzelt stehen.

»Ich beiße nicht.«

Ich rührte mich nicht, wurde mir zunehmend meiner Verletzlichkeit hier draußen in der Nacht bewusst.

Die in mir aufsteigende Furcht erinnerte mich paradoxerweise an einige der widersprüchlichen Gefühle, die ich in dem Jahr nach meiner ersten Begegnung mit Dominik so oft empfand. Als ich mich leichtsinnig, aber sehenden Auges auf gefährliche Situationen einließ; als ich mich verzehrte nach der Angst, die die zerbrochenen Teile meiner selbst geradezu magnetisch anzog.

Jetzt konnte ich den Zigarettenrauch durch den Schleier der Londoner Nacht riechen. Beißend, jedoch angenehm, stark und aromatisch. Vielleicht eine Zigarre? Oder eine exotische Tabaksorte?

Die Leuchtkraft des roten Flecks in der Dunkelheit, die mich von dem Fremden trennte, wurde bei jedem Zug, den der Mann nahm, stärker und wieder schwächer.

»Hab keine Angst, komm näher, Musikgeist …«, sagte er.

Hatte ich eine andere Wahl?

Verhalten tauchte der Mond wieder auf, ein schmaler Lichtstreif, der die Wolken durchbrach, als ich den Mann erreichte.

Er war groß, bärtig, stämmig, trug einen dicken Wollpullover in einer dunklen, unbestimmbaren Farbe und Jeans. Seine Augen glitzerten tückisch.

»Das war ein ziemlich gewagter Auftritt, junge Frau.« Seine Stimme troff vor boshafter Ironie.

Wie viel konnte er aus dieser Entfernung überhaupt gesehen haben?

Bestimmt nicht viel.

»Was machen Sie hier?«

»Ich könnte lügen und behaupten, mit meinem Hund Gassi zu gehen, aber ich will Ihre Intelligenz nicht beleidigen«, erwiderte er.

Ich schaute mich um. Nirgends war ein Hund zu sehen oder zu hören. Während ich dem Mann und seiner bedrohlichen, massigen Gestalt einen weiteren Blick zuwarf, ging mir auf, dass zu ihm ein riesiger Alaskan Malamute gepasst hätte, wuchtig und mit dickem Fell. Ein willkürlicher Gedanke. Meine Phantasie wob bereits eine Geschichte um ihn.

Da er mein Schweigen bemerkte, fuhr er fort: »Ich war neugierig …«

»Neugierig?«

»Wussten Sie, dass Sie in dieser Gegend so etwas wie eine Berühmtheit geworden sind?«

»Eine Berühmtheit?«

»Allerdings. Seit Langem gibt es Gerüchte über eine schöne, rothaarige Violinistin, die bei Konzerten im Evakostüm auftritt. Aber in letzter Zeit wurden keine Auftritte mehr gemeldet, daher … Um ehrlich zu sein, ich habe diesen Gerüchten nicht geglaubt.«

»Sie haben mich spielen sehen? Gerade eben?«

»Ich konnte überhaupt nichts erkennen. Was sehr schade ist, wenn ich Sie mir jetzt so anschaue. Aber ich konnte Sie laut und deutlich hören. Mich wundert nur, dass die Musik nicht mehr Zuhörer angelockt hat.«

Ich blickte mich um, schaute zwischen die Bäume und zu der kaum erkennbaren Lichtung. Da waren keine Zuhörer. Nur wir beide.

»Hat Ihnen die Musik gefallen?«, wagte ich zu fragen.

»*Der Zauberlehrling*«, sagte er. »Eine ungemein passende Wahl … Spielen Sie gern mit dem Feuer?«

Der Fremde strahlte eine zurückhaltende Autorität aus, eine kaum verhohlene Brutalität und Selbstsicherheit. Er sah mir ins Gesicht. Ich war beeindruckt, dass er das von mir gespielte Stück erkannt hatte. Heutzutage hatten es alle mit Rockmusik oder anderen Formen von Pop, und immer weniger Menschen kannten sich mit Klassik aus. Darüber hinaus war das Dukas-Stück, das ich gespielt hatte, ursprünglich für Orchester geschrieben, nicht für Violine, und ich hatte mit dem Leitmotiv wild improvisiert.

Er faszinierte mich.

»Ich bin …«

Er unterbrach mich. »Ich will Ihren Namen nicht wissen. Ich finde sogar, ihn nicht zu erfahren, verleiht der Situation eine gewisse Würze. Und umgekehrt, warum sollte ich Ihnen meinen nennen? Macht Anonymität unsere Begegnung nicht noch interessanter?«

Ich verstand, worauf er hinauswollte, und nickte.

»Aber ich mache mir natürlich so meine Gedanken und habe, falls Sie mir die Anmaßung verzeihen, ein stilles und intuitives Verständnis für Frauen wie Sie ...«

Er betrachtete mich von Kopf bis Fuß, mit unfehlbarem Blick, als vermesse er mich Zentimeter um Zentimeter, durchdringe mit Röntgenblick den Stoff meines langen Mantels und nehme meinen nackten Körper kurzerhand in Besitz.

»Sie sind keine gewöhnliche Exhibitionistin«, fuhr er fort. »Und Sie kommen auch nicht her, um die Menge mit Ihrer Musik zu unterhalten.«

Ich hielt den Atem an.

Erkenntnis durchzuckte mich wie ein Blitz. Obwohl wir uns kaum mehr als ein paar Minuten unterhalten hatten, begriff ich, dass dieser Mann erstaunlicherweise mein wahres Ich erkannt hatte. Er sah den Kern der Finsternis, den ich in mir verborgen hielt. Ein Beutetier erkennt stets seine Jäger. Das gehörte zu dem wechselnden Revier, an das ich mich gewöhnt hatte.

»Sie haben Ihre Dämonen, junge Frau. Die sich selbst durch die Musik, die Sie so virtuos spielen, nicht besänftigen lassen. Deswegen kommen Sie hierher ... um sie zu bändigen. Aber man wird sie nicht los, wissen Sie. Man kann sie nur austreiben.«

Seine Augen waren wie dunkle, negative Blitzlichter, beurteilten mich. Verurteilten mich.

»Liege ich da falsch?«, fragte er.

Ich ließ mir Zeit mit der Antwort. Schwäche machte sich in meinen Gliedern breit, meine Gedanken waren in Aufruhr, ganz ähnlich wie die Gefühle, die mich seit Dominiks Tod überschwemmten.

Seine Hand streckte sich nach mir aus. Er trug keine Handschuhe. Ich griff nach ihr. Er packte mich am Handgelenk. Ich wehrte mich nicht. Seine Finger waren schwielig, hart, heiß, umklammerten mich mit einer Kraft und Autorität, nach der ich augenblicklich gierte.

Er kam näher. Die Wärme seines Körpers umhüllte mich wie ein Energiefeld. Ich blickte zu ihm auf. Er war mindestens einen Kopf größer als ich. Sein gepflegter, grau melierter Bart war ein Wald aus verschlungenen und zugleich intimen Mustern, sein Kopf mit dem vollen, dunklen Haar eine nächtliche Krone. Normalerweise hatte ich eine starke Abneigung gegen Bärte.

»Ich will dich genauer ansehen. Mach den Mantel auf.«

Ich gehorchte.

»Hm …«, machte der Mann, betrachtete meine Nacktheit. Wieder spürte ich die Kälte. Stand da. Ein Stillleben. Summer als Stillleben. Mädchen in Landschaft. Summer nackt. »Absolut erstaunlich. Sehr attraktiv. Wirklich sehr«, flüsterte er anerkennend, seine Stimme eine Oktave tiefer. Sein Blick war stetig und wertend.

»Was willst du?«, fragte er.

»Ich weiß nicht«, antwortete ich zögernd. »Ich weiß es einfach nicht.«

»Ich kann dir helfen, es zu finden«, sagte er. »Komm mit mir, ja?«

Jede andere Frau hätte seine Aufforderung abgelehnt. Ich hätte sie ablehnen sollen.

Doch ich tat es nicht.

Ich stand wie angewurzelt da, vollkommen entblößt vor einem Fremden, dessen ruhige Selbstsicherheit gleichermaßen Gefahr und Anziehung bedeutete.

»Du kannst deinen Mantel zumachen. Wir wollen ja nicht, dass du dich erkältest, nicht wahr?«

Ich zog beide Seiten zusammen und drückte meinen Geigenkasten an die Brust, der schwächste aller Schilde.

Im Hinterkopf wünschte ich mir, Dominik wäre hier, um mir

zu raten, mir vorzuschlagen, einen anderen Weg zu nehmen als den unvermeidlichen. Doch ich wusste, das würde nicht geschehen. Bekannte Wege, selbst die falschen, haben etwas Tröstliches und Vertrautes.

Der Fremde bot mir seinen Arm an, unter normalen Umständen eine galante Geste, obwohl mir klar war, hier handelte es sich nur um eine weitere, subtile Mahnung daran, dass ich mich aus freien Stücken auf ihn einließ.

Ich hakte mich bei ihm unter.

»Hervorragend«, sagte er. Spielte er damit auf meine Fügsamkeit oder meine Schwäche an? Auf beides höchstwahrscheinlich.

Arm in Arm gingen wir zurück zu den Teichen und dem Parkplatz dahinter, auf dem ein einzelnes Fahrzeug stand. Ein schwarzer, auf Hochglanz polierter Audi, auf dem sich das schwache Mondlicht spiegelte.

Per Fernbedienung öffnete er die Beifahrertür für mich, ging um das Auto herum und nahm auf dem glänzenden Leder des tiefen Fahrersitzes Platz. Den Weg zum Parkplatz hatten wir schweigend zurückgelegt.

»Sitzt du bequem?«

»Ja.«

»Bereit?«

»Wofür?«, fragte ich, obwohl ich genau wusste, dass die Frage vollkommen überflüssig war.

»Für eine Herausforderung. Aber das weißt du ja. Ich kann es in deinen Augen erkennen, an der Art, wie du hierher gegangen bist.«

»Mag schon sein.«

»Du fürchtest dich vor dem, was jetzt passieren könnte, nicht wahr? Doch gleichzeitig fühlst du dich davon angezogen, verzehrst dich vor Neugier, kannst dich nicht abwenden ohne herauszufinden, was ich für dich geplant habe …«

Verdammter Kerl, dachte ich. Warum war ich ein so offenes Buch?

»Bist du nur mit deinem Mantel und der Geige in den Park gekommen?«, fragte er.

»Ja.«

»Keine Kleider, Handtasche, Geld?«

»Nein. Ist das ein Problem?«

»Überhaupt nicht. Dort, wohin ich dich bringe, wirst du nichts brauchen.«

»Okay.« Ich war bereit. Ich hatte Angst. In mir begann ein schuldbewusstes Verlangen zu gären, wuchs von Minute zu Minute. Meine Lenden wehrten sich gegen die schwellende Woge von Feuchtigkeit und Erregung, hofften und fürchteten sich gleichermaßen vor dem, was passieren würde. Und ich fragte mich verwirrt, ob ich es, wenn ich schließlich am anderen Ende herauskam, geschafft hatte, einen Strich unter den Schmerz zu ziehen, den Dominiks Tod ausgelöst hatte.

Das Auto roch stark nach demselben ungewöhnlichen Tabak, der mir schon vorher in die Nase gestiegen war.

Er ließ den Motor an. Zerstreut bemerkte ich, dass es ein Automatik war, wohingegen Dominiks BMW, »unser« BMW, ein Schaltgetriebe hatte. Komisch, wie einem solche nichtigen Dinge ungewollt einfallen. Während der Audi warm wurde und eine dünne Frostschicht von der Windschutzscheibe schmolz, sprach der Fremde kurz in ein Handy, das er aus dem Handschuhfach genommen hatte. Er traf Vereinbarungen mit jemandem, einen bestimmten Raum vorzubereiten.

»... ja, ich habe eine Freiwillige«, schloss er.

Ich betrachtete sein Profil. Er hatte eine Hakennase, und die markanten Gesichtszüge hatten etwas Teuflisches. Vielleicht lag es an dem gepflegten Bart und dem gleichmäßigen Glanz seiner Haare.

Er legte eine Hand ans Lenkrad, betätigte mit der anderen den Ganghebel, und das Auto fuhr mit einem tiefen Schnurren los. Ich blickte auf die Uhr: kurz nach Mitternacht.

Leere Nordlondoner Straßen rauschten vorbei, während wir in schnellem, aber kontrolliertem Tempo durch dunkle Gassen und schlecht beleuchtete Hauptstraßen mit endlosen Reihen geschlossener Geschäfte und trüber Schaufenster fuhren.

Ich erkannte Camden Town, jetzt mehr wie eine Geisterstadt, die Stände vom Wochenendmarkt im Winterschlaf, und die Pubs hatten ihre Gästehorden längst in die Trostlosigkeit ihres Lebens ausgespuckt. An der normalerweise viel befahrenen Kreuzung bei der U-Bahn-Station bogen wir links ab Richtung Kentish Town. Die Stadtlandschaft wurde noch trostloser und leerer.

»Keine Fragen?«, meinte der Fahrer, da ich beharrlich schwieg, mein Kopf völlig leer, während ich gegen meine Nervosität ankämpfte.

»Eigentlich nicht.« Ich hoffte, meine Stimme verriet nichts von meiner Furcht.

Das Auto fuhr langsamer. Bog scharf in einen improvisierten Parkplatz, entstanden durch den Abriss eines zweifellos baufälligen Hauses. Dort parkten bereits ein paar andere Fahrzeuge. Im Schatten stand ein rauchender Wachmann, eine notwendige Sicherheitsmaßnahme, vermutete ich. Der Fremde nickte ihm zu, als wir aus dem Auto stiegen. Ich wandte mich ab, bückte mich nach meinem Geigenkasten und spürte eine Hand auf der Schulter.

»Die brauchst du dort nicht«, sagte er. »Ich habe nicht vor, dich spielen zu lassen, wie vorzüglich dein musikalisches Talent auch sein mag.«

Ich wollte protestieren, aber sein Griff wurde fester.

Er machte eine Handbewegung, und ich gab ihm den Geigenkasten mit dem kostbaren Inhalt. Er schloss ihn im Kofferraum ein.

»Da passiert ihm nichts«, versicherte er.

Ich folgte ihm.

Wir gingen die leere Hauptstraße entlang. Als wir um die Ecke bogen und mir ein flackerndes Neonschild mit den absurden Umrissen einer knallrosa Palme ins Auge fiel, sprach der Fremde erneut.

»Du weißt, was passieren wird?«, fragte er.

»Ich nehme es an.«

»Du wirst benutzt werden.«

»Ja.«

»Hart. Grob. Wiederholt. Es gibt kein Zurück, verstehst du?«

»Ja.«

»Gut. Also wissen wir beide, dass kein Missverständnis vorliegt.«

»Ja«, versicherte ich ihm mit einem erwartungsvollen Zittern in der Stimme.

Wir erreichten die Tür unter dem kitschigen Neonschild. Der Fremde klopfte an, und ein Summer ertönte. Auf Augenhöhe hing ein Schild, das ich in der Dunkelheit gerade noch entziffern konnte: *Privatsauna, Zutritt nur auf Einladung.*

Wir traten ein. Im Vorraum waberte feuchte Luft mit dem Geruch nach Desinfektionsmitteln, Chlor und Schweiß, wie eine tief hängende, unsichtbare Wolke. Es gab nur einen Tresen, an dem der Mann, der mich hergebracht hatte, uns unter dem gelangweilten Blick eines Bademeisters in weißem Kittel eintrug. Die gedämpften Klänge von Kaufhausmusik begrüßten uns, und ich kam mir vor wie im Supermarkt.

Der Bademeister griff unter seinen Holztresen und reichte meinem Begleiter zwei große dunkle Handtücher. Der Fremde gab eines zurück.

»Sie wird keins brauchen«, verkündete er. Ich vermeinte ein Grinsen im Gesicht des jüngeren Mannes zu sehen.

»Ja, Sir.«

Zu mir sagte der Fremde: »Die Spinde sind unten, genau wie die Duschen. Ich will dich sauber haben. Dann wirst du im Dampfraum erwartet.«

Der Kellerbereich war von zerbeulten Metallspinden gesäumt. Die Hälfte war bereits geschlossen, während andere weit offen standen, mit einem kleinen Schlüssel am Band in den Schlössern. Er bedeutete mir, meinen Daunenmantel auszuziehen, und hängte ihn in einen der offenen Spinde. Wieder stand ich nackt da. Diesmal musterte er mich mit forensischer Genauigkeit, das erste Mal, dass er mich in vollem Licht sah.

»Schuhe«, befahl er. Ich blickte hinunter. Sie waren alles, was ich jetzt noch trug. Rasch schlüpfte ich aus den Laufschuhen.

»Dreh dich um«, fuhr er fort. »Lass mich deinen Arsch sehen.«

Ich gehorchte. Seine Hand strich über meine Pobacken, glitt über meine Haut, prüfte ihre Geschmeidigkeit und Festigkeit. Auf diesen Teil meines Körpers bin ich ungeheuer stolz. Ein anerkennendes Grunzen war zu hören. Als er schließlich seine Hand wegzog, streckte er plötzlich zwei Finger aus, vergrub sie in meinem Delta und befummelte mich.

»Schon feucht, was?«, sagte er.

Sosehr ich mich auch von der ganzen Angelegenheit lösen wollte, mein Körper verriet mich auf vertraute Weise.

Ich begann zu schwitzen, ein dünner Film breitete sich wie Tau über meinen Bauch und die Schenkel. Die Luft im Club war stickig und drückend, Hitze aus der Sauna nebenan strömte in den Umkleideraum, in dem wir uns befanden.

Seine Finger lösten sich von meiner Möse.

»Dreh dich wieder um«, befahl er.

Ich drehte mich und sah ihn an. Er blickte nach unten. Runzelte die Stirn.

»Du hast deine Körperpflege vernachlässigt«, rügte er.

Ich wusste, worauf er anspielte. Früher hatte ich darauf geachtet, meine Scham für Dominik glatt zu halten, doch seit seinem Tod war ich vergesslich und gleichgültig geworden. Ich hatte einfach keine Lust gehabt, da vermutlich niemand auf meinen Intimbereich schauen oder daran interessiert sein würde.

»Die Duschen sind da drüben.« Er deutete auf eine schmale Tür zu meiner Rechten. Ich hörte Wasser rauschen. »Da findest du Einmalrasierer. Mach dich sauber. Ich will dich vollständig rasiert haben.« Sein Gesichtsausdruck war leicht gereizt, als dächte er bereits über eine außerordentliche Form von Strafe nach, sollte ich nicht vollkommen glatt und seinen Vorstellungen entsprechend zurückkommen.

Der Duschraum bestand aus einem halben Dutzend fester Duschköpfe mit Metallhähnen, die aus der grauen Betonwand ragten, und einer länglichen, flachen Rinne, in der man stehen konnte. Er war völlig offen, bot keinerlei Sichtschutz und kam mir wie eine vorsintflutliche, mehr als primitive Version eines Sportstudios vor. Als ich eintrat, seiften sich zwei Männer am Ende des Raums ein und blickten auf. Beide lächelten.

Ich ignorierte die Zuschauer und stellte die Dusche an. Das Wasser versengte mich, rauschte wie ein schwerer Vorhang über meinen Körper, und es gelang mir nicht, die Temperatur zu regeln. Ich biss die Zähne zusammen und schrubbte mich so schnell wie möglich ab. Weitere Männer kamen herein und sahen mir zu. In falscher Schamhaftigkeit senkte ich den Blick und ignorierte auch sie.

Als ich schließlich unter dem heißen Strahl hervorkam, merkte ich, dass sich der Fremde ebenfalls zu uns gesellt hatte. Er hatte sich ausgezogen und trug jetzt ein Handtuch um die Hüften. Er war erstaunlich behaart, und ich ärgerte mich, als mir unwillkürlich der Gedanke durch den Kopf schoss, wie es sich wohl anfühlen mochte, mit meinen Fingern durch sein Brusthaar zu streichen, wie es im Vergleich zu anderen Männern war, die ich gekannt hatte.

Einen kurzen Moment stand ich verblüfft da, beinahe in Gedanken versunken, ohne meine Umgebung und die sich entwickelnde Situation richtig wahrzunehmen. Aus dem Augenwinkel sah ich, dass sich einige Zuschauer selbst berührten und andere bereits steif waren.

Der bärtige Fremde reichte mir einen Einmalrasierer aus Plastik. Ich schabte die Stoppeln meiner nachgewachsenen Schamhaare weg. Obwohl ich keinen Spiegel hatte, um zu überprüfen, wie ich vorankam, hatte ich meine Sache offenbar gut gemacht, denn er nickte schweigend, als ich fertig war. Zur Bestätigung strich er mit der Hand über meinen Venushügel und zwang mich mit einem festen Druck auf meine Schultern, mit weit gespreizten Beinen in die Hocke zu gehen, in eine würdelose Urinierstellung. Er schob die Hand zwischen meine Beine und zog sie von der Möse zum Anus, um zu überprüfen, wie gründlich ich gewesen war.

Dann half er mir hoch.

Ich war immer noch klatschnass, aber er gab mir kein Handtuch zum Abtrocknen. Wahrscheinlich sah ich aus wie ein begossener Pudel, doch so wollte er mich wohl haben.

Wir verließen den Duschbereich, kamen wieder durch den Umkleideraum, und ich wurde durch ein Labyrinth schmaler Gänge geführt, bis die Hitze und Feuchtigkeit in der Luft bestätigte, dass wir auf dem Weg zum Dampfraum waren. Er lag hinter einer Milchglastür. Wir blieben stehen, und ich hörte schlurfende Schritte hinter uns. Die Männer, die mich beim Duschen und Rasieren beobachtet hatten, waren uns gefolgt. Ich rang nach Atem.

Seine lenkende Hand löste sich von meinem Ellbogen.

Ein Wassertropfen rann mir von der Stirn auf die Nasenspitze und platschte auf den Steinboden.

Der Fremde öffnete die Tür.

Schwere Dampfwolken schlugen mir entgegen, und eine energische Hand auf meinem Rücken stieß mich über die Schwelle. Ich konnte nichts sehen, ein beißender Geruch stieg mir in die Nase und brachte mich kurz zum Husten. Die Fliesen waren glitschig. Wie groß der Raum war, ob er die Größe eines normalen Badezimmers hatte oder die Unermesslichkeit einer Raum-Zeit-Maschine, ließ sich nicht erkennen. Ich war von Wolken umgeben. Stand verloren zwischen den aus allen Richtungen zischenden Schwaden und dem Atmen einer unbekannten Anzahl schwitzender Körper, die den Dampfraum besetzten. Alles Männer, daran zweifelte ich nicht. Man hätte mir auch die Augen verbinden können. Meine Lunge gewöhnte sich allmählich an die heimtückische Hitze der Sauna, mein Gehör an das eingebildete Flüstern, das mich jetzt umgab.

»Runter auf die Knie.«

Ich hockte mich auf den Boden, wo die wirbelnden weißen Wolken sich dichter ballten.

»Auf alle viere.«

Ich stützte mich mit den Händen auf die feuchten Fliesen.

»Mach die Beine breit.«

Das Handtuch des Fremden fiel neben mir zu Boden und streifte mich dabei an der Seite.

Ein Finger drang in mich ein. Schätzte meine Feuchtigkeit, meine Enge ab.

Ein weiterer Finger überprüfte meinen Schließmuskel. Er zwang sich den Weg durch den Ring, grub sich tief in mich.

Verloren in dem aufsteigenden Dampf, begraben unter den ständig nachströmenden Schwaden, versuchte ich mir die Szene vorzustellen, mich davon zu distanzieren und sie mit den Augen eines unbeteiligten Beobachters zu sehen.

Wie ich die Szene auch betrachtete, sie war und blieb obszön.

Eine Hand drückte meinen Kopf nach unten. Tabakatem wehte von meinem Ohr zu meiner Nase, strich über meine Wange.

Sein Schwanz drang in mich ein.

3

SCHAU NICHT HIN

Trotz der alles durchdringenden Feuchtigkeit der Sauna verspürte ich eine widersprüchliche Trockenheit. Sie verfing sich in meiner Kehle, hing zwischen den Wirbeln dünner, weißer, sich ständig verlagernder Schwaden, die durch den Raum waberten. Der steife Penis des Fremden stieß mit einer Energie in meinen Körper, die mich überraschte, angreifend, zerstörend, und dehnte mich schneller, als ich es mir so früh in dieser Tortur gewünscht hätte. Ich war zu trocken. Er war zu groß. Ich spürte einen schmerzhaften Stoß gegen meinen Muttermund, wie ein stumpfes Messer, das mich grob mit einer fachkundigen, routinierten Bewegung durchschnitt. Sosehr ich seine Penetration auch erwartet, sogar ersehnt hatte, das Gefühl war so brutal, dass ich protestierend aufheulte. Er hatte sich so schnell, so gnadenlos in mich gebohrt, dass sein Schwanz sich wie Sandpapier an der zarten Haut meiner malträtierten Schamlippen rieb und einen Flächenbrand unter meinen Geschlechtsteilen entzündete.

Der Schmerz war brennend, und die Trockenheit meiner Möse musste für ihn doch auch schmerzhaft sein, dachte ich, aber wenn dem so war, machte er keine Anstalten, seinen Angriff auf mich zu verlangsamen.

Es hätte mich nicht überraschen sollen, dass mein Schrei für ihn nur Ansporn war, sein mechanisches Stoßen in mich hinein und hinaus, hinein und hinaus mit dem gleichmäßigen, teuflischen Rhythmus eines Kolbens fortzusetzen. In meinem linken Auge bildete sich eine einsame Träne, als sich weitere Schmerzschichten über die erste Welle breiteten und sie überlagerten, sich erbarmungslos in konzentrischen Kreisen ausdehnten, bis mein ganzer Körper sich anfühlte, als würde jedes Nervenende gefoltert, während ich pornografisch den hungrigen Blicken von Gott weiß wie vielen anderen Männern ausgesetzt war, die etwas abseits in den fließenden weißen Schatten der Sauna standen und das schreckliche Spektakel beobachteten. Darauf warteten, bis sie an der Reihe waren.

Ohne auf die furchtbare Trockenheit meiner Möse Rücksicht zu nehmen, verbrannte mich der Schwanz des Fremden weiter mit jedem Stoß, drang in mich ein, öffnete mich, ließ mich auseinanderklaffen, machte mich zu seinem sexuellen Besitz, seinem Eigentum.

Mir wurde auch bewusst, dass er mich ungeschützt nahm. Aber für Bedauern war es jetzt zu spät.

Meine Kehle war unerträglich eng, wenn ich zu schlucken versuchte, mein nach vorn gebeugter Körper wurde durch seine stetigen Stöße bewegt. Ich drohte zu ersticken. Nur ein weiterer kläglicher Ton kam heraus, der vermutlich ein Lächeln auf seine Lippen brachte, während er mich von hinten beackerte.

Meine Knie schmerzten, sein schwerer Körper drückte mich nieder, seine Eier klatschten gegen meinen Hintern.

Die Träne fiel.

Dominik hört nicht auf, mich anzusehen, selbst mit seiner Nase in den Falten meiner Möse vergraben, seine Zunge leckt mich eifrig, seine Zähne knabbern sanft an meiner Klitoris, seine Lippen zupfen an meinen weichen, geschwollenen Schamlippen. Die Wärme und das Verständnis in seinen braunen Augen bringen mir Frieden. Sein Mund, der die vielfältigen Melodien meiner innersten Gefühle orchestriert, seine kluge, wissende Art, sein intuitives Verständnis meines Körpers geben mir das Gefühl, gleichzeitig eine verliebte Frau und eine Sklavin meiner Sehnsüchte zu sein. Die Sanftheit, mit der er die Leere in mir füllt und mir das Gefühl gibt, vollkommen und erwünscht zu sein, hilft mir, jene Ebene zu erreichen, auf der Sex sich über das rein Körperliche von Schwanz, Möse und verschlungenen Gliedern hinauswagt. Mein Geliebter, mein Herr, mein Fels ...

Die Zeit blieb stehen, mein Körper schwankte unter den physischen Schlägen seiner Lust hin und her, meine Öffnung stand in Flammen, ich selbst unfähig, Erleichterung zu finden, innere und äußere Haut überströmt mit dem tief eindringenden, scharfen Brennen von Salz in offenen Wunden. Doch ich begann mich dem Schmerz hinzugeben. Der Fremde schlug mir mit aller Wucht auf den Po, und ich stellte mir den Abdruck seiner Hand und aller fünf Finger als deutlich umrissen in knalligem Pink auf meinem bleichen Arsch vor, ein besitzergreifendes Mal. Der Schlag brachte mich in die Wirklichkeit zurück, jedes Geräusch im Raum war plötzlich verstärkt, das Stakkato seines Atems, das gleichmäßige Pizzikato des tropfenden Wassers, der zischende Dampf, die lüsterne Erregung der zuschauenden Männer.

Der letzte Stoß des bärtigen Fremden grub sich mit wütender Intensität in mich hinein. Grunzend ließ er einen Strom zusätzlicher Feuchtigkeit los und füllte mich mit seinem Saft.

Seine Bewegungen ließen nach, doch sein Schwanz blieb hart, spießte mich auf. Er atmete ruhiger, und eine unheimliche Stille senkte sich über den Dampfraum. Ein tiefes, bleiernes Angstgefühl überkam mich. Ich wusste nur zu gut, dass dieser Fick erst der Anfang war.

»Ist es das, was du wolltest?«, fragte er mit schneidender Stimme durch den weißen Nebel, der uns einhüllte.

»Ja.«

»Ja, was?«, beharrte er.

Ich bekam Panik, suchte nach der verborgenen Bedeutung seiner Frage. Dann fiel es mir ein.

»Ja, Herr …«, brachte ich mühsam heraus, und eine Woge der Scham schwappte über mich hinweg, als ich erkannte, dass ich diese Situation zugelassen und sie wahrscheinlich auch verdient hatte. Ich zahlte jetzt für die kurzen Monate des Friedens, die ich mit Dominik hatte genießen dürfen. Das war meine Strafe.

»Schon besser«, sagte er und schlug mir erneut auf den Arsch. Seine nasse Hand klatschte laut auf der Feuchtigkeit meiner weißen Haut. Es brannte heftig.

Er zog sich aus mir heraus.

Ich wartete auf das nächste Stadium meiner Tortur. Auf allen vieren, die einladenden Falten meiner Möse offen zur Schau gestellt. Er trat zurück und sah mich an. Dann packte er mich an den Haaren, zerrte meinen Kopf zurück und brachte meine Lippen auf seine Höhe.

»Hier. Leck das sauber.«

Sein erigierter Schwanz drängte sich durch meine Lippen und nahm meinen Mund und die Kehle in Besitz. Er schmeckte bitter, obwohl ich wusste, es war genauso viel ich wie er, die Mischung unserer Säfte, die diesen starken Geschmack ergab und verriet, dass wir überhaupt nicht zusammenpassten.

Meine Zunge fuhr über seinen dicken Schaft, gelenkt von der Topografie seiner Furche und der geäderten Landschaft seines Stamms, bis er mich erneut bis zum Rand füllte und seine Eier gegen die Barrikade meiner ausgetrockneten Lippen klatschten.

Während er mich an den Haaren zu seinem Körper zog, erzwang er sich den Weg in meine Kehle. Beinahe hätte ich ihn als Reaktion auf meinen Würgereflex und den Hunger nach Luft gebissen.

Missbilligend schlug er mir ins Gesicht, bevor er den Penis aus meinem Mund zog.

»Hm …«, machte er. »Aus der Übung, was?«

Allerdings.

Schmerz und Lust steigen gleichzeitig aus meiner Tiefe auf, als Dominiks erfahrene Finger langsam meine Nippel drehen, während er ruhig die augenblickliche Reaktion auf meinem Gesicht beobachtet. Das Blut fließt zu meinen Warzenhöfen, die in dunklerem Rosa getönten Bereiche an der Spitze meiner Brüste und Nippel beginnen sich zusammenzuziehen, werden härter unter seiner Liebkosung. Das Gefühl gleicht einem langsamen Crescendo, wenn der anfängliche Schmerz von einer gewaltigen Woge barmherziger Befreiung überrollt wird, die durch mein ganzes Sein vibriert, bis ich der Schmerz werde, in ihm lebe. Und die Lust. Meine Glieder lösen sich von ihrer Verankerung, mein Herz treibt auf einem Meer ruhiger Hinnahme.

»Mehr?«, fragt er, verstärkt mit den Fingerspitzen den Griff um meinen Nippel, dreht nur ein winziges Tausendstel eines Zentimeters gegen den Uhrzeigersinn weiter.

Ich schnappe nach Luft.

»Ja … bitte … mehr.«

Ich möchte ihn bitten, mich sogar noch weiter über die Schmerzgrenze hinauszuführen, bis meine Gedanken ausgelöscht sind, bis ich unter seiner Berührung zerfließen kann wie eine Wasserpfütze und mich auflöse, nur ein geistloser Gefühlsknoten unter seiner Kontrolle.

Er nimmt mein Kinn in die andere Hand und hebt meinen Kopf an, damit er mir in die Augen sehen kann. Auf seinem Gesicht liegt ein rätselhaftes Lächeln. Gleichzeitig beobachtend und anbetend. Ein unerträglicher Schmerz schießt mir durch den Nippel, als er ihn zwischen Daumen und Zeigefinger drückt, den Schmerz in Zeitlupe ausdehnt wie ein Zauberer, der einen weiteren phantasmagorischen Trick aus dem Ärmel zieht. Ich gelange in den Bereich, in dem nichts anderes existiert.

Ich schließe die Augen, überlasse mich dieser wunderbaren Fol-

ter, werde die Summe all der unirdischen Gefühle, die über die zarte Oberfläche meiner Haut tanzen, meiner Lustgeografie.

»Mehr«, flüstere ich. »Mehr, mehr, mehr.«

Mein Herz schlägt immer schneller. Es fühlt sich an, als näherte ich mich der Grenze, von der es kein Zurück mehr gibt.

Seine Finger geben nach, und das Blut schießt in meine Brüste zurück, meine Empfindungen im freien Fall, während ich auf die Oberfläche dieses fernen Planeten zurückkehre, den er mit mir erforscht hat. Dieser Mann, der Schmerz in Gold verwandeln kann.

Auf Anweisung des bärtigen Fremden hoben mich zwei der Männer vom Boden auf und legten mich auf eine Holzbank, über die sie ein großes Handtuch gebreitet hatten, durch das sich die Latten in meinen Rücken drückten.

Die Dampfschwaden wurden dünner, und ich konnte jetzt sehen, dass sich ein halbes Dutzend Männer in dem engen Raum befand. Einige waren nackt, während andere in dem vergeblichen Versuch, ihre Erektionen zu verbergen, Handtücher um die Mitte geschlungen hatten.

Nach einem Blick in ihre Gesichter, verschwitzt, teigig, lüstern, sah ich in ihnen absurderweise ein Publikum, als stünde ich kurz vor meinem Auftritt auf einer Bühne, und überlegte unwillkürlich, welches Musikstück ich für den Anlass wählen sollte.

Der Mann, der mich hergebracht hatte, musste wohl zustimmend genickt haben, denn sie kamen näher, und ich war rasch von ihnen umzingelt.

Schwielige Hände kneteten meine Brüste mit ungeschickter Gier, während jemand mir zwei Finger in den Mund steckte und andere ihre Aufmerksamkeit auf meine Möse richteten, meine Beine auseinanderdrückten und mich zu ficken begannen. Aus dem Augenwinkel sah ich den Fremden zuschauen, den vollen Mund angespannt verzogen, als genieße er das Spektakel und überlege, was jeder neue Mann mit mir wohl anstellen wollte. Fremde Hände betatschten mich überall, innen und außen, und obwohl ich keinerlei Abscheu für ihre begierige Unbeholfenheit und Grobheit aufbrachte, konnte ich auch kein Quäntchen Lust heraufbeschwören, die meinen Geist und Körper für gewöhnlich übernahm, um mich von der Spannung zu befreien, die mich reglos verharren ließ. Ich kam mir nur wie eine Zuschauerin vor, erstarrt in äußerster Gleichgültigkeit, losgelöst, fern.

Der zischende Dampf und das tropfende Wasser wurden jetzt ergänzt durch Keuchen und unverständliches Gemurmel, einen entfesselten Chor des Verlangens.

Ein Fingernagel kratzte mich, als er geschäftig zwischen meine Schamlippen fuhr, Fingerkuppen streiften meine Nippel, eine Hand schob sich zwischen meine Beine in dem Versuch, meinen Anus zu erreichen, und kniff erbarmungslos in die straffe Haut meines Damms. Ich erschauerte.

Einer der Männer in der Sauna trat hinter die Bank, auf der ich ausgestreckt lag, und hockte sich über meinen Kopf. Seine schweren Eier baumelten gegen mein Gesicht, als er mir seinen Schwanz in den Mund steckte und mit einer Reihe rhythmischer Stöße begann. Ich rutschte ein bisschen, um ihn besser aufnehmen zu können und nicht würgen zu müssen. Meine Einwilligung in die Situation schien die anderen Männer zu ermutigen, es sei denn, das ganze Szenario wurde aus der Ferne von dem Regie führenden Fremden gesteuert. Ein Mann brachte sich zwischen meinen Beinen in Stellung und drang in mich ein.

»Ja«, hörte ich ihn flüstern.

Ich war immer noch so nass von den Körperflüssigkeiten des vorherigen Ficks, dass er in mich hineinglitt wie ein Messer in weiche Butter. Hinter ihm stellten sich andere an.

Ich redete mir ein, es sei bloß Sex, dennoch gerieten meine Gedanken außer Kontrolle, und ich versuchte die Geilheit zu unterdrücken, die durch die Situation ausgelöst wurde. Ich wollte das hier nicht genießen. Ich sollte nichts davon befriedigend finden.

Der erste Mann kam schnell und sank kurz über mir zusammen. Sein Atem roch nach billigem Imbissessen. Er zog sich zurück und wurde rasch vom nächsten abgelöst, mit einem kürzeren, aber unbestreitbar dickeren Schwanz, der meine Schamlippen quetschte, als er in mich stieß.

Die Männer benutzten mich einer nach dem anderen, nahmen ihre Stellung zwischen meinen Beinen ein und befriedigten ihre Lust. Ich verlor den Überblick. Die meisten wollten noch mal, während ich wiederholt hochgehoben und umgedreht, ausgebreitet, von der Missionarsstellung in die Hundestellung und Variationen dazwischen geöffnet wurde, damit sie mich alle entsprechend ihrer begrenzten Vorstellungskraft auskosten konnten.

Ich fühlte mich schlaff, müde, über das Erträgliche hinaus gedehnt.

Ihre Gesichter verschwammen. Ihre Schwänze, die in einer teuflischen Penetrationskette von meiner Möse zu meinem Mund und zurück wanderten, wurden zu einem Wirrwarr aus harten Muskeln und Sehnen, bis sie sich alle gleich anfühlten, ein pulsierender Phantompenis, wie ein grausames Herz, dessen einziger Zweck darin bestand, mir seinen Willen aufzuzwingen.

Als ich das Gefühl hatte, es müsse endlich vorbei sein, schoben sich Hände unter meine Arme und zogen mich hoch. Ich wurde in noch weitere Stellungen gerückt, und das Trommelfeuer ging weiter, jetzt in Kombination von zwei Schwänzen in mir, dann drei, ein unbarmherziger Marsch grausiger Improvisationen.

War es das, wonach ich mich gesehnt hatte, die Verderbtheit, die all meine Sünden, meine Erinnerungen auslöschen konnte?

Dominik ergreift den Flogger, sein Gesicht eine mehrdeutige Maske. Ein erwartungsvoller Schauder überläuft mich. Wieder hat er vor, mich auf die schmale goldgepflasterte Straße zwischen Schmerz und Lust, Verzweiflung und Hoffnung zu führen. Meine Hände sind an die Bettpfosten gefesselt, mit kurzen, roten Seidenschnüren, die er mich in einem Laden in Islington auswählen ließ, vor den Augen der Verkäufer und anderer Kunden, die nur allzu gut wussten, zu welchem Zweck die Schnüre erworben wurden. Die Knoten sind fest. Ich liege auf dem Bauch. Es ist ein Sommerabend, und durch die offenen Fenster weht eine leichte Brise, die sanft über die Äste der nahen Bäume an der Straße zwischen unserem Haus und dem Park streicht. Ein Luftzug wandert lauernd über meinen entblößten Hintern.

Ich beiße die Zähne zusammen.

Er wartet.

Will er, dass ich ihn anbettele?

Ich kann die Feuchtigkeit spüren, die sich zwischen meinen Schenkeln bildet. Etwas, das ich nicht beherrschen kann. Und Dominik weiß das.

Ein schwacher Geruch dringt mir in die Nase. Unwillkürlich zucken meine Nasenflügel in dem vergeblichen Versuch, dem Geruch auf die Spur zu kommen. Parfüm? Essen? Atem? Seiner? Meiner? Eine grüne Note wie frisch gemähtes Gras, etwas Fruchtiges, ein süßer und durchaus nicht unangenehmer, wenn auch beißender Unterton von etwas Bitterem. Aber sobald mein Gehirn etwas aufnimmt, verschwindet dieses flüchtige Element, um durch etwas anderes ersetzt zu werden. Ist es der verwirrende Geruch meiner Lust, meiner Gefühle?

Der Flogger in Dominiks Händen besteht aus einem Griff und mehreren daran befestigten Riemen. Das Holz hat einen warmen, rostroten Ton, passend zur Haarseite der Rindslederriemen. Je nachdem, wie er sie einsetzt, können sie entweder brennen oder liebkosen.

Jetzt warte ich.

Dominiks Schweigen hält an.

Ich erkenne, dass es zu einem Willenskampf zwischen uns geworden ist, wer als Erster spricht.

Ich spüre ihn über mir.

Etwas streicht über die zarte Haut meiner linken Pobacke, und ein Zittern durchläuft mich, als stünde der Flogger unter Strom. Zwischen meinen Beinen ergießt sich der Saft.

Er zieht einen Riemen über meine Haut, langsam, lässt ihn sinnlich verharren, kitzelt beinahe meine erregte Haut, an der jedes Nervenende unerträglich lebendig ist, erpicht auf seine Berührung.

Er weicht zurück.

Wirft mich wieder in die gefühllose Stille.

Er holt aus, hebt den Flogger und lässt die herabhängenden Riemen über die Sohlen meiner nackten Füße streichen.

Wörter bilden sich in meinem Kopf, aber ich kann nichts sagen. Ich weiß, dass er etwas von mir hören will. Ich widersetze mich seinem Wunsch. Obwohl ich sein Gesicht nicht sehen kann, weiß ich, dass er ein schwaches Lächeln auf den Lippen hat. Eine schöne Maske, die bestätigt, wie er mich begehrt. Wie er mich liebt.

Ich höre, dass er sich in der Dunkelheit bewegt.

Die Fellseite der Floggerriemen verharren wieder auf meinem Kreuz, als suchten sie nach einem bestimmten Ziel. Ich treibe auf meinen eigenen Säften dahin.

Mein Herzschlag verlangsamt sich und passt sich meinem Atemrhythmus an. Meine Zunge ist trocken. Ich will ihn so sehr. Ich sehne mich nach dem Brennen der Lederriemen, die mich lebendig machen, meine Gefühle steigern, mich ganz machen.

»Oh, Dominik … «, flüstere ich.

Er beugt den Kopf und atmet an meiner Wange.

»Ja?«

»Tu es, tu es, ich bitte dich … «

Er tritt zurück, und ich höre den Flogger durch die Luft zischen, bevor er herabsaust.

Sie kamen und gingen zwischen meinen Beinen und in meinem wunden Mund, hirnlose Automaten, Fremde, Männer. Ich war zu einer Stoffpuppe geworden. Manipuliert, benutzt, schwankend wie der Ast eines Baumes zwischen ihren Angriffen, ihrer unmenschlichen Form zu lieben.

Der Dampf hatte sich verzogen, nachdem jemand die Saunaheizung ausgeschaltet hatte, und alles war jetzt deutlich zu erkennen. Die löchrigen Wandfliesen in schmutzigen Weißtönen, das in dicken Tropfen von der Decke fallende Wasser, der wirre Haufen durchnässter, liegen gelassener Handtücher auf dem Boden, die gedrungenen, haarigen Beine der Männer, die mich umkreisten, die bleiche Landschaft meines Körpers. Mir tat alles weh, ich fühlte mich zerbrochen, mit Füßen getreten, völlig am Ende, meiner Abwehr restlos beraubt.

Der Sturm hatte für einen Moment nachgelassen.

Ich hörte die Stimme des Fremden.

»Wie fühlst du dich?«, fragte er mich.

»Ich weiß nicht. Ich bin ... verwirrt ...«

»Verwirrt?«

Meine Lippen waren ausgetrocknet. Das, was ich dachte und sagte, stimmte nicht überein.

Die Erinnerungen an meine Tortur verschwammen bereits, und unter dem schwachen Strom aus Lust und akutem psychischem und physischem Schmerz verlief eine tiefer liegende Schicht vergangener Zeiten, besserer Zeiten. Ich hatte Mühe, das zu verstehen.

»Ich kann es nicht erklären«, protestierte ich schwach.

Was wollte er von mir hören? Dass ich während des gesamten obszönen Theaters des fortgesetzten sexuellen Benutztwerdens meinen Geist nicht davon hatte abhalten können, in der Realität meiner Verkommenheit zu schwelgen, dass es tatsächlich Momente unvermeidbarer Höhepunkte gegeben hatte? Denn er wusste, wenn ich das zugab, war ich in mehr als einer Hinsicht verloren.

Er half mir auf die Füße.

Das Feuer in meinem Körper ebbte ab.

Ich muss erbärmlich ausgesehen haben. Mein Haar war feucht, schlaff, fiel mir in nassen Strähnen auf die Schultern. Ich schaute nach unten. Meine Arme, mein Körper waren mit Kratzern übersät, mein frisch rasierter Venushügel war scharlachrot und unnatürlich geschwollen, blaue Flecken waren über die Länge meiner zittrigen Beine verteilt.

»Ich sag dir, was du nicht ausdrücken kannst«, flüsterte er mir ins Ohr. »Das hier ist genau das, was du wolltest, und du hast es genossen, und in allen kommenden Tagen wirst du an diese Nacht denken und die Erregung immer wieder erneut erleben. Du wirst dich gleichzeitig schämen und geil werden, aber wie sehr du es auch versuchst und dich widersetzt, irgendwo in dir wird dich eine irrationale, einschmeichelnde Stimme ermutigen, alles wieder passieren zu lassen. Erneut diese wunderbare Hure zu sein. Und schließlich wirst du einknicken, nach dem Telefon greifen und mich anrufen. Und ich werde es geschehen lassen.«

»Das werde ich nicht …«

»Doch.«

Seine Stimme hatte die Sanftheit des Teufels. Weil ich wusste, dass er recht hatte. Er hatte meine Schwäche blitzschnell erahnt und genau gewusst, wie er sie ausnutzen konnte.

Er scheuchte die wenigen verbliebenen Männer aus dem Dampfraum, bis nur noch wir beide in der jetzt abkühlenden Sauna standen. Er musterte mich, genoss den Anblick meiner Verwüstung.

»Runter auf die Knie«, befahl er.

»Ich kann nicht mehr«, sagte ich. »Ich kann einfach nicht …«

Ich versuchte mich hinzuhocken, aber meine Unterschenkel waren zu schwach, und ich ging auf alle viere.

Ich blickte zu ihm auf.

Er hielt seinen schlaffen Penis mit einer Hand.

Sein Urinstrahl traf mich mitten ins Gesicht, war erstaunlich warm. Er markierte mich. Wie sein Eigentum.

Hastig schloss ich den Mund, und die Pisse strömte mir über die Wangen und das Kinn, während ich diese weitere Demütigung passiv hinnahm.

Sobald er sich entleert hatte, streckte er mir die Hand hin, und ich erhob mich.

»Beim nächsten Mal lässt du den Mund auf«, verkündete er.

Nein, murmelte ich lautlos, in der Sicherheit meines eigenen Kopfes. Ich besaß nicht den Mut, ihm offen zu widersprechen.

Er führte mich zu den inzwischen verlassenen Duschen, unter denen ich mir die Nacht abwusch, soweit das möglich war.

Ich holte mir meinen Daunenmantel und wickelte mich so fest hinein, wie ich konnte, bevor ich das Gebäude verließ und im trüben Morgenlicht mit dem Fremden zu seinem Auto zurückging. Er fragte, ob er mich irgendwo absetzen sollte. Ich schlug sein Angebot aus und nahm meinen Geigenkasten aus dem Kofferraum. Ich wollte zu Fuß nach Hause gehen, entschlossen, einen klaren Kopf zu bekommen. Und er sollte nicht wissen, wo ich wohnte. Auf der anderen Straßenseite öffnete gerade ein Lebensmittelladen, vor dem eine Auslage mit Obst und Gemüse aufgebaut wurde. Ich sehnte mich nach einem Apfel.

Der Fremde reichte mir eine Visitenkarte. Darauf stand kein Name, nur eine Telefonnummer. Ich schwor mir, ihn nie anzurufen, brachte es aber nicht über mich, die Karte sofort wegzuwerfen, als der Audi um die Ecke und nach Süden in Richtung Camden Town bog.

Ich griff tief in die Manteltasche, fand eine Pfundmünze,

kaufte einen schimmernden roten Apfel im Laden und machte mich auf den langen Weg zurück nach Hampstead.

»Ich sehe dich gern gefesselt«, sagt Dominik mit einem mutwilligen Glitzern in den dunklen, braunen Augen.

»Ich mag es, gefesselt zu sein«, sage ich.

»Genießt du das Gefühl der Hilflosigkeit?«

»Den Kontrollverlust.«

»Den Wölfen zum Fraß vorgeworfen.«

»Reif zur Plünderung.«

Er ist in mir, bewegt sich mit köstlicher Langsamkeit, zieht mit seinem samtigen Schwanz alle Konturen meiner Innenwände nach, empfindsam, forschend.

Sanft befeuchtet seine Zunge meine Lippen. Er stemmt sich etwas hoch, greift mit der Hand nach meiner Kehle.

»Du magst Gefahr«, sagt er.

»Ja«, sage ich. »Sie gibt mir das Gefühl, lebendig zu sein.«

Seine erfahrenen Finger drücken auf meine Kehle.

»Eines Tages werden wir vielleicht zu weit gehen.«

»Das ist mir egal.«

Meine Atemzüge werden kürzer. Ich spüre, wie er in mir noch mehr anschwillt. Wird er mir je einen Strick um den Hals legen?

Die Spiele, die wir spielen.

Ich schloss die Tür hinter mir und hängte meine Schlüssel und den Mantel an den Haken im Flur. Ich war nackt, bis auf meine Laufschuhe, aber mir war nicht kalt. Als wäre die Hitze des Dampfraums in meine Knochen gesickert, und selbst der lange Heimweg hatte die verbliebene Wärme nicht vertreiben können.

Ich ging ins Wohnzimmer. Das Haus sah noch genauso aus wie bei meinem Weggang, nur ohne die letzten Kartons mit Dominiks Sachen. Lauralynn hatte sie alle verpackt und fortgebracht.

Sie hatte etwas auf dem Küchentresen liegen lassen, zusammen mit einem Zettel. Ich trat näher, mit vorsichtigen Schritten wie an einen Tatort, um die Beweise nicht zu kontaminieren.

Dachte, die hier möchtest du vielleicht haben,
Lx

Dominiks Armbanduhr. Die Uhr, die ich ihm zur Feier unseres letzten »Jahrestags« geschenkt hatte. Wir hatten darüber gewitzelt, dass es für uns unmöglich wäre, dieses Ereignis zu feiern, da wir so viele Anfänge hatten. Daher hatte ich diesen Tag ausgewählt und ihm ein Geschenk gekauft. Seitdem hatte er die Uhr ständig getragen. Ich hob sie hoch und fuhr mit dem Finger über die Gravur auf der Rückseite. Nichts Ausgefallenes, nur das Datum unserer ersten Begegnung, in Kursivschrift, und unsere Initialen, D und S. Der Zufall, dass unsere Vornamen mit den Buchstaben begannen, die für den Stil unserer Beziehung standen, *Dominance and Submission,* waren unser kleiner Insiderwitz. Ich konnte mich über so etwas gar nicht genug freuen, Dominik aber hatte nur die Augen verdreht. Er konnte die Abkürzung BDSM nicht ausstehen.

Das Metall war kalt an dem Schweißfilm, der immer noch meine Haut bedeckte. Es erinnerte mich daran, dass ich nie so gut mit Geschenken gewesen war wie Dominik. Ihm war es immer gelungen, etwas auszuwählen, das sowohl überraschend war als auch vollkommen zu mir passte. Wunderbar symbolisch. Wohingegen meine Geschenke für ihn etwas von einem Kauf nach Katalog hatten. Als hätte ich ihn nie so gut gekannt, wie ich eigentlich sollte. Er war derjenige, der gut mit Worten umgehen konnte, gut mit romantischen Überraschungen. Ich zeigte meine Liebe zu ihm auf die einzige Art, die ich kannte. Mit meinem Körper.

»Schhh«, sagt er. »Entspann dich. Lass los.«

Er hat mich aufs Bett gedrückt, mit dem Bauch nach unten, sein Körper ist über dem meinen, sein Oberkörper auf meinem Rücken, sein Atem heiß in meinem Nacken, während er mir ins Ohr flüstert. Mein Plus flattert, als er mir eine Locke vom Hals streicht.

Sein erigierter Schwanz presst sich gegen meinen Anus. Eine feste, harte, unnachgiebige Präsenz zwischen meinen Oberschenkeln, die darauf wartet, dass mein anfänglicher Widerstand nachlässt und ich das Eindringen seines Schwanzes in meinen Anus willkommen heiße.

Mein immer geduldiger, dominanter Dominik, der sich nie nach meiner Unterwürfigkeit sehnt, sondern nach meiner Erlaubnis, nicht mit Worten, die ich äußere, sondern ausgedrückt durch mein Fleisch und meine Knochen, meine Muskeln und Sehnen, die Teile von mir, die unfähig sind, zu lügen, die nicht manipuliert werden können, etwas herzugeben, wozu ich nicht bereit bin. Er will mich nicht nehmen, er will, dass ich mich ihm öffne.

Also liegt er bäuchlings über mir, hält sein Gewicht geschickt über meinem Körper, sorgsam darauf bedacht, nur weit genug zu drücken, aber nicht zu weit, während ich ihn Millimeter für Millimeter in mich einlasse.

Die Haare auf seinen Armen kitzeln meine Haut, als er den Kopf senkt und mich auf die Wange küsst. Mein Gesicht ist zur Seite gedreht. Sein Kuss ist zärtlich. Ich kann ihn aus dieser Stellung nicht richtig sehen, aber ich weiß, dass er lächelt, nachdem er mich geküsst hat.

Im Geist begebe ich mich an diesen Ort. Den sicheren Ort. Den Ort, der weiß, das hier ist Dominik, und ich will, dass Dominik alles von mir hat, mein ganzes Selbst. Ich will ihm alles geben.

Ich entspanne mich.

Er stöhnt.

Sein Schwanz gleitet in mich hinein, als wäre er dafür passend ge-

macht. Selbst wenn ich dort entspannt bin, fühlt er sich unerträglich groß an.

Mein Körper verlagert sich, um ihn einzulassen.

Meinen Dominik.

Ich legte die Uhr wieder hin. Ich hatte sie so fest umklammert, dass die kleinen Rädchen zum Verstellen der Zeiger rote Abdrücke auf meiner Handfläche hinterlassen hatten. Ich konnte es nicht ertragen, etwas von Dominik zu berühren, solange der Gestank des bärtigen Fremden und der Männer aus der Sauna noch an meiner Haut klebte. Ich weinte nicht mal, als ich an sie dachte. Alles kam mir zu unwirklich vor. Als hätte ich schlecht geträumt.

Ich drückte die Kappe des einen Schuhs gegen die Ferse des anderen und schlüpfte hinaus, ohne die Schnürbänder zu öffnen. Dann dasselbe mit dem anderen, wobei die Zehennägel meines nackten Fußes an meinem Knöchel kratzten. Ich hatte nicht an Socken gedacht, und nach dem Heimweg mit den Laufschuhen an den bloßen Füßen waren sie aufgeschürft und wund. Gut, dachte ich. Meine schmerzenden Füße als Ergebnis von etwas so Banalem wie einer sockenlosen Wanderung machten es mir möglich, an etwas anderes zu denken, etwas, an dem sich meine Gedanken festhalten konnten, um mich von den anderen Körperteilen abzulenken, die aus viel schlimmeren Gründen wehtaten.

Als ich schließlich unter der Dusche stand, wirkte das Wasser wie ein beruhigender Balsam, dann stellte ich die Temperatur so heiß wie möglich ein und schrubbte mich mit einer Körperbürste ab, bis ich rot war und alles kribbelte.

Ich wickelte mich in einen flauschigen weißen Bademantel. Im Spiegel sah ich unschuldig aus, die Flut meiner Haare, nun gewaschen und getrocknet, ein scharlachroter Farbschock auf meiner weißen Haut. Das einzige Zeichen, dass ich eine verderbte Frau war, wie die Hure von Babylon.

Als ich aufwachte, war fast ein ganzer Tag vergangen. Ich lag auf dem Bett, immer noch in den Bademantel gehüllt, genau dort, wohin ich schließlich gesunken war. Mein Schlaf war voller Albträume gewesen, Bilder und unwirklicher Abenteuer, vermischt mit dem Aufblitzen anonymer Gesichter, verschlungener Gliedmaßen, bekannter und unbekannter Körper.

Mein Blick fiel auf das schmale Goldkettchen. Dominiks Abschiedsgeschenk an mich, das Armband mit dem Vorhängeschloss. Wie gut, dass ich das nicht in der Sauna getragen hatte! Ich griff danach und verstaute es in der Sicherheit meiner Nachttischschublade. Damit es nicht durch die Berührung meiner Haut beschmutzt wurde.

In der Küche fand ich einen Laib Toastbrot und die Süßigkeiten, die Lauralynn mitgebracht hatte. Das war zwar eine ungewöhnliche Mahlzeit, aber ich war hungrig, und es war mir egal. Ich bestrich die Brotscheiben dick mit Butter, drückte gezuckerte Geleefrüchte in die Mitte, rollte die Scheiben wie Hotdogs zusammen und verschlang eine nach der anderen, ohne richtig zu kauen. Falls ich fett genug würde, brauchte ich mir vielleicht keine Sorgen mehr über Männer wie den bärtigen Fremden zu machen, die mir über den Weg liefen, wenn ich nackt im Park Geige spielte, mich begehrten und auf all die Knöpfe meiner sexuellen Lust drückten. Doch ich wusste, dass das nicht stimmte. Männer wie er wollten Frauen wie mich wegen unseres Verstands und unserer Begierden, nicht wegen unserer Körper.

Ich nahm die Ginflasche und leerte sie in die Spüle. Zu allem anderen noch ein Alkoholproblem zu bekommen, war das Letzte, was ich brauchte. Der beißende Geruch brannte mir in der Nase, während ich zusah, wie der Gin im Abfluss verschwand. Ich wünschte, ich könnte genauso verschwinden, und verfluchte den Teil von mir, der leben wollte. Verdammt, warum war mir Selbstmord so fremd? Der Tod hätte alles so viel leichter gemacht. Aber im Grunde meines Herzens blieb ich entschieden pragmatisch und lebendig.

Musik und Arbeit. Das war es, worin ich Trost suchen würde. Ohne Dominik war das alles, was ich hatte.

Später rief ich meine Agentin an und bat sie, kurzfristig eine Solotournee in kleinen Konzertsälen zusammenzustellen. Sie protestierte, erklärte, das wäre der falsche Karriereschritt und wies mich sanft darauf hin, dass ich unter den gegebenen Umständen noch nicht so weit sei, mich auf ein solches Unternehmen einzulassen. Kurz nach Dominiks Tod, meinte sie damit. Aber ich beharrte darauf, und schließlich stimmte sie zu. Veranstaltungsorte auf dem europäischen Kontinent zu wählen, wäre leichter, sagte sie, da alle britischen Konzertsäle schon weit im Voraus ausgebucht seien.

In Brüssel besuchte ich das Museum für Musikinstrumente, das in einem alten Kaufhaus untergebracht war, fing im Raum für Streichinstrumente ein Gespräch mit einem Mann mittleren Alters an, fickte ihn auf der Herrentoilette, bevor ich zu meinem Auftritt eilte, seinen Geruch noch auf meiner Haut, und vor kleinem Publikum spielte, sein Sperma nach wie vor in mir.

Kaum achtundvierzig Stunden später, in Amsterdam, trödelte ich absichtlich in einem Sexshop im Rotlichtviertel herum und ließ mich von einem Russen abschleppen, der kaum Englisch sprach. In seiner luxuriösen Suite im Kempinski goss er Champagner über meine Möse und leckte ihn auf, ohne sich um die Schweinerei auf den Laken zu kümmern. Vermutlich war er reich genug, das ganze Hotel zu kaufen. Sobald er mich bestiegen hatte, kam er zu schnell, war danach unfähig, wieder steif zu werden, und warf mich frustriert aus dem Zimmer. Gleich darauf landeten meine Kleider auf dem weichen Teppich des stillen Hotelflurs.

In Berlin flirtete ich auf Teufel komm raus mit einem der Bühnenarbeiter des Veranstalters und hatte nach dem Auftritt Sex mit ihm im Keller des Theaters, zwischen ausrangierten Möbeln und staubigen, aufgerollten Seilen, mit denen er mich nicht fesseln wollte.

Der silberhaarige Aristokrat in Paris schickte ein üppiges Blumenbouquet in meine Garderobe, und ich stimmte zu, mich nach dem Konzert auf einen Kaffee mit ihm zu treffen. Er besaß eine gewisse Eleganz, war so etwas wie ein Experte in Barockmusik und konnte stundenlange Gespräche über dieses Thema führen. Er fotografierte gern und verband mir die Augen. Ich verbrachte einen ganzen Tag mit ihm. Zum Abschied schenkte er mir eine Bernsteinbrosche und bat mich, seine Mätresse zu werden, was ich unter dem Vorwand ablehnte, in einem anderen Land gebunden zu sein.

In Rom fiel ich dem Oberkellner eines Restaurants ins Auge. Nach der Mittagsschicht nahm er mich mit in den Weinkeller und hörte nicht auf, leise Obszönitäten zu murmeln, während er mich anal nahm, wobei mir der kurze, geblümte Rock, den ich bei der morgendlichen Probe getragen hatte, zusammen mit meinen Slip um die Knöchel hing. Die Hälfte des Küchenpersonals schaute zu, wie ich wusste.

Südlich von Barcelona fand ich an einem späten Frühlingsnachmittag einen abgelegenen Nacktbadestrand, und zwei junge Männer kamen von den Dünen herunter. Kein Wort wurde gewechselt, wobei ich sowieso kein Spanisch spreche. Sie beugten sich über mich, verdeckten kurz meinen Blick auf die Sonne, und bewunderten provokativ die Zurschaustellung meines Körpers. Ich unterließ es absichtlich, mich zu bedecken, worauf sie sich beide auszogen und sich neben mich in den Sand legten. Sie hatten wunderschöne Schwänze. Und ich nahm sie beide in die Hände. Später machten sie schweigend Spießbraten mit mir. Erhitzt vor Schweiß und Gelächter, schwammen wir zusammen, bis ich außer Atem war und an den Strand zurückstolperte, wo wir uns einen Sixpack Bier aus dem Rucksack des einen Jungen teilten. Nur allzu bald war meine Blase voll, und ich musste pinkeln. Ich deutete mit einer Geste an, dass ich mich erleichtern müsse, zeigte auf die nahen Dünen oder das Meer, aber sie kicherten, schüttelten den Kopf und zeigten auf den Sand. Ich hockte mich hin und erlaubte ihnen zuzuschauen. Ich glaube, ich wurde sogar rot, während sie diese biologische Funktion fasziniert beobachteten. Als ich mich mit dem Handrücken abwischte und hochkommen wollte, wechselten die beiden jungen Männer einen komplizenhaften Blick. Der eine stellte sich hinter mich und packte mich an den Schultern, während sein Freund sich bückte und meine Füße anhob. Dann trugen sie mich wie ein Paket zum Ufer, riefen *uno, dos, tres!*, warfen mich ins Wasser, folgten mir und taten so, als würden sie mich waschen, ließen ihre Hände und Finger fieberhaft über und in mich gleiten, während sie hysterisch lachten. Zurück am Strand, steckte mir der Größere den Schwanz in den Mund, und ich lutschte ihn, bis er hart war. Dann fickten sie mich erneut. Ich erfuhr nicht mal ihre Namen.

In Montpellier lernte ich Jean-Jacques in der Straßenbahn kennen. Später stahl er meine Handtasche aus dem Hotelzimmer, während ich nach dem Sex duschte. Ich hatte nie viel Bargeld dabei, konnte die Kreditkarte als verloren melden und ohne große Unannehmlichkeiten ersetzen, und mein Pass hatte sicher im Safe des Hotelzimmers gelegen, mit meinem Geburtsdatum als Kombinationszahl, wie ich und zweifellos viele andere es immer machten.

In Nizza nahm mich mein Lover für eine Nacht von hinten, während ich am Fenster stand und zusah, wie das Meer an das sandige Ufer hinter der Promenade schwappte. Dabei hörte ich ein Stück von Mussorgsky im Kopf. Bei meinem Konzert am folgenden Tag stellte ich rasch die Abfolge meines Repertoires um und beharrte dem Veranstalter gegenüber darauf, ich müsse es spielen, auch wenn es nicht auf dem Programm stehe, das er für die Aufführung habe drucken lassen.

War es in Dubrovnik oder Zagreb, wo ich einen Zigeunergeiger aufgabelte, anscheinend in der Annahme, dass zwei Musiker zusammen im Bett eine sogar noch süßere Musik erschaffen könnten? Der Sex war eintönig, und beim Konzert am nächsten Tag verspielte ich mich beim Mendelssohn-Solo, mit den Gedanken anderswo. Im spärlichen Publikum fiel es niemandem auf, hoffte ich.

Die Tournee endete, und ich kehrte nach London zurück. Mir war nicht besonders daran gelegen, aber ich hatte keine anderen drängenden Pläne; außerdem war ich es leid, aus dem Koffer zu leben, und hatte beklemmende Hotelzimmer und Lobbys satt.

Von außen betrachtet war ich immer noch dieselbe. Innerlich wusste ich, dass ich zerbrochen war. In der Tasche meines grauen Mantels, der am Haken im Flur hing, steckte die anonyme Visitenkarte mit nur einer Telefonnummer darauf und forderte mich heraus. Jeden Tag, allein und verloren in meinen widersprüchlichen Gedanken, war ich kurz davor, die Treppe hinunterzugehen, um sie zu holen. Dann besann ich mich eines Besseren. Aber ich wusste, dass mein Widerstand irgendwann bröckeln würde. Sie war da, wie ein rotes Tuch für einen Stier.

Dominik nimmt mich in die Arme, und wir kuscheln uns aneinander, so selbstverständlich und natürlich wie zwei zusammenfließende Gewässer, die ins selbe Meer münden.

Er schlingt die Arme fester um mich und drückt mich noch einmal.

Wir haben gerade gevögelt. Nichts Besonderes, aber genau richtig. Küssen im Bett. Ein Gutenachtkuss, der leidenschaftlich wird, mit offenem Mund, unsere Zungen tanzen, und unsere Lippen drücken sich immer fester aufeinander, bis Dominik seinen Körper auf den meinen schiebt, vor Behagen seufzt, während er seinen harten Schwanz in die Hand nimmt und ihn sanft zwischen die Falten meiner Möse schiebt, mich bereits nass findet und direkt in mich eintaucht. Ich schlinge die Arme um ihn und klammere mich an seine Schultern wie eine verzweifelte Frau im Meer, die sich an ein Rettungsboot oder ein improvisiertes Floß klammert, und wir wiegen uns vor und zurück, bis er kommt.

Er liegt auf mir, bis er schlaff wird, und der Augenblick verzweifelter Leidenschaft ist vorbei. Er weiß, dass sein Gewicht schwer auf mir lastet. Ich bewege mich unter ihm.

Dann dieser Moment, der beste von allen. Die Ruhe nach dem Sturm. Die Stille nach all dem Lärm. Wir sind im Frieden, im Einklang miteinander.

»Ich mag die Art, wie gut du mir passt«, sage ich und gleite in den Schlaf. Und ich meine, mir passt. Nicht in mich passt oder an mich. Mir passt. Dominik passt mir, und ich weiß, dass ich ihm passe.

»Und ich liebe dich, Miss Zahova«, sagt er schläfrig. »Du bist perfekt.«

»Ich liebe dich auch«, erwidere ich.

Aber ich bin mir nicht sicher, ob er mich hört. Ich glaube, er ist schon eingeschlafen.

4

DIE RANKEN! DIE RANKEN!

»Ich hab da ein paar ziemlich anzügliche Gerüchte über dich gehört, Schätzchen …«, sagte Lauralynn. »Was zum Teufel hast du getrieben, während du auf Tournee warst? Hör zu, ich will dir keine Vorhaltungen machen, dein Privatleben ist deine Sache. Aber solche Geschichten sprechen sich verdammt schnell herum. Wenn es noch schlimmer wird, kriegst du ernsthafte Probleme«, beharrte sie. »Da braucht nur jemand ein paar saftige Details an die Klatschpresse durchsickern zu lassen, und schon stehst du auf Seite drei. ›Sexbesessene Musikerin hurt sich durch ganz Europa‹, so Zeug, wenn nicht schlimmer, falls einer deiner Aufgegabelten irgendwelche pikanten Einzelheiten preisgibt, und so wie ich dich kenne, werden die vermutlich alles andere als konventionell sein.«

»Wovon redest du überhaupt?«, protestierte ich. Lauralynn war an mir vorbei ins Haus gerauscht, sobald ich die Tür geöffnet hatte. Sie trug einen ausgebeulten Jogginganzug, und ein Schweißfilm bedeckte ihr Gesicht. Sie musste den Hügel in schnellem Tempo hinaufgejoggt sein. So wütend hatte ich sie noch nie gesehen. »Außerdem ist mir meine Karriere scheißegal. Sie bedeutet mir nichts.«

Lauralynn warf mir einen verächtlichen Blick zu, wie eine von meiner bockigen, kindischen Reaktion enttäuschte Lehrerin. Anscheinend waren meine anonymen Begegnungen in Europa nicht so diskret gewesen, wie ich gehofft hatte. Angestellte der Veranstalter und andere hatten meine bedeutungslosen Abenteuer wohl bemerkt. Irgendwie war es sogar zu Simón durchgedrungen, meinem früheren Orchesterdirigenten und kurzzeitigen Geliebten, der nach Südamerika zurückgekehrt war, und er hatte es für richtig gehalten, meine Londoner Freunde zu kontaktieren und sie zu bitten einzugreifen.

Ich war seit über zwei Wochen wieder in London und verbrachte den Großteil der Zeit damit, in dem großen, leeren Haus herumzuwandern, nur im Pyjama oder einem alten, flauschigen Morgenmantel, der schon bessere Tage gesehen hatte, und bestellte Essen beim Heimservice. Ich konnte mich auf nichts konzentrieren, konnte nicht lesen oder mir auch nur Filme im Fernsehen anschauen.

Ich war zu einem Geist in meinem eigenen Zuhause geworden. Das einst unser Zuhause gewesen war. Sein Zuhause.

Die Bilder aus Kentish Town und die verschwommenen, ineinander übergehenden Erinnerungen an den Sex, den ich während der vergangenen Monate in all den europäischen Städten gehabt hatte, brodelten in meinem Kopf, als wollten sie mir düster ins Gedächtnis rufen, wie lädiert ich war.

Ich empfand keine Scham, nur die schmerzhafte Erkenntnis, wie zerbrochen ich innerlich war, und ich wusste nur zu gut, dass der Gelegenheitssex nichts dazu beigetragen hatte, mich wieder zusammenzuflicken.

»Oh, komm schon, Summer.« Lauralynn zog ihre graue Joggingjacke aus und warf sie auf eines der Sofas im Arbeitszimmer, in das sie mir gefolgt war. Ihr Blick fiel angewidert auf den mit Fastfoodkartons übersäten Schreibtisch, die ich aus Gleichgültigkeit nicht entsorgt hatte. »Werd erwachsen. Bitte.«

»Und?«, fragte ich trotzig. Ich war gerührt, aber auch verärgert darüber, dass meine Freundin sich solche Sorgen um mein Wohlergehen machte.

Das darauf folgende Schweigen lastete auf uns beiden, während wir uns ansahen.

»Oh … Summer …« In Lauralynns Stimme lag echte Traurigkeit.

Sie breitete die Arme aus, als wollte sie mich umarmen.

Ich stürzte mich hinein und schwelgte in der Wärme und Weichheit ihres Körpers, schlang die Arme um sie, das Kinn auf ihrer Schulter. Der herbstliche Kräuterduft ihrer Haare hüllte mich ein, als sie über meine Wangen strichen.

Lange blieben wir so stehen. Worte waren überflüssig geworden.

In der Küche, beim Kaffee, nahmen wir das Gespräch schließlich wieder auf.

»Von einer gemeinsamen Bekannten habe ich erfahren, dass du vorhast, auf eine weitere Tournee zu gehen, Summer.« Wir hatten dieselbe Agentin. »Ich glaube, das ist keine gute Idee«, fuhr Lauralynn fort.

»Spielen hilft mir, nicht den Verstand zu verlieren«, erwiderte ich.

»Und wenn du aufhörst zu spielen, flippst du wieder vollkommen aus«, sagte sie.

»Was schlägst du als Lösung vor?«, fragte ich.

»Hör zu, Viggo und ich haben darüber geredet. Wir übernehmen. Pack ein paar Sachen ein und komm zu uns. Für eine Weile. Du bist zu einer Gefahr für dich selbst geworden, und dieses Haus ist zu groß für dich allein. Du brauchst eine Pause. Und auf jeden Fall bessere Gesellschaft.«

Mein vorläufiger Umzug in die Villa in Belsize Park, mit all ihrem Rockstar-Ambiente, den geheimen Räumen und Schätzen, kam mir wie eine Reise in die Vergangenheit vor.

Viggo würde die ersten vierzehn Tage damit beschäftigt sein, in einem außerhalb gemieteten Studio mit ein paar angeheuerten Musikern an seinem Projekt zu arbeiten, Rock und Klassik miteinander zu verschmelzen, und ich fühlte mich abgewiesen, als er mich nicht einmal fragte, ob ich weiter mitmachen wollte. Wir hatten Aufnahmen von der Improvisation des *Zauberlehrling*-Motivs gemacht, bevor ich zu meiner Tournee aufgebrochen war, aber er beharrte darauf, unterschiedliche Teilnehmer für jeden einzelnen Track verwenden zu wollen, und weigerte sich, mir zu verraten, wen er sonst engagiert oder welche anderen Musikstücke er für das Projekt ausgewählt hatte.

Ich verbrachte die meiste Zeit mit Lauralynn und war dankbar, dass sie mir keine Fragen stellte und mich nicht in irgendwelche psychoanalytischen Gespräche verwickeln wollte, was ich sowieso vehement verweigert hätte. Wir werkelten im Haus, kochten, putzten und gammelten nach Herzenslust herum, wobei die Gespräche nie über gefahrlose Banalitäten hinausgingen. Es gab den vagen Plan, irgendwo Urlaub zu machen, sobald Viggo seine Sessions beendet hatte. Wo es warm und sonnig war, vielleicht an einem Strand. Aber auf jeden Fall weit weg. Die Einzelheiten überließ ich ihnen nur allzu gern.

Ich war in der Penthouse Suite untergebracht, wie Lauralynn sie spaßeshalber nannte, einem mittelgroßen Schlafzimmer im obersten Stockwerk, entstanden aus einem ehemals riesigen Dachboden bei einem größeren Umbau, lange bevor Viggo das Anwesen gekauft hatte.

Nachts konnte ich durch das flache Dachfenster über meinem Bett die Sterne am Himmel betrachten und den zarten Geräuschen der Dunkelheit lauschen, zusammen mit dem, was aus den unteren Stockwerken heraufdrang, dem kaum wahrnehmbaren Knacken, Flüstern und Atmen von Holz und Wasser, wenn das Gebäude zur Ruhe kam. Mir fiel das Einschlafen schwer, manchmal lag ich stundenlang wach, wartete auf inneren Frieden, meine Müdigkeit kämpfte mit den verborgenen Ängsten davor, was mir die Albträume dieser Nacht bringen würden.

Eine ferne Wolke schob sich vor die Sterne, und das Gewicht

der Nacht wurde drückend. Unruhig wälzte ich mich herum, meine Füße verhedderten sich in der Decke, ein unsichtbares Gewicht legte sich auf meine Brust.

Ich warf die Decke zurück und stand auf. Nur das Geräusch meines Atems war zu hören. Stockend. Verängstigt. Ich trat hinaus auf den Treppenabsatz und schlich die Stufen hinunter, ein vorsichtiger Schritt nach dem anderen, um möglichst kein Geräusch zu machen.

Das Schlafzimmer von Lauralynn und Viggo lag auf dem Stockwerk unter meinem. Die Tür stand halb offen. Nur bekleidet mit einem kurzen T-Shirt und dem Baumwollslip, in denen ich normalerweise schlief, drückte ich die Tür sanft auf. Das Zimmer war vollkommen dunkel, schwere Vorhänge waren vor das Erkerfenster gezogen, das auf den großen Garten hinter dem Haus hinausging.

Auf Zehenspitzen näherte ich mich dem Bett, erriet ihre schlafenden Körper unter der Steppdecke. Als ich noch näher kam, sah ich nackte Schultern herauslugen und lauschte dem unregelmäßigen Atemrhythmus. Viggo schnarchte ganz leicht, wie ich mich aus der kurzen Zeit unserer lockeren Beziehung erinnerte.

Meine Augen gewöhnten sich allmählich an die Dunkelheit im Zimmer, und ich konnte die beiden besser erkennen.

Das Bett war riesig, und Viggo lag ausgestreckt auf dem Bauch, sein Körper fast am linken Bettrand, ein paar Zehen ragten zwischen dem Laken und der Bettdecke hervor, sein dunkler Lockenschopf wie Efeuranken über das Kopfkissen verteilt. Lauralynn lag auf dem Rücken, reglos wie eine Statue, ein schwaches Lächeln auf den leicht geöffneten, vollen Lippen. Ich überlegte kurz, wie Dominik und ich im Schlaf ausgesehen haben mochten. Gefühle wallten in mir auf, und ich spürte, wie mir Tränen in die Augen traten, als mir aufging, dass Dominik und ich – im Gegensatz zu meinen beiden schlafenden Freunden in der Abgeschiedenheit ihres Bettes – immer eng beieinander geschlafen hatten, unsere Körper zusammen, Haut an Haut, ohne uns voneinander abzugrenzen, und wie das gleichmäßige Schlagen seines Herzens mich stets in den Schlaf gewiegt hatte, wenn ich länger wach blieb als er.

Er war allein gestorben.

Ich war nicht bei ihm gewesen.

Der Gedanke vernichtete mich.

Während ich vergeblich gegen die Tränen ankämpfte, schlüpfte ich aus T-Shirt und Slip, hob die Decke von meinen schlafenden Freunden, legte mich zwischen sie, zog die Decke wieder hoch und sank in die Wärme ihrer Körper.

Beide bewegten sich ein wenig, als sie sich meiner Anwesenheit bewusst wurden. Viggo drehte sich um, rückte näher zu mir, streifte mich mit der Hüfte und schlief weiter. Lauralynn schlug die Augen auf und bemerkte mich. Eine Erklärung war unnötig; sie wusste genau, dass ich nicht auf der Suche nach Sex in ihr Bett geklettert war. Meine inzwischen ungehemmt fließenden Tränen waren Beweis genug.

»Schhhh …«, machte Lauralynn.

Sie legte ihre Hand an meine Wange und wischte die Tränen weg. »Alles wird gut. Du musst dir nur Zeit lassen.«

Sie drehte sich zu mir, drückte mich eng zwischen ihren nackten Körper und den von Viggo. Er grunzte leicht, wich dem Kontakt aber nicht aus.

Ihr Arm legte sich über meine Schulter und zog die Steppdecke hoch, sodass wir beide in der zunehmenden Wärme eingeschlossen waren. Ich schloss die Augen und überließ mich dem Trost ihrer Körperwärme.

»Schlaf, Herzchen«, flüsterte Lauralynn.

Und ich hieß die Nacht willkommen.

»Wir haben alles organisiert«, sagte Lauralynn am folgenden Morgen, kurz nachdem wir zu dritt gefrühstückt hatten. Ich war mit einem Ruck wach geworden, zunächst bestürzt, mich zwischen den nackten Körpern meiner Freunde wiederzufinden, beide mit offenen Augen und still, um mich nicht zu stören und zu warten, bis ich wach wurde. Nachdem ich die Augen geöffnet hatte, beugten sich die beiden über mich und küssten mich zur Begrüßung des Morgens auf die Wangen.

Wir hatten zusammen geduscht, als wäre es die natürlichste Sache der Welt. Durch unsere komplizierten früheren Verstrickungen waren wir längst an den Anblick unserer nackten Körper gewöhnt.

»Irgendwohin, wo es warm ist?«, fragte ich sie.

»Natürlich.«

»Wann?«

»Morgen.«

»So bald?«

»Was du heute kannst besorgen, das verschiebe nicht auf morgen.«

Später würden wir zu meinem Haus fahren und ein paar Sachen holen, wobei Lauralynn mir riet, nicht zu viel einzupacken, da für einen Teil unserer Reise ein kleines Boot vorgesehen war, also war Gewichtsbeschränkung unvermeidlich.

Ich wurde neugierig, aber sie weigerte sich, mir mehr zu verraten.

Nachdem ich ein paar Sommerkleider und Badesachen zusammengepackt hatte, ging ich ins Arbeitszimmer und öffnete den chinesischen Schrank, in dem ich meine Violinen aufbewahrte. Ich bekam ein schlechtes Gewissen, da es inzwischen Wochen her war, seit ich meine Europatournee beendet und auch nur irgendwelche Fingerübungen gemacht hatte. Lauralynn war in der Küche geblieben, hatte sich bereit erklärt, den Kühlschrank und die Küchenschränke zu leeren, damit in meiner Abwesenheit nichts schlecht wurde.

Ich nahm die Bailly in die eine Hand und meine zweite Lieblingsgeige in die andere, ein moderneres, schlankes Instrument italienischer Bauart, dessen warme Töne bestens zu den meisten Stücken meines Repertoires passten. Welche sollte ich mitnehmen? Ich wog die Vorteile und Nachteile gegeneinander ab. Beide waren für hohe Summen versichert, daher war ihr Wert kein Problem, obwohl die Bailly natürlich einen beträchtlichen ideellen Wert besaß. Sie beide mitzunehmen, wäre dann doch etwas albern, überlegte ich. Ich würde kaum Verwendung für sie haben, höchstens eine Stunde Üben am Tag oder so.

»Nein.«

Lauralynn war hereingekommen und sah mich mit den beiden Geigen in der Hand.

»Wie bitte?«

»Du wirst kein Instrument mitnehmen, Summer.«

»Warum?«

»Das soll ein Urlaub werden. Ich möchte nicht, dass du an Musik denkst. Der ganze Zweck besteht darin, dich von all dem abzulenken.«

»Aber …«

»Kein Wenn und Aber, Schätzchen.« Lauralynn schaute mich streng an. »Ich nehme mein Cello auch nicht mit«, fügte sie hinzu. Mir lag auf der Zunge, dass ihr Instrument ja auch viel schwerer sei als meins. »Ich weiß, dass du dich unvollständig fühlst, wenn du nicht spielst. Aber ich habe auch gesehen, wie die Musik dich verzehrt, wie sie dein Blut in Wallung bringt, dich lebendig macht. Das führt dich in Versuchung …«

Ich wollte protestieren – dort, wohin wir wollten, würde es kaum Versuchungen geben, nur Sand, Sonne und exotische Cocktails –, doch tief im Innern wusste ich, dass sie recht hatte.

Ich ließ meine Instrumente zurück.

In dieser Nacht schlief ich wieder bei Lauralynn und Viggo, fand Zuflucht in ihrer einladenden Wärme, was mir ganz natürlich vorkam.

Am nächsten Morgen brachte uns ein Taxi zum Flughafen.

Ich hatte in den letzten paar Monaten genug Flughäfen gesehen und war das Reisen so leid, dass ich Viggo und Lauralynn einfach blindlings durch Terminals, Abflughallen, Zollabfertigungen und Sicherheitskontrollen folgte. Sobald wir unsere Plätze in der Business Class gefunden hatten, nahm ich eine Schlaftablette und wurde nur kurz wach, um die Mahlzeit aus Plastikhuhn, Brötchen, schlappem Salat und einem Törtchen zu verzehren, vor mich hingestellt von einer Stewardess, die aussah, als wäre sie aus einem schlechten Traum erwacht und müsste in einem Job arbeiten, den sie verabscheute. Ich bestellte eine Bloody Mary, mein beim Fliegen bevorzugtes Getränk, obwohl es oft nur aus Wodka und Tomatensaft gemacht wird, aufgepeppt mit einem Tütchen Salz und grobem Pfeffer, ohne die sonstigen Zutaten.

»Fliegen wir nach Rio?«, fragte ich Lauralynn. Meine Lippen fühlten sich an wie gummiartige Würstchen, und mein Mund war trocken. Ich drückte die Ruftaste und trotzte der mürrischen Flugbegleiterin einen Becher Wasser ab. Die Unannehmlichkeit von Medikamenten, Alkohol und Langstreckenflügen.

»Ja, aber nur als Zwischenstation. Dort, wohin wir wollen, gibt es keinen richtigen Flugplatz. Und auch sonst nicht viel.«

Ich wollte sie fragen, wie lange wir bleiben würden und ob sie schon mal an unserem Zielort gewesen sei, doch bevor ich die Worte herausbrachte, wurde ich wieder schläfrig und döste ein, den Kopf unbequem an Lauralynns Schulter gelehnt und die Beine wie ein Grashüpfer angewinkelt, um sie nicht gegen den Vordersitz zu drücken. Viggo war in einer völlig anderen Welt, er hatte große Kopfhörer über die Ohren gestülpt, angeschlossen an seinen iPod und dessen Schatz an Rockklängen.

Wir blieben nur zwei Nächte in Rio, gerade lange genug, um uns vom Flug zu erholen und allmählich zu entspannen.

»Aber ich habe doch kaum gearbeitet«, beschwerte ich mich bei Lauralynn, die darauf bestand, dass ich ausschlief, spät frühstückte und wenig mehr tat, als auf der faulen Haut zu liegen.

Am zweiten Abend gingen wir früh zum Essen, auf dem Balkon des Zaza, rohe Thunfisch-Ceviche mit einer würzigen Kokos-Mayonnaise, bestreut mit Wasabi-Nüssen, die bei jedem Bissen ein angenehmes Feuer auf meiner Zunge entzündeten. Lauralynn bestellte einen unglaublichen Cocktail nach dem anderen; Erdbeeren, gemixt mit Basilikum und einem Rand aus schwarzer und weißer Schokolade, Sternfrucht und Chili, Passionsfrucht und Pfefferkorn. Viggos Geschmack tendierte eher zu blutigem Steak und Pommes frites, das Exotische überließ er uns Frauen.

Draußen standen andere hungrige Gäste, einen Drink in der Hand, während sie auf einen freien Tisch warteten. Allmählich wurde es Nacht, und der Strand lockerte seinen Griff auf die Urlauber und Einheimischen; Scharen spärlich bekleideter Männer, Frauen und Kinder füllten die Straße, beladen mit billigen Tennisschlägern, Volleybällen und Segeltuchstühlen, den Überresten eines Sonntagnachmittags. Nur wenige hatten Handtücher. Sie ließen sich von der glühenden Hitze trocknen, die immer noch in der Luft lag. Viele waren muskulös und gebräunt. Dicke Salzwassertropfen klebten an nackten Brustkörben, die Bauchmuskeln so deutlich abgezeichnet wie auf einer Unterwäschewerbung. Volle Brüste, kaum gebändigt von Bikini-Oberteilen, wiegten sich verführerisch im Rhythmus der Schritte. Knappe Badebekleidung war nicht nur den Fitten und Jungen vorbehalten. Haarige, runde Bäuche hingen schlaff über dem

Bund der winzigsten Badehosen, dünne Beine mit knubbligen Knien ragten darunter hervor. Ärsche so hoch und fest, dass sie außerhalb eines Popmusik-Videos unverschämt wirkten, teilten sich die Straße mit Hintern, die längst über ihre Glanzzeit hinabgesunken waren, füllig und mit Grübchen oder eingefallen und schlaff. Eine zur Schau gestellte Demokratie des Fleisches.

Die Stadt pulsierte regelrecht vor Sex. Dessousgeschäfte säumten die Straßen, ein halbes Dutzend in jedem Block. Die Hitze erschwerte das Atmen. Selbst die Luft schien zu keuchen und schnaufend an meiner Haut ein- und auszuatmen.

Später ignorierte ich die in jedem Reiseführer eindringlich aufgeführten Warnungen und ging nach Einbruch der Dunkelheit allein an den Strand. Anders als zu dieser Jahreszeit üblich, war es warm und feucht, und eine niedrige Wolkenwand war aufgezogen. Donner grollte in der Nähe, oder waren das die lauten Maschinen der Motorräder, die ständig vorbeirasten? Sprühregen kühlte meine Füße in den Sandalen. Die Laternen von der nahen Straße erhellten den Sand.

Am Nachmittag war der goldene Sand am Strand von Ipanema überfüllt gewesen, ein regelrechter Wall aus Körpern und Sonnenschirmen. Jetzt waren alle in die Bars, Restaurants und nach Hause abgezogen, und nur ein paar Nachzügler waren noch da, um die Picknicktische eines Kiosks versammelt, tranken Bier aus Flaschen und Kokosnusswasser aus großen grünen Fruchtschalen. Städtische Arbeiter in grünen T-Shirts, ausgerüstet mit Harken und Mülltonnen auf Rädern, sammelten den Abfall ein, den die Besucher hinterlassen hatten. Wie in einer Küche am Morgen nach einer Party, nur in größerem Maßstab. Die Überreste eines Nachmittags groß angelegter Vergnügungssucht.

»Nicht wie am Meer in Neuseeland, was?«, sagte eine Stimme neben mir. Mein Hinausschleichen war offenbar nicht unbemerkt geblieben. Lauralynn war mir zum Ufer gefolgt.

Die Hitze bekam ihr. Sie hatte ihre Winterpersönlichkeit abgelegt, als wäre sie dazu geboren, in tropischem Klima zu leben, und trug jetzt sehr kurze Khakishorts, ein aufreizendes weißes Seidentop, das kein Geheimnis daraus machte, dass ihre Brüste darunter nackt waren, und goldene Sandalen. Ihre Fußnägel waren orangerot lackiert, das Haar hatte sie zu einem lockeren Pferdeschwanz hochgebunden. Innerhalb eines Tages nach unserer Ankunft war es ihr gelungen, sich eine gleichmäßig goldene Bräune zuzulegen. Vermutlich hatte sie, während ich in meinem Zimmer Mittagsschlaf hielt, nackt am Strand gelegen und sich von der Sonne braten lassen.

»Nein, überhaupt nicht wie zu Hause«, erwiderte ich. Die Strände daheim waren im Vergleich vollkommen einsam und verlassen.

»Hast du je ein tropisches Gewitter erlebt?«

Gezackte Blitze erhellten den inzwischen violetten Himmel, erlaubten uns kurze Blicke auf den berühmten Zuckerhut, die Zwei Brüder, den Pedra da Gavea, andere Berge und Felsformationen, auf die uns der Taxifahrer aufmerksam gemacht hatte, als er uns vom geschäftigen Flughafen hierher brachte, deren Namen ich aber vergessen hatte.

»Nur ein paar«, antwortete ich, »beim Urlaub in Australien.« Ich sog die Luft ein. »Das hier erinnert mich daran, nur ohne den Geruch von Eukalyptus. Als würde bloß die Hälfte einer Erinnerung wiederaufleben.«

Genauso ging es mir damit, ohne Dominik Urlaub zu machen. Zum ersten Mal seit Jahren war ich ohne ihn unterwegs, abgesehen von den durch die Arbeit erforderlichen Reisen. Sosehr ich auch versuchte, nicht daran zu denken, stellte ich mir trotzdem unwillkürlich vor, was ihm gefiele und was nicht, worüber er lachen oder welche Spiele er spielen würde. Er hätte es genossen, mich im winzigsten brasilianischen Bikini, den er finden konnte, über den Strand marschieren zu lassen, das wusste ich, und ich konnte mir den Ausdruck vorstellen, der um seine Lippen gespielt hätte, während er zusah, wie die Männer mich beäugten, und sich ausdachte, wie er mich später dafür bestrafen könnte.

Tränen traten mir in die Augen, und ich drängte sie zurück.

Lauralynn nahm meine Hand und drückte sie fest, eine Geste der Unterstützung, als wüsste sie, was ich dachte und empfand, doch falls dem so war, sprach sie es nicht aus.

»Ich mag Gewitter«, sagte sie. Die Schultern nach vorn gezogen, hielt sie ihr Gesicht in den Wind, als wollte sie im nächsten Moment über den Strand rennen und ins Wasser springen.

Ich wandte mich um und küsste sie auf die Wange.

»Ich auch«, erwiderte ich und machte mich von ihr los. »Aber wir sollten zurückgehen.«

»Ja«, bestätigte sie. »Wir reisen heute Abend weiter. In einer Stunde kommt ein Auto. Deswegen bin ich dir nachgegangen, um dich zu holen.«

Ich fragte gar nicht erst, wohin es als Nächstes ging. Sie hatte bereits deutlich gemacht, dass unser Zielort eine Überraschung sein würde. Mich von Lauralynn herumkommandieren zu lassen, machte das Leben viel einfacher. Seit Dominiks Tod waren mir so viele Entscheidungen abverlangt worden, und es hatte so viel zu organisieren gegeben. All das abzugeben, war eine Erleichterung.

Die Reise begann mit dem Auto. Eine lange, gewundene Fahrt durch hell erleuchtete, geschäftige Straßen und dann der Übergang in die Dunkelheit, als wir die Stadt hinter uns ließen. Stunden später erreichten wir eine Fährstation und wurden in einer verglasten Kabine zu einer kleinen Insel übergesetzt, wie ich vermutete. Ich konnte nicht mal ein Schild entdecken, das angezeigt hätte, wo wir hier waren, da sofort ein weiterer schnittiger

Wagen vorfuhr. Meine Taschen wurden zügig eingesammelt und im Kofferraum verstaut, der Fahrer führte mich zum Rücksitz, schloss die Tür und brauste los. Lauralynn saß auf dem Beifahrersitz, Papiere wurden hin und her gereicht. Pässe? Geld?, fragte ich mich, konnte ihre geflüsterte Unterhaltung jedoch nicht verstehen. Viggo saß neben mir, anscheinend total entspannt. Er nickte sofort ein und schlief während der gesamten kurzen Fahrt, sein sanftes Schnarchen und die von seinem Körper ausströmende Wärme waren die einzigen Lebenszeichen.

Von einem weiß gestrichenen, baufälligen Bootssteg wurden wir in ein Dingi hinabgelassen, nicht größer als jene, von denen aus mein Vater und ich gelegentlich an den Wochenenden geangelt hatten, die wir am Meer bei Te Aroha verbrachten. Groß genug, sechs Personen aufzunehmen, gefährlich schwankend, aber mehr nicht. Jetzt begriff ich, warum Lauralynn darauf bestanden hatte, ich solle meinen Koffer zu Hause lassen. Mit nur uns dreien und unseren Taschen, plus unserem bisher namenlosen Gefährten, der uns ins Boot geholfen hatte und damit beschäftigt war, heftig an der Anlasserschnur eines Motors zu ziehen, der schon bessere Zeiten gesehen hatte, war wenig Platz, sich auszustrecken.

Nachdem wir abgelegt hatten, grummelte der Kapitän eine kurze Begrüßung. Er hieß Tony und hatte überraschenderweise einen englischen Akzent. Essex, schätzte ich. Ich fragte ihn nicht, was er hier am Ruder dieses winzigen Bootes in einem abgelegenen Teil Brasiliens machte. Tony reichte jedem von uns eine kalte Bierdose aus einem Eiskübel und eine Tüte gesalzene Erdnüsse. Das strahlende Weiß seiner Shorts leuchtete im Mondlicht, aber sein Gesicht blieb im Schatten verborgen, zumal er die Angewohnheit hatte, Blickkontakt zu meiden und entweder auf den Motor oder den Boden des Bootes zu starren. Ich konnte nur eine feste Kinnpartie und einen vollen, mit einem schmalen schwarzen Schnurrbart verzierten Mund ausmachen, wie eine Piratenversion von Rhett Butler. Seine Hände waren ungewöhnlich groß und rau. Er hob den Kopf, begegnete meinem Blick, lächelte breit, und zeigte dabei gut gepflegte, weiße Zähne. Ich wandte mich ab. Um es mir bequem zu machen, ahmte ich Viggo nach, streifte meine Sandalen ab, streckte mich auf einer der Metallbänke aus, die beide Seiten des Bootes einnahmen, und stützte den Kopf auf meinem Rucksack ab. Viggos Kopf ruhte in Lauralynns Schoß, die ihm mit den Händen durchs Haar fuhr.

Alles war still, bis auf den Motorlärm und das Klatschen des Wassers ans Boot. Anfänglich schwappten nur sanfte, kabbelige Wellen gegen den Bug, doch je weiter wir uns vom Land entfernten, desto schneller wurden wir und desto höher wurden die Wellen, bis wir hart aufprallten und unser Kapitän mir bedeutete, von der Seite des Bootes nach hinten zu rutschen, um nicht von der Gischt durchnässt zu werden. Das Wasser war warm, und als ich mir mit der Zunge über die Lippen fuhr, war ich erstaunt, dass die Tropfen, die mein Gesicht besprüht hatten, nicht salzig waren, sondern süß. Ich blickte auf, als würde ich am Himmel eine Antwort auf diesen ungewöhnlichen Umstand finden. Der Himmel war von Sternen übersät, so vielen, dass der Horizont an ein mit Pailletten besetztes Tuch erinnerte, genug, um eine ganze Tänzerinnentruppe vom Moulin Rouge einzukleiden. Während ich staunend hinaufsah, begannen die Sterne zu schimmern und sich zu Konstellationen zu verschieben, die ich nicht aus dem Astronomieunterricht an der Highschool wiedererkannte. Ich hätte schwören können, die Umrisse einer Frau zu sehen, die sich langsam in den Hüften wiegte und die Arme wie eine Ballerina auf einer Spieldose hob, doch als ich blinzelte und erneut hinsah, war dieses seltsame Sternbild verschwunden, und die Stelle sah vollkommen normal aus, wenn auch mit funkelnden Sternen geschmückt.

Ich drehte mich zu Lauralynn und öffnete den Mund, schloss ihn aber wieder, da mir die Worte fehlten, um das zu beschreiben, was ich kurz gesehen zu haben glaubte. Außerdem war ihr Blick aufs Wasser gerichtet. Die Neigung ihres Kopfes deutete an, dass sie nach etwas Bestimmtem Ausschau hielt, statt nur ins Leere zu starren, also veränderte ich meine Haltung und schaute in dieselbe Richtung. Das Meer glühte von einer Unzahl farbenfroher, phosphoreszierender Fischschwärme, als wären die Sterne, die den Himmel schmückten, nun ins Meer gefallen. Die Fische schwammen entweder nahe der Oberfläche oder in einer unbestimmbaren Tiefe in sehr klarem Wasser. Das von ihnen ausgehende Licht erhellte das Wasser unter uns, warf einen gespenstischen Schimmer auf die Wellen, sodass es aussah, als glitten wir tatsächlich über der Wasseroberfläche durch die Luft, statt direkt darauf.

Lauralynn wandte sich mir zu und hielt die Hand hoch, die sie offensichtlich über den Bootsrand hatte hängen lassen. Sie grinste. Ihre Finger waren mit einem überirdischen Glanz bedeckt, als wären sie in Neonfarbe gewesen.

»Was ist das hier?«, fragte ich.

»Das ist noch gar nichts«, antwortete sie. »Warte nur, bis wir da sind.« Ihr Gesicht nahm einen unerträglich selbstgefälligen Ausdruck an, bis Tony sich vom Ruder umdrehte und sie mit Ausdrücken beschimpfte, die ich nicht verstand, die sich aber vermutlich darauf bezogen, dass sie sich über den Bootsrand gebeugt und uns damit alle in Gefahr gebracht hatte. Lauralynn schnauzte zurück, er wandte sich ab und öffnete eine weitere Bierdose. Dann reichte er nur mir eine zusätzliche.

»Ich wusste gar nicht, dass du Portugiesisch kannst«, sagte ich zu ihr, genoss den erfrischenden Geschmack kalten Biers, was ich vermutlich später bereuen würde. Ich überlegte, ob es nicht besser wäre, nüchtern zu bleiben, damit ich mir sicher sein konnte, was ich gesehen hatte und was nicht.

»Kann ich auch nicht«, erwiderte Lauralynn. Sie führte es nicht näher aus, und ich fragte nicht nach. Sie konnten beide Englisch, und ich war verärgert darüber, dass ich von ihrem Wortwechsel ausgeschlossen wurde, unterließ es aber, mich zu beschweren. Vielleicht war es nur der Alkohol, der mir zu Kopf stieg, doch mich überkam zum ersten Mal seit einer Ewigkeit ein Gefühl des Friedens, und ich wollte keinen einzigen Moment simplen Glücks um einer Erklärung willen verschwenden. Eigentlich spielte es gar keine Rolle, wohin wir fuhren oder warum. Im Moment war Lauralynn meine beste Freundin auf der Welt, und ich vertraute ihr voll und ganz.

Belebt durch meine gute Laune und entschlossen, mich einfach zu entspannen und alles zu genießen, was auf mich zukam, sank ich in eine Art Wachschlaf, bis der Motor abgestellt wurde, und eine Veränderung in Größe und Richtung der Wellen darauf schließen ließ, dass wir uns Land näherten.

»Von hier aus schwimmst du«, wies Tony mich an und bedeutete mir, über den Bootsrand zu springen. Ich hörte zwei laute Platscher; Viggo und Lauralynn hatten sich bereits ausgezogen und waren hineingesprungen. Im Wasser waren andere, die auf uns zuschwammen, vielleicht wollten sie sich um unsere Taschen kümmern oder beim Anlegen des Bootes helfen. Ich hielt mich jedenfalls an die Anweisung und zog das leichte Baumwollkleid aus. Nach kurzem Zögern legte ich auch BH und Slip ab. Was macht es schon, wenn mich ein weiterer Mann, dem ich vermutlich nie wieder begegnen würde, nackt sah? Ein rascher Blick in Tonys Richtung bestätigte, dass er sich sowieso schon wieder dem Motor zugewandt hatte.

Das Wasser war kühler, als ich erwartet hatte, und fühlte sich kompakter an, als es sollte, zähflüssiger, wie Milch. Es war belebend, und ich tauchte nach meinem Kopfsprung viel erfrischter wieder auf, als ich hätte sein sollen, wenn man bedachte, dass ich – wie lange? – nicht geschlafen hatte. Mir ging auf, dass ich keine Ahnung hatte, wie spät es war und wie lang unsere Reise gedauert hatte. Ich war mir nicht mal sicher, ob wir uns noch in derselben Zeitzone befanden.

Meine Füße kamen mit Sand in Berührung. Ich richtete mich auf und suchte das Ufer nach Viggo und Lauralynn ab, aber sie waren nirgends zu sehen.

In dem Moment hörte ich die Musik.

Zuerst dachte ich, meine Ohren würden mich täuschen. Das Geräusch wäre keine Melodie, sondern das stetige Schwappen der Wellen, der Wind in den Bäumen oder auch nur ein Bambuswindspiel, das an der Tür eines nahe gelegenen Gästehauses hing. Aber es war unverkennbar. Nicht nur eine Violine, sondern viele.

Der Klang war so voll und satt, dass er mir urtümlich vorkam, wie ein Akkord, der sich tief in meiner Brust mit etwas verband und mich unerbittlich voranzog. Ich konnte die Melodie nicht genau erkennen, war aber imstande, sich überlagernde Akkorde jener Musik zu identifizieren, die ich am meisten liebte. Eine wirklich gespenstische Begrüßung, eine Art Fanfare. Da war *Der Zauberlehrling*, und da, der Anfang des Frühlings-Satzes aus Vivaldis *Vier Jahreszeiten*. Ein Hauch Debussy, ein paar Klänge Grieg, ein wenig Shearwater und Arcade Fire und eine Spur Strawinsky. Als spielte ein unsichtbarer Rattenfänger von Hameln nur für mich.

Sonst war da nichts, Lauralynn und Viggo konnte ich immer noch nicht entdecken, also folgte ich der Musik. Selbst wenn ich mich nicht bewusst entschieden hätte, dass es das Beste wäre, hätten mich meine Füße sowieso in diese Richtung geführt.

Wir waren in einer Bucht angekommen, geformt wie eine Mondsichel und umgeben von Bergen. Ein breiter Streifen goldener Sand führte zu einem tropischen Dschungel. Grün, üppig.

Der volle Mond stand wie ein Scheinwerfer über der Insel. Die Vegetation war beinahe limonengrün, mit einem gespenstisch weißen Schimmer, wie reihenweise tropische Weihnachtsbäume. Jeden Moment erwartete ich, dass Titania oder Puck aus dem Schatten auftauchten und mich wegtrugen. Ich war barfuß, aber der Boden war nicht unangenehm zum Laufen. Während ich mir den Weg durch das knorrige Gewirr der Baumwurzeln am Rand des Strandes bahnte, hoffte ich inständig, dass alle Schlangen, Insekten oder sonstiges gefährliches Getier sicher in ihren Nestern lagen, tief im Wald, und mir nicht heimlich auflauerten.

Ich ging immer weiter, mir durchaus bewusst, dass ich jetzt vollkommen allein und verletzlich war, nackt und auch ohne mein Instrument, hinter dem ich mich sonst unter ähnlichen Umständen versteckt hatte. Angst hatte ich nicht. Die Insel hüllte mich mit einem seltsamen Gefühl wohliger Ruhe und Entspannung ein, als wäre sie ein lebendiges Wesen und drückte mich liebevoll an sich wie ein Baby in einem Tragetuch.

Ein leichter Wind strich über meine Haut, dick, schwer, weich, die Luftströmung der Insel massierte meinen Körper, trug mich weiter. Sanfter Wind glitt wie Finger über meine Schultern und liebkoste die Rundungen meiner Brüste, bis ich spürte, wie meine Nippel unwillkürlich hart wurden, trotz der feuchten Wärme. Unsichtbare Hände krochen weiter an meinem Körper entlang, bis sie die empfindsame Haut meiner Oberschenkel erreichten.

Die Reaktion, die dieses überaus seltsame Gefühl in mir auslöste, glich keinem plötzlichen elektrischen Funken, sondern eher dem langsamen Erhitzen eines Topfes. Schließlich zwang mich das Feuer der Erregung, das tief in mir aufstieg, stehen zu bleiben und mich mit der Hand an einem Ast festzuhalten, um das Gleichgewicht nicht zu verlieren.

»Lauralynn? Viggo?«, rief ich. Keine Antwort. Die Wörter flossen aus meinem Mund wie die Töne eines Liedes und vereinten sich mit dem Chor der Streichinstrumente, der wie ein Wiegenlied durch die Bäume drang und mich tiefer ins Unterholz zog.

Das war gar kein Ast, merkte ich, als ich die tief hängende Windung berührte, sondern eine Ranke. Von außen war sie strahlend grün und so glatt wie eine frisch rasierte Wange. Sie war herrlich kühl und erfrischend und löste dort, wo ich mit ihr in Kontakt gekommen war, ein Kribbeln aus. Ich leckte mit der Zungenspitze daran und stellte fest, dass die Pflanze nach Pfefferminz schmeckte. Die Musik war hier lauter, fiel mir auf, und eindringlicher. Ich trat näher an das grüne Geschlängel und fand eine weitere Ranke, dann noch eine, jede anscheinend länger und dicker als die vorherige und genauso glatt.

Da ich mich nicht mehr bewegte, hatten die Liebkosungen der Luft auf meiner Haut aufgehört, doch stattdessen begannen sich jetzt die Ranken um mich herum zu bewegen.

Zuerst schwankten sie nur, anscheinend vom Wind hierhin und dorthin geweht, und als ich mich gegen sie sinken ließ, hielt mich die Pflanze, bis sogar meine Füße vom Boden gehoben wurden und es mir vorkam, als läge ich in einer Hängematte. Mein ganzer Körper rieb sich an dem seltsamen Pfefferminzduft der Ranke und kribbelte, als enthielte ihre Außenschicht eine Art Droge, die über meine Haut in die Blutbahn gelangte.

Ich schloss die Augen, und als die schaukelnde Bewegung beharrlicher wurde, verstärkte sich auch das Wiegenlied der Streicher, das immer noch an mein Ohr drang. Ich wusste nicht, ob es die Windungen der Pflanze waren, die mich liebkosten, oder die Akkorde all der Melodien, die fast mein ganzes Leben lang mein Sein angetrieben hatten, doch irgendetwas verband sich mit meinem Körper, was einerseits völlig unmöglich war, andererseits aber vollkommen natürlich, normal, unvermeidlich wirkte. Ich entspannte mich noch mehr, trat in den hypnotischen Zustand ein, den ich normalerweise nur erreichte, wenn Dominik die perfekte Balance zwischen Schmerz und Lust gefunden hatte und mich dann über den Rand stieß, über das hinaus, was ich ertragen zu können glaubte, oder wenn mein Geigenspiel so rasend wurde, dass ich mich vollkommen in der Bewegung meines Bogens verlor.

Ein leises Stöhnen kam mir über die Lippen. Und die Musik ertönte weiter, drang mit jedem Ton noch näher an meine Ohren und löste in mir eine neue Welle der Lust aus, fand mit jeder Melodie ihren Weg von meinem Gehirn zu meinem Körper, bis ich vor Verlangen wie unter Strom stand.

Ich spürte einen sanften Druck, als meine Knöchel und Handgelenke einzeln umschlossen und meine Schenkel so weit gespreizt wurden, wie es noch angenehm war. Die erfrischende Kühle, die zunächst nur meine Haut beruhigt hatte, durchflutete meine Adern jetzt vollständig, und ich fühlte mich absolut lebendig sowie vollkommen gereinigt, als hätte ich in heiligem Wasser gebadet. Und immer noch kroch die Ranke über und um mich, fing mich ein in ihren spinnennetzartigen Windungen.

Mit geschlossenen Augen und vollkommen entspannt, konnte ich die körperlichen Sinneseindrücke nicht mehr voneinander unterscheiden. Da war nur die anhaltende Kühle, die durch meinen Körper strömte, und immer mehr sanfte Liebkosungen, die wie ein unendliches Orchester aus Händen und Zungen auf meiner Haut spielten, sie streichelten, leckten und jeden Teil von mir massierten, von meiner Möse bis zu den Fingerspitzen.

Bilder schossen mir durch den Kopf. Erinnerungen, die zu jeder einzelnen Berührung meiner Haut passten. Unfähig zu identifizieren, was in der Gegenwart tatsächlich geschah, suchte ich in der Vergangenheit nach Erklärungen. Da, dieses Streicheln, Dominiks Zeigefinger, der von meinem Handgelenk zum Ellbogen hinauffuhr, mich reizte, wusste, dass er bald meine Bürste erreichen und dann beginnen würde, meine Nippel auf die Art zu foltern, die ich so liebte. An ihnen zog, zerrte, sie zusammendrückte und so hart verdrehte, dass ich aufschrie.

Ein festes Lecken an meiner Klitoris, das war die Berührung einer namenlosen Frau, einer der wenigen, mit denen ich über die Jahre zusammen gewesen war. Dann ein zu harter Stoß, der gehörte zu einem anonymen Mann, einem der vielen, mit denen ich Gelegenheitssex hatte, sein Gesicht jetzt verschwommen, aber die eigenartige Größe und Form seines Schwanzes und wie er sich in mir angefühlt hatte, blieben unvergesslich. Ich erkannte ein spielerisches Knabbern an meinem Ohrläppchen, das Viggo gewesen sein könnte oder sogar Lauralynn. Eine plötzliche, wissende, neugierige Zunge an meinem Anus, die nur Dominik sein konnte. Dominik, der mich so gut gekannt und immer genau gewusst hatte, wie er mich berühren musste.

Weitere Bilder tauchten auf, wie eine Sexprozession in Cinemascope, meine Erinnerungen und meine Phantasien alle im Rhythmus der Musik, die noch lauter wurde, bis in meinem Kopf nichts anderes mehr Platz hatte als Sex und Melodien. Die Visionen waren so lebensecht, dass ich mir nicht sicher war, ob meine Augen noch geschlossen waren, oder ob ich sie geöffnet hatte und all diese Ereignisse sich um mich herum im Dschungel abspielten.

Manchmal wurden die Träume düsterer. Nicht nur die guten Erfahrungen, sondern auch die banalen und schlechten. Da waren die Männer aus der Sauna und das schreckliche Stoßen des zu langen Schwanzes des Bärtigen gegen meinen Muttermund. Die spitzzüngigen Küsse von Victor, einem Bekannten von Dominik, den ich vor langer Zeit gekannt hatte und der auf die falsche Art dominant gewesen war. Er war ein kleiner, niederträchtiger Mann, und damals war ich naiv, zu sehr von Begierde verzehrt und vom Zauber seiner Macht manipuliert, um den Schaden zu erkennen, den er mir zufügte, bis es beinahe zu spät war.

Ich sah die langen, schlanken Glieder meiner alten Freundin Charlotte, ihre gebräunten Beine um Jasper geschlungen, den Callboy, den sie sich aus einer Laune heraus hatte kommen lassen und der zu ihrem langjährigen Geliebten wurde. Mein Schwimmtrainer, der mir beim Masturbieren im Umkleideraum zugesehen hatte. Wie sein Atem nach kaltem Zigarettenrauch gerochen hatte, wenn er mich küsste. Ich spürte die weichen, zärtlichen Hände von Simón, dem südamerikanischen Dirigenten, der so wunderbar freundlich gewesen war und enorm gut aussah, mir aber auf die Dauer zu sanft war.

Jeder sexuelle Gedanke und jedes Erlebnis rauschte vor meinem geistigen Auge wie ein auf schnellen Vorlauf gestelltes Video vorbei, und ich spürte nicht nur die körperlichen Sinneseindrücke, sondern sah alles aus der Ferne, aus der Vogelperspektive, die Gesichter all jener, die ich gefickt hatte und die mich gefickt hatten.

In der Erinnerung lag eine Art von Vergessen. Eine Erkenntnis, dass all das gewesen und nun Vergangenheit war. Je mehr ich versucht hatte, den Schmerz dadurch in Schach zu halten, dass ich ihn außer Reichweite schob, desto stärker wurde er. Die Sinnesfreuden, die ich genossen hatte, trugen ihre eigenen Dornen, allein weil sie gewesen und vergangen waren, aber ich erkannte, dass ich die Erinnerungen behalten konnte, ohne Schaden davontragen zu müssen.

Dominiks Lippen drückten sich zu einem letzten Kuss auf die meinen, und ich versuchte weder zurückzuweichen, um dem Leid zu entgehen, das so eine Erinnerung bringen würde, noch ihn festzuhalten, wie ich es mir so verzweifelt wünschte. Ich erwiderte einfach den Kuss des geisterhaften Dominik, bis er verschwunden war, ersetzt durch eine Reihe ganz neuer Visionen, entweder meiner sexuellen Phantasien oder vielleicht zukünftiger, bisher noch unerfüllter Erlebnisse.

Ich sah eine Gruppe langhaariger, ineinander verknäulter Frauen, jede mit dem Kopf zwischen den Beinen der anderen, während sie sich im Gleichklang wanden. Eine andere Gruppe, drei Männer, die abwechselnd die Möse und den Arsch einer Frau leckten, die aufrecht stand, aber so von Lust überwältigt war, dass ihr Körper sie im Stich ließ und sie schließlich zu Boden fiel. Einen einzelnen Mann mit dem dicksten, größten und schwersten Schwanz, den ich je gesehen hatte, beim Masturbieren über den nackten Brüsten einer jungen Frau, die vor ihm kniete, bis er sich entlud und weißer, heißer Saft über ihre Brust floss. Er fiel auf die Knie und leckte ihn von ihren harten rosa Nippeln ab.

In einem anderen Winkel meiner Vorstellung, oder meines peripheren Gesichtsfelds, küssten sich zwei Männer mit kurz geschorenen Bärten leidenschaftlich. Ihre Münder blieben in ständiger Bewegung, und beide hatten die Hand am Schwanz des anderen, zogen und schoben in gleichmäßigem Rhythmus, während ihre Zungen tanzten. Eine junge Frau mit fließendem, weißblondem Haar stand völlig nackt da, Hand in Hand mit einem rothaarigen Mann. Er schaute sie an, und sie betrachtete alles, was sich um sie herum abspielte, auch mich, ein leises Lächeln auf den schockierend roten Lippen. Ihr Körper war vollkommen mit Tattoos bedeckt. Sie betrachtete all die Menschen, die sich der Lust hingaben, lauschte ihrem wollüstigen Stöhnen, beobachtete, wie Körper in allen Formen, Größen und Altersgruppen einander in wilder, unverhohlener Hemmungslosigkeit simples Vergnügen bereiteten und zum hedonistischen Höhepunkt brachten.

Eine feste Hand kroch unerbittlich zwischen meine Beine zu meiner Möse. Meine Schamlippen waren glitschig vor Nässe, und der Druck auf sie nahm ständig zu, bewegte sich dann nach hinten, um meine Arschbacken zu umschließen und auseinanderzuziehen. Ich spürte zwei oder drei Finger fest auf meinem Anus. Das Gefühl wanderte zurück zu meiner Möse. Es strich vor und zurück, vor und zurück, als dringe der Schaft eines großen, harten Schwanzes auf mich ein, ohne meinen Eingang tatsächlich zu durchstoßen, sondern stattdessen über die volle Länge von Möse und Damm zu streichen, bis ich bereit war aufzuschreien, darum zu betteln, dass etwas mich füllte und hart fickte.

Meine Hüften bewegten sich wie ein Metronom, in ständig zunehmendem Tempo, und das Reiben an meiner Klitoris wurde schneller und schneller, bis ich plötzlich kam, in einer bebenden Explosion. Mein ganzer Körper pulsierte mit den Schockwellen, die nicht von meiner Möse auszugehen schienen, sondern vom Solarplexus, jede stärker als die vorherige, bis ich ein Crescendo erreichte und beim Anspannen gegen die Fesseln das Gefühl hatte, ich würde zerrissen. Schließlich hatten die Wogen den Scheitelpunkt überschritten, und während sie sich zurückzogen, spürte ich, wie mein Verlangen allmählich abebbte, die Visionen schwanden und meine angespannten Glieder sich lockerten und zu zucken aufhörten.

Die Ranken lösten sich von meinen Handgelenken und Knöcheln, stützten mich aber immer noch. Entweder war ihre Struktur weicher geworden, oder ich hatte mich daran gewöhnt, denn jetzt fühlte es sich an, als würde ich von einer Wolke getragen. Ich spannte die Muskeln an und lockerte sie wieder, versuchte, einen klaren Kopf zu bekommen und zu entschlüsseln, ob ich geträumt hatte oder tatsächlich in eine Orgie hineingestolpert war, aber ich befand mich nach wie vor in einem Zustand derart hypnotischer, taumeliger Entspannung, dass ich mich nicht überwinden konnte, mich zu bewegen oder auch nur zu denken und mich zu fragen, wo ich war, wo meine Freunde waren oder was passiert war. Ich sank in Schlaf.

Ich wachte am Strand auf, immer noch nackt. Meine Kleider lagen neben mir, ordentlich gefaltet, zusammen mit meinen leichten Sandalen. Mein Kopf ruhte auf einem sauberen, weichen Handtuch. Ich konnte mich nicht erinnern, es mir als Kissen untergelegt oder auch nur im Boot gesehen zu haben. Ich hörte Platschen und setzte mich auf. Viggo und Lauralynn schwammen ein Stück entfernt im Wasser.

»Komm schon, Schlafmütze!«, rief Lauralynn. »Ist beinahe Zeit zur Abreise. Geh noch mal schwimmen.«

Ich fuhr mir über die Stirn und versuchte mich zu erinnern, wo ich die vergangene Nacht verbracht hatte, wie ich aus dem Dschungel an den Strand zurückgekommen war oder welche Tageszeit wir jetzt hatten. Das Wasser war verlockend. Bei Tageslicht hatte es ein scharfes, kristallines Grün wie ein Smaragd. Ich stand auf, wischte mir den Sand vom Hintern, ging hinunter ans Meer und tauchte hinein.

»Ah!«, rief ich, als mich die erste Welle traf. Ein Ausdruck zwischen Verwunderung und Bchagen.

Lauralynns Körper war unsichtbar, da sie ständig wie ein Delfin unter die Wellen tauchte. Ich wandte mich an Viggo, der sich auf dem Rücken treiben ließ, sein dunkler Haarschopf wie das Zifferblatt einer Uhr um sein Gesicht ausgebreitet.

»Das Wasser …«, sagte ich zu ihm. »Das ist wie Minze.«

»Schmeckt auch gut«, erwiderte er. »Probier mal.«

Ich nahm einen Schluck. Der Geschmack war nicht stark, hatte aber eine süße Pfefferminznote, und das Fehlen von Salz war deutlich bemerkbar. Meine Zunge kribbelte.

»Wo sind wir hier, Viggo?«, fragte ich. »War ich gestern Nacht betrunken?«

»Gestern Nacht nicht«, erwiderte er, zog die Knie an die Brust und drehte sich im Wasser, sodass er mich jetzt ansah. »Wir waren drei Tage hier.«

Lauralynn tauchte zwischen uns auf und bespritzte uns beide mit grünen Tropfen.

»Das ist, als wollte man Musik erklären, Summer. Oder Sex. Es lässt sich nicht erläutern, wie manche Dinge funktionieren. Man muss sie einfach genießen. Und nicht zu viel darüber nachdenken.«

Sie hatte recht, so bizarr das alles auch war. Ich nickte wortlos, drehte mich auf den Rücken, ließ mich treiben und sah den Seevögeln zu, die über das Wasser schossen und in den Himmel aufstiegen.

Kurz danach kam Tony mit dem Boot, um uns abzuholen, und wir kehrten aufs Festland und zu ein paar weiteren entspannten Wochen in Rio zurück, bevor wir zu der vollkommen anderen Magie von London aufbrachen. Auf dem endlosen Heimflug weigerte sich Lauralynn beharrlich, meine Fragen nach der Insel und den bizarren Ereignissen dort zu beantworten, geschweige denn die Frage, ob ich das alles nicht geträumt hatte.

Gleichwohl, die Auszeit hatte meine Melancholie vertrieben, und ich fühlte mich bereit, wieder mit dem Leben zu beginnen, von Neuem.

5

SOMMER IN DER STADT

Als ich nach London zurückkam – Lauralynn und Viggo hatten auf der Rückreise einen Zwischenstopp in Los Angeles eingelegt, um mit seiner dortigen Plattenfirma über die neuen Projekte zu sprechen –, war der Sommer angebrochen.

Im Gegensatz zu Paris und vielen anderen Orten, die sich zu dieser Jahreszeit in unpersönliche, hauptsächlich von Touristen und langweiligen Besuchern aus dem Umland bevölkerte Geisterstädte verwandeln, ist London im Sommer wirklich sprudelnd, überschäumend vor Aktivität und Energie, als wäre neues Blut in die Stadt gepumpt worden. Noch dazu fühlte ich mich nach der Auszeit oder vielleicht dank der unerklärlichen Ereignisse auf der Insel wie neu geboren, als hätte ich mein früheres Selbst abgelegt und wäre ein nagelneues Ich, ein Neuankömmling in der großen Stadt. Ich nahm eine Veranstaltungszeitschrift mit und war verblüfft über die vielen ungewöhnlichen Ausstellungen, die ich mir unbedingt ansehen wollte, hervorragende Filme, über die ich gelesen hatte, eine Vielzahl an Theaterstücken sowie Restaurants, deren fremdartiges und phantastisches Angebot an Speisen mit Kombinationen seltsamer Zutaten und Geschmacksrichtungen geradezu danach schrien, ausprobiert zu werden, falls man den Kritikern glauben konnte. Mein Aufenthalt auf der Insel, so schien es, hatte eindeutig meine prosaischeren Gelüste geweckt.

Irgendetwas lag in der Luft, und es war überwältigend. Rio de Janeiro und die Insel hatten sich trotz ihrer berauschenden

Atmosphäre und der hedonistischen Aktivitäten in einen friedvollen Zufluchtsort verwandelt, an dem meine Sinne liebkost und auf subtile Weise angeregt worden waren, die glatten Ranken der Lust hatten meine Seele beruhigt. Doch das hier war ein völlig anderes Leben, eine unendliche Fülle an Möglichkeiten, die dem Verstand schmeichelten, nicht nur den Sinnen, und mir das Gefühl gaben, lebendiger zu sein als seit einer Ewigkeit. London surrte vor Erregung, wie mir schien. Und ich wollte gierig und glückselig daran teilhaben.

Ich fuhr mit der U-Bahn von Hampstead nach Borough, um am Borough Market zu frühstücken, bevor ich einen Spaziergang auf dem Themsepfad machen wollte, bis hinab zur South Bank. Ungewöhnlich für mich, war ich früh aufgewacht und erreichte den Markt, bevor er allzu voll wurde. Verkäufer in rot-weißen Schürzen waren noch damit beschäftigt, ihre Stände für Käse, Fleisch und die verschiedensten Delikatessen aus der Region und dem Ausland aufzubauen. Eine Handvoll einheimischer Käufer durchforstete mit ruhiger Hand und scharfem Auge Berge von Erzeugnissen, auf der Suche nach den saftigsten, reifsten Früchten und dem schmackhaftesten Gemüse.

Monmouth Coffee, nach meiner kaffeesüchtigen Meinung das beste Café in der Gegend, würde erst in ungefähr einer halben Stunde aufmachen, und bald danach würde die Schlange an der Tür bis an die Ecke und noch halb in die nächste Straße reichen. Ich setzte mich auf eine der Bänke und wartete. Zuerst meine Koffeindosis, danach würde ich mir etwas zu essen suchen.

Auf dem Borough Market einzukaufen, war für mich wie ein Ritual. Für jemanden mit meiner Veranlagung, eine Sklavin ihrer Gelüste, war die schiere Anzahl an Auswahlmöglichkeiten überwältigend, jede auf ihre eigene Art köstlich und von den Verkäufern mit wildem Eigenlob angepriesen. Sollte ich mit einem großen Körbchen frischer Erdbeeren anfangen, dann an den anderen Ständen vorbeischlendern und dabei eine saftige rote Frucht nach der anderen verputzen? Oder mich direkt für etwas Warmes entscheiden, einen frisch gebratenen Rindfleisch- oder Putenburger, tropfend vor Zwiebelrelish und scharfer Soße, oder Pulled Pork mit Apfelchutney in einem warmen, leicht getoasteten Brötchen? Am anderen Ende der Stände würde es gegrillten Halloumi geben oder Schachteln mit exotischen Salaten, große Käselaibe, von denen ich in mundgerechten Stücken auf Baguette probieren konnte, Schalen mit gewürztem Olivenöl, in die man sie tunken konnte, Holzschüsseln mit selbst gemachter Schokolade, türkischen Honig in gewöhnlichen wie auch unvorstellbaren Geschmacksrichtungen und Vitrinen voll mit süßem Gebäck, Pies, Törtchen, Kuchen und Baisers in der Größe von Brotlaiben, sowie Cremeschnitten, doppelt so lang und breit wie meine Hand.

Mir lief das Wasser im Mund zusammen. Jeder meiner gedanklichen Geschmackstests kam mir intensiver vor als sonst. Ich konnte regelrecht spüren, wie die Erdbeeren in meinem Mund zergingen und mir der Saft über das Kinn lief. Ich fühlte mich, als wäre ich versehentlich in Willy Wonkas Schokoladenfabrik spaziert und hätte eines dieser neu entwickelten Kaugummis genommen, durch das die ahnungslose Violetta Beauregarde in eine Blaubeere verwandelt wurde.

»Macht ihr bald auf?«, formte ich mit den Lippen für den Barista, der drinnen hinter dem Fenster den Tresen abwischte. Er zeigte auf das Schild an der Tür, das ich irgendwie übersehen hatte, und deutete an, dass ich noch eine halbe Stunde warten müsste. Ich wandte mich ab, ließ einen suchenden Blick über die nächstgelegenen Cafés und Stände wandern. Auf der anderen Straßenseite sah ich eine Werbung für türkischen Kaffee und zwei Männer, die jemanden am Tresen bedienten.

In der Nähe stand eine Frau und wartete. Sie hatte etwas an sich, das sie von den anderen unterschied, abgesehen von den auffälligen Tattoos, die ihre Arme und Knöchel bedeckten und im Gegensatz zu ihrer ansonsten konservativen Erscheinung standen. Sie fügte sich nicht in die Schar der morgendlichen Käufer oder Standbesitzer ein. Vielleicht lag es daran, dass man ihr keinerlei Ungeduld anmerkte und sie nicht hektisch auf einem Smartphone im Internet surfte, wie es heutzutage die meisten Menschen tun, wenn sie nicht in ein Gespräch oder sonstige Aktivitäten vertieft sind. Sie hob sich irgendwie ab von der breiten Masse. Ich musterte sie genauer. Da war noch etwas anderes. Etwas an ihr kam mir bekannt vor, als hätte ich sie schon einmal gesehen, aber ich konnte sie nicht unterbringen.

Ihr Kleid hatte Flügelärmel, einen runden, eng am Hals anliegenden Ausschnitt und war in einem blassen, grünlichen Gelb gehalten. Es umfloss ihren Körper wie Seide, nicht wie Baumwolle. Türkisblaue Sandalen umschlossen ihre Füße, gebunden mit dünnen blauen Bändern, die bis kurz unterhalb des Kleidersaums um ihre Knöchel und Waden geschlungen waren. Ein dünner grüner Gürtel betonte das, was an Taille da war. Sie war schlank, hatte aber eine lange, gerade Figur, keine Sanduhrformen. Ein großer, weicher Sonnenhut beschattete Augen und Nase, doch ich konnte erkennen, dass sie einen breiten Mund hatte, und ihre Lippen waren in einem glänzenden Rot geschminkt. Haare so blond, dass sie fast weiß waren, ergossen sich unter dem Hut über Schultern und Arme. An jemand anderem hätte die Farbmischung eher grell gewirkt, doch die verschiedenen Schattierungen standen ihr so gut, dass ihr Aussehen im Wesentlichen unaufdringlich war, wenn auch sonderbar.

Der Mann am Tresen beendete seinen Einkauf und kam zu ihr herüber. Er hatte zwei kleine Plastikbecher in der Hand, die vermutlich mit Espresso gefüllt waren. Sie wirkte wie erstarrt vom

Anblick und Lärm des Marktes, oder aber sie war in Gedanken versunken und reagierte nicht auf ihn, bis er sie am Ellbogen berührte. Eine sanfte Berührung, eher eine Liebkosung als ein Schubs oder Stoß, um sie auf sich aufmerksam zu machen. Sofort verzog sich ihr Mund zu einem breiten Lächeln, als würde seine Nähe sie einfach glücklich machen. Die Kaffees entgingen ihr vollkommen, bis er ihr einen Becher in die Hand drückte. Sie nahm ihn, strich dem Mann mit den Fingerspitzen über Kinn und Lippen und küsste ihn dann leicht auf den Mund. Sie lachten beide, weil ihnen dabei ihr Hut in die Quere kam, und als sie ihn zurückschob, sah ich den Rest ihres Gesichtes. Sie war totenbleich und schien kein Make-up zu tragen, außer dem Lippenstift, den sie jetzt von den Lippen des Mannes wischte. Ihre Augenfarbe konnte ich aus dieser Entfernung nicht erkennen, schätzte aber, dass sie blau oder grau sein musste. Das würde zu ihr passen. Der Typ Eiskönigin. Wunderschön auf eine minimalistische, elegante Art. Ihr Alter konnte ich nicht einschätzen. Einerseits fehlten ihr die üblichen Altersanzeichen, andererseits war ihr Modegeschmack nicht jugendlich, und sie strahlte eine gewisse Reife aus. Die Tattoos wirkten dank der Manierismen der Frau so natürlich an ihr, dass sie trotz ihrer Anzahl kaum auffielen, nachdem ich sie einmal wahrgenommen hatte.

Ich richtete meine Aufmerksamkeit auf ihn. Er wirkte hoch gewachsen, einfach weil er größer war als sie. Über eins achtzig, schätzte ich. Sein Haar war kastanienbraun. Vielleicht rot, doch das war in diesem Licht nicht zu erkennen. Trotz der Hitze, die wohl später am Tag zu erwarten war, trug er ein weißes Oberhemd, dazu leichte braune Chinos. Seine Brust war breit, und er bewegte sich wie jemand, der fit ist, aber nicht übermäßig muskulös. Er trug beigefarbene Loafers ohne Socken. Als Paar passten sie gut zusammen. Zwischen ihnen bestand kein Grund für einen Wortwechsel, für gezwungenen Small Talk oder dafür, dass sich der eine abwandte, um sein Handy zu überprüfen. Sie standen einfach da, Seite an Seite, sonnten sich in der körperlichen Präsenz des anderen. Bewegte sich der eine, nur um den Fuß zu drehen oder das Gewicht von einem Bein auf das andere zu verlagern, bewegte sich der andere ebenfalls, als wäre der eine die Welle und der andere der Gezeitenstrom, und beide würden unweigerlich vom anderen mitgezogen.

Ich bekam einen Kloß im Hals. Dominik und ich waren genauso gewesen, das wusste ich. Es hätte mich nicht überrascht, zu erfahren, dass wir im gleichen Rhythmus geatmet hatten, so sehr passten unsere Körper zusammen. Seit ich nach seinem Tod allein war, fielen mir natürlich andere Paare auf. Meistens störte es mich nicht, weil nur wenige Paare in der Öffentlichkeit glücklich miteinander zu sein schienen. Wirklich glücklich. Ich hatte Paare in Restaurants stundenlang einander gegenüber sitzen sehen, ohne dass sie ein Wort wechselten. Andere stritten sich und konnten es kaum miteinander aushalten, während ihre Blicke wanderten, Männer und Frauen um sie herum taxierten. Oder sie wurden durch kleine Kinder beansprucht, ohne viel Aufmerksamkeit für andere als die Sprösslinge aufzubringen, die sich an ihre Hände klammerten oder an den Hosenbeinen zogen. Allein mochten sie anders sein. Aber bis auf die heiße Begierde junger Paare oder frisch Verliebter sah ich selten die entspannte Zuneigung, wie sie nur zwei Menschen zeigen können, die einander bis in die intimsten Details kennen.

Mir fiel auf, dass beide weder einen Einkaufsbeutel noch eine Tasche trugen. Sie sahen nicht aus wie Kauflustige oder Touristen. Eher als würden sie auf jemanden warten.

Dann winkte mich die Frau zu meiner Überraschung zu sich.

Ich blickte mich um, dachte, sie müsse einen Freund in meiner Nähe entdeckt haben, aber auf der Straße war sonst niemand. Sie winkte erneut. Es war unmissverständlich.

Ich stand auf und ging hinüber.

Sie nahm den Hut ab und fuhr sich rasch durchs Haar, bevor sie mir die Hand hinstreckte. Ich hatte mich nicht geirrt, ihre Augen waren blau. Ich schüttelte ihre Hand. Ihre Haut war kühl, die Hand sehr leicht und schmal, aber der Griff war fest und geschäftsmäßig.

»Sie sind Summer«, sagte sie. Das war keine Frage, sondern eine Feststellung. »Mein Name ist Aurelia«, fügte sie hinzu. »Aurelia Irving.«

»Andrei«, warf der Mann mit den kastanienbraunen Haaren ein. Seine Hände waren groß und glatt, viel wärmer als ihre. Aurelia ist die dominante der beiden, dachte ich. Vielleicht nicht in der Art, wie sie ihre Sexualität zum Ausdruck brachten. Nicht wie Lauralynn und Viggo. Auch nicht wie Angestellter und Arbeitgeberin. Ihre Beziehung hatte Schichten, die ich noch nicht identifizieren konnte.

»Bitte nehmen Sie Platz.« Aurelia deutete auf die grünen Plastiktische und Stühle vor dem Kaffeestand. Das war ebenso wenig eine Bitte, wie ihre Begrüßung eine Frage gewesen war, und ich kam ihrer Aufforderung nach. »Sie erinnern sich nicht an uns«, fügte sie hinzu.

»Tut mir leid«, entschuldigte ich mich und schüttelte den Kopf. »Sie kommen mir bekannt vor, aber ich kann mich nicht erinnern. Sind wir uns schon mal begegnet?« Sie mussten Bekannte von jemandem sein, den ich kannte, schätzte ich. Möglicherweise alte Freunde von Dominik, oder vielleicht war sie Musikerin. Wenn ich spielte, verlor ich mich derart in der Musik, dass ich ständig vergaß, auf die anderen Mitglieder des Orchesters zu achten. Sofort blickte ich auf ihre Hände, obwohl lange, dünne Finger entgegen der herrschenden Meinung nur selten ein Zeichen für irgendetwas waren. Ihre waren schlank und zart, aber kräftig, wie ich von ihrem Händedruck wusste. Sie trug keine

Ringe. Ich wandte mich zu Andrei. Er sah mich interessiert an, auf eine Art, die darauf hindeutete, dass er etwas mehr suchte, als ich oberflächlich zu bieten hatte, offensichtlich jedoch auf eine Äußerung von Aurelia wartete.

»Sie waren vor Kurzem an einem Ort, den wir manchmal für Veranstaltungen benutzen oder zur Erholung aufsuchen. Und an den sich manche unserer Darsteller zurückziehen, um sich zu … zu entspannen oder zu trainieren und neue Programme einzustudieren. Ein ganz besonderer Ort …«

»Die Insel?« Ich beugte mich vor, begierig darauf, mehr über die mysteriösen Aktivitäten zu erfahren, die dort stattgefunden hatten. Von Lauralynn und Viggo hatte ich seit meiner Rückkehr wenig zu sehen bekommen, und wenn wir uns trafen, hatte Lauralynn sich immer sehr vage ausgedrückt. Schließlich hatte ich es als Traum abgetan, oder vielleicht als Reaktion auf eine giftige Pflanze oder eine Droge, die man mir mit dem Bier verabreicht hatte. Wie auch immer, das Ergebnis hatte mir sicherlich nicht geschadet. Ganz im Gegenteil. Nach wie vor hatte ich dieses Gefühl von Frieden und Ruhe, das ich dort erlebt hatte, nicht verloren, und doch kamen mir meine Tage so viel strahlender vor. Natürlich fehlte mir Dominik immer noch, und ich trauerte um ihn, aber ich hatte diese Depressionswolke abgeschüttelt, die seit seinem Tod über mir gehangen hatte.

»Ja, die Insel. Wir waren auch dort.« In Reaktion auf meinen Gesichtsausdruck hob sie die Hand, als wollte sie mir versichern, es sei kein Problem, dass meine Erinnerung an die Zeit dort so verschwommen sei. »Selbst für jene, die schon lange in unseren Diensten stehen, ist es schwierig, genau zu wissen, was real ist und was nicht, also machen Sie sich keine Sorgen. Dieser Ort hat seine eigene Magie, aber ich kann Ihnen versichern, dass Sie dort nicht in Gefahr waren. Wir haben Sie schon seit einiger Zeit beobachtet.«

»Mich beobachtet?« Argwohn musste in meinem Gesicht aufgeblitzt sein, und Andrei lachte. Er lehnte sich entspannt auf dem Stuhl zurück, lächelte und drehte den inzwischen leeren Espressobecher zwischen Zeige- und Mittelfinger. Wonach er bei mir auch gesucht hatte, er hatte es anscheinend gefunden oder gänzlich aufgegeben. Er wandte sich zum Tresen und bestellte mit einem Wink eine weitere Runde Kaffee. Innerhalb von Minuten wurde mir ein Becher in die Hand gedrückt. Ich nahm einen Schluck. Der Kaffee war wunderbar stark und aromatisch.

»Wegen der Art der Arbeit, die wir machen«, erklärte Aurelia. »Unsere Darsteller müssen alle sehr talentiert sein und auf andere Weise vielseitig.«

»Die besten der Welt«, unterbrach Andrei und nickte, um seine Worte zu unterstreichen.

»Aber sie müssen auch noch etwas anderes haben. Dabei geht es nicht nur um Aufgeschlossenheit oder einen starken Sexualtrieb. Wir benötigen talentierte Darsteller, die ein gewisses Maß an sexueller Macht besitzen. Magick, würden manche es nennen, doch das ist es eigentlich nicht«, fuhr sie fort.

»Kommt ganz darauf an«, fügte Andrei hinzu, und sie sahen sich mit einem verschwörerischen Lächeln an.

»Auf welchem Gebiet arbeiten Sie denn eigentlich?«, wollte ich wissen. Ich wollte sie an meine Agentin verweisen, die alle Verhandlungen über meine Auftritte führte, aber meine Neugier ließ mich genauer nachfragen, bevor ich die Unterhaltung beendete. Lauralynn hatte recht gehabt wegen der Gerüchte, dachte ich mit nur leichtem Bedenken. Offenbar war die Art meiner Begegnungen während der Europatournee nicht unbemerkt geblieben, aber ich hatte sicherlich nicht damit gerechnet, dass mir deswegen Arbeit als – was? Geigerin in Sexclubs vielleicht? – angeboten würde.

»Sie müssen verstehen, dass wir zu diesem Zeitpunkt nur begrenzte Informationen preisgeben können.«

»Natürlich«, erwiderte ich, gewöhnt an die Verschwiegenheit Kreativer, hinter der sich oft die Furcht vor Misserfolg verbarg. »Doch Sie können nicht erwarten, dass ich mich mit etwas einverstanden erkläre, ohne zumindest ein bisschen mehr darüber zu erfahren. Vor allem, da diese Veranstaltungen etwas ... alternativ klingen.«

Aurelia nickte und setzte die Erklärung fort.

»Wir stehen in Verbindung mit einer Organisation, die sehr hochkarätige erotische Events veranstaltet. Normalerweise sehr kleine. Nur für die reichsten, die diskretesten, die überzeugendsten oder neugierigsten Personen, die an uns herantreten. Wir bezeichnen uns als das Netzwerk, in Ermangelung eines besseren Ausdrucks. Ihre Anonymität, sollten Sie bei so einer Veranstaltung auftreten, wäre absolut garantiert. Und die Bezahlung ist sehr gut. Tatsächlich sind Sie bereits vor einiger Zeit bei einer unserer Veranstaltungen aufgetreten, wenngleich Ihnen nur gestattet war, wie soll ich es ausdrücken, die Spitze des Eisbergs zu sehen.«

Ich versuchte mich zu erinnern, welcher Gig das gewesen sein mochte, und nachdem ich mein Gedächtnis gründlich durchforscht hatte, fiel mir vage ein Auftritt in einer Nordlondoner Villa ein, bei dem mir die ungewöhnlich gewagte, knappe oder einfach nur vollkommen schräge Kleidung des Publikums aufgefallen war. Danach war ich schnell hinauskomplimentiert worden und hatte mich gefragt, was man vor mir verbarg. Das war mir im Gedächtnis geblieben, da das Publikum, vor dem ich normalerweise spielte, zu der Twinset-und-Perlenkette-Sorte gehörte, oder es waren Musikstudenten und ein kleinerer Anteil von Hipstern, die zerrissene Jeans trugen oder in Wohltätigkeitsläden gefundene Tweedanzüge, um modisch ironisch zu wirken, dazu eine Handvoll City-Typen in Anzug und Krawatte, die direkt aus dem Büro kamen. Kein ganzer Raum voll Swinger, Goths, Kinkster oder eine Mischung aus allen dreien, so viel war sicher.

»Ich bin nicht knapp bei Kasse«, sagte ich zu ihr. Allmählich wurde ich widerborstig und ungeduldig.

»Und die Auftritte … sind anders. In keiner Weise anrüchig oder vulgär. Erotische Kunst auf höchster Ebene.«

Ich zuckte mit den Schultern.

»Aber das ist nicht der Grund, warum wir Sie kontaktiert haben.«

»Okay.« Ich drehte den Kaffeebecher zwischen den Fingern, wie Andrei es gemacht hatte. Der dunkle, bittere Satz hatte sich auf dem Boden gesammelt, und wenn ich vorsichtig damit umging, konnte ich noch ein paar Schlucke herausquetschen, ohne den Mund voller Bodensatz zu haben. »Warum haben Sie sich wirklich mit mir in Verbindung gesetzt?«

»Wir möchten, dass Sie wieder auf unserem Ball auftreten, doch diesmal wären Sie vollkommen in das Geschehen integriert, nicht nur als Vorprogramm. Der Ball findet etwa alle zwei Jahre statt. Der nächste in knapp einem Jahr, in einer etwas ungewöhnlichen, aber faszinierenden Gegend von Amerika. Wir würden Sie natürlich großzügig bezahlen, und Ihre Reisekosten wären voll gedeckt, und obwohl die eigentliche Veranstaltung nur eine Nacht dauert, würde von Ihnen erwartet werden, sich ziemlich aktiv daran zu beteiligen, sowohl vorher als auch nachher. Es wäre ein bedeutendes Engagement …«

»Stünde es mir frei, die Musik meiner Wahl zu spielen?«, fragte ich.

»Ja, natürlich«, erwiderte sie. »Das ist selbstverständlich. Sie könnten solo spielen, wenn Sie wollen. Doch wenn Sie vorzögen, mit Begleitung zu spielen, würden wir auch das finanzieren. Und jeder Aspekt Ihrer Performance steht Ihnen vollkommen frei.«

Ich spürte, wie meine Haut vor Erregung zu kribbeln begann. Susan, meine Agentin, würde an die Decke gehen, wenn sie wüsste, dass ich auch nur erwog, einem einmaligen Auftritt zuzustimmen, ohne es ihr zu überlassen, den ganzen vertraglichen Firlefanz und Papierkram abzuwickeln. Aber für eine Nacht und das, was sie vage als »Beteiligung« davor und danach bezeichnet hatten, konnte ich vermutlich verschwinden und es als Urlaub ausgeben.

»Was ist dieser Ball?«, fragte ich. »Sie sagten, er steht mit der Insel in Verbindung? Mit dem, was ich dort erlebt habe? Ich dachte, ich wäre betrunken oder würde träumen …«

»Nein, Sie waren nicht betrunken«, erwiderte sie. »Und was Träume betrifft … nicht so ganz. Wenn der Verstand in diesem völlig entspannten Zustand ist, den Sie erlebt haben, wird jeder Gedanke und jedes Gefühl verstärkt, mindestens hundertfach … Darf ich?«, fragte sie und bedeutete mir, sie wolle meine Hände in ihre nehmen.

»Natürlich.« Ich streckte meinen Arm über den Tisch. Diese Frau hatte etwas von einer Hexe. Verzaubernd. Ich begriff, warum Andrei ganz vernarrt in jede ihrer Äußerungen, jede ihrer Bewegungen war.

Aurelia ergriff meine dargebotene Hand und drehte sie um. Während sie sprach, strich sie mit den Fingerspitzen ihrer anderen Hand ganz leicht über mein Handgelenk. »In Ihrem normalen Wachzustand«, erklärte sie, »würde sich eine sanfte Berührung wie diese genau wie das anfühlen, und nicht mehr.« Ich nickte. »Jetzt«, sagte sie, »schließen Sie die Augen. Entspannen Sie sich. Stellen Sie sich vor, Sie wären wieder dort, würden durch das grüne Wasser ans Ufer schwimmen. Alles ist ruhig. Das Meer ist voller Fische, doch die tun Ihnen nichts. Jetzt sinken Ihre Füße auf den Sand, und Sie wandern in den Dschungel. Sie sind vollkommen allein, aber in Sicherheit, und Ihre Füße treten leicht über die Baumwurzeln. Sie erinnern sich an den Weg zu den Ranken, in denen Sie schliefen.«

Ich nickte weiter, um anzudeuten, dass ich zuhörte, und folgte im Kopf ihren Richtungsanweisungen. Mein Rücken sank gegen die Lehne des Stuhls, und meine Glieder entspannten sich. Meine Gedanken begannen zu wandern, und Aurelias Stimme nahm einen sonoren Klang an, wie eine tiefe, schwere Glocke. Ich hörte Musik durch die Äste der Bäume, die vor meinem geistigen Auge aufgetaucht waren, ein beruhigendes Schlaflied, durch das sich meine Muskeln noch tiefer entspannten.

»Jetzt konzentrieren Sie sich auf meine Berührung«, sagte sie.

Ich befolgte die Anweisung und spürte plötzlich statt der federleichten Berührung auf meinem Handgelenk vier Hände, die an meinem nackten Körper entlangstrichen, zwei schlanke, bleiche, die anderen beiden breit und schwer. Sie gehörten unverkennbar zu Aurelia und Andrei. Die Reaktion meines Körpers erfolgte augenblicklich und war unaufhaltsam. Ich spürte, wie sich die vertraute Nässe in meinem Schritt sammelte und eine starke Flut der Begierde durch meine Adern strömte, mich schwach und atemlos machte. Bestimmt war mein Gesicht knallrot.

Sofort öffnete ich die Augen, teils vor Schreck, teils aus Verlegenheit.

Ich befand mich immer noch im Herzen des Borough Market, in dessen vertrauter Umgebung. Aurelia lächelte mich an. Es hätte auch ein Feixen sein können.

»Ich habe nichts anderes getan, als Ihr Handgelenk zu berühren«, sagte sie und ließ es los. Instinktiv umschlang ich es mit den Fingern meiner anderen Hand.

»Und ich habe mich nicht bewegt«, fügte Andrei hinzu.

Anscheinend wussten sie beide, was ich mir vorgestellt hatte.

»Sehen Sie«, erklärte Aurelia. »Das hat nichts mit irgendwelchen Tricks zu tun. Bloß mit einem erhöhten Wahrnehmungsvermögen, das nur sehr wenige Menschen besitzen, und der Bereitschaft, diese Begierde zu akzeptieren. Darum geht es beim Ball. Wir arbeiten daran, die Freude und Wildheit der menschlichen Sexualität zu bewahren, die Scham abzulegen, die wie eine düstere Wolke über der Intimität so vieler Menschen hängt ... Mit dem Ball feiern wir die Sexualität. Und um das geschehen zu lassen, stimulieren wir die Sinne. Das Sehen, das Fühlen, das Riechen und natürlich das Hören. Wir möchten, dass Sie die Menschen mit Ihrer Musik erregen. Genau wie das, was Sie auf der Insel erlebt haben, aber in viel größerem Ausmaß. Es wäre ein unvergessliches Erlebnis, für Sie und für alle anderen Anwesenden.«

Beide sahen mich eindringlich an.

Ich unterbrach den Blickkontakt, schaute auf meinen Kaffeebecher und dann wieder zu ihnen auf.

»Das ist ein interessantes Angebot«, sagte ich. »Aber ich muss darüber nachdenken.«

Ich hatte das Gefühl, dass sie mir nicht alles über den Ball und meine mögliche Mitwirkung dabei erzählt hatten. Irgendetwas wurde mir verschwiegen. Oder war vielleicht zu absonderlich, um es glauben zu können.

»Kein Problem«, sagte Aurelia. Sie wirkte erleichtert, als hätte ich ihrer Meinung nach bereits zugesagt. Ihre Finger streiften über die Vorderseite ihres Kleides, und sie zog eine weiße Karte heraus, mit einer handgeschriebenen Telefonnummer in blauer Tinte. »Lassen Sie sich so lange Zeit, wie Sie wollen.«

Ich griff nach der Karte, die immer noch warm war von der Wärme ihrer Brüste, steckte sie in die Tasche und musste sofort an den Mann aus der Sauna in Kentish Town denken. Was hatte ich nur an mir, dass mir Fremde Visitenkarten gaben?

Sie erhoben sich gleichzeitig, und ich stand ebenfalls auf, um sie zu verabschieden. Mein Plastikstuhl klapperte. Wir schüttelten uns die Hand, und Aurelia nickte mir bekräftigend zu.

Ich setzte mich wieder und sah ihnen nach. Sie verschränkten die Hände, kaum dass sie den Tisch verlassen hatten. Eine unbewusste Geste. Ich hätte nicht sagen können, wer von ihnen als Erster die Hand ausgestreckt hatte. Ein Windstoß erfasste Aurelias Kleid und hob kurz den Saum an, legte ihre festen Wadenmuskeln und die Kniekehlen frei. Ich erhaschte einen flüchtigen Blick auf ein weiteres großes Tattoo.

Der Kellner kam wieder und stellte mir noch einen Kaffee hin, mit der Erklärung, Andrei hätte ihn bestellt und bereits bezahlt, was ich allerdings nicht mitbekommen hatte.

Meine Gedanken an die seltsame Vorstellung und ihr Angebot wurden durch mein Magenknurren unterbrochen. Unser Gespräch hatte mich so abgelenkt, dass ich mein Frühstück vollkommen vergessen hatte, und jetzt schrie mein Magen nach etwas Essbarem. Ich nahm meinen Kaffee, blieb beim nächsten Burgerstand stehen und bestellte einen Rindfleischburger mit Käse und extra Relish. Dann machte ich mich auf den Heimweg.

Als ich dort ankam, befestigte ich Aurelias Karte mit einem Magneten am Kühlschrank. Ich würde ihr Angebot im Kopf behalten, beschloss ich, und es mir überlegen. Bis dahin würde ich weiterhin London im Sommer genießen, müßige Tage im Freien und noch faulere Tage zu Hause verbringen.

Es war später Vormittag, und ich lag noch im Bett. Ich schlief zwar nicht mehr, befand mich aber noch in diesem trägen, halb wachen, halb schlummernden Zustand. Kleine Vögel in den höheren Ästen der Bäume vor meinen Fenster brachten mir ein fernes Ständchen, und ein schläfriger Teil meines Gehirns versuchte, ein schwer fassbares Muster oder eine Melodie in ihrem Zwitschern zu erkennen.

Ich breitete mich wie ein Schneeengel unter dem dünnen weißen Laken aus. Streckte den Arm darunter hervor, um nach einer Flasche Mineralwasser zu greifen, die neben meinem Bett stand, und nahm einen großen Schluck.

Mein Telefon klingelte.

Widerstrebend schüttelte ich die Spinnweben ab, die mich am Wachwerden hinderten.

»Hallo?«

»Ist da Miss Zahova?«

»Hmmm …«

»Summer Zahova?«

»Ja.«

Die Stimme eines Mannes. Englisch, wenn auch akzentfrei, ohne regionale Einfärbungen. Tief und glatt. Verführerisch.

»Gut. Mein Name ist Antony Torgerson. Antony ohne h«, buchstabierte er. »Ich habe Ihnen E-Mails geschickt, aber vermutet, dass Sie im Ausland waren. Das Büro Ihrer Agentin hat mir Ihre Telefonnummer gegeben.«

Dann musste er in Ordnung sein, überlegte ich, da sie meine Nummer nicht jedem gaben.

»Okay.«

»Vielleicht haben Sie von mir gehört«, sagte er. Hatte ich nicht. »Ich bin Theaterregisseur. Wie ich erfuhr, verwalten Sie den Nachlass von Dominik …«

Eine schwarze Wolke löschte den Rest seiner Worte aus.

Ich musste mich räuspern.

»Oh …«

»Es geht um seinen zweiten Roman. *Tagebücher einer Violine.* Ich bin ein großer Fan.«

Ich fing mich wieder. Zog die Bettdecke hoch, bedeckte meine nackten Brüste, obwohl er mich in meinem unbekleideten Zustand durch das Telefon ja gar nicht sehen konnte.

»Das Buch ist nicht gut gelaufen«, setzte ich ihn in Kenntnis. »Eine kommerzielle Enttäuschung«, fügte ich hinzu.

»Ich weiß«, sagte der Mann. »Umso mehr Grund, etwas zu unternehmen, damit die Menschen es wieder wahrnehmen.«

Dominik hatte den mangelnden Erfolg des Buches auf den falschen Erscheinungstermin und die Modelaunen der Leserschaft zurückgeführt. Die Rezensionen waren dürftig, obwohl die Handlung originell war und Dominik zudem geglaubt hatte, die Qualität seines Schreibens wäre besser als bei seinem ersten Versuch, der trotz seiner Mängel ein durchschlagender Erfolg gewesen war. So ist es eben.

»Und wie stellen Sie sich das vor?«, fragte ich.

»Ich glaube, es ließe sich hervorragend für die Bühne adaptieren, wirklich.«

Das machte mich neugierig, obwohl ich es für fragwürdig hielt. Die Handlung des Buches erstreckte sich über diverse Schauplätze, und es gab nur wenige Hauptfiguren. Im Gegensatz zu seinem ersten überaus romantischen Liebesroman, zu dem ich unwissentlich die Inspiration geliefert hatte, war dieser bisher bei Filmproduzenten auf keinerlei Interesse gestoßen.

»Meinen Sie?«

»Allerdings.«

»Eine interessante Idee, Mr. Torgerson«, sagte ich. »Und worum geht es Ihnen jetzt? Um eine Option für die Bühnenrechte? In dem Fall, fürchte ich, bin ich nicht die richtige Ansprechpartnerin. Sie sollten sich besser an den Verlag wenden …«

Ich wollte auf keinen Fall etwas mit finanziellen Transaktionen zu tun haben. Wollte nicht, dass Dominiks Andenken und seine Bücher durch solche Überlegungen beschmutzt wurden. Was mich anging, ich hatte im Moment Geld genug und war nicht auf weitere Mittel angewiesen, da die kurzfristig angesetzte Europatournee sich als erstaunlich lukrativ erwiesen hatte.

»Mit dem Verlag habe ich bereits gesprochen«, antwortete er. »Aber ich hätte lieber Ihre Einwilligung als Dominiks Nachlassverwalterin, eine Art von Verständnis und Zustimmung für das, was ich mit der Adaption zu erreichen hoffe«, schloss er. »Es wäre nett, Sie an Bord zu haben, bevor irgendwas unterschrieben wird. Ich würde Ihnen auch gern ein paar meiner Ideen vorstellen, über die Besetzung und anderes.«

Er klang wirklich besorgt. Ich war mir immer noch unsicher, ob ich mich darauf einlassen wollte, hatte den Verdacht, damit könnten alte Geister an die Oberfläche gezerrt und das fragile Gleichgewicht zerstört werden, das ich durch den Besuch auf der Insel wiedererlangt hatte. Mein Schweigen sprach für sich.

»Könnten wir uns vielleicht treffen? Auf einen Kaffee? Damit ich Sie beruhigen und Ihnen beweisen kann, dass meine Absichten durchaus ehrbar sind?«, fragte er. »Alles persönlich zu erklären, wäre so viel leichter.«

Was hatte ich zu verlieren? Er würde mir nur ein paar Ideen vorstellen, wie sich Dominiks schwieriges zweites Buch für die Bühne übertragen ließ. Das könnte sogar interessant werden. Vielleicht hatte er wegen der Thematik der verhexten Violine bereits gewisse musikalische Elemente im Sinn?

Ich stimmte dem Treffen zu.

Ich rutschte zurück unter die Decke. Das Vogelgezwitscher war verstummt. Ich blickte zur Zimmerdecke, betrachtete abwesend die Formen, die sich an dem unebenen Putz bildeten, während scharfe Sonnenstrahlen durch das offene Fenster drangen und sich in einem ungleichmäßigen Gewirr geometrischer Muster über das Schlafzimmer verteilten.

Ich hoffte, wieder einschlafen zu können, um kurz alle Gedanken an das Leben und die Realität zu verbannen, durch die ich mich immer noch mühsam vorankämpfte, aber es gelang mir nicht.

Überlegungen zu Aurelias und Andreis seltsamem Angebot und dem Anruf zu Dominiks Buch hielten mich wach.

Ein merkwürdiges Aufeinandertreffen: eine Straße, die sich zu einer neuen Zukunft öffnete, und die andere, die zurück in die Vergangenheit führte, jeweils Abzweigungen, die mir entweder schaden oder als Exorzismus dienen konnten. Welche sollte ich nehmen? Oder konnte ich mich auf beide Reisen einlassen und meinen Seelenfrieden behalten?

Wieder klingelte das Telefon. Ich ließ es klingeln, nicht bereit, weitere Informationen zu verarbeiten. Es hörte auf. Dann begann es erneut zu klingeln, als hätte der Anrufer beim ersten Mal befürchtet, die falsche Nummer gewählt zu haben, und wäre entschlossen, zu der richtigen durchzudringen.

Meine Schwester Fran war dran.

Sie wollte am Abend mit mir tanzen gehen.

O ja, ich würde tanzen!

Jahrzehntealter Schweißfilm überzog die unterirdischen Mauern des Clubs oder tropfte wie Kerzenwachs über veraltete Werbeposter für Auftritte längst vergessener Punkbands.

Ich war betrunken.

Keine fröhliche oder traurige Art der Trunkenheit, sondern eine losgelöste, die von fern beobachtete, wie meine Schritte immer unkoordinierter wurden und meine Gesten ein wenig zu abrupt. Der Krach war unerträglich, und ich hielt den Mund, im Gegensatz zu meinen Begleitern, die in höchster Lautstärke brabbelten, ohne dass jemand anderer aus der Gruppe auch nur ein einziges Wort verstand. Ich kam mir wie ein Besucher in einem Aquarium vor, der sieht, wie sich die Fischmäuler hinter dem schützenden Glas beim Ausatmen verzerren. So viel Alkohol hatte ich seit Ewigkeiten nicht mehr zu mir genommen. Ich war sowieso nie eine große Trinkerin gewesen, hin und wieder ein Glas Wein oder ein halbes Pint Bier in Gesellschaft, aber Dominik hatte nicht getrunken, und ich hatte es leichter gefunden, mich in der Zeit unseres Zusammenlebens seinen Gewohnheiten anzupassen.

Schuld an meinem Zustand waren die knallbunten Cocktails mit den kleinen Schirmchen, die neben den leeren Gläsern über unseren ovalen Tisch verstreut lagen. Fran hatte Geburtstag und sich geschworen, die ganze Liste der Cocktailkarte durchzuprobieren. Chris, der immer noch mit uns beiden befreundet, aber nicht mehr mit ihr zusammen war, hatte sich anscheinend besser unter Kontrolle, obwohl seine Gesten immer ausladender wurden und sein Lachen noch rauer.

Ein Musiker, an dessen Namen ich mich nicht erinnern konnte, ein Freund von Chris, tippte mir auf die Schulter und deutete auf die überfüllte Tanzfläche. Oh, warum nicht?

Unsicher erhob ich mich, wobei ich allerdings nach wie vor ein halbes Dutzend Cocktails hinter Fran, Chris und ihren anderen feiernden Freunden zurücklag. Ich hatte die smaragdfarbenen, scharlachroten, widerlich grünen und knallorangefarbenen probiert, musste es aber noch mit den tiefvioletten, kanariengelben und kackbraunen flüssigen Kreationen aufnehmen, die an meinem Platz standen und darauf warteten, dass ich den Mut aufbrachte, dieser feuchtfröhlichen Straße zu sinnloser Verdammnis zu folgen.

Unter Einsatz der Ellbogen zwängten wir uns zu einem freien Platz auf der Tanzfläche durch und wurden innerhalb von Sekunden in der dicht gedrängten Menge voneinander getrennt, während die Disco-Metal-Klänge ihren unbarmherzigen Rhythmus stampften und der ganze Raum in ihrem Sog schwankte. Die Strobolichter flackerten wie Roboter bei einem Amoklauf durch eine Science-Fiction-Apokalypse, schossen in weißen Blitzen über die Baumkrone wippender Köpfe und krachten in fortlaufenden Wellen gegen die feuchten, schwitzenden Wände.

Wie eine Flut aus prähistorischen Tiefen begann die schwache Spur einer Melodie durch den Lärm zu dringen. Mein Gehirn schaltete in einen höheren Gang und konzentrierte sich instinktiv auf das zugrunde liegende Herz der Musik. Durch den Hitzeschleier beobachtete ich eine andere Tänzerin, eine junge Frau mit einem deutlichen Grübchen im Kinn, die ihre Arme wie eine Spinne von ihrem zuckenden Körper wegstreckte. Sie trug ein enges schwarzes Minikleid, und zwischen den Lichtexplosionen sah ich das dunkle Büschel ihrer Achselhaare, bis der nächste Lichtblitz mich blendete, sie in der Masse der wogenden Tänzer verschwand, und nur diesen unpassenden Anblick in meinem wirren Kopf hinterließ.

Ein weiterer Tänzer, ein Mann, ganz in schwarzem Leder, schüttelte sich wie eine Gliederpuppe und stampfte wie ein Mastodon auf den Boden. Seine Begleiterin, eine ätherische Blonde in weißem T-Shirt und enger Jeans mit Löchern an den Knien, überragte ihn, hüllte ihn mit ihrem sich ausbreitenden Schatten wie ein Gespenst ein, und dann waren sie verschwunden, ersetzt durch andere Paare, Tänzer, Männer, Frauen, jeder eine ganze Welt aus Besonderheiten, alle in wilden Zuckungen, plötzlich erstarrt, für eine Nanosekunde reglos, dann wieder heftig gestikulierend wie ein randalierendes Irrlicht. Ich konnte mich nicht erinnern, wann ich das letzte Mal so betrunken war. Ich lachte.

Ich war nie eine besonders umwerfende Tänzerin gewesen. Mein letzter ernsthafter Versuch fand an einem Neujahrsabend statt, in New Orleans, als Dominik es mir befohlen hatte, nackt, in diesem seltsamen Club. Außerdem hatte meine Nacktheit zweifellos meine deutlich fehlende Anmut wettgemacht. Doch seither war mein Körper in ungewohnter Leichtigkeit mit der Musik verschmolzen, meine Geige eine Verlängerung meiner Nerven, durch die all meine Gefühle strömten. Und das Tanzen löste jetzt ähnliche Gefühle aus. Meine Glieder waren locker. Ich suchte wieder nach der tief liegenden Melodie im Herzen des um mich entfesselten Disco-Metal-Infernos, bis sie schließlich mit mir Verbindung aufnahm. Und die Welt, die Menge, die anderen Tänzer zogen sich zurück, und ich blieb allein, in meiner eigenen Blase. Meinem privaten Raum. In dem ich tanzte, losgelöst, befreit, wie unbeholfen ich mich in einer Parodie von Eleganz auch bewegte, auf der Suche nach Schönheit und Transzendenz. Ich stellte mir vor, dass ich die Bailly spielte. Die scharfen Dissonanzen von Strawinskys *Le sacre du printemps* rauschten aus der Tiefe herauf, und ich beherrschte sie, gab den Einsatz zur Entfesselung der gequälten Schreie.

Ich tanzte immer weiter, schwankte, drehte mich, sang vor mich hin, flüsterte.

Und tanzte.

Und tanzte.

Und wurde mir vage bewusst, dass ich endlich die Dunkelheit in Schach hielt und kein Verlangen nach irgendetwas verspürte. Nicht einmal nach Sex.

Die DJs mussten gewechselt haben, und die Musik war momentan verstummt, aber ich hatte weitergetanzt, ohne es zu merken. Mit geschlossenen Augen glitt ich über die Tanzfläche wie auf Kufen, eine Eisläuferin auf einem Wolkenbett.

»Hey, Summer ...«, rief Fran mir zu, und ich lugte durch die Vorhänge meiner privaten Welt und sah, dass ich fast allein auf der Tanzfläche stand. Ich kam wieder zu mir, ging zurück an unseren Tisch und überlegte schweigend, ob ich als Nächstes den lilafarbenen, gelben oder braunen Cocktail wählen sollte. Natürlich mit dem dazugehörigen Schirmchen.

Vor unserem Treffen hatte ich mir auszumalen versucht, wie Antony Torgerson wohl aufgrund seiner Stimme aussehen mochte. Als er dann in die Patisserie Valérie an der Ecke Charing Cross

Road und Great Newport Street trat, war ich nicht unbedingt auf den hochgewachsenen, schlanken dunkelblonden Mann in einer marineblauen Kordjacke, offenem weißem Hemd und tadellos gebügelter Designerjeans vorbereitet, der einen fragenden Blick in beide Räume des Cafés warf, bevor er mich entdeckte.

Ein breites Lächeln huschte über seine vollen Lippen, als er auf mich zukam. Er trug hellbraune, frisch geputzte Schuhe. Ich hatte einen cremigen Cappuccino und ein schmales Stück Obstkuchen vor mir stehen. Sein Handschlag war fest.

»Ich besitze einige Ihrer Aufnahmen«, sagte er. »Ich muss gestehen, dass ich eher zu Rock 'n' Roll neige und mich mit klassischer Musik nicht so auskenne, aber die Töne, die Sie Ihrer Geige entlocken, sind zum Teil sehr außergewöhnlich.«

»Vielen Dank.« Ich war mir nicht sicher, ob das Kompliment eher ein zweifelhaftes war oder nicht.

Er winkte der Bedienung und bestellte einen doppelten Espresso und ein Croissant.

»Ich habe letzte Nacht mehr oder weniger durchgearbeitet und nur ein paar Stunden geschlafen, daher ist das hier für mich jetzt Frühstückszeit«, erklärte er. Es war früher Nachmittag.

Er sah mich an. Sein Haar, kurz geschnitten an den Seiten, aber mit einer leichten Tolle über der Stirn, schwankte zwischen Dunkelblond und Hellbraun. An jedem anderen hätte der Stil ein wenig anmaßend gewirkt, passte aber perfekt zu seiner Erscheinung, da er der kantigen Härte seiner Züge den notwendigen Hauch Weichheit hinzufügte. Ich hielt seinem Blick stand, fasziniert von dem tiefen Schwarz seiner Augen, das beinahe künstlich und glühend wirkte. Trug er etwa farbige Linsen, oder war er eines jener seltenen Exemplare, ein echter dunkeläugiger Blonder? Die Wirkung war verblüffend.

»Sie sehen anders aus als auf den Fotos Ihrer CDs«, sagte er.

»Die wurden vor langer Zeit gemacht«, erwiderte ich. »Mein

Haar war offen auf den Fotos.« Heute trug ich es zurückgebunden und ungestylt.

»Es liegt nicht an den Haaren«, sagte er. »Oder an der Zeit. An irgendwas anderem«, fügte er hinzu.

»Ach, wissen Sie, die Wunder von Photoshop ...« Ich lächelte leicht.

Er trank seinen Kaffee mit einem Schluck und biss in das Croissant.

»Also, erzählen Sie mir, was Sie im Sinn haben. Mit Dominiks Roman«, bat ich.

»Natürlich.«

Er fegte die Krümel des Croissants mit dem Ärmelaufschlag vom Tisch auf den Boden, machte Platz für die aufgerollten Blätter, die er aus der Tasche zog.

Dann begann er zu erklären.

Das Buch spürte der Geschichte einer Violine nach, von der Zeit ihrer Fertigung bis in die Gegenwart, und beschrieb, wie sie, scheinbar auf übernatürliche Weise, durch die Jahrhunderte hindurch das Leben ihrer verschiedenen Besitzer beeinflusst hatte. Manchmal belegte die Violine sie wie mit einem Fluch, nahm Einfluss auf ihre Leidenschaften, zerrüttete ihre Beziehungen und zerstörte ihr Leben. Fast wie eine Geistergeschichte, in welcher der Geist zufällig ein Musikinstrument ist statt eines furchterregenden Wesens aus den Tiefen der Hölle.

Aufgrund dessen war das Buch episodenhaft, und sobald der Leser von einem der Protagonisten gefesselt war, sprang die Handlung zu einem anderen über, erlaubte ihm nie, sich lange mit einer Person zu identifizieren oder genügend Anteilnahme für irgendjemanden zu entwickeln. Dominik war sich dessen durchaus bewusst gewesen, hatte aber keine Möglichkeit finden können, dem zu begegnen, ohne das gesamte Konzept des Buches zu unterminieren.

Und auf der Bühne würde so eine Episodenstruktur auch nicht besser funktionieren, schloss Antony.

»Warum sind Sie dann an dem Projekt interessiert?«, fragte ich.

»Ah.« Er wedelte mit der Hand, um diesen Punkt zu unterstreichen. »Genau das ist es ja.«

Ich sah ihn verwirrt an.

»Abgesehen von der Violine, was ist das Hauptmotiv der Geschichte?«, fragte Antony, als wäre ich ein Schulkind in einem Klassenzimmer.

Ich schwieg, unfähig zu erkennen, worauf er hinauswollte. Fasziniert beobachtete ich, wie ihn ein unsichtbares Feuer ergriff und seine Züge lebhafter wurden.

»Die Musik!«, rief er triumphierend.

»Die Musik?«

»Ja. Das ist der Hauptgrund für die Violine, nicht wahr?«

Ich nickte höflich.

»Anstatt sich also auf eine der zufälligen Personen zu konzentrieren, die im Lauf der Zeit in den Besitz der Violine kommen, und sie künstlich in den Vordergrund zu stellen und die ganze Handlung zu verlangsamen«, erklärte Antony, »machen wir die Musik zur Hauptdarstellerin. Zu dem roten Faden, der alles zusammenhält. Und das Stück wird ebenso sehr zu Musik, wie es aus Sprache besteht …«

Er strahlte.

»Keine richtige Oper«, sagte er. »Oder ein Musical …«

Ich begann zu ahnen, was ihm vorschwebte.

Seine Begeisterung war ansteckend. Er rollte einige der losen Blätter auf und zeigte mir eine Reihe grober Skizzen für mögliche Bühnenbilder. Eines für jede historische Periode in der Geschichte der Violine.

»Und für jede Epoche steht eine andere Art von Musik …«

Ein verführerisches Konzept.

Ich dachte darüber nach.

»Das könnte funktionieren«, gab ich zu. »Aber welche Musik? Welches klassische Stück Sie auch wählen, es wäre nicht …« Ich suchte nach den richtigen Worten, um meine Gedanken deutlich zu machen. »Organisch. Das heißt, organisch genug. Wenn die Musik wirklich die Hauptdarstellerin des Stückes ist, muss sie eine Art Einheit von Bühnenbild zu Bühnenbild darstellen, von Person zu Person, den aufeinanderfolgenden Besitzern der Violine. Ein ›Best of‹ aus dem klassischen Kanon reicht da nicht.«

»Ganz genau.« Er lächelte. »Ich wusste, Sie würden mich verstehen.«

»Wirklich?«

»Ich habe irgendwo gelesen, dass das Buch durch eine Geige inspiriert wurde, die Ihnen gehört, Summer. Stimmt das?«

»Teilweise«, meinte ich. »Dominik hat Recherchen über die Geschichte der Geige angestellt, aber ich muss gestehen, als er das Buch schrieb, hat er viel improvisiert, um die Sache zu dramatisieren. Wie Schriftsteller das so tun.«

»Verstehe.«

»Aber mir gefällt Ihr Konzept«, sagte ich.

»Es ist ambitioniert«, räumte Antony ein.

Schweigen trat ein. Am Nebentisch erörterten zwei ältere deutsche Touristen, für welches Gebäck sie sich entscheiden sollten, bis sie sich einigten, sich alle drei Gebäckstücke zu teilen, die in die engere Wahl gekommen waren.

Unvermittelt griff Antony nach meiner Hand.

Seine war erstaunlich warm.

»Summer, wären Sie bereit, bei dem Projekt mitzumachen?«

»Sie hinsichtlich der Musik zu beraten?«

»Nein. Mehr … Nur Sie könnten das, glaube ich.«

»Was?«

»Die Musik für das Stück schreiben. Ich glaube, Sie wären genau die Richtige.«

Seine Hand hielt die meine immer noch fest.

Ich spürte seinen Hunger, sein Feuer.

Es hatte eine spannungsgeladene Vertrautheit.

6

SPINNE MIT ZWEI HERZEN

Obwohl sein Herz der Bühne gehörte, hatte Antony vor einigen Jahren bei ein paar Filmen Regie geführt. Ein Stück, das er auf der South Bank inszeniert hatte, war bei Kritikern und Zuschauern auf großen Applaus gestoßen, und man hatte ihn gebeten, es für die Leinwand zu adaptieren, was zu weiteren lukrativen Hollywood-Angeboten geführt hatte. Die beiden folgenden Filme waren recht erfolgreich gelaufen, doch die Arbeit daran hatte ihn zunehmend frustriert, da die vorherrschenden Zwänge ihn daran hinderten, seine Vorstellungen umzusetzen, und die Studiobosse ihn bei der Verwirklichung seiner innovativen Ideen zu sehr ausbremsten.

Danach hatte er systematisch weitere Filmangebote abgelehnt und seine Zeit und Energie lieber dem Theater gewidmet.

»Bald werden sie kapieren, mich in Ruhe zu lassen, und aufhören, mir schlechte Drehbücher anzubieten, und ich werde frohen Herzens zum vergessenen Mann des Kinos werden«, erklärte er.

Aber das dabei verdiente Geld hatte ihm ermöglicht, eine teure Wohnung in der Penthouse-Etage eines imposanten Bauwerks auf der Isle of Dogs zu erwerben, mit Blick auf die Themse und die begehrtesten Ansichten von London.

Wir sahen uns zum dritten Mal seit dem Treffen in der Patisserie Valérie, aber ich war zum ersten Mal dorthin eingeladen, wo er lebte und arbeitete. Der Blick aus den großen Erkerfenstern war atemberaubend und so anders als die Ausblicke, die ich einst über die Hampstead Heath genossen hatte, oder, in neuerer Zeit, aus meiner Maisonettewohnung im ersten Stock am Clapham Common, in die ich nach dem Verkauf des Hauses in Hampstead gezogen war, wie es mir alle Freunde geraten hatten. Zu meiner großen Überraschung hatte Dominik tatsächlich ein Testament aufgesetzt und mir das Haus hinterlassen, wie auch die meisten seiner Besitztümer. Ich hatte nur ein paar Kartons mit Büchern behalten, da in meiner neuen Wohnung nicht genügend Platz war, und hatte auf Viggos Empfehlung den Rest von Dominiks Sammlung einer Universitätsbibliothek gespendet, die Interesse an seinem Nachlass gezeigt hatte.

An diesem grauen Herbsttag trank ich einen Kaffee nach dem anderen, während ich Antony an einem niedrigen Glastisch gegenübersaß, auf dem er seine Notizen und Teile des entstehenden Bühnenmanuskripts ausgebreitet hatte.

Ursprünglich hatte ich geglaubt, meine Aufgabe würde vorrangig darin bestehen, die entsprechenden Musikstücke aus dem klassischen Repertoire auszuwählen, die zu der jeweiligen Stimmung der historischen Zeit passten, in der die verfluchte Violine aus der Geschichte aufgetaucht war. Zu meiner Überraschung und anfänglichen Verärgerung hatte Antony diese Idee rasch verworfen, nachdem er sich einige von mir ausgewählte Stücke angehört hatte.

»Das ist zu vorhersehbar, Summer«, hatte er gesagt. An seinem Blick erkannte ich, dass er enttäuscht von mir war, als hätte er mehr erwartet. Seine Kritik traf mich.

»Ich spiele die Musik nur, wissen Sie. Ich bin Interpretin, mehr nicht.«

Er stand auf. Er trug ein lockeres weißes T-Shirt und seine übliche Jeans. Da er sich offensichtlich seit ein paar Tagen nicht rasiert hatte, waren sein Kinn und seine Wangen mit Stoppeln bedeckt. Er wirkte dünner als bei unserem ersten Treffen. Verwegen.

»Sie sind mehr als das. Ich haben Sie spielen gehört. Sie sogar bei einem Konzert gesehen«, gestand er.

Das hatte er mir bisher verschwiegen.

»Wann?«, fragte ich.

»Spielt keine Rolle«, erwiderte er. »Sie standen in Flammen, waren buchstäblich in Trance. Ein unglaublicher Anblick ... Und ... sehr sexy.«

»Oh.«

»Wenn auch«, fügte er hinzu, »äußerst ablenkend, und ich kann mich bis heute nicht erinnern, was Sie gespielt haben.« Er schenkte mir ein schiefes Lächeln.

»Schön, dass es Ihnen gefallen hat.«

»Das ist die Summer Zahova, die ich aufleben lassen wollte.«

»Vielleicht erwarten Sie zu viel von mir?«

»Ich erwarte das Beste, nicht weniger.«

»Dann können Sie mir vielleicht ein paar Vorschläge machen?«

Er reichte mir ein paar seiner Blätter. Eine Szene, in welcher der zweite Besitzer der Violine das Instrument zum ersten Mal sieht, zusammen mit diversen Skizzen des dazu gedachten Bühnenbildes.

»Nehmen Sie das und gehen Sie nach Hause. Lesen Sie es. Saugen Sie es auf. Denken Sie darüber nach. Und rufen Sie mich an, wenn Sie eine Idee haben.« Er wandte den Blick ab und vertiefte sich in seine Notizen. Ich war entlassen.

Ohne viel Federlesen.

Ich zögerte einen Moment. Was sollte das denn? Glaubte er, ich würde nach seiner Pfeife tanzen?

Ich stand auf. Ließ die angebotenen Seiten auf dem Glastisch liegen, kehrte Antony den Rücken zu und marschierte aus der Wohnung. Ich hoffte, er würde mich zurückholen und sich für seine barschen Worte entschuldigen. Vermutlich schaute er mir nicht einmal nach, als ich hinausging und die Tür zuknallte. Ich kochte.

Ich eilte durch den Flur und drückte auf den Fahrstuhlknopf. Der Fahrstuhl brauchte eine Weile, und als sich die Tür öffnete, trat eine kleine, kurvenreiche junge Frau heraus mit dunklem, wallendem Haar in einem geblümten Kleid, das vorn nur aus Dekolleté bestand. Sie musterte mich.

»Ah, Sie sind seine Geigenspielerin«, bemerkte sie in einem unverschämten, überheblichen Ton.

Meine Laune wurde noch schlechter. In möglichst sarkastischem Ton erwiderte ich: »Und Sie sind?«

Sie grinste. Ihre Zähne waren unnatürlich weiß.

»Alissa.«

Das sagte mir nichts. »Alissa wer?«

Die Fahrstuhltüren begannen sich zu schließen, und ich blockierte den Mechanismus rasch mit dem linken Fuß.

»Wahrscheinlich werde ich Sie spielen«, rief sie, als ich in den Fahrstuhl flüchtete. »Ich bin Schauspielerin ...« Die Tür schloss sich, bevor ich der Frau weitere Fragen stellen konnte.

Ich drückte nicht gleich auf den Abwärts-Knopf, stand nur gedankenverloren da.

Ich versuchte meine Wut unter Kontrolle zu bringen. Ich schäumte, nicht nur vor Verärgerung über Antonys Verhalten, sondern auch über die Dreistigkeit der jungen Schauspielerin, die glaubte, sie könne mich in dem Stück spielen, und diese Vorstellung anscheinend äußerst amüsant fand. Antony hatte eine Rolle für eine auf mir basierende Figur skizziert, der letzten Besitzerin der Geige.

Wenn Antony Torgerson wollte, dass ich an der Produktion mitarbeitete, beschloss ich, würde er mich anders behandeln müssen. Das Ganze würde ein Gemeinschaftsprojekt werden. Zu meinen Bedingungen. Aber um das zu erreichen, würde ich ihn beeindrucken, geeignete Konzepte entwickeln und die perfekte Musik finden müssen.

Der Fahrstuhl setzte sich in Bewegung.

Wochenendbauarbeiten sorgten dafür, dass ich die U-Bahn nicht nehmen konnte, und ich hatte keine Lust, auf die vermutlich überfüllten Ersatzbusse zu warten. Es dauerte ewig, ein Taxi zu finden, und bis ich Clapham erreichte, hatte ich mich beruhigt. Das Wetter war sonnig geworden, und der Common war voller Menschen, die hofften, noch den vermutlich letzten Sonnenschein des Jahres zu erwischen. Kleine Kinder rannten zwischen den Bäumen hindurch, Paare lagen auf Decken, und der Eiswagen klingelte weiter unten an der Straße, lockte Junge und Alte an, beruhigende Bilder, die mir halfen, meinen inneren Frieden wiederzufinden.

Warum hatten Antonys Forderungen und Alissas Auftauchen mich so sehr verstört?

Am folgenden Morgen kehrte ich auf die Isle of Dogs zurück. Sehr früh. Ich war vom Bett unter die Dusche und zum Schrank gehastet, hatte die erstbeste Jeans und ein Jogging-Sweatshirt angezogen, das eigentlich in die Wäsche gehörte, und war den ganzen Weg zum Fluss hinuntergeradelt. London erwachte allmählich. Ein Managertyp im Nadelstreifenanzug mit Aktenkoffer in der Hand verließ gerade Antonys Gebäude, als ich ankam, daher schlüpfte ich durch die Tür, ohne über die Sprechanlage um Einlass bitten zu müssen. Der Teppichboden im obersten Flur dämpfte meine Schritte. Ich klingelte an Antonys Tür. Über Nacht hatte ich beschlossen, auf jegliche Mitarbeit an dem Projekt zu verzichten und ihm nur viel Glück zu wünschen. Ich war zu dem Schluss gekommen, dass ich mich nicht für diese Aufgabe eignete. Eine bloße, wenn auch talentierte Interpretin, keine Komponistin.

Zuerst rührte sich nichts in der Wohnung. Ich stand da, kam

mir fehl am Platz vor, überlegte, ob Antony vielleicht ausgegangen war, und wollte gerade erneut klingeln, als von drinnen Geräusche zu hören waren. Schritte näherten sich der Tür. Sie öffnete sich, und da stand Alissa, das Haar zerwühlt, in einem Männerhemd, das kaum bis auf die Schenkel reichte. Trotz ihrer kompakten Figur wirkten ihre nackten Beine endlos.

Ein triumphierendes Lächeln umspielte ihren Mund.

»Ach, Sie sind das«, sagte sie. »Ich wusste nicht, dass Sie erwartet werden.«

Ich geriet ins Stottern. »Ich hätte vorher anrufen sollen.« Lebte sie mit ihm zusammen, überlegte ich kurz, oder war sie nur über Nacht geblieben?

»Er ist im Bad«, sagte Alissa. »Er wird die Klingel nicht gehört haben. Ich habe das Geräusch im Schlafzimmer ja kaum mitgekriegt.« Sie deutete auf ihren halb bekleideten Zustand, ein stiller Vorwurf, sie aus dem Bett gejagt zu haben. »Na egal, kommen Sie rein.«

Sie machte kehrt, und ich folgte ihr hinein, schloss die Tür hinter mir. Während wir den schmalen Flur entlanggingen, der in den Wohnbereich des Lofts führte, hob sie lässig die Arme und fuhr sich mit den Fingern durchs Haar, in dem vergeblichen Versuch, ihre wirren Locken zu glätten. Das Hemd, das sie übergestreift hatte, hob sich und gab die unteren Rundungen ihres Hinterns frei. Sie waren gleichmäßig gebräunt, im selben Ton wie ihre Beine. Mir war klar, dass sie das Hemd absichtlich hatte hochrutschen lassen.

»Geht's um was Geschäftliches?«, fragte sie.

»So was in der Art …«

Ich dachte, sie würde mich in das große Zimmer führen, in dem Antony und ich bisher zu arbeiten versucht hatten, aber wir bogen rechts ab und gingen direkt ins Schlafzimmer, das hinter einer Tür lag, die ich noch nicht offen gesehen hatte.

Im Gegensatz zu Antonys restlicher Wohnung, die in funktionalen, klaren Linien gehalten war, mit nahezu kompromissloser, unpersönlicher Möblierung, war das Schlafzimmer ein unordentliches Durcheinander, verursacht durch die verstreut herumliegende Frauenkleidung, größtenteils die Sachen, die Alissa getragen hatte, als ich sie am Nachmittag zuvor hatte eintreffen sehen, und die aus dem Bett hängenden zerknüllten Laken und Decken. Es roch nach Sex, ein moschusartiger Geruch, vermischt mit Alissas fruchtigem Parfüm. Ihr Duft war aufdringlich, zu blumig für meinen Geschmack.

Sie deutete auf einen Stuhl in der Ecke, von dem ein Seidenslip baumelte, und bat mich, Platz zu nehmen.

»Er wird nicht lange brauchen«, sagte sie und warf das Männerhemd ab. Ihre Brüste ragten hoch auf, fast unnatürlich, und mein Blick wurde unwillkürlich von ihrem Busch angezogen, der dunkel, üppig und ungezähmt war.

Sie schlüpfte zwischen die verbliebenen Laken, die nicht über den Boden verstreut lagen.

Wir musterten einander schweigend.

»Er rasiert sich«, erklärte sie schließlich, nickte in Richtung der Tür zu meiner Rechten, die ins Bad führte.

»Oh.«

Mir lagen tausend Fragen auf der Zunge. Nach der Art ihrer Beziehung, wie lange sie mit ihm zusammen war, wie und wo sie sich kennengelernt hatten, selbst danach, wie sie am liebsten vögelten, na ja, genauer gesagt, wie er am liebsten vögelte, doch all das blieb natürlich unausgesprochen.

Durch die Badezimmertür drangen kaum Geräusche, kein Summen eines Elektrorasierers oder auch nur das schwache Plätschern von Wasser im Waschbecken.

Wir warteten. Zwischen uns herrschte jetzt ein nicht erklärter Kriegszustand, wer als Erste das Schweigen brechen würde. Die andere dazu provozierte, etwas zu sagen, das sie später bedauern würde.

Irgendwie passten sie nicht zusammen. Ich war schon vielen ungleichen Paaren begegnet, und dazu gehörten sie nicht, ich konnte sie mir bloß nicht zusammen vorstellen. Antony war zweifellos ein Mann starker Leidenschaften, wohingegen Alissa eine spröde Künstlichkeit besaß, als spielte sie ständig eine Rolle, täuschte Gefühle vor, manipulierte. Und ich war zunehmend davon überzeugt, dass ihre Titten – harte braune Nippel schamlos zur Schau gestellt über dem nur nachlässig bis zur Taille hochgezogenen Laken – nicht echt waren. Sie wirkten zu rund, zu fest, widersprachen allen Regeln der Schwerkraft, und ihrer glatten, pfirsichweichen Perfektion fehlte Persönlichkeit. Trotzdem machten sie mich an.

Schließlich öffnete sich die Badezimmertür, und Antony kam heraus. Er hatte sich nur ein weißes Handtuch um die Hüften geschlungen. Ohne mich wahrzunehmen, trat er ans Bett und warf das Handtuch ab, als wollte er sich zu Alissa legen. Dann bemerkte er mich. Sein Hintern war mir zugewandt, hart, wie gemeißelt, Muskeln so fest wie die eines Läufers. Überrascht sah er sich um, machte aber keine Anstalten, sich zu bedecken, und ich stellte fest, dass sein Schwanz lang war, dick und bereits auf Halbmast.

»Du hättest mich warnen sollen, Alissa«, sagte er, sah sie vorwurfsvoll an, dann mich.

Schließlich bückte er sich, hob das Hemd auf, das sie vorher getragen hatte, und zog es über. Das Violett seiner Eichel war darunter immer noch zu sehen, doch anscheinend entging ihm deren unzweifelhafte Wirkung auf mich.

»Ich muss mich entschuldigen«, sagte er. »Ich hatte keine Ahnung, dass Sie hier sind.«

»Ich hätte anrufen sollen.«

»Tja, vielleicht.«

Er war nicht beschnitten. Das war der einzige Gedanke, der mir in den Sinn kam.

»Sie behauptet, es wäre was Geschäftliches.« Ein hämischer Ausdruck legte sich über Alissas zartes Gesicht. »Ein bisschen früh dafür, findest du nicht?«

»Tut mir leid«, murmelte ich. Vermutlich wurde ich knallrot. Was war nur in mich gefahren? Ich hätte hier so früh am Morgen nicht unangekündigt auftauchen sollen. Außerdem merkte ich, dass ich eifersüchtig war auf Alissa. Mir wie verrückt vorstellte, im selben Bett mit Antony zu sein. Mir schwirrte der Kopf.

»War es was Wichtiges?«, fragte Antony.

Die sorgfältige Rede, die ich unterwegs beim Radeln eingeübt hatte, verpuffte. All das Gerede darüber, wie unwichtig mir Geld war, dass er nicht mit mir rechnen konnte und das Buch in Gottes Namen adaptieren sollte, dass ich mich unfähig fühlte, zu dem Projekt auf die Weise beizutragen, die er sich erhoffte.

»Nein«, sagte ich.

Sein Blick bohrte sich in meine Augen.

Spürte er meine Verwirrung? Oder mein Verlangen?

Ich hatte das Gefühl, noch etwas sagen zu müssen.

Alissa mischte sich ein.

»Antony, merkst du denn nicht, dass du das arme Mädchen mit deinem herrlichen Schwanz verwirrst? Vielleicht sollten wir zu einer anderen Art von Geschäft übergehen, und sie könnte zu uns ins Bett kommen? Könnte doch Spaß machen, der Regisseur, die Schauspielerin und die Fiedlerin?«

Aus ihrem Mund klang das wie der Anfang eines schmutzigen Witzes.

Er bedeckte sich immer noch nicht.

Ich war wie gelähmt.

»Eigentlich bin ich vorbeigekommen, weil ich glaube, dass

mir eine genialische Lösung eingefallen ist, wie wir die Musik in das Stück einbeziehen können«, platzte ich heraus. War ich das, die da sprach? Ich benutzte sogar Ausdrücke, die mir sonst nicht in den Kopf kamen. Genialisch? Geht's noch?

Ohne auf mich einzugehen, blickte er hinunter auf die junge Frau in seinem Bett.

»Ich glaube, es ist Zeit, dass du gehst, Alissa. Hast du nicht etwas von einem Vorsprechen in Swiss Cottage am späten Vormittag gesagt?«

Sie gab sich geschlagen, erhob sich widerstrebend aus dem Bett und stürmte verdrossen ins Bad. Antony und ich, allein gelassen, verharrten in peinlichem Schweigen. Nachdem sie ihr Gesicht gewaschen hatte, kam sie zurück, provozierte uns weiterhin mit ihrer Nacktheit, hob ihre im Schlafzimmer verstreuten Kleidungstücke auf und zog sich an.

Also lebte sie nicht mit ihm zusammen. Denn sonst hätte sie etwas anderes aus ihrem Schrank in einem anderen Zimmer geholt, schloss ich.

Das empfand ich überraschenderweise als Erleichterung.

Bevor sie ging, bedachte sie uns beide mit einem flüchtigen Kuss auf die Wange.

»Viel Spaß, Kinder«, sagte sie aufgesetzt provokant.

Das Klicken ihrer hohen Absätze im Flur verklang in der Ferne. Antony sah mich an.

»Vielleicht ist jetzt nicht der richtige Zeitpunkt, darüber zu sprechen, weshalb Sie gekommen sind«, sagte er. »Ich nehme an, da wird es eine Menge zu besprechen ...«

»Ja.« Ich nickte.

»Ich habe nachher ein paar wichtige Verabredungen in der Stadt, mit einem Impresario und einem Casting-Direktor, die ich möglicherweise an Bord holen möchte.«

»Verstehe.«

»Ginge es vielleicht auch morgen? So früh Sie wollen. Ich würde gern von Ihrem neuen Konzept hören.«

»Das wäre gut.« Er brachte mich zur Tür. Nur mit Mühe gelang es mir, seine Hand auf angemessene Weise zu schütteln und nicht einfach nach seinem baumelnden Schwanz zu greifen.

Jetzt blieben mir vierundzwanzig Stunden, mir etwas Zündendes auszudenken.

Als ich am folgenden Morgen eintraf, war er bekleidet. Was auch gut so war. Über Nacht war es mit aller Macht Herbst geworden, und London war in einen grauen Vorhang gehüllt. Es ging ein scharfer Wind, und ich war mit dem Taxi gekommen, nicht mit dem Rad.

Trotz des kühlen Wetters hatte ich das Gefühl, in Flammen zu stehen. Gedanken, unausgegorene Melodien und von der Musik diktierte Entwürfe wirbelnder Bilder rasten mir durch den Kopf. Ich war die ganze Nacht auf gewesen. Mein Bogenarm schmerzte, und mein rechtes Handgelenk fühlte sich an, als wäre es durch die Mangel gedreht worden, mein Kinn war wund, meine Knochen hielten mich vor körperlicher und mentaler Erschöpfung kaum noch aufrecht.

Sobald ich am Vortag nach dem zweifelhaften Zusammentreffen bei Antony nach Hause gekommen war, hatte ich meine Geigen zusammengesucht, dazu einen Stapel Partituren. Dann hatte ich eine ganze Auswahl klassischer Stücke auf meinen iPod runtergeladen und mich entschlossen darangemacht, mir irgendeine Form von Konzept einfallen zu lassen, die Antonys Aufmerksamkeit gewinnen würde. Ihn zur Anerkennung oder zur Unterwerfung becircen würde.

Ich hatte versucht, vorhandene Stücke einigen Szenen anzupassen, die er auf die Bühne zu bringen hoffte und mir im Gespräch beschrieben hatte, aber das funktionierte alles nicht richtig. Die Analogien, die ich mir in meinem begrenzten Vorstellungsvermögen zusammenphantasiert hatte, waren langweilig und uninspiriert, und mir fielen nur Klischees ein, selbst wenn ich mich experimentell weit über mein übliches Auftrittsrepertoire hinauswagte. Das war entmutigend, aber auch eine Herausforderung.

Bis zum Einbruch der Nacht hatte ich viel zu viel Kaffee getrunken, und während ich die Vorhänge in meinem Arbeitszimmer zuzog, fiel es mir schlagartig ein. Ich versuchte, Bilder mit bloßem Klang zusammenzufügen. Das war die völlig falsche Vorgehensweise. Was ich heraufbeschwören musste, waren Stimmungen, Emotionen. Das war so offensichtlich, dass ich hätte schreien können.

Ich schloss die Augen und dachte an jene Nacht, als Dominik, eng an mich geschmiegt, im Schutz der Dunkelheit von dem Teil des Buches sprach, an dem er gerade arbeitete und in dem die Besitzer der Bailly merken, dass die Geige verflucht ist. Die Art, wie er sprach, seine dunkle, wohlklingende Stimme und die Leidenschaft, die ihn dabei sichtbar ergriff, hatten mich tief berührt und mich in ihren Bann gezogen. Das war es, was ich nachempfinden musste.

Und gleich danach kamen mir Bilder von den Wundern vor Augen, die ich auf der Insel vermeintlich miterlebt hatte, die Zärtlichkeit und Rauheit der Umarmungen, das träge Kopulieren, die kriegerischen Kämpfe der Körper, die ungehinderte Leidenschaft der Paare, Dreiergruppen und jede einzelne wunderbare Kombination von Geschlechtern, Größen und Formen und Elektroficks, die ich in meinem Wachtraum hatte sehen dürfen. Die Musik, die von der Masse sich windender Körper aufstieg, die unsichtbare Wärme, die sich um den Strand und den Dschungel hüllte. Die fleischigen Zärtlichkeiten der Ranken, die mich gefesselt hatten, wie sich Begierde in Landschaft und Luft eingeprägt hatte. Wobei ich nicht mehr unterscheiden konnte zwischen dem, was ich erlebt oder was ich mir eingebildet hatte. Hatte ich wirklich andere, Lauralynn, Viggo, Fremde, beim Spielen gesehen?

Tief in mir entzündete sich ein Funke. Zunächst zögernd, dann mit wilder, zunehmender Intensität. Ich griff nach der Bailly und spielte das Hauptmotiv aus dem *Zauberlehrling*, doch statt der Partitur sklavisch zu folgen, begann ich nach einer Weile zu improvisieren, beinahe zu dudeln, gab mich dem Fluss der Musik hin, bis ich mich zu neuen Ufern aufmachte, auf dem festen Sand einer vollkommen neuen Melodie landete, die halb Dukas und halb Summer Zahova war und sich genau richtig anfühlte. Selbstverständlich. Ich spielte weiter, improvisierte, und vor meinen Augen entstand allmählich die Szene, bewegten sich die möglichen Schauspieler über die Bühne wie Tänzer in Trance, das ganze Bühnenbild drehte sich im Takt meines Spiels um die eigene Achse, die Farben tanzten, die Körper schwebten auf Luft, der Rhythmus hypnotisch und exotisch.

Ich löste mich von der Realität.

Spielte.

Immer weiter.

Eine Männerhand streift meine Nippel.

Andante.

Der Schlag einer flachen Hand auf meinen Hintern ruft köstlichen und sofortigen Schmerz hervor.

Allegro.

Zähne beißen in mein Ohrläppchen, rasch gefolgt von einer besänftigenden, forschenden Zunge in der Ohrmuschel.

Moderato.

Warme, verweilende Lippen, die zwischen meinen Schenkeln forschen.

Furioso.

Die willkommene, langsame Woge eines in mir aufwallenden Orgasmus.

Ich schnappte nach Luft. Beugte mich über den Schreibtisch und griff nach einem weiteren Blatt mit Antonys Notizen, eine andere Szene. Setzte mit dem Bogen instinktiv zu den ersten Tönen einer Mussorgsky-Melodie an, und während ich meiner Phantasie weiterhin freien Lauf ließ, schweifte ich zu einer Überleitung ab, geborgt von einem anderen russischen Komponisten, der mir nicht gleich präsent war, und schlug eine neue musikalische Richtung ein. Glasunow? Glinka?

Das Zimmer um mich verschwand.

Ich war wieder auf der Insel, meine Augen und meine Sinne überladen von den Gefühlen der Lust, den nicht endenden Bildern des Verlangens.

Pizzikato.

Das unbeschreibliche Gefühl, nach quälend langem Vorspiel penetriert zu werden, die Empfindung, geöffnet zu sein, gefüllt.

Ich war in einem Bett, und ein Mann hielt mich fest, dominierte mich, inszenierte mit großer Begabung den langsamen Anstieg meiner Lust aus ihren infernalischen Tiefen.

Doch in meinem unausgeglichenen Zustand konnte ich nicht erkennen, wer der Mann war.

Dominik?

Antony?

Der teuflische Fremde aus der Sauna in Kentish Town?

Eine Mischung aus all den Männern, die ich gekannt hatte, die mich sexuell gekannt hatten? Phantomliebhaber, verweht von den Stürmen vergangener Zeiten?

Im letzten Akt des Stückes, vor einer zeitgenössischen Kulisse, bestand der Hintergrund aus einem Kriegsschauplatz, und ich begann meine musikalische Suche mit dem lebhaften Echo einer

Mahler-Symphonie im Ohr, idyllische Klänge, die in ein kriegerisches Stakkato übergingen, oder war es Schostakowitsch? Die Musik malte Schlachtfelder, epische Kämpfe auf eisigen Ebenen, in breiten, aggressiven Pinselstrichen.

O ja, es fühlte sich gut an. Richtig. So sollte das Projekt klingen. Für jeden Akt eine andere musikalische Stimmung. Eine Palette von Emotionen, die alles zum Leben erwecken würde.

Als ich schließlich die richtige Emotion für jede bereits besprochene Szene, jeden Akt heraufbeschworen hatte, schwitzte ich vor Erregung.

Dabei gab es nur ein Problem. Konnte ich all diese Klänge und akustischen Stimmungen reproduzieren, sie in einem Studio aufnehmen? Ich glaubte nicht. Nur zu gut wusste ich, dass ich in einer Aufnahmesituation nicht fähig wäre, diese Emotionen mit derselben Energie, demselben Feuer hervorzurufen.

Da gab es nur eine Möglichkeit.

Es war verrückt.

Vollkommen verrückt.

Und eine unwiderstehliche Herausforderung.

Ich würde anbieten, selbst die Musik zu spielen, genauso zu improvisieren, bei jeder Aufführung.

Das war noch nie da gewesen.

Und umso mehr Grund, eine so unerhörte Lösung vorzuschlagen.

Antony betätigte den Summer, und seine Wohnungstür stand bereits offen, als ich aus dem Fahrstuhl stieg.

Ich trat ein.

»So will ich es machen«, sagte ich, legte meinen Geigenkasten ab und nahm das Instrument heraus.

Er beobachtete mich.

Er trug wie üblich Jeans und ein weißes T-Shirt, das locker an seinem schlanken Körper hing, herumirrende Hände einlud, unter den Saum und über seinen Brustkorb zu fahren … Besaß er eine Schublade voll identischer T-Shirts?

Als ich meine Wohnung in Clapham verließ, war mir so heiß und fiebrig, dass ich rasch ein dünnes Sommerkleid aus dem Schrank gezogen hatte, ohne die Außentemperatur in Betracht zu ziehen. Ich ging hinüber zum einen Ende des großen Raums, in den er mich geführt hatte, damit die spärlichen Sonnenstrahlen, die durch die Erkerfenster drangen, mir als Hintergrundbeleuchtung dienten. Und ich spielte für ihn. Leitete jedes Stück mit einer kurzen verbalen Beschreibung der Szene ein, zu der es passen sollte. Ich wusste, dass dort, wo ich stand, mein Kleid fast durchsichtig war. Ich hatte die Improvisationen nicht auswendig gelernt, aber das war kein Problem. Ich griff die inspirierende Originalmelodie auf und glitt unbesorgt auf ihren Flügeln davon, drehte und wand mich, während die Musik und meine Geige in seltsame Richtungen reisten, über Einbahnstraßen und Alleen, Ozeane und Landschaften.

Antonys Lächeln wurde breiter.

Als ich schließlich das letzte Stück beendete und meinen Bogen senkte, fiel mein Arm schlaff herab. Antony sprang auf. Er nahm mir die Bailly aus der Hand und legte sie sanft auf den Ledersessel hinter uns. Ich schwankte im Rhythmus des nun verstummten Wirrwarrs der Melodien, die noch in meinem Kopf ertönten.

Sein Mund war auf dem meinen, bevor ich etwas sagen konnte. Mein Körper reagierte hungrig auf den seinen, als verständigte sich unser Fleisch in einer nur von wenigen Menschen beherrschten gemeinsamen Sprache. Von den gut Zusammenpassenden, den Lüsternen, den Begierigen, die sich danach sehnen, ständig berührt zu werden, die Flammen eines Glutofens anzufachen, der ohne Vorwand und ohne Pause brennt. Ich zog sein T-Shirt hoch und umklammerte das glatte, nackte, harte Brett seines Rumpfs.

Sofort zerrten seine Hände an meinem Kleid. Er versuchte es mir über den Kopf zu ziehen, blieb aber mit der engen Taille an den Brüsten hängen. Er fummelte an den Knöpfen herum, einmal, zweimal, steckte dann die Finger in die Lücke zwischen zwei Knopflöchern und riss das Kleid auf. Nach dreimaligem heftigem Zerren war der Riss groß genug, dass es unter dem Klappern billiger Plastikknöpfe zu Boden fiel. Ich trug weder Slip noch BH und hatte meinen Venushügel am Abend zuvor beim Duschen vollkommen glatt rasiert, eine kleinkarierte, wütende Reaktion auf Alissas vollen Busch.

Stolz reckte ich das Kinn vor. Erwartete, dass er einen Schritt zurücktrat, mich in all meiner aufreizenden Nacktheit betrachtete, eine Bemerkung machte oder mokant die Brauen hob, weil ich ohne Unterwäsche und frisch rasiert in seine Wohnung gekommen war. Doch Antony war offenbar ein Mann der Tat, kein Voyeur. Seine Hände umschlossen meine Brüste, zogen an meinen bereits harten Nippeln mit derselben brachialen Ungeduld, die er beim Ausziehen meines Kleides bewiesen hatte. Ich stöhnte, und er zog fester an meinen Nippeln, kniff hinein, verdrehte sie.

»Du magst das«, sagte er nicht unbedingt anerkennend. Es war eine einfache Feststellung.

»Ja«, erwiderte ich, brachte aber nicht denselben ausdruckslosen Ton zustande. Meine Stimme war belegt, voller Verlangen. Hätte ich aus irgendeinem Schamgefühl mein Verlangen verbergen wollen, wäre ich dazu nicht fähig gewesen. Mein Körper machte es mir unmöglich, irgendetwas anderes zu sein als das, was ich war. Eine Frau voller Leidenschaft. Manche würden mich ein Flittchen nennen, aber sollten sie doch. Sex war so tief in mir verankert, wie der Mond und die Sterne am Nachthimmel, und ich hätte mich ebenso wenig von meiner Libido lösen können wie von meinem eigenen Schatten.

Ich zog Antony an mich, fest, knöpfte seine Jeans mit einer einzigen, raschen Bewegung auf und packte seinen Schwanz. Er war wunderbar lang und dick und wurde von Sekunde zu Sekunde härter. Ich schloss meine Finger um seinen Schaft und ließ meine Handfläche über die volle Länge seines Schwengels hinabgleiten, zog dann die Haut vor und zurück, legte seine zunehmende Steifheit bloß. Ein Tröpfchen Vorsaft bildete sich auf der Eichel.

Aber dafür war es zu früh. Viel zu früh. Ich wollte ihn in mir. Wir würden ficken, bevor er kam, selbst wenn das bedeutete, ihn auf den Boden zu drücken und ihn vor den Erkerfenstern zu reiten, wo jeder uns sehen konnte, falls er zufällig mit einem Fernglas aus den Fenstern eines nahen Hochhauses blickte.

Ich wusste nicht genug über Antony, um auf seine sexuellen Neigungen schließen zu können, außer dass er eindeutig zum Ficken bereit war, ganz gleich, ob wir zusammen arbeiten würden, und obwohl ich ihn kaum vierundzwanzig Stunden zuvor mit einer anderen Frau überrascht hatte. Meiner sexuellen Natur nach war ich unterwürfig, aber nur mit jemandem, den ich als dominant empfand. Bei zufälligen Begegnungen, emotionslosem Ficken, war ich ebenso begierig, meine Erfüllung zu meinen eigenen Bedingungen zu finden, wie mein Partner.

Ich fing den Tropfen seines Saftes auf, zog meine Hand aus seiner Jeans und leckte ihn von den Fingern. Er trug keine Boxershorts, stellte ich fest. Unter der Hose war er genauso nackt wie ich.

Er stöhnte.

»Summer«, sagte er, als ich meine Hände um seinen Nacken schlang und seinen Kopf zu einem weiteren Kuss herabzog. »Deine Musik … das war perfekt. Unglaublich.«

Ich hinderte ihn mit meinem Mund daran, weiterzusprechen.

Beim Sex zu reden, war nie mein Ding gewesen. Zu leicht ließ sich ein perfekter Augenblick durch die falschen Worte zerstören.

Er umfasste meinen Arsch mit den Händen und hob mich hoch, und ich schlang meine Beine um seine Taille. Das hätte besser zu Sexszenen à la Hollywood gepasst, dachte ich, als er rückwärts stolperte und wir beinahe in den niedrigen Glastisch krachten, bevor wir zusammen auf der Couch landeten. Ich lachte, und der Laut war noch nicht ganz aus meiner Kehle heraus, als er seinen Arm unter meinen Oberkörper schob und mich so abrupt herumwarf, dass ich den Mund voller Kissen hatte.

Ich hielt inne, schnappte nach Luft, registrierte diese neue, leidenschaftliche Bekundung von Lust, woraufhin er mein Bein in einem höheren Winkel anhob, sodass ich mit dem Gesicht nach unten lag und immer noch nicht wusste, was er als Nächstes vorhatte, obwohl ich hoffte und erwartete, die volle Länge seines Schwanzes in mir zu spüren. Als er mich schließlich nahm, war der Augenblick seines Eindringens unvergleichlich, sein Schwanz so dick und groß an dem engen Kreis meines Lochs, dass ich keuchte. Er stieß in mich, und ich wölbte mich ihm entgegen, ließ den seltsamen Winkel meines Körpers und die Schnelligkeit meiner um ihn geklammerten Schenkel seine Führung sein. Ich war voll wilder Begierde nach ihm. Wartete verzweifelt darauf, gefüllt zu werden, bis zum Anschlag, damit sein Schwanz die Leere in mir vertrieb.

Antony fickte mich, bis jeder Gedanke aus meinem Kopf verschwunden und ich nichts mehr war als Schwanz und Möse, und als ich gerade das Gefühl hatte, gleich zu kommen, wenn die wilden Stöße gegen meinen Muttermund weitergingen, schob er mein Bein noch höher, über meine Taille hinaus, sodass mein Knie nahe an meinem Ohr war, und dann trieb er seinen Schwanz in mich, hart, noch härter. Ich brachte kaum einen atemlosen Ton hervor, außer einem erstickten Keuchen, da ich durch das Kissen, in das mein Gesicht gedrückt war, kaum ausatmen konnte. Als Reaktion darauf schlang er mir die Hände um den Hals, um mich bei jedem Stoß seines Penis gegen die Wand meiner Möse zu würgen.

Als er schließlich kam, waren wir ein Durcheinander aus verschwitzen Gliedern und tiefer, stockender Atemzüge, doch statt sich herumzudrehen und es dabei zu belassen, zog er sich heraus und hob meine Hüften mit einem Ruck an, schob sich hinter mich, drückte sein Gesicht gegen meine Möse und in die heiße Flüssigkeit, die sich dort gesammelt haben musste, meine Säfte vermischt mit seinen, und leckte sie auf. Seine Zunge drückte sich gegen meine Klitoris, bis ich aufschrie, dann zog er sich zurück, wartete nur kurz und schob sein Gesicht wieder zwischen meine Beine.

Antony hatte offenbar gern das Sagen. Oder wollte zumindest seiner Partnerin Lust bereiten, nicht unbedingt bevor er seine eigene Erfüllung fand, aber sicherlich bevor er aufhörte.

Das Gefühl seiner Nase an meiner Möse war unerbittlich. Ich zuckte, schnellte zur Seite, und er hielt mich fest, sodass ich unfähig war, der Intensität seines gegen meine empfindlichsten Stellen gedrückten Organs auszuweichen. Ich begann unkontrollierbar zu zucken, und er schien erfreut und noch konzentrierter auf sein Ziel.

»Aah«, stöhnte ich. Die schweigende Summer wurde kommunikativ. Das ließ sich einfach nicht vermeiden, so wie seine Zungenspitze meine Klitoris reizte. Obwohl ich wusste, dass jedes Lecken seiner Zunge nicht mehr war als das, versetzte er mich in eine derartige Ekstase, dass jede kleinste Berührung seines Mundes an meiner Möse sich tausendmal intensiver anfühlte als gewöhnlich.

»Ohh, verdammt«, sagte ich. Es fühlte sich gut an. Besser, als sich jeder Mund an meiner Möse je angefühlt hatte, wie sehr ich das auch gern geleugnet hätte. Seine Zunge spielte eine verzauberte Melodie an meinen empfindlichsten Stellen, und ich ließ es zu.

Ich war verblüfft.

Er leckte mich erneut.

Antony spreizte meine Beine weiter und fuhr mit der Zunge den ganzen Weg von meiner Möse bis zu meinem Anus. Er umfasste meine Pobacken, zog sie auseinander und leckte mich. Nicht nur einmal, sondern immer wieder.

Mein Gesicht war nach wie vor in sein Sofa gedrückt, und mein Atmen wurde vom Stoff der Kissen behindert, den ich bei jedem Luftholen teilweise in den Mund sog. Antony brachte mich direkt an den scharfen Grat, der höchste Wonne von Reizüberflutung trennt und so lustvolle Gefühle auslöst, dass sie an Schmerz grenzen. Meine Glieder begannen zu zucken, ich zerkratzte sein unschuldiges, weiches Möbelstück und biss hinein, um mich am Schreien zu hindern. Ich wusste nicht, wie dünn seine Wände waren oder wie sehr sich Antony seiner Nachbarn bewusst war, aber ich wollte beim ersten Mal mit ihm nicht wie die Hauptdarstellerin eines Pornofilms rüberkommen.

Dabei ging mir auf, dass ich bereits glaubte, es könnte ein zweites Mal geben.

Antony schob seine flache Hand unter meine Hüfte und fand meinen Venushügel, dann meine Klitoris. Er umkreiste sie mit den Fingern, während seine Zunge die Erforschung meiner Möse fortsetzte.

Seine Finger bewegten sich immer schneller, und seine Zunge stieß hinein und hinaus, hinein und hinaus, bis ich mich nicht mehr zurückhalten konnte. Ich wölbte mich seinem Gesicht entgegen, was ihn nur dazu brachte, seine Zunge tiefer in mich zu stecken.

Er umkreiste meine Klitoris weiter, trotz der unmöglichen Stellung, in der er sich nun befand. Sein Kiefer musste schmerzen, huschte es mir durch den Kopf, aber mein Körper stand zu sehr in Flammen, als dass ich einen Gedanken auch nur länger als einen Sekundenbruchteil festhalten konnte, und im nächsten Moment stöhnte ich auf, riss mit den Fingernägeln an der Couch und kam in einem enormen, brüllenden Orgasmus, der minutenlang anzuhalten schien, obwohl es vermutlich nur Sekunden waren.

Bei jeder Zuckung meines Körpers leckte er meine Klitoris, dehnte jede Schockwelle bis zum Maximum aus. Ich erbebte und zuckte weiter und streckte meine Arme nach hinten aus wie Flügel, um nach seinen Händen zu greifen. In dem Moment brauchte ich die Intimität seiner Berührung, damit er mich hielt, mich auf die Erde zurückholte.

Als Reaktion bog er meine Arme nach vorne, verflocht seine Finger mit meinen und zog sich wieder auf mich. Dabei prallte sein Schwanz an die Innenseite meines Beines; er war wieder hart. Ich hob mein Becken an, um ihm das Eindringen zu erleichtern. Er strich mein Haar beiseite, presste sein Gesicht an meines, drückte meine Hände in seinen und stieß seinen Schwanz im selben Moment in mich hinein. Er war so hart, und ich war so eng, so glitschig und empfindlich nach meinem Orgasmus, dass er sich sogar noch größer anfühlte als beim ersten Mal, als hätte sein Schwanz mir alle Luft aus dem Körper gestoßen.

Ich drehte den Kopf, um an sein Gesicht zu kommen, und wir küssten uns. Ein unbeholfener Kuss, da ich ihm dank meines unter ihm eingeklemmten Körpers nur halbwegs entgegenkommen konnte. Doch das machte mich nur sehnsüchtiger danach, seine Lippen auf meinen zu spüren, und ich wand mich unter ihm, um eine bessere Lage zu finden. Seine Wangen und das Kinn waren nass von meinen Säften, und er roch nach Möse, nach meinem ureigenen Selbst. Der Geruch und der Geschmack lösten eine weitere Woge der Lust in mir aus, und ich warf mich mit aller Kraft gegen ihn, einmal, zweimal, dreimal, bis er erschauerte und auf meinem Rücken zusammensackte.

Er drückte seine Wange an meine. Unsere Gesichter waren verschwitzt, klebrig, eine merkwürdige Mischung aus meinem Geschlecht mit seinem, kombiniert mit Speichel und Schweiß. Seine Hände blieben mit meinen verschränkt, und er ließ sie dort. Er zeigte keine Anzeichen, wie es so viele meiner anderen Liebhaber getan hatten, sich von mir zu lösen oder abzurücken, nachdem jetzt der körperlichste Teil unseres Liebesspiels beendet war. Anscheinend wollte er meinen Körper weiterhin eng an seinen geschmiegt spüren, was mir durchaus recht war, obwohl eine kleine Stimme in meinem Kopf mich hartnäckig daran erinnerte, dass diese Art von Intimität, sein Oberkörper an meinem Rücken, sein jetzt weicher Schwanz in der Senke meines Hinterteils, unsere ineinander verschränkten Finger, unvermeidlich an mein Herz rühren würde, wenn es weitergehen sollte.

Als ich aufwachte, wurde es bereits dunkel. Ich war an ihn geschmiegt eingeschlafen, und irgendwann im Lauf des Nachmittags hatte er sich von mir gelöst und das Gewicht seines Körpers durch eine weiche, graue Decke ersetzt.

Ich drehte mich, was ein quietschendes Geräusch nackter Haut auf Leder erzeugte.

Antony saß auf einem Sessel in der Nähe, sein Gesicht vollkommen konzentriert. Er machte sich wie wild Notizen auf dickem, unliniertem Computerpapier. Wenn eine Seite voll war, ließ er sie über die Armlehne auf den unordentlichen, wachsenden Stapel am Boden fallen.

Diese Stimmung kannte ich. Ich hatte sie bei Dominik erlebt und oft auch bei mir, bei Viggo und Lauralynn, ja, eigentlich bei allen kreativen Menschen, wenn es ihnen gelang, die seltene Ader der Inspiration unwillkürlich anzuzapfen, und die Wörter, die Musik, die Bilder oder was immer sie antrieb, dann scheinbar mühelos aufstiegen. Als wären sie nur eine Überleitung zu einer Art höherer kreativer Macht, als hätte sich Antony in einen Inspirationsschub eingeklinkt, der seine Hand ferngesteuert leitete, um seine Ideen in Realität umzusetzen.

Nur Feuer oder ein Tornado hätten mich dazu gebracht, ihn aus diesem Zustand zu reißen. Ich wusste, wie kostbar und wundervoll solche Augenblicke waren.

Stattdessen sah ich ihm zu. Er war nackt, saß aber in der Haltung eines Bekleideten da, ein Bein über das andere geschlagen, wie jemand, der sich in einem Hausrock vollkommen heimisch fühlen würde, eine Pfeife in der Hand. Der eine Ellbogen war auf die Armlehne gestützt, der andere hielt seinen Stift, einen einfachen schwarzen Kugelschreiber, und fuhr mit langen, fließenden Strichen über das Papier, das auf einem als Schreibunterlage über seinen Knien liegenden Buch ruhte.

Den Titel des Buches konnte ich nicht erkennen. Ich war mir auch nicht sicher, ob er viel las. Außer dem Durcheinander in seinem Schlafzimmer, das meiner Vermutung nach ausschließlich Alissa verursacht hatte, war seine Wohnung ordentlich. Spartanisch. Mehr als minimalistisch. Ich hatte keine Bücherstapel gesehen oder auch nur Bücherregale. Vielleicht verwahrte er das alles auf einem elektronischen Gerät. Ich schätzte, dass seine Ordentlichkeit nicht auf persönlichem Geschmack beruhte, vielmehr auf Desinteresse an allem, was nichts mit seiner Arbeit zu tun hatte. Offensichtlich waren ihm »Dinge« nicht so wichtig.

Mein Blick streifte über seinen Körper. Er war ausgesprochen schlank, fast dünn. Seine Beine waren lang, und der Mangel an Fett ließ die Muskeln noch mehr hervortreten. Die Rundung der einen Pobacke war zu sehen, wie auch das Grübchen, das sie abgrenzte. Wenn er seinen Arm bewegte, war die leichte Schwellung seines Bizeps zu erkennen. Er ging nicht in Sportstudios, nahm ich an, war auch kein Ruderer oder Schwimmer. Sicherlich ein Jogger, vielleicht auch ein Skiläufer, obwohl er zu sehr wie ein Workaholic wirkte, um jemals Urlaub zu machen. Seine Körperbehaarung war blond und fein, und nur ein Flaum dunklerer Haare bedeckte seine Brust. Er war Linkshänder.

Sein Gesicht war zwar nicht direkt hager, aber nahe dran. Dafür hatte er diese hohen Wangenknochen, die eine Katze neidisch machen würden. Seine Lippen waren weder schmal noch voll, eher durchschnittlich, hatten jedoch eine ungewöhnliche, tiefrote Farbe, wie eine Pflaume, die zum Anbeißen einlud. Sein Mund war breit, die Winkel leicht zu einem permanenten Lächeln hochgezogen, das ihn aussehen ließ, als hätte er ständig Sex im Sinn.

Zumindest wollte ich ihn jedes Mal unwillkürlich küssen, wenn ich ihn ansah, oder mehr. Seine Nase war lang, schmal in der Mitte und gewölbt an den Nasenflügeln, mit einer scharfen Spitze. Ich überlegte, ob dieses anatomische Merkmal zu seiner Geschicklichkeit beim Cunnilingus beigetragen hatte. Mir ging auf, dass Antonys Gesicht sich hervorragend dazu eignete, auf ihm zu sitzen, und ich lachte beinahe laut über die Obszönität meiner Gedanken, was in meinem Schoß eine Woge der Verlangens auslöste.

Antony war ein interessanter Mann, fand ich. Anders als die Männer, die ich in den letzten paar Monaten gevögelt hatte. So ganz war ich noch nicht aus ihm schlau geworden. Aber ich würde ihn wieder vögeln, da war ich mir sicher.

Ich hob die Arme über den Kopf und streckte mich. Die Couch knarrte unter mir. Antony sah auf und schenkte mir ein schiefes Lächeln. Seine Augen hatten denselben Ausdruck wie sein Mund. Zärtlich, anerkennend, verschmitzt.

»Du hast den schlimmsten Wuschelkopf, den ich je gesehen habe«, sagte er.

»Oh.« Ich setzte mich auf, drehte mich so, dass ich über den Rand der Couch gebeugt war, die Beine untergeschlagen. Ich fuhr mir mit beiden Händen durchs Haar, versuchte unbeholfen, meine Locken zu glätten.

»Nein, lass das«, sagte er. »Mir gefällt es.«

Ein Pause trat ein. Das Schweigen wurde so drückend, dass ich nach einer Möglichkeit suchte, es zu brechen.

»Habe ich lange geschlafen?«, fragte ich, obwohl mir die Dunkelheit vor den Fenstern verriet, dass es mehrere Stunden gewesen sein mussten.

»Den größten Teil des Nachmittags«, antwortete er. »Du hattest es wohl nötig.«

Seine Augen wurden schmal, und sein schiefes Lächeln wurde zu einem breiten Grinsen. Ich hatte das Gefühl, dass er über mehr sprach als mein Nickerchen.

»Möchtest du etwas essen?«, fragte er. »Oder trinken?«

Mein Magen knurrte, was Antony als Zustimmung wertete.

»Ich hab nicht viel da.« Er legte den Stift und das halb beschriebene Blatt weg und stand auf. Sein Schwanz und die Eier baumelten einladend außerhalb meiner Reichweite.

Er kehrte mit einer offenen Flasche Rotwein zurück und reichte mir ein Glas. Während ich einschenkte, ging er zurück in die Küche, öffnete und schloss Schranktüren, schob Packungen herum und brachte schließlich nur ein Glas Oliven und eine Gabel mit.

Wir bestellten Pizza.

Als sie gebracht wurde, hatten wir bereits die halbe Flasche Wein geleert und eine weitere geöffnet, und als die leer war, fühlte ich mich entspannt und fröhlich. Wohl eher betrunken. Mein Kleid lag immer noch zusammengeknüllt in der Ecke. Wir hatten uns beide nicht die Mühe gemacht, etwas anzuziehen, selbst als die Pizza eintraf. Wir stellten den Karton zwischen uns auf die Couch und aßen darüber gebeugt, achteten darauf, dass uns der heiße Käse und das Chili-Öl nicht auf die nackte Brust tropften. Antony hatte zusätzliche Jalapeños zu seiner bereits stark gewürzten Pizza bestellt und aß jedes der kleinen Chilistücke, ohne auch nur innezuhalten. Manchmal schluckte er, ohne zu kauen, wie ein Mann, der seit einer Woche nichts gegessen hat. Vielleicht hatte er das auch nicht.

»Macht es dir was aus, wenn ich deine Dusche benutze?«, fragte ich, nachdem ich meine Finger abgeleckt und bemerkt hatte, dass sie immer noch klebrig waren.

»Natürlich nicht.« Er holte mir ein sauberes Handtuch und bot mir eine seiner Ersatzzahnbürsten an.

Ich nahm einen flauschigen, marineblauen Bademantel vom Haken an der Badezimmertür und wickelte mich hinein, bevor ich ins Wohnzimmer zurücktappte. Antony lag auf der Couch und trank den letzten Rotwein.

Er stand auf, als ich ins Zimmer kam, und zog mir den Bademantel von den Schultern.

»Nein«, sagte er. »Nackt bist du mir lieber.«

Er umfasste meine linke Brust und drückte sie fest.

»Diesmal das Schlafzimmer«, flüsterte er zwischen Küssen und schob mich rückwärts.

Seine Laken rochen schwach, wenn auch nicht unangenehm, nach seinem Rasierwasser und dem Duft seiner Haut. Vielleicht vermischt mit den Resten von Alissas Parfüm von der Nacht zuvor. Hätte es mich stören sollen, dass er gerade erst die Nacht mit einer anderen Frau verbracht hatte? Vielleicht. Ich weiß, dass manche das glauben würden.

Aber es störte mich nicht. Wenn überhaupt, spornte es mich an, ihn sogar noch härter zu reiten, ihm mit meinem Körper den

Gedanken an sie auszutreiben. Und da war auch noch etwas anderes. Die Erinnerung an ihre langen Beine, die nackten Brüste, der schwache Duft ihres Parfüms. All das erregte mich.

Wir fickten erneut.

Von einem Taxi nach Hause war nicht die Rede. Nicht in dieser Nacht, nicht am nächsten Morgen.

Wir schliefen eng umschlungen und ungewaschen.

7

DIESER MANN

Und so fing es an.

Als ich mit Dominik zusammenlebte, war unser Arbeitsleben naturgemäß strikt voneinander getrennt. Er war ein Mann des Wortes, ich ein Geschöpf der Musik, und die beiden trafen nie zusammen. Wir ließen uns absolute Freiheit, unseren jeweiligen Beschäftigungen nachzugehen, und gingen auf Abstand, wenn Inspiration oder Arbeit rief. Er war eher Frühaufsteher und verbrachte unzählige Stunden am Computer, während ich gern noch faul unter der Bettdecke lag. Ich übte oder probte meist nachmittags, weshalb er sich angewöhnte, diese Zeit mit Recherche oder einfach nur mit Lesen zu verbringen. Ich konnte nicht arbeiten, wenn jemand zugegen war, es sei denn, ich sollte ein Stück mit anderen Musikern zusammen spielen. In dem Fall wichen wir für gewöhnlich in ein Probenstudio aus oder auf die leere Bühne, auf der wir später auftreten sollten, falls sie gerade zur Verfügung stand.

Die notgedrungene Zusammenarbeit mit Antony bedeutete, dass wir auf Tuchfühlung gehen mussten und nicht nur zum Vögeln im selben Zimmer waren. Er entwickelte Ideen und improvisierte, machte sich flüchtige Notizen, entwarf grobe Skizzen, über deren Umsetzung er später mit dem Bühnenbildner sprechen würde. Ich griff hier und da einen Faden auf und bemühte mich, ihn in die Sprache der Musik umzusetzen, navigierte durch endlose melodische Variationen, die er mit forensischer Genauigkeit in ihre Einzelheiten zerlegen würde, wobei er ständig unterbrach, nachhakte, widersprach, manchmal zustimmte und die meiste Zeit versuchte, auf eine Weise Einfluss zu nehmen, die ich zunächst nicht begriff. Das war schwere, konzentrierte Arbeit voll heftiger Meinungsverschiedenheiten und Enttäuschungen.

Antony achtete immer sorgfältig darauf, nicht laut zu werden, aber oft sah ich ihm an, dass er innerlich vor Wut kochte, entweder über meine Begriffsstutzigkeit oder die unvermeidlichen Patzer meiner Improvisationen, wenn meine Aufmerksamkeit nachließ und ich den Faden verlor.

Er war kein geduldiger Mann. Genauso im Bett, wo er die dominante Rolle einnahm und anscheinend über meine von Natur aus unterwürfigen Reaktionen auf seine Berührungen und Bewegungen Befriedigung fand.

Doch unsere Flitterwochen als Liebespaar und Kunstschaffende an einem gemeinsamen Werk hielten kaum ein paar Wochen an.

Ich lungerte spärlich bekleidet auf der Couch herum, hing Tagträumen nach und spielte zugleich Melodien im Kopf ab, hatte eine meiner Geigen neben mir abgestellt und seit über einer Stunde nicht angerührt. Meine Gedanken schweiften in alle möglichen Richtungen, mein Körper war gereizt, ich dachte, es wäre doch ziemlich nett, wenn wir die anstehende Aufgabe für ein oder zwei Stunden fallen ließen und uns ins Schlafzimmer, in die Badewanne, auf den Küchenboden oder sonst wohin begeben würden. Seine langen Finger spielten mit dem Kuli, und mir fiel ein, wie sie am frühen Morgen mit mir gespielt und meine Lust fast bis zur Vollendung aufgebaut, spitze, lustvolle Schmerzensschreie, Seufzer und tiefes Wohlbehagen ausgelöst hatten.

Er war mit den Gedanken woanders.

Dann drehte er sich mit vorwurfsvollem Blick zu mir um.

»Summer«, sagte er, »ich brauche wirklich irgendeinen musikalischen Bezugspunkt für diesen mittleren Akt, und du hängst bloß da mit dem Kopf in den Wolken und den Fingern zwischen den Beinen ...«

Hastig zog ich meine Hand zurück. Verloren im Reich meiner Tagträume hatte ich nicht gemerkt, dass ich mich berührte. Zufällig hatte ich auch keinen Slip an.

»Oh ... tut mir leid ...«, murmelte ich und schaltete wieder auf Realität um.

»Mir ist klar, dass du bei der Aufführung improvisieren wirst, aber ich brauche wenigstens eine Andeutung von dir, eine Melodie oder etwas, was die Stimmung festlegt.«

»Ich weiß ...«

Er wartete kaum meine Antwort ab, bevor er seine Standpauke fortsetzte. Mir fiel auf, dass seine Hände ruhig blieben und Papier und Stift festhielten. Er unterstrich seine Worte nicht mit Gesten, was ihnen noch mehr Gewicht verlieh.

»Mit einem unfertigen Angebot finde ich keine Sponsoren. Wenn ich die Art der Musik nicht genau umreißen kann, wäre es, als würde ich ein Projekt ohne Textmanuskript vorstellen und den Leuten sagen, sie sollten einfach meinen Worten vertrauen.«

»Verstehe«, entschuldigte ich mich.

Ich griff nach der Geige, hob sie ans Kinn und wollte schon etwas spielen, blieb aber plötzlich stecken. Mir fiel nichts mehr ein.

»Hilf mir doch noch mal mit der Handlung und den Personen auf die Sprünge«, bat ich Antony.

Er schaute mich schweigend an, offensichtlich so wütend, dass ihm am Ende doch die Worte fehlten.

»Verdammte Scheiße noch mal, Summer, du nervst.«

Antony fluchte nur selten. Für Schimpfwörter war er zu vornehm. Wenn, dann war es ein Zeichen dafür, dass ihm endgültig der Geduldsfaden gerissen war. Er warf seinen Kuli auf den

Tisch, stand auf, lief vor mir hin und her, ballte abwechselnd die Fäuste oder fuhr sich zerstreut mit beiden Händen durchs Haar, was nur dazu führte, dass seine Tolle noch mehr zerzauste.

Er war eindeutig sauer, brachte es aber trotzdem fertig, seinen üblichen neutralen Tonfall beizubehalten. Als hätte er die Kunst, seine Gefühle in Zaum zu halten, absolut perfektioniert.

»Du musst dich wirklich mehr konzentrieren ...« Er zögerte. »Oder vielleicht sollten wir uns einfach an die Arbeit halten und den Rest vergessen.« Offenbar meinte er den Sex. Noch konnte keine Rede von einer Beziehung sein, nicht einmal ansatzweise. Der Sex war toll, triebhaft, improvisiert, intensiv, aber wir sprachen nie über Gefühle oder schmiedeten Pläne. Es passierte einfach. So oft wie möglich. Aber wir wussten beide, dass etwas anderes unter der Oberfläche brodelte.

Angesichts seiner heftigen Reaktion muss ich völlig perplex ausgesehen haben. Wie ein Volltrottel.

»Hör zu«, sagte er. »Ich muss mich wieder abreagieren. Ich werde dich für ein, zwei Stunden allein lassen. Rausgehen. Einen klaren Kopf bekommen. Vielleicht wirst du dich, wenn du allein bist, besser konzentrieren können und dann etwas für mich haben, wenn ich zurückkomme. Okay?«

Ich nickte.

»Wir sind im Verzug. Ich muss Ende nächster Woche etwas vorzuweisen haben. Das ist wichtig«, fügte er hinzu. Als wüsste ich das nicht.

Er zog sich ein Sweatshirt über, das über einer Stuhllehne hing, und verließ die Wohnung.

Die Tür schlug hinter ihm zu.

Als er zurückkam, war es stockdunkel. In den Stunden zuvor war mir eine vage Idee für den Akt gekommen, basierend auf einem Stück von Prokofjew; obwohl ich nicht ganz zufrieden damit war, wusste ich, dass es mir am Tag der Aufführung bestimmt gelingen würde, mich einfangen zu lassen und mich zu verbessern. Und dann hatte ich gewartet. Und gewartet.

Mir Sorgen zu machen, war nicht meine Art, aber ich war trotzdem beunruhigt, wie lange Antony fortblieb.

Anrufen konnte ich ihn nicht. Bei seinem hastigen Aufbruch hatte er sein Handy auf dem Glastisch liegen lassen.

Kurz vor Mitternacht kam er endlich wieder.

Ich machte den Mund auf, um ihn auszufragen, klappte ihn aber wieder zu, als ich seine finstere Miene sah. Er war mürrisch und verschlossen.

Und schwieg. Begrüßte mich nicht einmal oder fragte, wie ich in seiner Abwesenheit mit meiner Arbeit vorangekommen sei.

Er setzte sich und schob seine Papiere hin und her.

Ich war mir nicht sicher, ob ich mich neben ihn stellen, mein Instrument nehmen und ihm eine grobe Fassung dessen vorspielen sollte, was ich mir vorgestellt hatte, oder ob es besser war, ihn einfach nur liebevoll zu umarmen.

Schließlich entschied ich mich, still zu bleiben und abzuwarten, bis er das Wort ergriff, setzte mich aber trotzdem neben ihn auf die Couch.

Sobald ich saß, wusste ich, wo er gewesen war.

Der starke Geruch nach Alkohol war unmissverständlich. Zigarettenrauch hatte sich im Sweatshirt und in seinen Haaren festgesetzt. Sein Atem und seine Haut dünsteten den vertrauten Kneipengeruch aus.

Antony war kein fröhlicher Zecher. Wenn ich schon mal einen über den Durst trank, was selten geschah, bekam ich einen Schwips, wurde ausgelassen und redselig, was mich ärgerte, da ich dann das Gefühl hatte, mich nicht mehr unter Kontrolle zu haben. Er hingegen zog sich in sich zurück, Frust und Ärger nagten an ihm, und er versuchte verzweifelt, einen Vulkan aus Wut und Zorn am Ausbruch zu hindern.

Bisher hatte ich ihn noch nie betrunken und richtig wütend oder aufgebracht erlebt; hatte nur die dunklen Emotionen gespürt, die in ihm kochten, wenn wir zusammen beim Abendessen zu viele Flaschen Wein geleert und hinterher gevögelt hatten. Meine Hemmschwelle war dann noch niedriger als sonst, und er war furchterregend und stürmisch, was mich zutiefst erregte.

Er bemerkte, wie ich ihn anschaute.

»Ist was?«, fragte er.

Sein Tonfall war scharf, vorwurfsvoll, als wäre ich diejenige, die ihn gezwungen hatte, seinen Trost im Alkohol zu suchen.

Was nur dazu führte, dass ich mich noch mehr darüber ärgerte, in so einer Situation zu stecken.

Er las meine Gedanken.

»Ist nicht deine Schuld«, sagte er. »Manchmal ist der Druck einfach zu groß, und ein Drink reiht sich an den nächsten. Ich bin mir dessen durchaus bewusst.«

Er zeigte keine Reue. In seinen Augen blitzte es sogar spöttisch auf. »Wieso machst du nicht mit? Wir können unseren Selbsthass zusammen erforschen. Wäre doch nur fair, was meinst du?«

»Ich glaube, mir ist da eine Idee gekommen.« Mit einem Kopfnicken deutete ich auf meine Geige.

Er erhob sich und machte sich auf den Weg in die Küche.

»Oh, das hat doch noch Zeit, oder? Alles kann warten«, fügte er hinzu und verschwand hinter der Glastür. Ein Schrank oder eine Schublade wurde geräuschvoll geöffnet, und ich hörte das Klirren von Gläsern. Er kam mit einer halb vollen Flasche Whiskey und zwei Gläsern zurück. Machte auf dem Absatz kehrt und brachte eine Schale Eis und eine Silberzange mit. Er zog eine Augenbraue hoch und lächelte, als fände er seine Detailgenauigkeit unter solchen Umständen höchst amüsant. Das Lächeln reichte nicht bis zu seinen Augen.

»Ist gut für die Inspiration«, sagte er, stellte die Schale auf den Tisch und schob die Papiere beiseite.

»Ich glaube, ich will nichts«, sagte ich.

Künstliche Aufputschmittel, ob weiche Drogen oder Schnaps, hatten mir noch nie Trost gespendet, und mein Alkoholkonsum, der sich zugegebenermaßen erhöht hatte, seit ich mit Antony zusammen war, beschränkte sich in der Regel auf höchstens ein paar Gläser Wein zum Essen. Nur zweimal hatte ich mich auf der Suche nach emotionaler Entlastung volllaufen lassen. Einmal aus einem blöden Schamgefühl, nach einem besonders derben Abstieg in sexuelle Tiefen, bevor Dominik und ich schließlich zusammenkamen, das andere Mal nach seinem plötzlichen Tod. Doch damit hatte ich nur erreicht, dass es mir noch schlechter ging. Es hatte mir keinerlei nennenswerte Erleichterung verschafft. Meine einzige Schwäche waren teure Cocktails, und dann auch nur um zu feiern, nicht um zu entfliehen.

Ohne mich zu beachten, gab er Eis in mein Glas und füllte dann beide Gläser bis zum Rand.

Er schaute mich an und beschwor mich wortlos, mit ihm zu trinken.

»Nein.«

Ein dunkler Schatten zog über sein Gesicht. Er führte das Glas an den Mund und kippte den Whiskey wie Wasser.

Dabei deutete er mit dem Kopf auf das andere, noch volle Glas.

»Komm schon ...«, sagte er. »Wir arbeiten zusammen, sind Komplizen, ein Liebespaar ... Zeig mal ein bisschen Mut ...«

»Wir sind kein Liebespaar, Antony. Noch nicht. Es ist nur Sex«, erwiderte ich gereizt.

Im Grunde meines Herzens glaubte ich nicht daran. Wenigstens bisher nicht.

Ich überlegte.

Bisher hatte ich das Gefühl gehabt, dass der Sex, den wir miteinander hatten, intimer wurde als »nur Sex«. Vielleicht bildete ich mir das auch nur ein. Ich verhielt mich, wie unzählige Frauenzeitschriften es mir suggerierten, und interpretierte zu viel in einen gänzlich körperlichen Akt hinein.

Er zuckte mit den Schultern.

»Ist doch dasselbe, oder?«

»Nein. Weit davon entfernt.« Ich wurde immer pampiger, provoziert durch seine Gefühlskälte. Ich war enttäuscht von ihm und sah schon einen riesigen Krach auf uns zukommen, falls nicht einer von uns einen Schritt unternahm, um ihn abzuwenden. Ich wusste auch, dass mein Stolz mich davon abhalten würde, als Erste versöhnliche Töne anzuschlagen.

Die Türklingel rettete mich. Buchstäblich.

Das Läuten riss uns aus der angespannten Situation.

Wir verstummten.

Schauten uns fragend an.

Antony stand schließlich auf, torkelte zur Wand und drückte auf den Knopf der Gegensprechanlage, ohne sich die Mühe zu machen, nachzufragen, wer da war. Vielleicht glaubte er trotz der späten Stunde, es wäre die Post oder ein Bote, und wollte seinen Atem nicht für irgendeine Lieferung vergeuden.

Er kam wieder zur Couch, und ein paar Minuten lang schauten wir uns mürrisch an.

Jemand klopfte an die Tür.

»Geh du«, befahl er und schenkte sich noch einen Whiskey ein. *Four Roses* las ich auf dem Etikett.

Ich war barfuß. Der Holzboden war kalt und makellos glatt. Nie war auch nur ein Stäubchen hier zu finden, obwohl Antony mir gegenüber nie eine Reinigungskraft erwähnt oder ich ihn beim Saubermachen gesehen hatte. Vielleicht wartete er, bis ich außer Sichtweite war, bevor er sich solchen Häuslichkeiten widmete.

Alissa stand vor der Tür.

»Oh!«

»Sie?«

Sie schaute mich mit einem Hauch stillschweigender Duldung an.

»Sie arbeiten schnell«, bemerkte sie und schob sich an mir vorbei. Sie trug einen dunkelgrünen Parka, der ihr bis an die Knie reichte, dazu glänzende schwarze Lederstiefel mit hohen Blockabsätzen.

»Da bin ich nur für knapp einen Monat auf Tournee, und schon lassen Sie sich hier häuslich nieder.« Sie warf einen Blick auf meine zerknitterte weiße Bluse und den ebenso knautschigen Rock und erfasste alle Anzeichen dafür, dass ich hier mehr oder weniger eingezogen war.

Ich wollte entgegnen, dass Antony und ich zusammen an einem Projekt arbeiteten, dass der Sex einfach nur passiert sei und ich jetzt, nachdem ich über seine dunkle Seite gestolpert sei, wohl eher nicht den Wunsch hegte, Alissa vollständig aus seinem Bett zu vertreiben, aber sie war bereits im großen Zimmer angelangt und sah Antony mit einem Glas in der Hand auf der Couch lungern.

»Aha«, murmelte sie. »Die alten Gewohnheiten, wie ich sehe. Sie müssen ihn ja gewaltig inspirieren …«

Ich war ihr gefolgt und konnte nur nicken. Offensichtlich kannte sie ihn besser, als ich ihn zu kennen glaubte.

Sie zog den Parka aus. Darunter trug sie ein enges, kurzes schwarzes Kleid und die glänzenden Stiefel, die sie viel größer machten, als sie eigentlich war. Die Frisur saß perfekt, und sie war aufgedonnert, als wäre sie auf dem Weg zu einer Party.

Sie bemerkte das zweite Glas, das ich nicht angerührt hatte, schaute zu mir und dann wieder auf Antony, den niedrigen Tisch und das Glas. Schätzte die Situation ein.

»Sie beteiligen sich nicht?«, fragte sie mich.

Ohne auf eine Antwort zu warten, nahm sie das für mich bestimmte Glas und trank einen Schluck.

»Prost, Leute«, sagte sie.

Antony hatte die ganze Zeit geschwiegen und Alissas Anwesenheit gar nicht zur Kenntnis genommen.

»Ich an Ihrer Stelle würde mir keine Sorgen machen, Schätzchen«, bemerkte sie und stellte das Glas ab. Sie hatte nicht viel getrunken. »Er hat diese Launen. Aber die gehen schnell vorbei. Macht ihn doch interessant, oder? Aber ich kann Ihnen versichern, ich habe erlebt, wie er andere unter den Tisch trinkt und trotzdem total funktionsfähig bleibt. Betrunken fickt er genauso gut wie nüchtern.«

Während er ihr zuhörte, blieb Antonys Gesicht ausdruckslos.

Alissa wandte sich an mich.

»Haben Sie Lust?«

Ich folgte ihrem Blick und schaute zu ihm hinüber.

Er saß auf der Sofakante, die Ellbogen auf den Knien, das Glas zwischen den Händen, und starrte mit leerem Blick aus dem Fenster. Unter seinem grauen Sweatshirt trug er nichts, und der weite Kragen offenbarte seine kompakten Schultern und einen Teil seines Halses. Sein dunkelblondes Haar war zerzaust, seine Kinnpartie stoppelig. Er hatte sich seit Tagen nicht rasiert, vielleicht sogar seit Wochen, und dennoch gelang es ihm, so auszusehen, als trage er einen gestylten Dreitagebart.

Im gepflegten Zustand repräsentierte Antony den perfekten, attraktiven Dandy, den typischen scharfen Anzugmann mit theatralischer Neigung. Ungepflegt könnte man ihn vielleicht als scharfen Chaoten bezeichnen. Selbst in seinen schlimmsten Momenten sah er einfach hinreißend aus.

Alissa räusperte sich, und ich drehte mich zu ihr um. Sie hatte ihren Blick von ihm abgewandt und schaute mich an.

»Ich weiß«, sagte sie, als könnte sie meine Gedanken lesen. »Genug, um einen krank zu machen, stimmt's?«

Sie war neben mich getreten und stieß mir mit dem Ellbogen in die Seite. In dieser Hinsicht war Alissa das genaue Gegenteil von Antony. Sie kommunizierte ebenso sehr mit ihrem Körper wie mit ihrer Stimme.

Ich nickte. Warf noch einen Blick auf ihn, doch er weigerte sich nach wie vor, uns zur Kenntnis zu nehmen. Er wirkte nicht gedankenverloren oder auch nur verloren. Er sah gelangweilt aus. Als wartete er auf etwas. Auf einen Stein, der durchs Fenster flog. Auf ein Erdbeben. Auf irgendetwas.

Also gab ich ihm etwas.

Ich wandte mich Alissa zu und küsste sie.

Ihre Brüste waren so groß, dass sie sich an mich pressten, noch bevor ich meine Lippen auf ihre gedrückt hatte.

Sie reagierte sofort, öffnete den Mund und streichelte meine Unterlippe mit der Zunge.

Alissa küsste gut, und sobald ich den ersten Schritt getan hatte, war sie begierig, die Führung zu übernehmen. Sie zog mich näher an sich und fuhr mir den Nacken hinauf in die Haare, hielt meinen Kopf fest und küsste mich richtig.

Schließlich wich sie zurück, nahm das Glas mit dem Rest Whiskey und trank es aus.

»Summer, Schätzchen«, sagte sie. »Du steckst voll netter Überraschungen.«

Sie stellte das Glas ab und zog mich wieder an sich, veränderte diesmal unsere Stellung, sodass ich jetzt mit dem Rücken zu Antony stand und er ihren Körper hinter meinem wahrscheinlich nicht sehen konnte. Unsere Lippen trafen sich wieder, und ich schmeckte das halb süße, halb rauchige Aroma des Whiskeys in ihrem Mund.

Ihre Hände fanden meinen Rocksaum. Sie fuhr mit den Handflächen an der Rückseite meiner Beine hoch, hob dabei den dünnen Stoff, der meine Schenkel bedeckte, hielt erst an meiner Taille inne und präsentierte Antony damit meinen nackten Hintern.

Ich wusste genau, was sie machte. Sie spielte mit uns. Mit ihm, mit mir.

Manipulierende kleine Kuh, dachte ich – einerseits. Andererseits jedoch … bediente sie sämtliche Knöpfe, die ich gern drücken ließ. Mich befingern lassen. Ausgestellt werden. Nicht wissen, was als Nächstes passiert. Wissen, dass sie Antony köderte, ihn provozierte. Mich fragen, was er wohl tun würde, wie er reagieren würde. Das verschaffte mir dieselbe gefährliche Erregung, wie nachts durch dunkle Straßen zu gehen, ohne Helm Fahrrad zu fahren oder die Hand schnell über eine Flamme zu halten.

»Kein Slip, wie?«, fragte sie laut. »Ich nehme es zurück. Das ist keine Überraschung.«

Ihre Fingernägel gruben sich in meinen Hintern. Sie hob meine Pobacken mit den Händen an und zog sie auseinander, legte meinen Anus frei, wobei sie sorgfältig darauf achtete, dass mein Rock nicht hinunterrutschte, damit Antony einen ungehinderten Blick hatte.

Ich schwieg. Zum Teil, weil mir nichts einfiel, was ich hätte sagen können, zum Teil aber auch, weil ich so aufgegeilt war, dass ich mich nicht auf die Formulierung eines Satzes konzentrieren konnte. Ich war zwar nicht betrunken, konnte aber auch nicht klar denken.

Eine innere Stimme sagte mir zwar, dass ein wütender Dreier jetzt nicht gerade das Klügste wäre. Aber diese Stimme war nicht annähernd so kraftvoll wie die riesige Woge des Verlangens, die sich in mir aufbaute, eine mächtige Flut der Lust, die nur wenig Anreiz brauchte und meine Vernunft himmelhoch überragte.

Sacht schob ich mein rechtes Bein zwischen ihre Beine und drückte mit dem Gewicht meines Schenkels gegen ihr Schambein. Ihr Kleid war so kurz, dass nur wenig Stoff anzuheben war. Ich fuhr mit den Händen hinten an ihren Beinen hinauf und umfasste ihr Hinterteil. Auch sie trug keinen Slip.

»Erstaunlich, wie wir doch immer wieder Gemeinsamkeiten finden, nicht wahr?«, sagte sie, immer noch laut genug, damit Antony auch jedes Wort mitbekam.

Schließlich hörte ich, wie er sein Glas auf dem Couchtisch abstellte, dann das Rascheln seiner Kleidung, als er sich erhob und auf uns zukam.

Seine Hand legte sich auf meine Schulter, halb um meinen Hals. Die andere Hand drückte er an die Stelle oberhalb von Alissas Schlüsselbein und zog uns auseinander. Eine Hand fuhr in meine Haare, die andere in Alissas. Er hielt uns beide wie ein Hundebesitzer, der seine Schützlinge im Genick packt.

Ich unterdrückte ein Stöhnen, aber sosehr ich es auch versuchte, ich konnte meine offensichtliche Erregung nicht verbergen. Ich spürte, wie meine Nippel unter der Bluse fest wurden. Auch Alissas waren hart. Er starrte auf meine Brüste, dann auf ihre.

»Tragt ihr beiden denn überhaupt keine Unterwäsche?«, fragte er. »Seid ihr so weit runtergekommen, dass ihr euch keine mehr leisten könnt?«

»Habe noch nie einen Sinn darin gesehen«, erwiderte ich frech, beinahe aufsässig.

»Also hat es dir doch nicht die Sprache verschlagen«, schaltete Alissa sich ein.

»Nein, noch nicht«, gab ich zurück, meine Stimme absichtlich belegt, lüstern, zweideutig.

Antony riss meinen Kopf an den Haaren zurück und drückte seine Lippen auf meine. Kein zärtlicher Kuss. Stattdessen stieß er mir sofort die Zunge in den Mund. Er schmeckte nach Whiskey und beißendem Tabak, obwohl beides zum Glück nicht abgestanden war. Das Aroma frischer Zigaretten hatte ich schon immer gemocht.

»Ist es das, was du willst, Summer?«, fragte er und löste sich von mir. »Ficken? Wir drei? Jetzt?«

»Ja«, erwiderte ich. Genau das wollte ich. Konnte es kaum erwarten.

»Ich werde wohl gar nicht gefragt?«, erkundigte sich Alissa mit einem Hauch Eifersucht in der Stimme.

»Was du willst, weiß ich schon«, antwortete Antony. Seine Anmaßung schlug auch in mir eine eifersüchtige Saite an.

Ich würde ihm schon zeigen, was sie wollte.

Wir taumelten zum Schlafzimmer. Antony betrunken und unsicher auf den Beinen. Ich derart erregt, dass meine Gliedmaßen anscheinend vergessen hatten, wie sie funktionieren. Und Alissa war bemüht, auf ihren hohen Absätzen das Gleichgewicht zu halten, während wir beide sie mit unserem Körpergewicht zur Seite und an die Wand drängten.

Er schob uns zum Bett.

»Ausziehen«, befahl er, drehte sich um und ging wieder ins Wohnzimmer.

Kurz darauf kam er mit der Whiskeyflasche zurück.

Lehnte sich an den Türrahmen und trank einen großen Schluck.

»Ich dachte, ich hätte euch gesagt, ihr sollt euch ausziehen«, sagte er. Ich hockte mit untergeschlagenen Beinen auf dem Bett, Alissa saß auf der Kante und mühte sich ab, ihre langen Stiefel auszuziehen.

»Ach, du lieber Himmel«, knurrte er, kniete sich vor sie auf den Boden, zog zuerst den Reißverschluss des einen Stiefels auf und riss ihn vom Bein, dann den anderen.

Da ich hinter Alissa war, konnte ich ihre Schenkel sehen, die jetzt weit gespreizt waren, sowie Antony, der in ihren Schritt hochsah. Ich ging davon aus, dass er dort bleiben und die Zunge in ihrer Möse vergraben würde, aber das war nicht der Fall.

Stattdessen stand er auf, hob dabei ihre Waden an und schwenkte Alissa herum, sodass sie neben mir lag, atemlos und flach auf dem Rücken. Prompt drehte sie sich zu mir um und stütze sich auf einen Ellbogen.

»Runter mit den Klamotten«, befahl Antony mir. »Ich habe nicht vor, dir zu helfen. Ich will zusehen, wie du dich vor uns beiden ausziehst.«

Alissa kicherte. Sie war richtig erregt, so wie ich, aber ich wusste, dass sie auch meine Erniedrigung genoss.

Ich zog die Bluse über den Kopf, setzte mich, knöpfte meinen Rock auf und streifte ihn ab, hob meine Hüften, ließ den Stoff über die Knöchel gleiten und schob ihn mit den Füßen weg.

»Schon besser«, sagte Antony. Seine ausdruckslose Maske war verschwunden. Jetzt spiegelte sich in seinen dunklen Augen ein gieriger Hunger. Verlangen. Etwas war in ihm freigesetzt worden. Ich schaute nicht weg.

Er streckte die Hand aus, umschloss meine linke Brust und drückte zu. Zog an meinem Nippel. Dann hob er den Arm und schlug so fest auf meine Titte, dass sie gegen die andere prallte.

Alissa packte meine rechte Brust und tat es ihm nach.

Ich schloss die Augen und stöhnte. Die körperliche Empfindung, halb Schmerz, halb Wonne, verbunden mit Antonys harschen Worten, sein Verhalten, ließ Wollust durch meine Adern strömen. Meine Möse pochte. Ich war klatschnass.

»Ich verstehe, warum er dich mag«, hauchte Alissa.

Sie kniete jetzt mit gespreizten Beinen, ihr Gesicht ein Abbild der Neugier, wie ein Kind, das gerade eine ganz neue Art der Ungezogenheit entdeckt hat. Nach wie vor trug sie ihr kleines schwarzes Kleid, und ich konnte auf den ersten Blick nicht erkennen, wie man es auszog. Vielleicht wurde es hinten geschlossen. Über den Kopf konnte man es jedenfalls nicht ziehen. Der Saum war noch höher gerutscht und saß jetzt ganz oben an ihren Schenkeln. Eine Andeutung von Schamhaar war zu sehen.

Ich streckte die Finger nach ihrer Möse aus.

»Ooh«, stöhnte sie und fing an, ihre Hüften vor und zurück zu bewegen und über meine Hand zu gleiten. Sie war mindestens so nass wie ich, und ihre Schamlippen waren offen, empfangsbereit. Ich steckte zwei Finger in sie. Alissa lehnte den Kopf nach hinten und wölbte sich mir entgegen.

Antony schob sich hinter sie, und im Gegensatz zu mir gelang es ihm, den Reißverschluss ihres Kleides zu finden. Er zog ihn halb herunter und riss den Stoff von unten hoch, sodass er sich an ihrer Taille bündelte, wodurch ihre Brüste, ihre Möse und ihr Hintern entblößt waren. Ihre langen dunklen Haare auf den bleichen Schultern, ihr schwarzes Kleid wie ein Gürtel um ihre Mitte, und der üppige Busch ihrer Schamhaare erinnerten an Dominosteine, schwarz auf weiß. Sie war ohne Zweifel geil, auf eine schrecklich übertriebene, aufreizende Art.

Antonys Hände wanderten über ihren Hals und ihre Brüste, zwickten ihre Nippel. Allerdings nicht lange.

Er trat zurück. Griff wieder zur Whiskeyflasche und trank noch einen Schluck. Dann hob er mein Kinn und unterbrach damit den sanften Rhythmus, den ich auf Alissas Möse ausübte.

»Mach den Mund auf.« Er schwenkte die Flasche vor meinem Gesicht hin und her. »Ich glaube, du hast etwas nachzuholen.«

Ich gehorchte, musste aber würgen, da er schneller goss, als ich schlucken konnte, und der Whiskey brannte mir in der Kehle.

Alissa nahm mein Kinn aus Antonys Hand und küsste mich. Sie hob meine Finger – die beiden, die gerade noch in ihr gewesen waren – an den Mund und saugte, leckte ihre Flüssigkeit ab. Sie küsste mich wieder, drückte den Geschmack ihrer Möse in meinen Mund. Sie war süß. Zweifellos süßer als der Whiskey.

»Sie schmeckt dir, ja?«, fragte Antony.

Bevor ich antworten konnte, hatte er sie aufs Bett gedrückt. Dann zog er mich an den Haaren hoch und führte mein Gesicht an ihre Möse. Alissa fügte sich nur zu gern, spreizte ihre Schenkel und schlängelte sich in eine bequemere Lage.

Ich senkte den Kopf und begann zu schlecken. Ich hatte nur wenig Erfahrung darin, Frauen zu lecken, und ahmte daher die Bewegungen nach, die Antony so fachmännisch an mir anwendete, wechselte zwischen schnell und langsam ab, sanft und grob, und passte meine Technik ihren Reaktionen an.

Alissa war eine besonders empfängliche Liebhaberin, im Bett ebenso theatralisch wie auch sonst, und es dauerte nicht lange, bis sie stöhnte und sich an meinem Gesicht rieb. Sie griff in meine Haare und drückte mich an sich. Antony legte seine Hand flach an meinen Hinterkopf und hielt mich noch fester an Ort und Stelle, sodass ich nur hin und wieder durch die Nase atmen konnte.

»Weiter«, sagte er, »fick sie mit der Zunge.« Er schob die andere Hand unter Alissas Hüften und hob sie an. »Leck auch ihr Arschloch«, sagte er.

Ich machte es.

Ihr Atem ging stoßweise, und ich vernahm das Geräusch von Fingernägeln, die über Stoff kratzten, während Alissa am Bettlaken zerrte.

Sie war eindeutig kurz davor, zu kommen, und ihr Verlangen schürte das meine. Ich packte ihre Schenkel und hielt sie, damit ich sie ungehindert vom Damm bis zur Klitoris lecken konnte, während Antony sich wieder zurückzog. Ich vergrub mein Gesicht in ihrer Möse, meine Zunge wechselte zwischen harten Penisstößen und schnellen, rhythmischen Bewegungen an ihrer Klitoris.

Meine Aufgabe lenkte mich ab, und ich merkte weder, dass ich inzwischen kniete, den Hintern nach oben gestreckt, noch dass das leise Kratzgeräusch von Metall gegen Stoff Antony war, der seine Jeans aufknöpfte. Dann spürte ich seinen steinharten Penis in mir. Der Aufprall seines Gewichts schob mich direkt in einem letzten, heftigen Stoß in Alissas Möse, und in dem Augenblick packte sie meinen Kopf und kam, stieß und bockte mit den Hüften und rieb sich mit aller Kraft an mir.

Antony ignorierte sie komplett und fuhr fort, mich von hinten wild zu beackern. Ich hatte Mühe, Alissa nicht zu beißen, während ich zwischen den beiden hin und her geschubst wurde, und unter der Wucht von Antonys Schwanz in mir hätte ich am liebsten laut geschrien, so gut fühlte es sich an.

Ein dünner Nebel warmer Flüssigkeit sprühte über mein Gesicht und hinterließ einen feuchten Fleck auf dem Bettlaken. Alissa hatte sich ergossen.

»Tut mir leid«, murmelte sie und deutete auf die feuchte Stelle. Zum ersten Mal sah ich sie erröten. Sie schob sich von uns weg, locker und entspannt, ein Ausdruck der Seligkeit auf dem Gesicht, vermischt mit Verlegenheit. Sie erholte sich von ihrem Orgasmus.

»Schon gut«, flüsterte ich zurück, wenn ich mir auch nicht sicher war, ob sie mich hörte, da Antony sofort mein Gesicht seitlich in den nassen Fleck drückte, den Alissa hinterlassen hatte. Er wischte mit der Handfläche über das Bettlaken und schob mir dann die Finger in den Mund. Sein Schwanz pumpte weiter in mich hinein, und ich kam ihm entgegen, unsere Körper jetzt glitschig vor Hitze und Schweiß.

Für einen Moment vergaß ich sogar, dass Alissa überhaupt im Zimmer war. Sie war still, und ich wusste nicht genau, ob sie uns zusah. Es machte mir nichts aus. Der Geruch ihrer Flüssigkeit erregte mich so, dass ich glaubte zu platzen. Gefickt zu werden mit dem Gesicht im Erguss einer anderen Frau. Allein der Gedanke machte mich so an, dass ich keine zusätzliche Stimulation brauchte.

Dann veränderte Antony seine Stellung, stützte sich auf einen Arm, die andere Hand suchte nach meiner Möse. Er fand meine Klitoris und begann zu reiben.

»Oh, verdammt!«, schrie ich und kam.

Mein Ausruf ließ Antony aufstöhnen. Er kam in mir. Wir brachen auf dem Bett zusammen und lagen reglos, bis mir die Glieder einschliefen und ich mich unter ihm hervorwühlte.

Wortlos schlüpfte er aus mir, glitt von mir herunter und ging ins Bad.

»Na, das hat Spaß gemacht«, verkündete Alissa.

Ich hörte Wasser laufen und die Duschtür quietschen.

»Ich hol was zu essen«, sagte Alissa. »Du hast doch nichts dagegen, wenn ich die hier anziehe?«, fuhr sie fort und hob meine weiße Bluse vom Boden.

»Nein, natürlich nicht«, erwiderte ich. Wahrscheinlich hätte es mir zu einem anderen Zeitpunkt etwas ausgemacht, aber im Moment war ich zu sehr damit beschäftigt, mich in der Aura meines Orgasmus und meiner gemischten Gefühle zu sonnen und scherte mich nicht darum, was sie machte.

Obwohl ich größer war als sie, bedeckte meine Bluse ihren Körper noch weniger als Antonys Hemd und ließ ihren flachen Bauch und ihre dunkel behaarte Möse frei.

Sie glitt aus dem Bett und ging in die Küche.

Allein gelassen, wusste ich nichts mit mir anzufangen. Ich war nicht bereit, zu Antony unter die Dusche zu gehen und ein Gespräch über die Ereignisse des Nachmittags anzufangen. Mit Alissa in der Küche wollte ich auch nicht reden. Aber zu mir nach Clapham zurückkehren und die beiden hier zusammen lassen, wollte ich genauso wenig.

Ich schlug die Bettdecke zurück und schlüpfte ins Bett, ohne den nassen Fleck zu berühren.

Alissa kam mit einem Teller Brot und Käse, kroch zu mir unter die Bettdecke und mampfte. Sobald sie fertig gegessen hatte, rollte sie sich auf die Seite und schlief ein.

Ich war noch wach, als Antony sich zu uns gesellte, stellte mich aber schlafend.

Sex und Dusche hatten ihn anscheinend ausgenüchtert. Vorsichtig legte er einen Arm über mich, und ich kuschelte mich mit dem Rücken an ihn. Eine Geste der Vergebung von beiden Seiten. Als gäbe es etwas zu verzeihen. Ich war mir immer noch nicht sicher, ob einer von uns im Unrecht war, oder wir beide.

Alissa schnarchte leise, anscheinend vollkommen zufrieden damit, allein auf der anderen Seite des Bettes zu liegen.

Bald träumte ich. Die übliche Mischung aus eigenartigen Bildern, Musik, dem nachhaltigen Gefühl der Inselranken auf meiner Haut, blitzartige Eindrücke von zukünftigen und vergangenen Liebhabern, verwunschene Geigen, leere Bühnen vor gesichtslosem Publikum, das nur aus Augen in einem dunklen Teich bestand, und immer Antonys Gesicht, mal liebevoll, dann wieder nicht. Ich zuckte im Schlaf.

»Schh …«, flüsterte Antony und streichelte mir sanft über den Arm.

Er zog mich an sich. Instinktiv drückte ich meinen Hintern an seine Lenden. Er erwiderte den Druck. Ich spürte, wie sein Schwanz hart wurde. Ich war noch nass, teilweise, weil ich mich nach unserem Fick nicht gewaschen hatte, teilweise infolge meiner immer wiederkehrenden nächtlichen Bilder, die unweigerlich ins Erotische abdrifteten und dabei tief sitzende und unkontrollierbare Signale an den inneren Kern meines Körpers sendeten.

Er griff nach seinem Penis und glitt in mich hinein.

Wir vögelten leise, bewegten uns kaum, um Alissa nicht zu wecken. Er hielt mich fest in den Armen. Zog meine Haare zurück und küsste mein Ohr, als er kam.

»Schlaf, Summer …«, flüsterte er. Ich spürte, wie sich sein Körper direkt nach dem Orgasmus entspannte, aber er rückte nicht von mir ab. Erneut sank ich in seinen Armen in den Schlaf.

Der Morgen kam noch früher als sonst, da wir vergessen hatten, die Vorhänge zu schließen, und ich wurde von der Sonne geweckt. Ich warf einen Blick auf Antonys Wecker. Kurz vor sieben, noch dazu an einem Wochenende.

Alissa musste zu einer Probe und war gegangen. Antony schlief friedlich neben mir.

Machte ich mir etwas vor, wenn ich glaubte, dass trotz der wütenden Worte und Gesten, obwohl er mal herablassend, mal liebevoll war, immer noch etwas zwischen uns lief? Dass er, auch wenn er so betrunken war wie am Abend zuvor, immer noch Zärtlichkeit empfand? Viele wären an meiner Stelle sofort gegangen und hätten diese Liebesbeziehung zwischen uns abgebrochen, noch bevor sie beginnen konnte, aber ich durfte mir wohl kaum anmaßen, selbstgerecht zu sein. Ich hatte genügend eigene Fehler.

Ich fühlte mich wie auf dem offenen Meer. Verloren, ohne einen erkennbaren Stern, an dem ich mich orientieren könnte. Unsicher, was ich als Nächstes tun sollte.

Ich musste pinkeln und schlüpfte so leise wie möglich aus dem Bett. Antony regte sich und brummte im Schlaf. Als ich zurückkam, waren seine Augen weit geöffnet. Er lag auf dem Rücken und sah mir zu, wie ich auf Zehenspitzen an sein Bett schlich.

»Soll ich lieber nach Hause gehen?«, fragte ich. »Bis sich alles gelegt hat?«

»Nein«, sagte er. »Bleib hier.«

Ich blieb.

»Was ist mit …?«

»Alissa?«

»Ja.«

»Sie ist nicht wichtig«, erwiderte Antony. »Bloß eine ehrgeizige Schauspielerin, die wirklich alles tun würde, um eine Rolle zu ergattern. Wie heißt es bei euch Musikern? Ein Divertimento …«

»Und was ist mit mir?«

»Du bist im Gegensatz dazu eine komplette Partitur, Summer.«

Eine vollständige Symphonie wäre mir lieber gewesen. Das wäre eloquenter gewesen. Aber in der Not frisst der Teufel Fliegen, oder?

Alissas Anspielungen zufolge waren Antonys Trinkerei und seine negative Reaktion auf Rückschläge wohl kein neues Phänomen. Doch anscheinend hatte er die Sache unter Kontrolle, und in den folgenden Wochen traten weder seine Wut noch seine Niedergeschlagenheit zutage.

Keiner von uns beiden sprach das Thema auch nur andeutungsweise an, und wir fuhren mit unserer Arbeit an dem Projekt fort. Auch Alissa ließ sich nicht wieder blicken, um einen weiteren Dreier vorzuschlagen. Antony erwähnte beiläufig, sie sei auf einer Tournee durch Großbritannien mit einer kleinen Truppe, die abwechselnd Stücke von Shakespeare oder Tschechow aufführte. Er wusste nicht, welche Rollen sie spielte.

Ich achtete jedoch darauf, mich in seiner Gegenwart möglichst bedeckt zu halten, und machte es mir zur Gewohnheit, an den meisten Abenden nach Clapham zurückzukehren und dort zu übernachten, statt bei ihm in seinem Penthouse auf der Isle of Dogs zu bleiben. Wir schliefen noch immer miteinander, aber ich konnte leicht vorschieben, mich zu Hause um Partituren kümmern, Wäsche wechseln zu müssen oder in Ruhe nachdenken zu wollen. Er erhob nie irgendwelche Einwände.

Das Stück begann Formen anzunehmen, und ich kam inzwischen gut mit dem halben Dutzend musikalischer Bezugspunkte klar, den Absprungbrettern für den freien Flug meiner Improvisationen, und Antony schien zufrieden damit, dass sie die Stimmung des Stückes einfingen, das ihm vorschwebte, und als wesentlicher Bestandteil dienten, nicht nur als Anhang.

Bisher hatte er die Kosten für das Projekt aus eigener Tasche finanziert, da er sein Konzept lieber genau abstimmte, bevor er damit auf die Suche nach Sponsoren ging.

Ein guter Freund von ihm, ein schlaksiger Ire namens Mark Bruen, der die Kulissen für einige frühere Produktionen Antonys entworfen hatte, sowie für einen seiner amerikanischen Filme, kam zu Besuch und nahm ein paarmal an unseren Arbeitssitzungen teil. Eine Woche später kehrte er mit einer bizarren Konstruktion zurück, bestehend aus winzigen Schiebeteilen aus Holz, Pappe, Papier und Klebstoff, einer Miniaturausgabe der Kulisse des Stückes, die sich um sich selbst drehte und aus jeder Perspektive Neues offenbarte, ein Puppenhaus von ausgemachter Schönheit und Präzision, zum Teil handbemalt, voller Lilliput-Möbel und Streichholzpüppchen, denen wir bereits Namen gaben. Antony und ich kamen uns vor wie Kinder in einem Spielwarenladen. Auf einmal wurde das Projekt so real!

Auf Mark folgte Wally, ein ruppiger Nordengländer, groß im Schweigen und Nicken, der bereitwillig mit einstieg, um die Beleuchtung zu planen, die der Bühne Leben einhauchen sollte. Während Antony mit einem gelegentlichen Stichwort von mir sorgsam das Konzept und die Atmosphäre erläuterte, die wir aufzubauen hofften, hörte Mark mit einer sichtbaren Maske der Gleichgültigkeit zu, anscheinend an dem gesamten Prozess unbeteiligt, ohne sich Notizen zu machen.

Als ich Antony darauf ansprach und infrage stellte, ob es klug gewesen sei, sich für Mark zu entscheiden, tat er meine Befürchtungen mit einem Lächeln ab.

»Das sieht nur so aus«, sagte er. »Er ist der schweigsame Typ, aber in ihm arbeitet es bereits. Keine Bange, er liefert immer. Du wirst schon sehen, wenn es so weit ist.«

Ich musste mich seiner Erfahrung fügen. Die Beleuchtung für meine Konzerte und Aufführungen war zwangsläufig immer Nebensache gewesen und nicht gerade ein Gebiet, auf dem ich irgendeine Erfahrung hatte.

Die Texte waren inzwischen alle geschrieben, bis auf ein paar Änderungen in letzter Minute, und die Musik war halbwegs vorhanden, teils auf Papier, wichtiger aber noch in meinem Kopf. Ich wusste, ich konnte alles hervorholen und würde nicht mitten in den minuziös geplanten Improvisationen peinlicherweise auf der Suche nach Eingebung stecken bleiben. Prokofjew, Vivaldi, Chatschaturjan, Sibelius, Rimski-Korsakow, Smetana und von Counting Crows, Luna und Noir Désir übernommene Melodien waren meine Hinweisschilder für den Verlauf der Reise.

Jetzt brauchten wir noch Schauspieler.

Und ein Budget, um das Projekt zu finanzieren. Dazu hatte Antony einen erfahrenen Buchhalter gebeten, die Einzelheiten des Stückes durchzusehen, um eine Kalkulation aufzustellen. Als er dabei die Bemerkung fallen ließ, das Ganze erscheine ihm doch beängstigend kostspielig, platzte ich damit heraus, dass ich für meinen Auftritt bei allen Vorstellungen kein Honorar fordern würde. Er verzog keine Miene, warf Antony nur einen wissenden Blick zu in der Erkenntnis, dass die Beziehung zwischen Antony und mir mehr als nur beruflich geworden war. Wäre meine Agentin dabei gewesen, hätte sie mich ermahnt, es mir noch einmal zu überlegen, und mir dafür hundert gute Gründe genannt.

Das Vorsprechen begann.

Die ersten Rollen waren rasch vergeben. Ein Casting Director, der ebenfalls schon häufiger für Antony tätig gewesen war, hatte die Auswahl eingeschränkt. Manche Schauspieler entsprachen den vorgesehenen Rollen auf beinahe unheimliche Weise, und sobald sie ihren Text vortrugen, erwachte die Figur sofort zum Leben. Wir saßen auf der anderen Seite des Tisches und sahen ihnen zu, wie sie gleichsam einen unsichtbaren Schalter betätigten und sich in die Dimension der Wörter begaben. Andere Bewerber schienen anfangs ziemlich ungeeignet für die Rolle, jedenfalls von ihrer körperlichen Erscheinung her, aber sobald sie den Mund aufmachten, stimmten sie haargenau mit der Figur überein, und wir mussten jede Voreingenommenheit begraben. Bei anderen wiederum funktionierte es ganz und gar nicht, und wir wussten es gleich zu Beginn: Das Gesicht, die Haltung, die Stimme passten nicht, obwohl die Schauspieler ganz offensichtlich begabt waren.

Eine entscheidende Rolle jedoch erwies sich als zunehmend schwer zu besetzen.

Die der Edwina Christiansen.

Die junge Frau, die am Ende ihren Namen der Bailly-Violine geben würde, die verlorene Seele, deren Leben von der Existenz des Instruments am meisten in Mitleidenschaft gezogen wurde. Die sich tatsächlich ihre Seele von der Violine stehlen ließ.

Niemand passte.

Sie musste weder naiv noch weltgewandt sein, weder alt noch jung, weder eine schwache Seele noch eine Überlebenskünstlerin. Sie musste alles sein und noch viel mehr.

Die Schauspielerinnen zogen an uns vorüber. Manche waren bekannt, selbst mir, Preisträgerinnen auf der Bühne oder im Fernsehen, während andere erst am Beginn ihrer Karriere standen. Sie kamen herein und lasen uns vor, mit dezenter oder kühner Stimme, verführerisch oder nüchtern, sexuell reizvoll oder unterkühlt; manche wollten sogar zeigen, dass sie Geige spielen konnten. Aus Rücksicht auf mich wies Antony sie dann darauf hin, dass es zu diesem Zeitpunkt noch nicht notwendig sei, ihre Fähigkeiten am Instrument unter Beweis zu stellen, denn er wusste, dass sie dem Vergleich nicht standhalten würden, und ersparte mir die Peinlichkeit, darüber urteilen zu müssen.

Das war das letzte Puzzlestück, und dennoch wollte es nicht passen.

Obwohl er es nie in meinem Beisein machte, wusste ich, dass Antony wieder angefangen hatte zu trinken. Ich kannte ihn allmählich gut genug. Er wurde ungeduldiger, reagierte gereizt auf meine Vorschläge und manchmal auf meine Unkenntnis der Theaterwelt. Ich bemühte mich, darüber hinwegzusehen.

Hinter seinem Rücken rief ich Lauralynn an und fragte sie, ob ihr eine Schauspielerin mit etwas musikalischem Talent einfalle. Meine Vorstellung war, dass wir es vielleicht mit einer echten Musikerin schaffen könnten, die eine oberflächliche Schauspielerfahrung vorzuweisen hatte, statt umgekehrt. Lauralynn wusste niemanden.

Die Zeit lief uns davon.

Alissa kehrte von ihrer Tournee zurück. Antony musste ihr gegenüber erwähnt haben, welche Schwierigkeiten wir hatten, die Rolle der Christiansen zu besetzen.

Sie bot sich selbst an und bat ihn, für den nächsten Tag ein reguläres Vorsprechen anzusetzen.

Als ich davon erfuhr, kochte ich innerlich.

Sie konnte die Rolle auf gar keinen Fall spielen. Absolut unmöglich. Sie war total verkehrt.

Falsche Kurven, falsches Gesicht, falsches Temperament (und ich kannte ihr Temperament schließlich von unserem Dreier …).

Ich bat Antony, das Vorsprechen abzusagen.

Alissa habe in einigen seiner früheren Produktionen kleinere

Rollen gespielt, eröffnete er mir, und sei überraschend vielseitig. Vielleicht sollten wir ihr eine Chance geben? Die Tatsache, dass sie ein paarmal mit ihm gevögelt hatte, mit uns, würde seine Entscheidung nicht beeinflussen, versprach er mir. Es könnte doch nicht schaden, sie anzuhören, zu sehen, wie sie die Rolle auslegte, oder? Womöglich würde sie uns sogar überraschen.

Widerwillig gab ich nach.

8

DER RAUM ZWISCHEN DEN TÖNEN

Ich wurde früh wach, und über Antonys Wohnung im obersten Stock lag ungewöhnliche Stille. Nicht das leiseste Geräusch drang von draußen durch die Erkerfenster, weder Verkehrslärm noch das unheimliche Gluckern des Flusses, das die Isle of Dogs in eine friedvolle Decke hüllte, oder auch nur schwaches Vogelgezwitscher.

Ich hatte beschlossen, über Nacht zu bleiben.

Antonys Arm lag an meinem Rücken, nur seine Finger waren leicht auf meiner Haut zu spüren. Die Wärme, die unsere Körper ausstrahlten, war tröstlich und ungewollt aufreizend zugleich. Einerseits wollte ich die Leichtigkeit seiner Berührung spüren und darin schwelgen, den zarten Hauch seiner flüchtigen Sinnlichkeit genießen, während sich andererseits etwas in mir danach sehnte, dass seine Berührung schwerer wurde, lustvoll.

Ich lag immer noch neben ihm und überlegte, ob ich ihn für Sex wecken sollte; ob ich mich näher an Antony kuscheln und ihn in diesen halb schlafenden, halb wachen Zustand versetzen sollte, in dem er wahrscheinlich einen Morgenständer bekommen würde und wir vor dem Frühstück in Löffelchenstellung vögeln könnten.

Aber er sah so friedlich aus, dass ich es nicht über mich brachte.

Ich rutschte ein Stück zur Seite und drehte mich zu ihm um. Meine Hand fand die Kurve, an der seine Taille auf die Hüfte traf, kurz oberhalb seiner Pobacken. Er bewegte sich ein wenig unter meiner Berührung, wachte aber nicht auf. Sein Mund, halb ins

Kissen gedrückt, stand leicht offen, sein Gesicht war entspannt. Inzwischen hatte er sich seit fast zwei Monaten nicht rasiert, und die gepflegten Stoppeln, die er vorher getragen hatte, waren zu einem dichten Bart geworden. Er stand ihm. Mit dem dunklen Rand um seinen Mund wirkten seine Lippen noch röter als sonst. Sein Barthaar war unerwartet samtig, und mir gefiel das teils weiche, teils stachelige Gefühl unter den Fingern, wenn ich sein Kinn zwischen die Hände nahm und ihn küsste.

Wir hatten es gerade eben geschafft, eine Art Gleichgewicht zwischen uns wiederherzustellen; ein stillschweigendes Zusammenspiel von ausgesprochenem Verlangen und erwiderten oder unbefriedigten Bedürfnissen. Unsere persönlichen Dämonen waren in vieler Hinsicht beunruhigend ähnlich, obwohl sie auf verschiedene Weise zum Ausdruck gebracht wurden. Meistens bezwang Arbeit Antonys Bestie, was immer es sein mochte. Bei mir war es Sex. Also arbeiteten wir zusammen – und vögelten.

Allerdings war es nie genug. Weder für ihn noch für mich. Es gab Zeiten, in denen er tage- und nächtelang wach blieb, umgeben von einem Meer loser Blätter und hingeworfener Notizen, von denen ich wusste, dass er sie nicht mehr entziffern könnte, wenn er wieder zu seinem normalen Selbst zurückfand, ausgemergelt und erschöpft, die Ränder unter seinen Augen wie verschmierte Kohle. Dann wusste ich, dass es besser war, ihn in Ruhe zu lassen und zu hoffen, dass er mitten in seiner Realitätsflucht irgendwo Ruhe und geregelte Mahlzeiten bekommen oder wenigstens den Barschrank nicht anrühren würde.

Und es gab Morgenstunden wie diese, in denen ich mit einem verzweifelten Verlangen in mir aufwachte, das teils Ärger, teils Schmerz war, wie eine juckende Stelle, an der man nicht kratzen, eine Klette, die man nicht entfernen konnte. Augenblicke, in denen ich nur umgedreht und gefickt werden wollte. Gefüllt. Je wuchtiger, desto besser.

Für Antony und mich galt gleichermaßen, dass der Dämon, der uns antrieb und viel Gutes in unser Leben brachte – die Sinnlichkeit, die, wenn auch unfreiwillig, durch meine Musik, seine Dramaturgie und Regie zum Ausdruck kam –, uns auch Schaden zufügte. Und ich wusste, dass wir eine ähnliche Risikobereitschaft hatten, beide von Natur aus auf der Suche nach dem Adrenalinstoß waren. Dieser Wunsch, alles bis aufs Äußerste zu treiben und gefährlich nah am Abgrund zu leben.

Nichts flößte mir mehr Angst ein als das Gefühl, mich wohlzufühlen.

Aber in den vergangenen Monaten hatte ich begriffen, dass nichts die Leere, die ich zuweilen in mir spürte, vollständig ausfüllen könnte. Ich konnte mich zerstreuen, sie eine Weile hinter mir lassen, doch sie würde nie weggehen. Im Lauf der Zeit akzeptierte ich sie wie meinen Schatten.

Inzwischen hatte ich jedoch Wege gefunden, damit klarzukommen, ohne darauf zurückgreifen zu müssen, nachts halb nackt durch die Straßen zu streifen, in der Hoffnung auf einen Aufreißer wie den Mann aus der Sauna in Kentish Town. Die Visitenkarte, die er mir gegeben hatte, war längst zerknüllt und in den Abfall geworfen worden. Wenigstens nahm ich das an. Sie war mir nicht mehr in die Finger gekommen, seitdem ich aus dem Haus in Hampstead ausgezogen war, in dem sie so viele Wochen lang auf dem Beistelltisch gelegen und jedes Mal, wenn mein Blick darauf fiel, erschütternde Erinnerungen wachgerufen hatte, die ich wohl lieber vergessen sollte. Vielleicht hatte Lauralynn sie fortgeworfen und mir unwissentlich den Gefallen getan, die Versuchung zu verbannen.

Stattdessen hatte ich mir angewöhnt, in Gedanken zu der Zeit auf der Insel zurückzukehren. Das machte ich jetzt. Ohne Geräusch oder einen Menschen, der sich in der Wohnung regte, um mich wieder in die Realität zurückzubringen, und mit Antonys

Atem, der mir wie eine sanfte Brise über den Nacken strich, war es wunderbar leicht, meine Gedanken wandern zu lassen.

Ich schloss die Augen und stellte mir vor, dass ich wieder im Netz der langen, glatten Ranken gefangen war, die sich wie kühle Gliedmaßen anfühlten. Pfefferminzgeruch stieg mir in die Nase und spielte auf meiner Zunge. War es ein Duft? Oder nur die Vorstellung einer Reinigung, einer Läuterung? Ich war mir nicht sicher. Doch das spielte in meinem Tagtraum keine Rolle.

Sanfte Musik drang durch die Bäume. Ich versuchte ihr zu folgen, konnte mich aber nicht bewegen, da ich von den Windungen der Pflanze festgehalten wurde. Unfähig, der Quelle des Klanges zu folgen, holte ich die Töne zu mir und konzentrierte jede Faser meines Körpers auf die Symphonie dieser Insel, spürte jedem Ton im Chor genau nach. Als wollte man einen Gobelin aufzupfen, Stich für Stich.

Ich spürte weder das Bettlaken unter mir noch die leichte Daunendecke, die ich mir bis zur Taille gezogen hatte. Ich war so fest gehüllt in meinen Wachtraum, den ich erschaffen hatte, dass ich ebenso gut dort im Dschungel hätte sein können, eine Gefangene meiner Phantasie. Ich fuhr mir über den Bauch bis hinauf zu meinen Brüsten. Meine Haut prickelte. Unwillkürlich fingen meine Glieder an zu zucken, meine Hüften bewegten sich.

Dann spürte ich eine Hand auf meiner, die noch auf meiner Brust lag. Sie drückte leicht zu. Antony küsste mich sanft. Ich schlug die Augen auf. Er war immer noch sichtlich im Halbschlaf und hatte meinen Mund mit seinem Kuss beinahe verfehlt, der halb auf meiner Wange und an meinem Kiefer landete.

»Summer …«, flüsterte er. Seine Augen waren geschlossen. Er nahm mich an den Handgelenken, um mich an sich zu ziehen.

Ich rollte auf ihn. Sein Schwanz war nur halb erigiert, wuchs aber. Ich verlagerte mein Gewicht, damit mein Becken genau über seinen Lenden lag, und rieb mich an ihm, um seinen Ständer zu ermutigen, noch härter zu werden. Antony schmiegte das Gesicht an meinen Hals.

»Du hast im Schlaf gezuckt«, murmelte er.

»Ich hatte einen eigenartigen Traum«, erwiderte ich.

»Du hast die Hüften auf und ab bewegt«, fuhr er fort. »Sexträume, schätze ich mal. Du hättest mich früher wecken sollen. Ich wäre gern zu Diensten gewesen.«

Er klang belustigt.

»Ich habe dich nicht geweckt«, protestierte ich. Gerade darauf hatte ich ja geachtet.

Er lachte leise. Ich brachte ihn mit einem Kuss zum Schweigen.

Sein Schwanz wurde härter, ich packte ihn am Schaft und führte ihn in mich ein.

Ich stöhnte auf, schloss die Augen und glitt an seinem Penis hinab. Ich war schon nass.

So war es angeblich mit Heroin. Das erste High sollte das beste sein. Keine andere Empfindung auf Erden fühlte sich so gut an wie der Moment, in dem Antonys Schwanz in mich eindrang.

Ich schob mich fest nach unten, damit ich ihn tiefer in mir spürte.

Er legte die Hände auf meine Hüften und schaukelte mich vor und zurück.

Antony und ich vögelten selten so, dass ich ihn ritt. Für gewöhnlich war er auf mir, oder wir lagen Seite an Seite oder in Hundestellung. Ich schaute auf ihn hinunter und fand Gefallen an diesem neuen Blickwinkel. Er hatte die Augen geschlossen, und der Ausdruck auf seinem Gesicht grenzte an Schmerz. Er stöhnte, versuchte sich zurückzuhalten und nicht in mir zu kommen. Die Muskeln in seinen Schultern und Armen waren angespannt und betonten die Vertiefungen und Kurven seines Oberkörpers. Die Mulde über seinem Schlüsselbein. Die Sehnen, die wie feste Seile unter seiner Haut verliefen. Die Verwundbarkeit seiner bloßen Kehle.

Ich schloss die Hand um seine untere Halspartie und drückte zu. Er riss die Augen auf und lächelte. Ich drückte noch fester zu, und er legte eine Hand über meine und presste sie herunter, um mich zu ermutigen, noch härter zuzupacken.

Das Stöhnen, das ihm nun über die Lippen kam, war ein Laut, den ich gut kannte. Unterwerfung. Befreiung. Er konnte nicht länger an sich halten, und ich trieb meine Hüften in einem letzten tiefen Stoß auf ihn hinab, verstärkte meinen Griff um seine Kehle, und er kam. Dann entspannte sich sein ganzer Körper, wie ein Aufziehspielzeug, das plötzlich stehen bleibt.

In dem Augenblick überkam mich eine überwältigende Zuneigung für Antony. Jetzt, da sein Körper vollkommen schlaff unter mir lag, wirkte er so weich, mit einem beinahe kindlichen Ausdruck. Ich beugte mich hinab, bedeckte seinen Oberkörper mit meinem und schmiegte mein Gesicht zwischen seine Wange und seine Schulter.

So nickten wir wieder ein, in einer unbeholfenen Umarmung aneinandergepresst, Laut und Rhythmus unseres Atems kamen und gingen synchron, der Morgenchor von Paaren.

Auf meine ausdrückliche Bitte fand Alissas Vorsprechen nicht in dem Raum statt, den ich inzwischen als unseren Arbeitsbereich betrachtete. Sein Schlafzimmer nebenan war ein selbstverständliches Ziel geworden, wenn uns gerade danach war oder wir Druck ablassen mussten. Ich gab zu bedenken, wir müssten bei der Einschätzung, ob Alissa für die Rolle geeignet sei, distanziert und fair sein, und einige unserer gemeinsamen Aktivitäten an anderer Stelle im Penthouse könnten unser Urteil unweigerlich beeinträchtigen, wenn wir in der Wohnung blieben. Wir vereinbarten, uns in Soho zu treffen, im Keller eines Musikclubs, den

Antony in der Vergangenheit manchmal benutzt hatte. Wir trafen eine halbe Stunde früher ein, und nachdem wir wie vereinbart den Schlüssel im Café nebenan abgeholt hatten, gingen wir im Licht einer nackten Glühbirne die Holzstufen hinunter. Die Gerüche des Gigs vom Abend zuvor hingen noch in der Luft: abgestandenes Bier, vermischt mit der feuchten Hitze dicht gedrängter Körper, und die Geister zurückgelassener Töne und Melodien, die an der niedrigen Decke wie Kondenswasser hingen.

Wir verschoben ein paar Tische und Stühle und machten in der Mitte einen Raum frei, damit Antony und ich an einer Seite des Tisches sitzen konnten, auf den er ein kleines Aufnahmegerät und eine Digitalkamera gestellt hatte. Alissa sollte uns gegenübersitzen, während sie ihren Text las. Wir brauchten eine Weile, um die Beleuchtung des Raums auszutüfteln, und richteten einen diskreten Scheinwerfer auf den ihr zugewiesenen Platz. Eine Bühne gab es nicht.

»Ich bin so aufgeregt«, sagte sie atemlos, als sie die schmale Treppe zum Club herunterkam, eine große, bis zum Rand gefüllte Leinentasche über der Schulter. Mein Magen verkrampfte sich, als ich den deutlichen Umriss eines Geigenkastens erblickte, der aus ihrem Beutel ragte. Das war doch nicht ihr Ernst, oder? Sie hatte nie erwähnt, dass sie Geige spielen konnte.

Sie trug einen makellosen, cremefarbenen Wildledermantel, der ihr bis an die Knöchel reichte. Als sie ihn abstreifte, kam der kürzeste schwarze Lederrock zum Vorschein, den ich seit Ewigkeiten gesehen hatte, und es war schon ein Wunder, dass der elastische Stoff überhaupt ihren Schritt verbarg, oder den Halbmond ihrer Pobacken, als sie sich umdrehte, um den Mantel aufzuhängen. Die weiße Baumwollbluse, die sie nicht nur zufällig angezogen hatte, war tailliert und klebte mit durchsichtiger Provokation an ihren Kurven. Dass sie keinen BH trug, war offensichtlich. Ein dünner roter Gürtel lag um ihre Taille, fest wie ein Korsett, und betonte den scharfen Kontrast zwischen ihrer opulenten Oberweite, den fleischigen Oberschenkeln und ihrer zarten Wespentaille.

Sie strahlte uns an.

»Ich bin ja so froh, dass ihr mir eine Chance gebt«, sagte sie. »Ich habe für die Rolle recherchiert«, fügte sie hinzu. »Hab sogar noch ein Buch von dem Typen gefunden, der das hier geschrieben hat ...«

Mir blieb das Herz stehen.

Dass Dominiks erster Roman augenscheinlich auf meiner Person beruhte, war leicht zu durchschauen, und nur er und ich hatten gewusst, was in der Erzählung und bestimmten Szenen wahr oder erfunden war.

»Da gibt es diese tolle Szene, in der die Geigerin nackt spielt«, fuhr sie fort. »Wow, das fand ich ziemlich inspirierend!«

Ich erstarrte. Antony hatte sich ausschließlich auf den Geigen-Roman konzentriert, und ich wusste nicht, ob er je auf Dominiks Erstlingswerk gestoßen war und meine unfreiwillige, aber intime Verstrickung darin erkannt hatte. Obwohl er natürlich wusste, dass ich Dominik nahegestanden hatte. Ich schaute zu ihm hinüber. Seine Miene gab nichts preis.

Alissa plapperte munter weiter. »Dabei musste ich an die Beziehung zwischen der Violine und der Frau denken, die sie spielte, wie sinnlich sie sein kann«, sagte sie. »Und ...«

»Kannst du das Instrument wirklich spielen?«, unterbrach ich sie mit beinahe unverhohlener Aggression. Ich wäre jede Wette eingegangen, dass sie ihr Vorsprechen zu Hause einstudiert hatte, nackt vor einem Spiegel, die Geige in der Hand, ihre harten, schweren Titten auf und ab wippend. Absurd.

»Nein, aber ich habe die hier mitgebracht. Nur eine Requisite, ich weiß. Doch sie wird mich erden.«

Ich warf einen Blick darauf, als sie den Kasten öffnete und die

Geige herausholte. Ein billiges Instrument aus japanischer Massenproduktion, zum Lernen für Anfänger gedacht.

»Genug von diesem Method Acting«, beschwerte sich Antony. »Kommen wir zur Sache. Alissa, du kennst den Monolog im zweiten Akt. Den möchte ich hören. Dann gehen wir über zur Szene zwischen Edwina und James im dritten Akt; ich lese seine Zeilen, okay?«

Es war nur ein Vorsprechen, und ich war musikalisch nicht mit einbezogen. Bloß Zuschauerin.

Ich dachte, Alissa würde sich setzen und ihre Zeilen durchgehen, aber sie entschied sich, stehen zu bleiben, wobei sie ihre Körpersprache klug einsetzte, um Wörter und Empfindungen auf eine Weise zu bereichern, die ich irgendwie manipulierend fand. Antonys Miene blieb versteinert, während er sie beobachtete.

Sie war gut, das musste ich zugeben.

Ihre Darstellung zeigte, dass sie die Schauspielerei meisterhaft beherrschte. Alissa sprach mit leicht deutschem Akzent, um die Herkunft der Figur deutlich zu machen, ohne sie jedoch zur Karikatur verkommen zu lassen, und ging mit Leichtigkeit durch eine Bandbreite von Emotionen. Nie zu leise oder zu laut, beherrschte sie den Fluss der Worte mit stiller Autorität. Ihre Körperhaltung wechselte zwischen Eleganz und gewollter Lässigkeit, während die Violine ihren unheilvollen Einfluss auf Edwina Christiansens Verstand auszuüben beginnt. Ich hatte vermutet, Alissa würde ihre Sexualität einsetzen, sich vor uns entblößen oder sonst etwas Empörendes tun, ihre beträchtlichen Vorzüge zur Schau stellen, um uns zu imponieren. Doch sie schaffte es schnell, uns von ihrer tatsächlichen Erscheinung abzulenken, und begann allmählich, in den unterdrückten, aber gärenden Gedanken der Figur zu leben, hinter den Worten zu verschwinden. Ihre einzige Manieriertheit bestand darin, sich hin und wieder einen der Seidenschals, die sie aus ihrem Beutel gezogen hatte, um den Kopf oder den Hals zu legen, um auf eine Verlagerung des Schwerpunkts im Text oder in ihrer Darstellung hinzuweisen.

Sie war die geborene Schauspielerin, musste ich mir eingestehen. Wie ich, wenn auch aus einer anderen Perspektive.

Ohne Überleitung oder Atempause ging sie auf Konfrontationskurs für die Szene mit James, wobei Antony seine eigenen Zeilen ziemlich leidenschaftslos las und lediglich den Gegenpart gab.

Ich kam nicht umhin, ihr Können zu bewundern, auch wenn ich gehofft hatte, sie würde scheitern.

»Das lief doch gut«, meinte sie, während sie ihre bunten Schals, die mit reichlichen Kommentaren versehenen Textseiten und den Geigenkasten wieder in den großen Leinenbeutel steckte. Das billige Instrument hatte die ganze Zeit auf dem Tisch gelegen, nur ein sichtbares Requisit für sie, auf das sie sich konzentrieren konnte, mehr nicht.

Antony blieb abweisend, distanziert.

Alissa schien es nichts auszumachen, dass er nicht sofort reagierte. Sie hielt ihren Mantel in der einen, den Beutel in der anderen Hand, drehte sich um und wollte zur Treppe gehen.

»Hat mir Spaß gemacht«, sagte sie. Dabei sah sie mir direkt in die Augen, als wäre ihr die Realität hinter Dominiks erstem Roman bekannt, und hob frecherweise den engen Rock über den halbmondförmigen Arsch, um kundzutun, dass sie während des Vorsprechens wieder keinen Slip getragen hatte. Ich hatte mir schon so was gedacht, aber jetzt hatte ich den Beweis. Ihre perfekten Titten schwangen sanft über ihren Hüften, als sie kichernd die Treppe hinaufstieg. Ihr ganzer Auftritt war ein ein einziges Klischee. Ich lächelte.

Als die Tür zur Denmark Street hinter ihr zufiel, bemerkte Antony: »Ich finde, sie ist ganz okay.«

Ich hatte sie sogar ziemlich gut gefunden. Sosehr es mich auch schmerzte, das zuzugeben, die Art, wie sie sich bewegte und anzog, verlockend und aufreizend, ohne sich um Anstand oder Konventionen zu scheren, hatte mich erregt. Und ich musste ihr neidvoll Respekt für ihre Einstellung und ihr Talent zollen.

Vom Fachlichen her war sie die Richtige für die Rolle. Sie hatte nichts falsch gemacht.

Aber trotzdem fehlte mir etwas. Und ich konnte es nicht genau benennen.

Die Wahrheit.

Doch die war nicht zu vermitteln. Und vielleicht auch unmöglich auf der Bühne darzustellen. Wahrscheinlich war ich die Einzige auf der Welt, der das fehlende Element auffallen würde, da ich die Einzige war, der die Realität hinter Dominiks Geschichte bewusst war.

Ich war jetzt ziemlich eifersüchtig auf Alissa, zugleich aber auch sehr erregt. Hätten es nicht Anstand oder die allgemein akzeptierten Rahmenbedingungen eines Vorsprechens geboten, wäre sie bestimmt nackt aufgetreten. Sie wusste, dass ich diejenige war, die damals nackt im Musikpavillon Geige gespielt hatte – das hätte sie mir damit zeigen können. Und dass ihr Körper in so vieler Hinsicht spektakulärer war als meiner.

Antony unterbrach meine Gedanken.

»Ich werde sie bitten, nächste Woche mit einigen anderen Schauspielern, die ich im Sinn habe, zu proben, und wenn alles gut läuft, ist sie dabei«, sagte er.

Ich nickte. Was blieb mir anderes übrig? Schließlich war es sein Projekt, und ich war nur notgedrungen als musikalische Leiterin dabei.

Ein anderer Keller, wenn auch viel größer und besser beleuchtet, der manchmal für Vorstellungen genutzt wurde, unter einem weitläufigen Pub in Maida Vale. Wieso fühlte sich das Theater (oder Antony?) so zu Kellern hingezogen?

Wir hatten jetzt seit einer Woche dort unser Lager aufgeschlagen und probten.

Das Casting war endlich beendet. Nach der Wahl von Alissa für eine der Hauptrollen hatte Antony den Rest der Truppe engagiert. Mit einigen Schauspielern hatte er schon vorher gearbeitet, während andere ihm neu waren, aber nach ein paar Tagen an dem langen, rechteckigen Holztisch, der dort unten aufgestellt worden war, passten sie alle nahtlos zusammen wie ein gut eingespieltes Ensemble, Teile eines Puzzles, die zusammenfanden und mit Wohlwollen und Eingebung aufeinander eingingen. Ich kam mir irgendwie überflüssig vor, denn in diesem Stadium nahmen wir lediglich systematisch immer wieder den Text durch, erarbeiteten den Ton, den Rhythmus, die Worte, wobei Antony zum ersten Mal den gesamten Text vorgetragen hörte und dabei kleinere Änderungen vornahm, die sich durch die Dynamik zwischen den Schauspielern und das Stocken im Ablauf ergaben. Für mich war dieser Prozess zeitaufwendig und eher langweilig, obwohl ich durchaus sah, dass dem Stück mit jeder Lesung mehr Leben eingehaucht wurde. Ich wusste, dass ich keine gute Zuschauerin war. Meine Musik sei in diesem frühen Stadium noch nicht erforderlich, hatte Antony gesagt. Erst wenn der Text geglättet und fertig sei, sei ich gefordert, eine endgültige Dimension hinzuzufügen.

Eine Hand auf meiner Schulter. Sanft. Beflissen. Ich öffnete die Augen.

»Bist du eingeschlafen?«, fragte Mark, unser Bühnenbildner.

»Nein, ich habe nur zugehört.«

Ich hielt die Augen geschlossen, um das Werk in seiner Gesamtheit in mich aufzunehmen, mir den Ablauf des Stücks vor Augen zu führen und bereits die Musik heraufzubeschwören, mit der ich ihn überlagern würde, Schicht um Schicht. Ich hörte bereits das geisterhafte Echo gegensätzlicher Melodien, die das Ganze zum Leben erwecken würden, wie ein Streichholz, das im Dunkeln entfacht wurde.

»In diesem Stadium wiederholt sich alles ein bisschen«, fügte er hinzu. »Ist aber nötig. Man muss die Fundamente legen, bevor man die Mauern errichtet … Das gilt auch für das Theater.«

»Ich weiß.«

Die Leseprobe ging weiter. Aber meine Konzentration war dahin.

Ich gab vor, etwas erledigen zu müssen, und ging früher. Antony wollte den letzten Akt erneut durchnehmen, da er ihm immer noch nicht gefiel.

Ich ging nicht in seine Wohnung, sondern zu mir nach Chapham und in mein eigenes Bett.

Ich schlief unruhig.

Meine Träume waren ein Wirrwarr aus verschlungenen Gliedmaßen, Körpern, Männern, Frauen, Waldranken, Betten aus ockerfarbenem Sand, Ansichten mit grüner Patina, die sich bis an einen fernen Himmel erstreckten. Mir war heiß, ich fühlte mich gehetzt. Ertrank in unbekannten Flüssen, begraben zwischen Städten aus halluzinatorischem Entsetzen.

Unsägliche Vorahnungen stiegen aus der Tiefe auf, wie ein Ruf zu den Waffen, zu tödlichem Sex. In Gedanken schrie ich, stöhnte wie ein Tier, ich kam, überbordende Empfindungen strömten durch meine gemarterten Gliedmaßen. Aber Träume sind nur Träume. Ich wurde wach und stellte fest, dass es kurz vor Mitternacht war.

Gedankenleer starrte ich an die Decke und beschwor undeutliche Schatten in tatsächliche Umrisse von Ländern oder Gesichtern, als mein Handy klingelte.

»Summer?« Antony.

»Hmmm …«

»Alles in Ordnung mit dir?«

»Ja, klar.«

»Du klingst nicht so.«

Ich log. »Du hast mich geweckt.«

»Tut mir leid. Es hat sich was ergeben. Kurz nachdem du gegangen warst, rief mich Samuel Morris an. Er hat seine Pläne geändert. Er ist übermorgen in London und hätte gern, dass wir noch mal eine Leseprobe machen …«

Morris war ein bekannter Theaterproduzent, mit dem Antony schon bei früheren Projekten zusammengearbeitet hatte. Wir hatten geplant, ihm das Projekt in zwei Wochen vorzustellen in der Hoffnung, dass er beträchtlich darin investieren würde.

»Aber wir sind noch nicht so weit, oder?«

»Er muss nächste Woche wieder nach Amerika, also ist es unsere einzige Chance«, erklärte Antony. »Vom Text her sind die Leute fast am Ziel, aber das heißt, du wirst vielleicht mehr improvisieren müssen, als du gehofft hast.« Ich hatte noch keine Gelegenheit gehabt, einen kompletten Durchlauf des Stückes zu begleiten, nur einzelne Abschnitte in Antonys Penthouse, nie mit den ausgewählten Schauspielern.

Ich holte tief Luft.

»Ich mache es«, sagte ich. »Das geht schon klar.«

»Bist du sicher?«

»Vertrau mir.«

Alle wirkten nervös. Sie saßen um den großen, rechteckigen Tisch, glätteten ihre Seiten oder spielten mit ihren Kaffeebechern. Mir hatte man den Stuhl am Kopfende des Tisches zugewiesen, auf dem bisher Antony den Vorsitz geführt hatte. Ich hatte mich zu diesem Anlass für die Bailly entschieden. Die Wahl erschien mir angemessen. Ich trug eins meiner kleinen Schwarzen. Antony war ganz in Schwarz und hatte sich nach wie vor nicht rasiert.

Samuel Morris traf ein. Er war ein rundlicher Mann mit künstlichem Teint, der eher einem Solarium als einer natürlichen Sonnenbestrahlung geschuldet war. Seine Augen lagen tief in den Höhlen, was ihm etwas Raubvogelartiges verlieh. Sein makellos geschnittener Anzug in Glencheckmuster war eindeutig maßgeschneidert. Im Schlepp hatte er zwei Begleiter, die beinahe wie Zwillinge aussahen. Schlanke jüngere Führungskräfte mit der nichtssagenden Persönlichkeit polierter Steine.

Er begrüßte Antony überschwänglich mit einer Umarmung und einem Kuss auf beide Wangen, bevor er seinen Stuhl am anderen Ende des Tisches einnahm. Seine Chorknaben stellten sich rechts und links von ihm auf, unbeteiligt.

Antony übernahm die Einführung. Er stellte die Schauspieler einzeln vor mit Hinweis auf ihre Vita, dann die Mitarbeiter des technischen Stabs, die sich uns angeschlossen hatten, und schließlich mich.

Morris verbeugte sich in meine Richtung.

»Aha, die berühmte Miss Zahova«, bemerkte er. »Ich habe viel von Ihnen gehört.« Er grinste. »Eine ziemliche Ehre, dass Sie bereit sind, sich auf solch intime Weise in die Vorstellung einbeziehen zu lassen …« Mir war nicht klar, ob er das ironisch meinte oder nicht.

Er hielt inne.

Wally, unser Genie in Sachen Elektrik und Beleuchtung, hatte ein Set-up improvisiert, das er von seinem Laptop im hinteren Bereich des Raums steuerte. Dabei richteten sich die Scheinwerfer jeweils auf die wichtigen Schauspieler, wobei ein einzelner Spot ständig auf mein Ende des Tisches gerichtet war, an dem ich spielen würde.

»Können wir?«, fragte Morris.

»Klar«, erwiderte Antony und nickte Wally zu.

Im Keller wurde es dunkel, nur ich blieb im Scheinwerferlicht. Ich erhob mich vom Stuhl und schob ihn vorsichtig mit dem Fuß beiseite.

Obwohl es ein Bühnenstück und keine Oper war, hatte Antony zugestimmt, dass wir in absoluter Dunkelheit mit einem kurzen Musikstück aus Mendelssohns *Die Hebriden* anfingen. Zur Einstimmung.

Ich führte die Geige ans Kinn und hob den Bogen.

Ich schloss die Augen. Blendete den Keller aus.

Spielte.

Obwohl ich die Musik beherrschte, war mir, als wäre ich zum Instrument geworden, ich verlor mich in seinem Herzen, kehrte dessen vermutlichen Fluch um und lebte jetzt darin, entlockte ihm Laute, deren kristallklare Töne perfekt wie Diamanten waren. Ich ließ mich forttragen, schwebte wie Ikarus einer unsichtbaren Sonne entgegen, versuchte mich von der Melodie und den tiefen, ergreifenden Echos der Melancholie einnehmen zu lassen, aufgestiegen aus nördlichen Wogen in ihrem Ansturm auf die Granitwände der legendären, vom Meer umtosten Höhle, die Mendelssohn in breiten musikalischen Pinselstrichen hatte malen wollen.

Meine Körpertemperatur sank.

Antony, Morris, Alissa und alle anderen Teilnehmer der Leseprobe wurden zu Geistern beim Festmahl, wahrgenommen durch einen alles im Vagen lassenden Nebel; unpersönliche Zuschauer, ferne Fasern aus Fleisch, die mit den Lauten und Farben der meinen Fingern entspringenden Wolken verschmolzen.

Ich war die Musik.

Andante.

Der Faden der Melodie wurde dünner, wandelte sich zu einem tief sitzenden Gefühl des Friedens, klang aus, löste sich auf in

Stille, während meine Improvisation zu ihrem logischen Schluss kam.

Ich atmete tief durch.

Noch immer hatte ich das Gefühl, meilenweit entfernt zu sein, getragen von einer Woge der Magie zu dem geheimen Ort, an dem Emotionen, Kunst und Realität ein und dasselbe waren.

Eine Stimme.

Einer der Schauspieler. Die einleitenden Worte des Stückes. Sein tiefer, warmer Tonfall gleicht einem griechischen Chor und führt die verzauberte Violine ein. Dann eine andere, die schmeichelnde Stimme des Instrumentenbauers aus alter Zeit, der das Holz poliert, die Teile in eine Form bringt, aus denen die Violine zusammengesetzt wird, die Härte ihres entstehenden Körpers streichelnd. Dann die Stimme eines jungen Mädchens, seiner Gehilfin, die ihm das Material reicht, sobald er es anfordert, seine Werkzeuge, wobei sie belanglose Kommentare über den Zustand der Welt und die Armseligkeit ihres Liebeslebens abgibt. Er beachtet sie nicht. Seine Hände bewegen sich immer wieder über das Holz, umarmen es wie den Körper einer Frau. Er ist Witwer, und im Geist sieht er Bilder der Frau, die er zehn Jahre zuvor verloren hat, die hinreißende Weichheit ihres Fleisches. Sein Lehrling reicht ihm einen Topf Leim, das Signal, die beiden Hälften der Violine zusammenzufügen, sie zum ersten Mal zu vervollständigen.

Das ist mein Stichwort, mich wieder einzubringen, Akzente zu setzen, die Geburt des Instruments mit einem Wiegenlied zu begleiten.

Ich hole tief Luft.

Hebe zart den Finger vom Hals der Geige, während der Bogen einen Seufzer erzeugt.

Ich spiele. Und spiele.

Ich weiß nicht mehr, wo die Violine aufhört und mein Körper

anfängt. Müsste ich das Instrument aufgeben und zu Boden fallen lassen, würde das nichts ändern, spüre ich, weil ich die Macht habe, mich an den richtigen Stellen zu berühren – meine Lippen, meine Nippel, meine Möse – und ähnliche, wenn nicht sogar noch verwunschenere Klänge hervorzubringen. Die Stimmen umgeben mich. Die Schauspieler, Alissa klingen irgendwie falsch, nicht mehr synchron mit der Musikflut, die aus mir herausbricht, ein Missklang. Ich gehe nicht darauf ein.

Die Geschichte entfaltet sich, mal langsam, mal hektisch, zärtlich und bange.

Ich spiele.

Ich habe Aram Chatschaturjans geschmeidige Melodien weit hinter mir gelassen und improvisiere nun völlig losgelöst, meine Töne steigen auf einen fliegenden Teppich, der von einem Himmel in den nächsten schwebt, die Geschichte und die Stimmen hinter sich herzieht, eine fantastische Reise zu Pathos und Exotik.

Ich spüre, dass ich schwitze.

Ich bin unsicher auf den Beinen.

Ich mache unermüdlich weiter. Fieberhaft jetzt. Aber distanziert. Ich habe die Welt der Laute, die ich bewusst entfesselt habe, voll unter Kontrolle.

Das weite Meer, über das ich fliege, ist schließlich beruhigt, eine Landschaft nach der Schlacht. Der abschließende Monolog handelt von Blumen, vom Schicksal, vom Leben. Ich nehme den Fuß vom Gas, kämpfe mich durch den musikalischen Dschungel, den ich erschaffen habe, orientiere mich, die Melodie fährt herunter, *pizzicato, adagio, zero,* und während das letzte Wort durch den Keller schwingt und die Leseprobe zu Ende geht, verklingt auch meine Musik in perfekter Übereinstimmung.

Die Stille war ohrenbetäubend.

Mein ganzer Körper zitterte.

Ich schlug die Augen auf.

Schaute auf den Tisch.

Alle starrten mich an.

Es blieb still.

Da es sich weder um ein Konzert noch um eine Aufführung handelte, musste ich mich nicht verbeugen.

Schließlich durchbrach Samuel Morris den Bann, legte die Hände aneinander und begann zu klatschen. Aber das war eine schwache Reaktion, eher wie eine Pflichtübung, fand ich. Die Schauspieler funkelten mich weiter an. Was war los? Hatte ihnen die Musik nicht gefallen?

Ich stieg noch immer aus meinen Höhen hinab, reagierte verzögert, geistig und körperlich gleichermaßen erschöpft, und fragte mich schon, ob ich jemals fit genug wäre, täglich so eine Vorstellung hinzulegen, wenn das Stück angelaufen war.

Morris erhob sich – seine Assistenten setzten sich gleichzeitig in Bewegung, um ihn zu flankieren – und rief Antony zu sich.

»Können wir reden, Antony? Oben?«

Antony folgte ihm und ließ den Rest von uns am Tisch im Keller sitzen, wortlos, wie unbeholfene Protagonisten am Morgen nach einer einmaligen Aufführung, unfähig, die richtigen Worte zu finden, während sie mit ihrem Textbuch raschelten und ihre leeren Kaffeebecher oder Keksteller hin und her schoben. Ich legte die Bailly wieder in den Geigenkasten.

»Lief doch alles prima«, sagte Alissa schließlich. Dann schaute sie mich an. »Und du warst umwerfend, Summer. Unglaublich!«

Das Kompliment hatte etwas Heuchlerisches.

Zehn Minuten später kam Antony zurück, bedankte sich bei uns allen für die ausgezeichnete Arbeit und entließ die Truppe. Er werde sich in wenigen Tagen melden, sagte er.

Alissa zögerte noch, uns zu verlassen, aber Antony war stocksteif und hatte ihr den Rücken zugekehrt. Damit gab er deutlich zu verstehen, dass nur er und ich zurückbleiben sollten.

Die Tür zur Straße fiel zu, und wir waren allein.

»Und?«, fragte ich ihn neugierig.

Antony kam ohne Umschweife auf den Punkt.

»Er wird nicht investieren.«

»Warum zum Henker?«, protestierte ich.

»Und ich glaube, ich verstehe auch, warum«, fuhr er fort.

»Warum?«

»Du warst zu gut«, erwiderte Antony.

»Das verstehe ich nicht.«

»Du warst hinreißend, Summer. Wirklich. Du warst wie eine Besessene. Die Musik war phantastisch, ganz ehrlich.«

»Und?«

»Daher hatte er das Gefühl, und da muss ich ihm recht geben, dass damit das Ganze aus dem Gleichgewicht gerät. Entweder ist es ein Stück, oder nur du stehst da draußen und erschaffst diese unglaubliche Musik. Irgendwie ist da eine Kluft zwischen beidem …«

Man hatte mir noch nie vorgeworfen, zu gut zu sein.

»Tut mir leid«, sagte ich.

»Mir auch«, erwiderte Antony. »Was das Geld betrifft, fangen wir wieder bei null an.«

Wir bestellten ein Minicab zurück zu Antonys Wohnung, da wir beide nicht in der Stimmung waren, uns den Massen in der U-Bahn zu stellen. Ich war überrascht, dass er überhaupt meine Gesellschaft duldete.

»Soll ich gehen? Zurück nach Clapham?«, fragte ich ihn leise, als auf seinen Anruf hin ein schwarzes Fahrzeug eines privaten Taxiunternehmens an der Bordsteinkante hielt. »Kein Problem«, fuhr ich hastig fort, um mein Unbehagen zu kaschieren. »Ich habe noch ein paar Besorgungen zu machen und so …«

Er drehte sich um und küsste mich fest auf den Mund, nahm meine Hand und zog mich hinter sich auf den Rücksitz des Taxis.

»Nein«, sagte er. »Ich möchte, dass du bleibst.«

Seine Miene drückte nacheinander die unterschiedlichsten Empfindungen aus. Traurigkeit. Wut. Lust. Er sah genauso aus, wie ich mich fühlte, bevor ich zu meiner Geige griff und wie eine Verrückte spielte, wenn ich doppelt so schnell wie sonst lief oder Fahrrad fuhr.

Als ich auf den Rücksitz rutschte und meine Schultern den Lederbezug berührten, merkte ich, dass ich meine Jacke auf einer Stuhllehne im Keller hatte hängen lassen. Ich war dermaßen durcheinander gewesen, als wir gingen, dass mir die Kälte nicht einmal aufgefallen war.

Bevor ich Gelegenheit hatte, den Fahrer zu bitten anzuhalten, damit ich zurücklaufen und meine Jacke holen konnte, hatte Antony die Hände auf meine Knie gelegt und meine Beine auseinandergezogen. Mein schwarzes Kleid war weit und lang. Es fiel mir bis auf die Füße und schleifte nur deshalb nicht beim Gehen über den Boden, weil ich die High Heels mit zwölf Zentimeter hohen Absätzen trug. Dummerweise hatte ich geglaubt, dieser Aufzug würde dem Ganzen einen Hauch Glamour verleihen, der den Sponsoren gefallen könnte. Jetzt wünschte ich mir, ich hätte flache Schuhe angezogen, mich weniger elegant gekleidet und nicht so viel Aufmerksamkeit auf mich gezogen.

Antony glitt mit einer Hand unter den Saum und legte die Finger um mein Fußgelenk, ließ dann los und schob seinen Arm bis zu meinem Oberschenkel hoch.

Seine Finger wagten sich bis an den zarten Stoff meines Stringtangas vor, ein hauchdünnes schwarzes Teil, das ich bei Victoria's Secrets auf dem Broadway in Manhattan erstanden hatte, als ich noch dort lebte. Er gelangte ans Gummiband und schlüpfte darunter. Ich hatte mich hastig angezogen und keinen Slip finden können, der nicht unter dem dünnen Samt meines Kleides zu sehen war. Ich spürte die Hitze, die als Reaktion auf seine Bewegungen von meiner Möse ausging. Er packte die Innenseite meines Beins, als wäre es eine Rettungsleine, knetete mein Fleisch mit den Fingerkuppen. Fest genug, um blaue Flecken zu hinterlassen, vermutete ich, obwohl mich eine solche Behandlung nicht störte. Im Gegenteil. Ich kannte meine Veranlagung. Je fester er mich hielt, desto nasser wurde ich.

Ich sah, wie der Hinterkopf des Taxifahrers zuckte, als er wiederholt in den Rückspiegel blickte. Unser Gerangel auf dem Rücksitz war nicht unbemerkt geblieben.

»Bist du jetzt schüchtern?«, zischte Antony mir ins Ohr. Ich schüttelte den Kopf, obwohl mir, ehrlich gesagt, ein wenig mulmig zumute war. Es war mitten am Nachmittag, und ich war stocknüchtern, weit entfernt vom üblichen Szenario, wenn man sich nach einem Abend auswärts auf den Rücksitzen von Taxis beschwipst in den Armen liegt.

Er schob seine Hand noch ein Stück höher, streckte die Finger aus und strich über die nackten Schamlippen meiner Möse. Ich unterdrückte ein Stöhnen.

»Meinst du, das könntest du noch einmal machen?«, fragte Antony. Ich brauchte eine Weile, bis mir klar war, dass er von der Musik sprach und der Art und Weise, wie ich gespielt hatte.

Er beantwortete seine Frage, bevor ich reagieren konnte.

»Ich glaube schon. Natürlich kannst du das. Sieh dich doch an. Du brummst vor Sex, Summer, das zeigt sich in allem, was du machst. Du kannst nichts dagegen tun. Vielleicht hätte ich dich vor Morris ficken sollen, statt dich spielen zu lassen.«

»Das hätte die Sache wahrscheinlich verschlimmert«, scherzte ich und bereute es sofort. Kein guter Zeitpunkt für Witze.

Er zog seine Hand zwischen meinen Beinen heraus und drückte sie an die Stirn. Ich fragte mich, ob er mich wohl riechen konnte, falls der Geruch meiner Möse an seinen Fingern haftete.

»Ich hatte die ganze Zeit, während du gespielt hast, einen Ständer«, sagte er. »Ich schwöre bei Gott, du bist so was wie eine Hexe.« Er schaute jetzt aus dem Fenster und starrte ziellos auf die Autos, die langsam neben uns fuhren, während wir uns durch den für London typischen Verkehrsstau quälten.

Ich war mir nicht sicher, ob er mit mir redete oder nur laut dachte. Der Fahrer schaute wieder in den Rückspiegel. Hörte zweifellos zu und hoffte wahrscheinlich auf einen besseren Ausblick.

Ich griff in Antonys Schritt und packte seinen Schwanz durch die Jeans.

Er presste seine Hand auf meine und drückte noch fester.

So fuhren wir die ganze Strecke zurück zur Isle of Dogs, Antonys Hand auf meiner, um die Erektion zu verdecken, die seine Hose ausbeulte.

Antony bezahlte den Fahrer, der ein wenig enttäuscht wirkte, dass wir aus dem Taxi stiegen und unsere Intimitäten woanders fortsetzten. Dann nahm er mich an die Hand und zerrte mich mehr oder weniger von der Parkbucht durch den Eingang für Hausbewohner zum Lift.

Meine High Heels klapperten auf dem glatten Betonboden. Als wir stehen blieben und auf das Klingeln der Aufzugtüren warteten, bückte ich mich, um die Riemchen zu öffnen und die Schuhe auszuziehen. Alissa konnte den ganzen Tag in diesen Dingern herumlaufen, wenn sie Lust hatte, aber ich zog meine aus.

Ich hatte gerade beide Schnallen aufgemacht und wollte schon meinen Daumen in die hinteren Riemchen haken, sie hinunterschieben und barfuß weitergehen, als ich Antonys streichelnde

Hand auf meiner Stirn spürte. Er fuhr mir mit den Fingern in die Haare, packte ein paar Strähnen und zog mich sanft hoch.

Ich kam aus dem Gleichgewicht und taumelte gegen ihn.

Der Aufzug hielt, die Türen glitten auf. Antony legte die Hände unter meine Pobacken, hob mich an, trug und schob mich ein paar Schritte vor sich her, bis wir den metallenen Handlauf erreichten, der in Hüfthöhe an den verspiegelten Wänden der Aufzugkabine entlanglief. Antony setzte mich darauf, meine Beine halb um seine Taille geschlungen.

»Meine Schuhe!«, protestierte ich. Der eine baumelte noch an meiner Zehe. Der andere war hinuntergerutscht und auf dem Betonboden liegen geblieben.

Abrupt ließ Antony von mir ab und ging hinaus, um ihn zu holen.

Ich drehte mich um, überprüfte mein Make-up im Spiegel und glättete meine Haare. Als ich mein Spiegelbild erblickte, verspürte ich eine eigenartige Abkopplung. Das Gefühl hatte ich auch, wenn ich – was eher selten vorkam – eine etwas andere Frisur probierte oder einen Pferdeschwanz oder Chignon trug, statt meine langen Locken ungezähmt über die Schultern fallen zu lassen. War diese Person wirklich ich?

Das Kleid war alt. Ich hatte es an einem Marktstand in der Brick Lane für zehn Pfund gekauft, kurz nachdem ich nach London gezogen war. Bodenlanger schwarzer Samt mit einem bescheidenen Ausschnitt und einem tiefen V-Ausschnitt im Rücken, der aussah, als könnte er jeden Moment verrutschen und meine Pobacken freilegen. Es umschmeichelte meine Kurven wie nur wenige andere Kleidungsstücke, die nicht speziell für mich angefertigt worden waren.

Die Frau, die mir aus dem Spiegel entgegenstarrte, wirkte elegant, älter, mit beiden Beinen auf der Erde, aber so fühlte ich mich ganz bestimmt nicht. Tief im Innern fühlte ich mich wie das unbeholfene, naive, leidenschaftliche Mädchen, das ich war, als ich das Kleid an jenem Marktstand fand, aber jetzt hatte sich der Rest meiner Welt verändert, und ich trug es zu himmelhohen High Heels statt zu meinen alten roten Doc Martens, die schon längst ausgelatscht und in einem Wohltätigkeitsladen gelandet waren.

»Oh«, rief ich erschrocken, als Antony zurückkam. Er war nicht einmal zwei Sekunden fort gewesen, aber geistesabwesend wie ich war, schien die Zeit für mich langsamer vergangen zu sein.

Meine Gedanken interessierten ihn nicht die Bohne.

Stattdessen packte er mich an den Hüften und drehte mich mit dem Gesicht zum Spiegel, zog mich zurück und schob mich mit der flachen Hand nach unten, sodass ich vornübergebeugt vor ihm stand. Er nahm meine Handgelenke und führte meine Arme an den Handlauf, um anzudeuten, dass ich mich daran festhalten sollte. Dann hob er mein Kleid bis an die Hüfte hoch. Der Stoff bauschte sich vor meinen Beinen, legte meine Waden und meinen Hintern frei, an dem nur noch der Streifen des schmalen Stringtangas zu sehen war, für alle sichtbar, die zufällig vorbeikamen und den Knopf zum Öffnen des Lifts drückten.

Wir standen mit dem Rücken zur Tür, Antony hinter mir blockierte die Sicht auf meine Körperteile, aber da ich mich vor ihm in gebeugter Haltung mit angehobenem Rock am Handlauf festhielt, konnten wir einfach nur ziemlich obszön aussehen. In einem langen, formellen Kleid mit Blick auf die Rückseite meiner Beine befummelt zu werden, erschien mir sogar noch gewagter als dieselbe Situation in einem Minikleid, wie Alissa es zum Vorsprechen getragen hatte, eng und nuttig.

Antony schob seine Hände an meine Pobacken, knetete und zog mein Fleisch. Er schob den Tanga mit einer raschen Bewegung beiseite, der Stoff leistete keinen Widerstand. Die scharfe Spitze seiner Gürtelschnalle kratzte über meine Haut. Er öffnete sie rasch und zog sich die Hose ein Stück runter. Vielleicht hatte er mich kurz zuvor beobachtet, wie ich mich im Spiegel betrachtete, denn sein Schwanz, der jetzt ungehindert an meinen Oberschenkel schlug, wurde steinhart.

Seine rechte Hand zog sich plötzlich zurück, und ich spannte mich an, da ich spürte, dass etwas kommen würde, wenn auch nichts, was er vorher schon gemacht hatte, wenigstens nicht mit mir. Spanking.

Aber als hätte er sich anders besonnen, legte er die Hand wieder sanft auf meine Pobacke, dann tiefer, und führte einen Finger in mich ein. Offensichtlich hatte er gemerkt, was ich schon wusste – ich war verdammt nass, und trotzdem … trotzdem … ich war etwas enttäuscht.

»Ich hasse dich, weil du uns die Chancen für das Stück versaut hast, Summer … und deshalb will ich dir weh tun. Andererseits weiß ich aber auch, dass du einfach du bist und nicht anders kannst. Das hast du nicht unter Kontrolle, nicht wahr?«

»Dann tu mir doch weh.« Ich nickte zustimmend.

Er grunzte.

»Schlag mich«, bat ich ihn flüsternd. Ich war es nicht gewohnt, beim Sex um etwas zu bitten. Ich schob die Fersen ein Stück zurück und bog den Rücken durch, wobei ich mein Hinterteil hochstreckte, um ihn zu ermutigen.

»Nein«, erwiderte er sofort, und wieder quoll ein Schwall Feuchtigkeit aus meiner Möse. Auch wenn ich mir albern vorkam, mich derart zu demütigen – sehnte ich mich doch so nach dem beißenden Schmerz und der wunderbaren Wärme, die einem Schlag auf den richtigen Teil meines Hinterns stets folgte –, die Ablehnung meines Wunsches, die Kontrolle und die Erniedrigung machten mich mehr an als jede andere Empfindung.

Manche Dinge änderten sich nie.

Er zog meine Pobacken auseinander, und ich stöhnte, erregt

von dem Gedanken, dass ihn nach dem obszönen Anblick meiner beiden bloßgelegten Löcher verlangte, und ich fragte mich, ob er gerade überlegte, mein Arschloch statt meiner Möse zu ficken. Analsex hatten wir noch nicht ausprobiert.

Seine Hände blieben, wo sie waren, hielten mich offen, und er sank auf die Knie und leckte mich gierig, über meine Möse und meinen Anus gleichermaßen, woraufhin ich noch nasser wurde, als ich schon war. Dann ließ er seine Finger wieder in mich gleiten, zunächst nur einen, dann zwei.

Er drückte seinen Daumen auf meine Rosette, um zu testen, ob meine Öffnung bereit war.

Ich vernahm das leise Geräusch von Haut, die sich heftig an Haut reibt; er masturbierte, während er mich erregte. Dann kam er wieder auf die Füße, als hätte er entweder die Grenzen seiner Zurückhaltung erreicht oder sich plötzlich entschieden, in welche Öffnung er wollte, und ich wappnete mich, sehnte mich danach, dass sein Schwanz in mich eindrang, womit ich jeden Augenblick rechnete.

Als er schließlich meine Taille umschloss, um mich festzuhalten, und seinen Schwanz in meine Möse schob, stieß er so mächtig zu, dass meine Schulter gegen die Wand des Aufzugs prallte, aber es war noch nicht fest genug. Ich hob meinen Körper an, drückte meine Handflächen an den Spiegel und nahm alle Kraft zusammen, damit ich gegen ihn bocken konnte.

Er schlang die Hände um meinen Hals und drückte zu, schränkte meine Luftzufuhr ein, so wie ich es bei ihm gemacht hatte, als wir vor zwei Tagen morgens gevögelt hatten. Wir waren inzwischen beide nah an der Seitenwand des Aufzugs, meine Hände an der Wand, um das Gleichgewicht zu halten, mein Gesicht zur Seite gedreht, während er meinen Hals hielt, mein Kleid immer noch um meinen Bauch gebauscht, seine Hose um seine Fußgelenke.

Ich erhaschte einen kurzen Blick auf unsere Spiegelbilder, die Stirnen feucht vor Schweiß, die Mienen vor Wollust derart zerknittert, dass sie auch schmerzverzerrt hätten sein können, ungepflegt, Gesichter der Unzucht. Da ich kaum Luft bekam, wurde mir ganz leicht im Kopf, schwindelig, und als ich schon glaubte, in Ohnmacht zu fallen, wenn er meine Kehle noch länger umklammerte, ließ er abrupt los und fuhr mir mit harter Hand über das Kinn und das Gesicht, presste mehrere Finger zwischen meine Lippen, um eine erzwungene Fellatio zu simulieren. Ich lutschte.

Was auf dem Rücksitz des Taxis als allmählicher Aufbau von Verlangen begonnen hatte, war nun in Raserei übergegangen. Ein Wirbelsturm an Empfindungen, Gedanken und Vorstellungen, ein paar Schnappschüsse von unseren Gesichtern im Spiegel und ein paar Bilder, die ungewollt in meinem Kopf auftauchten – der Anblick, der sich Antony bot, als er meine Pobacken auseinanderhielt, ein Film, wie er seinen Schwanz hielt und die Vorhaut zurück und nach vorn schob, während er mich leckte.

Das Echo unseres Atmens, Keuchens, Stöhnens, die Hitze, die unsere Körper in dem kleinen Raum erzeugt hatten, die Augen des Taxifahrers, wie er versuchte, einen Blick auf meine gespreizten Schenkel im Rückspiegel zu erhaschen, das Wissen, dass die Türen des Aufzugs jeden Moment aufgehen und einem von Antonys Nachbarn einen pornografischen Anblick auf uns bieten könnten, wie wir es gerade wie die Tiere im Aufzug trieben, das Gefühl von Antonys Schwanz, der mich Stoß für Stoß ausfüllte, seine Hände um meinen Hals – all das zusammen mischte den perfekten Erregungscocktail in mir, bis ich das Gefühl hatte, dass jedes Teilchen meines Wesen explodieren und ich in Millionen Stücke auf dem kalten Metallboden zerschmettern könnte.

Vom Flur her vernahm ich gedämpfte Stimmen, die sich näherten.

In dem Moment kam ich und ergoss mich über Antonys Schwanz. Meine Möse zuckte wie verrückt, mein ganzer Körper schüttelte sich.

»O Scheiße!«, schrie Antony mir ins Ohr, und ich spürte, wie sich sein Körper versteifte, als er sich seinerseits in mir entlud, dann sofort einen Arm ausstreckte und den Knopf fürs oberste Stockwerk drückte. Nach einer kurzen Pause, als ich schon sicher war, dass die Türen auseinandergleiten würden, um uns bloßzustellen, schnurrte der Aufzug, und wir glitten sacht nach oben, ungesehen.

Er sank gegen mich, erleichtert, und wir standen eng beieinander, bis wir auf seinem Stockwerk ankamen.

Antony trat zurück, und ich seufzte, als sein inzwischen weicher Penis aus mir hinausglitt. Ich liebte den Moment des Eindringens, aber niemals den Moment des Hinausgleitens. Ganz gleich, wie schlaff sein Schwanz in mir war, nachdem er gekommen war, sein Vorhandensein gab mir das Gefühl der Erfüllung, wenigstens ein bisschen.

Er zog sich die Hose hoch und knöpfte sie zu, ich strich mein Kleid glatt und sammelte meine Schuhe ein.

»Das war knapp«, bemerkte er und drehte sich zu mir um.

Zum ersten Mal an diesem Nachmittag sah ich ihn lächeln.

Er kramte nach seinen Schlüsseln, und wir taumelten in die Wohnung.

»Zum Teufel mit dir, Summer«, sagte Antony. »Ich bin immer noch so wütend darüber, dass du die Leseprobe an dich gerissen und alles vermasselt hast. Bloß weil du dich zu gut dargestellt hast. Ich würde darüber lachen, wenn ich könnte.«

Meine Kehle war ausgetrocknet.

»Dann bestraf mich«, sagte ich.

Zwei Wochen zuvor hatte ein Lieferwagen eine neue Kommode aus dunklem Eichenholz gebracht, die Antony online bestellt hatte. Das lange Möbelstück hatte nicht in den Aufzug gepasst, sodass die Männer gezwungen waren, es in einem improvisierten Gestell aus Seilen über die Versorgungstreppe bis hinauf ins Penthouse zu tragen. In ihrer Eile hatten sie das Seil vergessen.

Ich hatte es hinten in einem Schrank im Gästezimmer verstaut.

Ich reichte es Antony.

Antony bewegte sich.

»Guten Morgen«, sagte ich, kuschelte mich in Löffelchenstellung an ihn auf der Suche nach seiner Wärme.

»Hi …« Langsam schlug er die Augen auf, als hätte er Angst, das Morgenlicht könnte ihn blenden. Draußen war ein weiterer grauer Tag angebrochen. Unten auf dem Fluss tutete ein Lastkahn.

»Hast du heute was vor?«, fragte ich ihn.

»Ich werde mich wohl ans Telefon hängen und sehen, ob es da draußen andere Theaterproduzenten oder Investoren gibt, die das Projekt womöglich unterstützen könnten. Aber ich habe nicht viel Hoffnung. Bestimmt wird sich schnell herumsprechen, dass Samuel Morris uns eine Abfuhr erteilt hat, und andere entmutigen.«

»Was ist mit Institutionen, Banken?«

»Ist nicht deren Bier. Das weiß ich aus Erfahrung. Würde ich ihnen eine weitere Shakespeare-Bearbeitung in modernem Gewand oder mit irgendeiner überraschenden Wendung vorlegen, dann kämen sie angerannt, aber sie machen einen großen Bogen um alles, was auch nur im Geringsten innovativ oder experimentell ist.«

»Oh …«

Die beiden folgenden Tage wurden unangenehm. Antony verbrachte die meiste Zeit am Telefon oder in der Stadt bei fruchtlosen Besprechungen und versank in tiefe Niedergeschlagenheit.

Wenn wir zusammen waren, gab er sich die größte Mühe, seine zunehmende Enttäuschung und den nachvollziehbaren Ärger darüber zu kaschieren, dass hauptsächlich ich für den Misserfolg verantwortlich war, finanzielle Unterstützung für das Projekt zu bekommen.

Es war Abend, und irgendwie waren wir zusammen im selben Raum gewesen, hatten beide seit über einer Stunde geschwiegen, wenn nicht sogar länger. Ich verhielt mich mucksmäuschenstill und blätterte beiläufig in einigen Bildbänden.

Das Buch, das ich mir gerade anschaute, war eine Sammlung alter Landkarten. Ein Thema, das meine Phantasie immer angeregt hatte. Die aufgeschlagene Seite zeigte die Karibik vor ein paar Jahrhunderten, schmale Landstücke vor dem Blau des Ozeans. Mir kam das Meer rings um tropische Inseln mehr grün als blau vor, ein hauchzartes Smaragdgrün, das ich immer als beruhigend und sinnlich empfunden hatte. In Gedanken wanderte ich zur Insel. Wobei mir die kurze Unterhaltung mit Aurelia und Andrei wieder einfiel.

»Ich brauche was zu trinken«, stellte Antony sachlich fest.

Ich wusste, das war das Letzte, was er in seiner derzeitigen Stimmung gebrauchen konnte. Seit seiner letzten Sauftour waren Wochen vergangen, und mir war klar, wenn er wieder diesen gefährlichen Abhang hinabrutschte, könnte ich ihn verlieren. Mich zur Strafe mit Seilen zu fesseln, würde nicht reichen, mir zu verzeihen.

»Wirklich?«

Er schaute mir in die Augen, und ich wusste, dass er es auch erkannt hatte. Er war hin und her gerissen.

Kurz davor, mich mit der Niederlage abzufinden, richtete ich den Blick wieder auf das Buch. Eine Insel. DIE Insel. Schemenhaft schoss mir ein Gedanke durch den Kopf. Ich hatte das Gefühl, als wäre er kurz vor dem Ertrinken gewesen, hätte den

Grund des Ozeans erreicht und stieße jetzt atemlos wieder an die Oberfläche, wie ein menschlicher Torpedo.

»Mir sind noch Leute eingefallen, mit denen wir über die finanzielle Beteiligung sprechen könnten«, sagte ich. »Ich glaube, sie könnten die Lösung für unsere Probleme sein.«

Voller Hoffnung schaute Antony zu mir auf.

9

IM SPIEGELZELT

Während der Höhen, Tiefen und Zwischenstadien des verführerischen Wahnsinns mit Antony (und seinem Verse deklamierenden Busenwunder), war mir der Vorschlag, den mir die faszinierende Aurelia und ihr Begleiter Andrei auf dem Borough Market gemacht hatten, nie ganz aus dem Kopf gegangen. Auch die Visitenkarte nicht, die ich in der Schublade meines Nachttischs versteckt hatte, in der sie nun seit einigen Wochen wie ein Signalfeuer in der Dunkelheit loderte und mich lockte, sobald meine Gedanken während unserer Arbeit am Stück abdrifteten; wie die Erinnerung an eine noch wundersamere Form des Wahnsinns. Die beständig drängende Möglichkeit eines anderen Lebens, reizvoll, aber gefährlich, verlockend, aber auch voller Fragezeichen.

Das Problem war, dass wir auf keinen Fall eine weitere vollständige Leseprobe ansetzen konnten, geschweige denn eine Kostümprobe, die jemand anderem angemessen verständlich machen könnte, was Antony mit dem Stück versuchte. Wenn man uns in naher Zukunft kein grünes Licht und die entsprechenden Fördermittel gab, würden die meisten der von uns engagierten Darsteller und Techniker, die mit dem Text und unseren Absichten vertraut waren, der Not gehorchend andere Jobs annehmen. Weder Antonys noch meine Mittel würden ausreichen, ein so umfangreiches Projekt noch länger zu bezuschussen.

Ich wählte die Nummer auf der Visitenkarte.

Nach drei Klingeltönen meldete sich eine Automatenstimme,

die mich bat, meine Nummer zu hinterlassen, und mir versicherte, man werde mich zurückrufen.

Das Unpersönliche dieser Antwort war äußerst ernüchternd. Aber was hatte ich erwartet? Dass Aurelia und Andrei Tag und Nacht am Telefon hingen in der Hoffnung, ich würde vielleicht Kontakt mit ihnen aufnehmen? Mir hätte natürlich klar sein sollen, dass sie Besseres mit ihrer Zeit anzufangen wussten. Aller Wahrscheinlichkeit nach hatten sie mich ohnehin längst abgehakt. Ich war nicht unersetzbar und hatte offensichtlich eine völlig überzogene Meinung von meiner eigenen Wichtigkeit. Das Auftreten auf einer Bühne und der obligatorische Applaus des Publikums führten zu dieser Erwartungshaltung. Man wird verwöhnt. Das hätte ich inzwischen wissen sollen.

Aber ich hinterließ meine Nummer, vertraute sie dem summenden Schweigen am anderen Ende der Leitung an.

Ich hatte aus meiner Wohnung in Clapham angerufen in dem nervösen Glauben, Antony brauche nach der Enttäuschung mit Samuel Morris ein wenig Zeit für sich, wobei ich inständig hoffte, dass er nicht wieder zur Flasche griff. Auch ich brauchte Raum, um den Kopf klar zu bekommen.

Jetzt konnte ich nur noch warten.

Und hoffen.

Statt mit einer Jammermiene herumzulaufen, richtete ich den Blick auf mein Regal mit wertvollen Violinen, griff entschlossen nach der, die ich für gewöhnlich zum Üben benutzte, und spielte stundenlang, ging gedankenlos alle notwendigen Übungen durch, die ich kannte, die Tonleitern rauf und runter, wobei der Schwierigkeitsgrad der Technik anstieg. Dann nahm ich impulsiv Bachs *Chaconne* in Angriff, eines der komplizierteren Soli für Violine, das ich noch nie zufriedenstellend hinbekommen hatte, bis mein Handgelenk und mein Kinn schmerzten. Es wurde dunkel.

Der Anruf kam gegen Mitternacht.

Weder Aurelia noch Andrei meldeten sich, sondern die Stimme einer älteren Frau, distanziert, nüchtern, mit einem angenehmen Akzent, den ich zu erkennen glaubte, in meinem fiebrigen Zustand aber nicht genau einordnen konnte.

»Sie sind gerade in Übersee auf Reisen«, informierte sie mich.

»Oh …«

»Aber ich habe ihnen weitergeleitet, dass Sie angerufen haben, und sie freuen sich auf ein Treffen.«

»Wann?«

»Morgen Nachmittag. Wir werden Sie hinfliegen.«

»Wohin?«

»Unser Wagen holt Sie morgen früh um sieben Uhr ab«, fuhr sie fort.

»Wissen Sie, wo ich wohne?«

»Natürlich … Sie werden noch am selben Tag wieder in London sein; Sie brauchen nichts einzupacken«, sagte sie.

Ich war sprachlos. Das klang so unwirklich. Andererseits war alles, was mit Aurelia und ihren Leuten, mit der Insel, zu tun hatte, unwirklich.

»Okay«, murmelte ich, aber die Leitung war bereits tot.

Was zum Teufel sollte ich anziehen? Sie hätten mir doch wenigstens einen Hinweis auf das Ziel geben können!

Der Wagen kam pünktlich auf die Minute, eine schnittige, grau-metallicfarbene Limousine mit einem Chauffeur in farblich darauf abgestimmter Livree.

»Miss?«, sagte er nur zur Begrüßung und öffnete die Tür. Dann fuhr er Richtung Süden.

Ein kleiner Privatjet erwartete uns auf dem Rollfeld des Croydon Airport, eines winzigen Flugplatzes, von dem ich bis dahin noch nie gehört hatte. Eine Art Flugbegleiterin begrüßte mich an der Treppe. Sie war blond, bildschön, mit aufgesetztem Lächeln.

Auch sie trug Grau. Ihr Rock bedeckte ihre Schenkel gerade bis zur Hälfte, als sie vor mir die schmalen Stufen zur Tür des Flugzeugs hinaufging, und ich musste einfach auf den Schwung ihres festen Hinterns schauen, der den Stoff ihrer Uniform strapazierte.

Sie führte mich zu einem Sitz, reichte mir ein Stielglas mit einem grünen, sprudelnden Cocktail, spannte den Sitzgurt über meinen Schoß, ließ ihn einschnappen und zog sich für den Start auf ihren Platz zurück. Sie saß mir gegenüber, die blassblauen Augen auf mich gerichtet, die schmalen Lippen zu einem Schmollmund geschminkt, und verlor sich in Träumereien.

Schon bald waren wir in den Wolken, ließen Englands grüne Landschaften unter und hinter uns. Dann flogen wir kurz über Wasser, und wieder breitete sich Land unter uns aus, geometrische Muster aus hellbraunen Feldern und Flüssen. Nach knapp einer Stunde stiegen wir höher, um Berge mit Schneegipfeln zu überfliegen, und der Pilot verkündete, wir würden in Kürze den Anflug auf die Mittelmeerküste beginnen.

Eine identische Limousine erwartete uns auf der Rollbahn eines privaten Flugfelds in der Nähe des smaragdgrünen Meeres. Ich hätte schwören können, dass der Chauffeur derselbe war, der mich zu Hause in London abgeholt hatte. Vielleicht kamen sie vom Fließband.

Die Villa befand sich in den Hügeln, bescheiden mit weißen Mauern umgeben und diskret hinter alten Eichen und üppigen Sträuchern verborgen. Die Tore schlossen leise hinter dem Wagen, als wir langsam die Auffahrt hinauffuhren. Aurelia stand an der Tür und wartete auf mich. Sie war ganz in Weiß gekleidet, die kräftige Mittagssonne beleuchtete sie von hinten, ihre schlanke Figur war unter dem zarten Stoff deutlich zu erkennen, aufreizende Hinweise auf ein Gewirr von Tattoos, die auf ihrer Haut schimmerten. Von Andrei war nichts zu sehen.

Wir tranken frisch gepresste Limonade auf der Terrasse.

Aurelia saß auf der Bank und fuhr mir träge mit der Hand übers Knie.

Sie strahlte eine Ruhe aus, die mich reizte und zugleich faszinierte. Einerseits war sie unnahbar, majestätisch und selbstsicher, andererseits spürte ich aufwallendes Interesse und Empathie mir gegenüber. Ihre Schönheit war schlicht und brauchte weder aufwendiges Make-up noch irgendwelche Tricks. Und die verblüffenden Ranken aus Blättern, Mustern, Blüten, Schriftzeichen und mystischen Geschöpfen, die zum Teil auf den frei liegenden Stellen ihrer porzellanweißen Haut zu sehen waren, hielten mich in ihrem Bann, ebenso wie die breiten Pinselstriche der Bilder, die meinen Blicken verborgen blieben und die ich nur erahnen konnte. Die Bilder auf ihrer Haut schienen ein Eigenleben zu führen. Kaum waren sie zu sehen, verschwanden sie auch schon wieder oder bewegten sich ein paar Zentimeter weiter wie durch ein fließendes Wunder.

»Ich wusste, dass Sie kommen würden«, sagte sie.

»Ist das nicht ein wenig anmaßend?«

»Nein. Manche Dinge sind vorherbestimmt.«

Ich umriss mein Anliegen. Hob hervor, dass die Leseprobe, die wir für sie und ihre Organisation zu veranstalten hofften, um ihr Vertrauen und ihre Mittel zu gewinnen, notgedrungen kleiner ausfallen müsste, als wir sie für Samuel Morris hatten organisieren können. Ich erläuterte die Logistik des Ganzen und das Stück, das wir produzieren wollten, sowie die Tatsache, dass viele Schauspieler, die wir engagiert hatten, inzwischen das Schiff verlassen mussten und zu anderen Projekten abgewandert waren, da es ihnen unmöglich war, sich einem Stück zu widmen, dessen Erfolgschancen mittlerweile so schlecht abzuschätzen waren.

Aurelia unterbrach meinen Redefluss, vielleicht weil sie meine

Verzweiflung und mein Unbehagen spürte, auf diese Weise betteln zu müssen.

»Mr. Morris hat uns davon erzählt«, deutete sie an. »Das Stück klingt höchst interessant, obwohl ich vermute, dass es vom schauspielerischen Standpunkt her auch eine ziemliche Herausforderung ist …«

»Morris?«

»Die Welt ist klein«, sagte Aurelia. »Unsere Organisation verfügt über viele Kanäle, und wir sind stolz darauf, immer auf der Suche nach Darstellern oder spektakulären Stücken zu sein, die zu unserer Vision passen. Wir haben Morris gelegentlich sogar geholfen, Aufführungen zu finanzieren. Rückmeldungen über Ihre Leseprobe mussten unweigerlich ihren Weg zu uns finden. Ich bezweifle nicht, dass er Sie für die Hauptattraktion hielt.«

»Das war nicht beabsichtigt«, unterbrach ich sie. »Ich sollte nur den musikalischen Hintergrund liefern.«

»Jedenfalls glaube ich, dass wir bereit sind, uns zu beteiligen.«

Mir fiel ein Stein vom Herzen.

Aurelias Lächeln war nicht zu deuten.

Sie erhob sich.

»Kommen Sie«, bat sie und reichte mir die Hand. Rätselhafte lateinische Wörter wanden sich um ihr zartes Handgelenk. Wir gingen auf die Rückseite der Villa, auf der sich ein großer Raum zu einer Terrasse über einem Garten voll üppiger Vegetation öffnete. Auf den ersten Blick schien er ziemlich ungepflegt und vernachlässigt. Wenn man jedoch genauer hinsah, ließ sich erkennen, dass der Garten absichtlich so angelegt war, um die Illusion der Wildnis zu vermitteln.

»Ist er nicht schön?«, meinte Aurelia, als der feine Duft von Lavendel, Rosen, Bougainvilleen, Magnolien, von scheinbar fleischfressenden Orchideen und einer ganzen Regenbogenpalette von

Blüten, deren Namen mir entfallen waren, zu uns heraufstieg und uns in einen Dunst berauschender Gerüche tauchte.

Eine kleine Treppe führte zum Garten der Villa hinunter.

Als ich auf das Gras trat, fiel mir mein Erlebnis mit den Ranken auf der verzauberten Insel ein. Aurelias flüchtige, zarte Berührung leitete mich durch das Labyrinth aus Büschen und Blumenbeeten.

Bacchanalische Bilder von sinnlichen Exzessen, Gefühle am Rande des Wahnsinns und himmlische Musik, die selbst meine Bailly nicht hervorbrachte, zogen vor meinem inneren Auge vorüber, während ich mir einen Moment lang vorstellte, das Stück würde vor dieser Kulisse aufgeführt.

»Genau«, sagte Aurelia, als hätte sie meine Gedanken gelesen. »Das Stück könnte überall aufgeführt werden. Eigentlich ist dazu kein richtiges Theater nötig, oder?«

»Sie müssen es doch bestimmt zuerst sehen oder lesen?«

»Das haben wir schon.«

Ich wagte nicht zu fragen, wie das möglich war. Hatte Morris heimlich die Leseprobe auf Anweisung Aurelias und ihrer Helfer mitgeschnitten? Könnte hinter seiner Entscheidung, Antonys Projekt eine Absage zu erteilen, von Anfang an der Plan gesteckt haben, mich in die Fänge von Aurelia und Andrei und der hinter der Insel stehenden Mächte zu treiben? Das alles fühlte sich wie ein Netz an, das mich rasch umfing. Mein Leben entzog sich wieder einmal meiner Kontrolle.

Wir bahnten uns den Weg durch ein Labyrinth aus Baumstümpfen und tappten über ein Beet aus braunen, schwammigen Blättern. Auf Aurelias Anweisung hatte ich kurz zuvor die Schuhe ausgezogen, sowohl aus Bequemlichkeit als auch, um die angenehme Feuchtigkeit der Erde und des Grases unter den Füßen zu spüren.

»Keine Bange, Summer«, flüsterte Aurelia, »alles wird gut.«

Im hinteren Teil des Gartens kamen wir an einen kleinen, nierenförmigen Pool. Zwei kunstvoll geschmiedete Metallstühle und ein dazu passender Tisch warteten auf uns am Rand des Beckens. Das Wasser schimmerte in der Mittagshitze. Der Fahrer in grauer Livree erschien, legte ein kariertes Tischtuch auf und stellte einen Krug Eiswasser mit zwei Gläsern darauf. Dann zog er sich diskret Richtung Haus zurück.

»Sollen wir?« Aurelia deutete auf die Getränke und den Pool.

Wir setzten uns.

Sie erklärte ihren Vorschlag. Eine komplette Leseprobe sei nicht mehr nötig. Nur Antony und Alissa könnten alle Rollen lesen, während ich die Musik spielte, die ich für das Stück geschaffen hatte. Das würde reichen. Und falls Aurelia und ihr Freunde zufrieden und ihre Erwartungen erfüllt wären, würde ihre Organisation bereitwillig eine begrenzte Anzahl von Aufführungen in London finanzieren. Statt einer Theaterkulisse würden sie, gemäß unserer Vereinbarung, einen anderen Veranstaltungsort vorschlagen, da so kurzfristig nur wenige Bühnen im West End oder experimentelle Theater zur Verfügung standen. Sie wollten nicht mit einer festgelegten Kulisse arbeiten und schlugen vor, wir sollten eine leere Bühne benutzen und sie mit Tänzern und Statisten aufwerten, die bei ihrer Organisation unter Vertrag standen. Aurelia glaubte, das wäre am Ende wesentlich farbiger und fröhlicher. Während ich auf dem Weg hierher gewesen war, hatte sie allem Anschein nach die Gelegenheit genutzt, Antony diese Punkte telefonisch zu erläutern, und er hatte nichts gegen die vorgeschlagenen Änderungen eingewendet. Sie eröffnete mir, er sei sogar hellauf begeistert gewesen. Inzwischen würde er sich wahrscheinlich auf jede Chance stürzen, um das Stück auf die Bühne zu bringen, konnte ich mir vorstellen, und obwohl Aurelias und Andreis Pläne etwas unorthodox klangen, würden sie das ganze Projekt wenigstens nicht kommerzialisieren und ihm die Seele rauben.

Nun müssten wir uns also nur noch einmal treffen, zum Beispiel in der nächsten Woche in London, um den Text und die Musik flüchtig durchzugehen, schloss sie.

»Und …«

»Und was?«, wollte ich wissen.

»Und Sie erklären sich bereit, nach der letzten Vorstellung in London drei Monate lang an unserem Ball mitzuwirken. Das ist eine unserer Bedingungen.«

»Verstehe.«

»Sie werden einsehen, dass eine begrenzte Anzahl von Aufführungen unsere ursprünglichen Investitionen keineswegs wieder reinholen. Wobei uns das nicht besonders viel ausmacht. Wir denken langfristig …«

»Ich weiß nicht, ob meine Agentin damit einverstanden ist. Ich habe noch weitere Projekte in Planung, verstehen Sie. Konzerte, Tourneen …«

»Das ist uns natürlich klar. Aber ich bin sicher, wir können Ihrer Agentin ein Angebot für die Verwendung Ihrer Dienste machen, das sie gern akzeptieren wird.«

Aurelia klang zuversichtlich.

Sie schenkte Wasser aus dem Krug in unsere Gläser.

»Wir gehen davon aus, dass wir das Stück eine ganze Woche lang aufführen könnten«, sagte sie. »Wir würden die Verantwortung für die Logistik übernehmen: Aufführungsort, Vorbestellungen, Karten … diskrete Werbung. Wir haben Antony davon in Kenntnis gesetzt, dass zur Vorstellung am letzten Abend jedoch nur geladene Gäste kommen.«

»Ist er damit einverstanden?«

»Das gehört zur Abmachung …«

Ich sah Antonys Gesicht förmlich vor mir, als man ihm die

Bedingungen vorlas. Aber ich wusste, in der Not schmeckt jedes Brot, und wir hatten beide so viel in das Projekt investiert, dass ein Misserfolg ein schrecklicher Schlag gewesen wäre, nach allem, was wir dafür durchgemacht hatten.

Die Düfte des Gartens wurden intensiver, ebenso wie die mediterrane Hitze. Ich holte tief Luft.

»Erschöpft?«, fragte Aurelia, die mich beobachtete.

»Ein bisschen.«

»Wollen wir schwimmen?«, schlug sie vor. Ohne meine Erwiderung abzuwarten, stand sie auf, löste in einer geübten Bewegung die beiden Knoten, die ihr dünnes weißen Kleid zusammenhielten, und ließ es zu Boden gleiten.

Ich schnappte nach Luft.

Die über ihren gesamten köstlichen Körper verteilten Tätowierungen waren noch umfangreicher, als ich mir vorgestellt hatte. Irgendwie waren sie mir bisher nicht alle aufgefallen. Ein Trick der Beleuchtung vielleicht? Oder ein weiteres von Aurelias Rätseln? Vom Halsansatz bis zu den Füßen war sie damit übersät. Komplizierte Strukturen aus Tinte und weißer Haut, wie etwa verwobene Baumäste und mystische Geschöpfe. Und Schriftzeichen: Kalligrafien in mir unbekannten Sprachen. Bilder: Dämonen und Engel nah beieinander. Fauna und Flora: unvorstellbar altertümliche Tiere dicht neben Blumen. Nur ihr Gesicht, die Hände und Füße waren von der vielfarbigen Tinte, die sie zierte, ausgenommen.

Mein Blick schweifte über ihren Körper.

Sie war vollständig epiliert, und die Zunge eines Drachens schlängelte sich von ihrem Bauchnabel bis an ihren Schritt und versank in den tätowierten Falten ihrer Schamlippen, aufreizend, wunderbar anstößig.

Ich konnte den Blick nicht von ihrem Venushügel abwenden.

Aurelia lächelte noch immer, strahlte Freundlichkeit aus, nahm mein beharrliches Starren hin.

Ich war wie verzaubert.

Schließlich ging sie an den Rand des Pools und sprang hinein.

Ihr Gesicht tauchte auf.

»Komm zu mir …«

Ungeschickt schlüpfte ich aus meinem Sommerkleid und trat auf Zehenspitzen an den Beckenrand.

Sie sah mir dabei zu, ihre Augen tiefe Brunnen der Faszination.

Einen Moment lang blieb ich nackt dort stehen. Bereit. Allein. Sah, wie kleine Wellen Aurelias tätowierten Körper umspielten.

»Auch du bist schön«, sagte Aurelia.

Ich machte einen Kopfsprung in den Pool, aber es war eher ein Bauchplatscher. Aurelia hieß mich mit wohlklingendem, schallendem Gelächter willkommen.

Wir schwammen.

Zwei Stunden später wurde ich zum Flughafen gebracht.

Danach übernahmen Aurelia und ihr Team die gesamte Organisation und viele kreative Aspekte des Stückes. Sie besaß so viel Takt und Diplomatie, dass der Übergang geringfügig und nahtlos wirkte, obwohl er alles andere war als das. Sie führte sogar einige Pläne ein, die sich radikal von dem unterschieden, was wir ursprünglich beabsichtigt hatten, besonders in Bezug auf die spartanische Ausstattung des Bühnenbildes, der Beleuchtung. Doch statt bei den Mitwirkenden des Stückes einen Aufruhr zu entfachen, kam es uns so vor, als hätte sich der Pfad, auf dem wir uns alle bewegten, wie durch ein Wunder verschoben, und wir folgten ihm weiter, ohne eine besondere Veränderung wahrzunehmen.

Mir war, als wäre mir eine Last von den Schultern genommen

worden, da ich jetzt nur noch als Violinistin einbezogen war und spielen konnte, was und wann ich wollte, ohne daran denken zu müssen, wie es zum Text passte oder vom Publikum aufgenommen würde. Natürlich wurde von mir erwartet, dass das, was ich an dem Abend spielte, auch wirklich passte, aber Aurelia hob wiederholt hervor, dass sie mir zutraute, mit dem richtigen Stegreifmaterial aufzuwarten, und sie glaubte, das Stück ließe sich so besser aufführen. Abgesehen von den unvermeidlichen Selbstzweifeln, die in mir aufkeimten – konnte ich das wirklich? Oder war ich so etwas wie eine Blenderin, der es gelungen war, Aurelia die ganze Zeit auszutricksen, damit sie glaubte, ich könne irgendwie Musik komponieren, statt sie nur zu interpretieren, wie ich es bisher mein ganzes Leben lang gemacht hatte? –, war es ein perfekter Job.

Sogar Antony war ganz froh, die Zügel für das Projekt aus der Hand geben zu können. Anscheinend hatte Aurelia ihn völlig in ihren Bann geschlagen, fiel mir auf, als ich sie eines Morgens zusammen beim Kaffee sah, während sie noch letzte Details austüftelten. Er hatte sich Milch eingeschenkt, obwohl er den Kaffee normalerweise schwarz trank, und machte auf mich einen untypisch linkischen Eindruck, ließ seine Notizen zu Boden fallen, verhedderte sich und hatte größte Mühe zu erklären, was er als die Seele des Stückes sah, eine Litanei, die ich schon hundertmal von ihm gehört hatte. Das war verständlich. Auf mich hatte Aurelia dieselbe Wirkung.

Er sei es gewohnt, notgedrungen von seiner Arbeit zurückzutreten, wenn Investoren die Kontrolle übernahmen und Veränderungen wünschten, um dem Markt zu gefallen, erklärte Antony mir. Das gehöre einfach zum Theatergeschäft, zu jeder Art kreativen Schaffens, das der Öffentlichkeit zugänglich gemacht wurde. Das sei der Preis, den man zahlte, wenn man ein Publikum haben wollte.

In den folgenden Wochen, in denen letzte Hand an die Vorbereitungen gelegt wurde, sah ich ihn kaum. Das Textmanuskript blieb unverändert, doch Aurelia hatte gefordert, die Besonderheiten der Kulisse und Einzelheiten über die Tänzer und die Auftritte, die ich noch nicht gesehen hatte, vor mir geheim zu halten. Die Idee war verrückt, noch verrückter als mein ursprünglicher Plan, aber auf einer anderen Ebene ergab sie durchaus Sinn. Aurelia wollte, dass die Musik, die ich spielte, völlig improvisiert war, und hatte das Gefühl, je unbekannter mir alles war, desto spontaner wäre meine Darbietung, ursprünglicher, aus meinem Wesenskern fließend als Reaktion auf das, was sich um mich herum abspielte, und nicht einmal ansatzweise im Voraus durchdacht. Ich würde die Musik spielen, die bei jeder Aufführung meinem Herzen und meiner Seele entsprang, jeglichen Einfluss umgehen, den mein Verstand ansonsten ausüben würde, und direkt in meine Seele abtauchen.

Ich erfuhr erst, wo die Aufführungen stattfinden würden, als wir am Eröffnungsabend hinfuhren. Antony und Alissa waren in Kostümproben einbezogen worden, zusammen mit Lauralynn und Viggo, die ebenfalls mit hinzugezogen worden waren. Lauralynn, um die Musiker zu ergänzen, Viggo, um bei der Bühnenkunst zu assistieren, aber beide hatten mir gegenüber mit keinem Wort erwähnt, wie das Bühnenbild aussah oder wohin wir jeden Abend fahren würden. Der Mangel an kreativer Kontrolle war beruhigend und mir vertraut. In gewisser Weise unterwarf ich mich Aurelia, und das in einer solchen Umgebung zu tun, fiel mir ebenso leicht wie im Schlafzimmer.

Am späten Nachmittag holte mich ein Wagen ab und brachte mich von Clapham nach Clapton. Früher, als ich in Hoxton wohnte, hatte ich regelmäßig andere Teile von Hackney besucht, war aber nie weiter nach Osten gekommen als London Fields, um auf dem Broadway Market einzukaufen und im Lido schwimmen zu gehen. Sicherlich gehörte es nicht zu den möglichen Locations, die ich erwartet hatte. Doch da ich Aurelia kannte, zweifelte ich nicht daran, dass sie und ihre Organisation selbst die holprige Grasfläche von Hackney Downs Park verwandeln konnten, über die ich mit meinem Geigenkasten unter dem Arm zu dem großen Zelt ging, das der Fahrer mir gezeigt hatte, als er mich am Straßenrand absetzte.

Es war noch hell, als ich ankam. Ich war lässig gekleidet – enge, hochtaillierte Jeans, flache Schuhe und eine lockere, lange Bluse, die mit einer Schleife am Hals zusammengehalten wurde. Ich hatte nur mein Instrument mitgebracht, da Aurelia erklärt hatte, Kostüme und Make-up würden gestellt, weshalb ich mich zu dieser Gelegenheit nicht aufputzen müsse, wie ich es sonst nur für die namhaftesten Aufführungen machte.

Von außen sah das Zelt wie eine normale Zirkuskuppel aus. Es war wie ein Sechseck geformt, die Wände bestanden aus Holz in warmem Beige, darüber ein drapiertes, leuchtend rotes Stoffdach. Lichterketten schmückten jede Ecke, und ich stellte mir vor, dass es bei Sonnenuntergang ziemlich spektakulär aussehen würde. Ein langer roter Teppich führte zu den zurückgeschlagenen Vorhängen, die als Eingang dienten. Sie waren von Security bewacht – eine kleine Frau in einer Uniform mit roten und goldenen Quasten, dazu eine Lokomotivführerkappe, die ihre Stirn vollständig bedeckte. Sie veränderte ihre Haltung, als ich näher kam, und mir fiel die Festigkeit ihrer kräftigen Muskeln auf, die sich unter ihrer Kleidung bewegten. Offensichtlich besaß sie eine Stärke, die im Widerspruch zu ihrer kleinen Statur stand. Ich zeigte ihr meinen Ausweis, und sie winkte mich sofort durch.

Poster, auf denen für den Abend geworben wurde, schmückten den Bereich der Abendkasse. Alle in Schwarz-Weiß und stilisiert, ein wenig wie ein Rorschachtest. Was aus manchen Blickwinkeln wie die gerundeten Konturen eines Musikinstruments aussah, wirkte aus anderen wie der Schwung einer schmalen Taille oder der herausspringende Winkel einer Hüfte. Ich nahm ein Programm und blätterte darin.

Tagebücher einer Violine

Ein erotisches, allumfassendes Theaterexperiment.

Geben Sie Ihre Freunde und Ihre Befangenheit an der Kasse ab und lassen Sie sich von der Musik forttragen, wohin sie will ...

Die Besucher wurden aufgefordert, in Cocktailoutfit oder Phantasiekleidung zu kommen, da sie sonst riskierten, an der Tür zwangsweise vom Personal umgekleidet zu werden. Jeder Abend stand unter einem anderen Motto. Heute Abend hieß es »Marionetten«, an einem anderen »Menagerie«. Masken würden zur Verfügung gestellt und sollten den ganzen Abend nicht abgelegt werden.

Ich legte das Programm wieder zurück, ein wenig schuldbewusst, da ich wusste, dass ich damit die von Aurelia aufgestellten Regeln gebrochen hatte, und betrat den großen Zuschauerraum auf der Suche nach jemandem, der mir sagen konnte, wo die Garderobe oder der dafür vorgesehene Bereich zu finden war.

Ein durchdringender Holzgeruch schlug mir entgegen, und mit ihm überfluteten mich eine Million Erinnerungen an meine Kindheit. Der Boden war mit Sägespänen bedeckt, festgetreten wie unter dem Gewicht unzähliger Füße, daher sah es so aus, als wäre das Ganze hier schon immer gewesen und nicht erst in der vergangenen Woche aufgebaut worden. Sitzplätze gab es nicht. Ein Podium – die Bühne – befand sich am gegenüberliegenden Ende des Zeltes, mit einem abgesperrten Orchesterbereich davor. Das Podium war umgeben von verspiegelten Säulen, die vom Boden bis an die Decke reichten, in jedem Winkel, nur nicht so, dass sie den Blick auf die Hauptbühne verstellten. Spiegel bedeckten zudem sämtliche Wände. Wohin ich auch schaute, erblickte ich mein eigenes Spiegelbild.

Ich schloss die Augen und stellte mir vor, wie es wohl sein würde, wenn Menschen den Raum füllten, alle maskiert und kostümiert. War die Vorstellung ausverkauft? Nicht einmal das wusste ich, hoffte es aber. Mir war jetzt klar, wie unglaublich der Abend würde, wenn Aurelias Pläne aufgingen. Sie machte die Zuschauer zu einem Teil der Vorstellung, ermutigte sie, ihre Hemmungen abzulegen. Feste Plätze gab es nicht, daher würden sich Gruppen herausbilden, denen es überlassen war, einander zu erforschen, die Gesichter verdeckt und anders als sonst gekleidet, damit sie sich so benehmen konnten, wie sie wollten, ohne gesellschaftliche Repressalien zu befürchten. Ich wusste, Dominik hätte es gefallen, wie sein Werk nun adaptiert, unterwandert, verbessert wurde. Bis auf die Spiegel fehlte es auf der Bühne und auch sonst an Dekorationen. Die Betonung lag nicht auf dem Raum oder auf der Bühne, sondern auf den Menschen, die beides bevölkerten. Hinweisschilder, die zu den Toiletten oder zur Bar führten, schienen absichtlich zu fehlen, um zur Erkundung zu ermutigen. Und meine Musik wäre das Band, das alles zusammenhielt. Ich wäre der Rattenfänger von Hameln, der sie alle einfing.

Sofern es mir gelang.

In meinem Bauch sprudelte nervöse Energie. Allmählich bekam ich ein flaues Gefühl im Magen.

Hinter mir vernahm ich vertraute Schritte und drehte mich um, als Lauralynn durch den Haupteingang schlenderte. Sie hatte eine riesige Reisetasche über die Schulter gehängt und zog einen großen Rollkoffer hinter sich her. Sie trug flache Kampfstiefel, in denen ich sie noch nie gesehen hatte. Die Stiefel sahen alt und abgewetzt aus, doch wie ich Lauralynn kannte, schätzte ich, dass es Designerware war, brandneu und künstlich abgetragen. Ihre Jeans saß tief auf den Hüften, und ihr Baumwoll-T-Shirt war ungewöhnlich weit, aber so kurz geschnitten, dass es nicht ganz über ihren Bauch reichte. Obwohl ich nie mitbekommen hatte, dass sie – bis auf ihre Aktivitäten im Schlafzimmer – irgendetwas für ihre Fitness tat, war ihr Bauch flach wie ein Brett. Ausnahmsweise trug sie einen BH.

»Komm mit«, sagte sie. »Anscheinend wurde ich zu deiner Garderobiere ernannt. Fangen wir an. Du hast hier sowieso nichts verloren.«

Ich bot ihr an, die Reisetasche zu tragen, und ließ sie beinahe zu Boden fallen, als Lauralynn sie von ihrer Schulter auf meine hievte.

»Großer Gott, was hast du denn mitgebracht? Ziegelsteine?«

»Make-up«, erwiderte Lauralynn. »Für dich.«

Tatsächlich stellte sich heraus, dass es Körperfarbe war, in einem Farbspektrum, das zu jeder Hauttönung auf dem Planeten gepasst hätte. Vier Künstler mit einem ganzen Koffer voller Pinsel unterschiedlicher Größe und einer Palette mit hellen Farbtönen, die zu jeder Schattierung an meinem ganzen Körper passen sollten, überzogen mich akribisch von Kopf bis Fuß.

»Halt«, rief Lauralynn, als ich zum Standspiegel gehen wollte, der auf der anderen Seite unserer provisorischen Garderobe stand, einem abgeschlossenen Bereich hinter der Bühne. »Mach die Augen zu.«

Ich tat wie angewiesen, sie führte mich zum Spiegel und drückte mir dann meine Geige in die Hände. Unwillkürlich hob ich das Instrument ans Kinn und hielt meinen Bogen bereit.

»Jetzt mach sie auf«, sagte sie.

Der Effekt des Make-ups war unglaublich. Ich war vom Halsansatz abwärts geschminkt, damit ich wie die Bailly aussah, in warmen, polierten Schattierungen von Bronze, Hellbraun und Gold. Jede Furchung, jede Erhebung, die am Instrument auftauchte, war nun auch an meinem Körper zu sehen, womit die sinnlichen Untertöne in der Beziehung zwischen dem Instrument und der Frau, die es spielte, betont wurden. Es war nur schwer zu sagen, wo ich aufhörte und die Bailly begann oder wer wen spielte. Das V zwischen meinen Brüsten, mein Hals und mein Gesicht blieben bleich. Auf meinen Wangen und Lippen war das Rouge so kunstvoll aufgetragen, dass es natürlich wirkte, meine Wangenknochen und meine Lippen jedoch glitzerten, voll und sinnlich. Die Haare fielen mir in perfekt zerzausten Locken über die Schultern, genau die ungekämmte Art, die strubbelig wirkte, aber in Wirklichkeit stundenlang hergerichtet werden musste. Das Make-up meiner Augen war schlicht, dunkel und katzenartig.

Auch Lauralynn war bemalt worden, doch statt ihrem Cello zu gleichen, sah sie aus wie eine menschliche Holzpuppe. Ihre hellbraune Haut hatte jetzt die Farbe einer Eiche samt Maserung. Sie glänzte wie lackiert. Die Haare waren zu einem festen Knoten hochgesteckt, ihr Rouge und der Lidschatten wirkten irgendwie lebendig, als wäre sie einem Zeichentrickfilm entsprungen. Sie war völlig nackt, jeder Quadratzentimeter ihrer Haut war mit Farbe überzogen, bis auf das provokante Haarbüschel.

»Wow«, sagte ich und schaute darauf hinunter. »Hast du mit dem Enthaaren aufgehört?« Lauralynn war immer haarlos gewesen, solange ich sie kannte.

»Nein.« Sie grinste. »Das ist ein Schamhaartoupet. Damit sieht das Ganze obszöner aus, findest du nicht?«

Sie hatte recht.

Das kleine Orchester, das Aurelia und Viggo engagiert hatten, um meine Geigensoli am Premierenabend zu kontrapunktieren, war in ähnlicher Aufmachung, und alle nackt. Die meisten Männer waren total schlaff, und ich bemerkte unwillkürlich, wie ihre Eier baumelten, und konnte nur ahnen, wie hart ihre Schwänze wurden, wenn sie erregt waren. Einer von ihnen, ein Flötist, sah nicht älter aus als zwanzig und war offensichtlich halb erigiert.

Ob er wegen der öffentlichen Zurschaustellung seines Schwanzes verlegen war, konnte ich nicht feststellen, da die Farbe auf seinem Gesicht jedes Anzeichen von Errötung verbarg. Alle Musiker waren eindeutig wegen ihrer Fähigkeit im Umgang mit einem Instrument ausgesucht worden, nicht aufgrund der Festigkeit ihres nackten Fleisches, denn es gab ebenso viele pummelige, rundliche Gliedmaßen zu sehen wie lange, geschmeidige, und nicht alle nackten Brüste, auf die mein Blick fiel, waren jugendlich. Dennoch lag in allen teils bedeckten, teils unbedeckten Körpern eine Schönheit, etwas Schlichtes und Natürliches. Die Perfektion der Farbe verlieh sogar alterndem Fleisch einen eigenartigen Reiz.

Die Fünf-Minuten-Klingel ertönte, und der Raum um uns herum füllte sich. Hinter dem Vorhang, der das Podium umschloss, konnte ich das Publikum nicht sehen, aber ich spürte irgendwie – an den Flüstertönen, den Atemzügen und den leichten und schnellen Schritten –, dass diese Menge eine andere Art von Energie ausstrahlte, als es sonst bei den meisten meiner Konzerte der Fall war. Klassische Musik zieht eher eine bestimmte Art von Zuhörern an, und diese gehörten nicht dazu. Das Stehen steigerte das Gefühl der Erwartung, als harrte die Menge darauf, dass etwas passierte, und sehnte sich danach, mit einbezogen zu werden, sich mit der Musik zu bewegen, zu schwingen, zu springen, zu hüpfen und gegeneinanderzuprallen. Eher ein Rockevent als ein klassisches Konzert oder ein Theaterstück.

Noch einmal klingelte es, und der rote Vorhang wurde nach oben gezogen und faltete sich automatisch in das Netzwerk aus Balken und Flaschenzügen, die sich unsichtbar über die Decke des Zeltes zogen.

Die Menge schnappte unisono nach Luft, als sie die nackten Körper vorn an der Bühne erblickte, reflektiert von sorgfältig aufgestellten Spiegeln, in denen das kleine Orchester doppelt so groß wirkte und jeder nur mögliche Aspekt der Nacktheit präsentiert wurde.

Ich begann zu spielen.

Ein Thema aus Strawinskys *Feuervogel.*

Ob unter dem Einfluss der vorgeschriebenen Kleiderordnung oder bedingt durch die ständige Anwesenheit von Aurelia, Andrei und anderen inzwischen vertrauten Gesichtern zusätzlicher Tänzer und stummer Statisten aus dem Netzwerk, die auf rätselhafte Weise Abend für Abend wie ein schweigender griechischer Chor um das improvisierte Theater herum aufgestellt waren – die Stimmung wurde eigenartiger, gewichtiger.

Viggo war, ohne Zweifel für viel Geld, engagiert worden, um meine musikalische Darbietung an den ersten beiden Abenden aufzunehmen. Daher war ich nicht mehr verpflichtet, die ganze Zeit zu spielen, was mir Freiheit verschaffte und Muße, mich selbst mehr auf das Stück, die Handlung, einzulassen. Lauralynn hatte, wie vereinbart, einige Partien übernommen, gab der musikalischen Darbietung ihren eigenen Anstrich und kontrapunktierte meine Geigentöne mit den männlicheren Echos ihres Cellos. Viggos Mischung aus meiner Musik betonte die ihr innewohnende Melancholie und die zuweilen ungezügelten Flüge der Leidenschaft und Phantasie, die in den Vordergrund traten, wenn ich improvisierte und mich von der Bühnenrealität löste. An manchen Stellen hatte er elektronische Klanggestade hinzugefügt, die perfekt passten, als hätte er meine Gedanken gelesen. Allmählich nahm das Stück eine neue Dimension an, jeden Abend auf eine andere Weise, während Antony sich eifrig Notizen machte, die er Alissa und den paar anderen Schauspielern weiterreichte (die meisten von ihnen spielten inzwischen zwei oder drei Nebenrollen), damit sie den Blickwinkel ihrer Auftritte abwandelten. Antony strich Dialoge und bald ganze Passagen aus dem Originaltext des Stücks und legte immer mehr die Betonung auf Optik und Musik, damit es nicht mehr so abhängig von der Macht bloßer Worte war. Ich beobachtete diese Änderungen mit gemischten Gefühlen, bewunderte das künstlerische Schaffen im Werdegang, spürte aber auch eine gewisse Wehmut, weil er Kernstücke beibehalten hatte, die mich unweigerlich an Dominik erinnerten.

Keine Abendvorstellung glich der anderen, während das Stück sich beständig weiterentwickelte, beinahe als Antwort auf die Reaktionen der verschiedenen Zuschauer.

Aber den Leuten gefiel es. Die Karten für die verbliebenen Vorstellungen wurden wie Goldstaub gehandelt.

Antony bat um Verlängerung der Aufführungszeit, doch das Spiegelzelt war schon für einen Zirkus irgendwo in Osteuropa gebucht und würde nach unserem letzten Abend abgebaut und dorthin transportiert werden. Er klammerte sich an die Hoffnung, dass das Aufsehen, das wir erregt hatten, ein paar Theater im West End reizen würde, uns ein neues Zuhause anzubieten.

Die letzte Aufführung unseres Stückes stand bevor.

Die Woche war wie im Fiebertraum vergangen.

Vom Premierenabend bis jetzt hatte sich das Stück radikal vom reinen Theater in ein Spektakel verwandelt, von Text zu reiner Emotion, von einer leeren Leinwand in eine Art tickende Bombe. Sobald wir abends die Bühne verließen, waren wir schon ganz wild darauf, sie wieder zu betreten, scharf darauf, die Schraube ein Stück weiter zu drehen, begierig zu sehen, wie weit wir unsere Grenzen ausdehnen konnten, bis etwas platzte. Das war kreativer Wahnsinn und wurde von Aurelia bei unseren Nachbesprechungen still gefördert, obwohl sie und ihre Freunde immer darauf achteten, sich nicht konkret einzumischen, sondern nur beteiligt zu sein.

Verstärkend auf die Anspannung wirkte sich aus, dass jegliche sexuelle Interaktion zwischen Antony, Alissa und mir, ob wir wollten oder nicht, durch unsere Erschöpfung nach den Vorstellungen unterdrückt worden war. Jedes Mal standen Wagen bereit, die uns direkt zu unserer jeweiligen Wohnung brachten. Wir trafen uns dann erst wieder am späten Vormittag des nächsten Tages, um die tägliche Entwicklung des Projekts zu erörtern, und schon war es wieder an der Zeit, auf die Bühne zu gehen.

Ich traf spät ein, mein Wagen war durch den Verkehr über den Fluss aufgehalten worden, und ich musste schleunigst in den durch einen Vorhang abgeteilten Bereich hinter der Bühne, wo wir uns umzogen und versammelten, in der Hoffnung, dass das Kostüm für diesen Abend schlicht war, man rasch hineinschlüpfen konnte und kein ausgefeiltes Make-up notwendig war. Aurelia stand dort und wartete auf mich.

Sie reichte mir ein Kleid. Ich hatte mich schon an die täglich wechselnden Kostüme gewöhnt, die so ganz anders waren als die formellen schwarzen Kleider, die ich sonst trug, und war überrascht, für den letzten Abend ein Kleid zugewiesen zu bekommen. Doch als Aurelia es in die Höhe hielt, erkannte ich, dass es kein gewöhnliches war. Der Stoff war eine Art Satin-Stretch, aber unglaublich fein und von winzigen Juwelen in Schwarz, Grün und Dunkelblau bedeckt, die aufblitzten, wenn sie das Licht einfingen. Auf den Rücken waren Federn genäht, die sich zu einem Kragen um die Schultern legten. Es glich dem Kostüm eines Phantasiewesens, teils Vogel, teils Fisch, und als ich den Stoff in die Hand nahm, merkte ich, dass er teilweise durchsichtig war, nur eine dünne Schicht Dekoration, unter der bei der richtigen Beleuchtung meine nackte Haut zu sehen wäre.

»Ich möchte, dass du das hier anziehst«, sagte sie.

Alissa trug etwas Ähnliches, wenn auch ihren üppigen Kurven angepasst. Ihr Kleid hatte einen olivgrünen Farbton, der zu ihrer Haut passte, und das Muster war entschieden schlangenartiger. Sie saß vor einem Spiegel und vervollständigte ihr Make-up. Antony war in der gegenüberliegenden Ecke und zog seinen Gürtel fest. Auch er trug nicht sein gewohntes Outfit aus Jeans und T-Shirt. Seine weite Hose war aus Leder oder Fell, dazu eine Jacke, die gerade über seine Schultern und die Schulterblätter reichte und seinen Oberkörper ansonsten nackt ließ. Das Leder war weich und dünn, womit er eher Pan als Biker war, und als er unter den hellen Scheinwerfern der Garderobe stand, konnte ich die glatte Härte seiner Brust bewundern. Dieses Kostüm war mir schon zu Beginn der Woche aufgefallen, zurückgelegt für den männlichen Hauptdarsteller.

»Peter, unser Hauptdarsteller, schafft es heute Abend nicht«, sagte Aurelia. »Antony wird für ihn einspringen. Er kennt das Stück in- und auswendig, und das Hauptaugenmerk liegt ohnehin auf dir und der wunderbaren Alissa, stimmt's?«

Ich zog eine Augenbraue hoch, denn ich bezweifelte, dass auf Aurelias straff geführtem Schiff irgendwelche unerwarteten Veränderungen eintraten. Und Antonys Kostüm passte ihm überraschend gut für etwas, das offenbar für einen anderen Mann gedacht war. Vermutlich hatte sie von vornherein geplant, dass er an diesem Abend die Hauptrolle übernehmen sollte. Ich wusste, er hatte zuvor schon als Schauspieler gearbeitet und kannte jedes Wort des Textes, war also von der Bitte nicht weiter überrascht.

Lauralynn platzte herein. Sie trug einen schimmernden, goldenen Bodysuit, der sich an ihren Körper schmiegte. Ihre Haare waren nach hinten gekämmt und fielen wie Weizenwogen auf ihre Schultern.

Man half mir in das Kleid.

Ein eigenartiges Schwirren hing in der Luft, Furcht und Erwartung zugleich. Ein Gefühl, dass beunruhigend in meinem Magen rumorte.

Lauralynn beugte sich vor und küsste mich auf die Wange.

»Toller Abend, was?«

Ich nickte.

Sie reichte mir die Bailly und nahm meine Hand. Ihr Instrument stand schon auf der Bühne neben ihrem Sitz. Einer der Techniker führte den Countdown durch, und es wurde dunkel. Wir gingen auf die Bühne, nahmen unsere Positionen ein und warteten darauf, dass sich der Vorhang hob. Lauralynn und ich waren für die musikalische Einleitung der Vorstellung verantwortlich, für die Einstimmung. An diesem Abend hatten wir eine Improvisation über ein Kreisler-Stück geplant.

Auf Zehenspitzen ging ich zu meinem Platz auf der rechten Seite der Vorbühne. Lauralynn saß auf der linken, direkt mir gegenüber.

Der Halbschatten im Innern des Spiegelzelts begann sich zu heben, und mein Blick fiel auf das Publikum. Im Gegensatz zu den Abenden zuvor waren die Zuschauer nicht maskiert.

Und alle waren ausnahmslos nackt und wie Tiere geschminkt.

Meine Aufmerksamkeit fiel zuerst auf die Raubkatzen. Männer und Frauen gleichermaßen, langgliedrige, geschmeidige Körper, bemalt mit dem glatten Blauschwarz von Panthern oder Variationen aus Gold, Bronze und Braun eines Jaguars, Löwen oder Tigers. Manche hatten einen verzierten Kragen um den Hals. Ein junger Mann hatte das Äußere eines Leoparden und kroch auf allen vieren, wobei er an einer kurzen schwarzen Lederleine riss, die an einem dicken, silbernen Band um seinen Hals befestigt war. Eine große Frau, von Kopf bis Fuß mit Schwarz- und Grautönen bedeckt, hielt das Ende der Leine in ihrer mit schweren, kunstvollen Ringen geschmückten Hand, und ihr Bizeps trat unter der Anstrengung hervor, den Leoparden zurückzuhalten, was ihren unbeteiligten Gesichtsausdruck Lügen strafte. An ihren Handgelenken, ihren Oberarmen, ihren Fußgelenken und

Beinen trug sie gefiederte Bänder. Sie war eine Eule, vermutete ich.

Andere steckten in Käfigen, die über den ganzen Raum verteilt waren. Sie verhielten sich, als wären sie wirklich gefährlich, strichen auf und ab, schnappten nach den Lücken zwischen den Gitterstäben, hinter denen sie eingepfercht waren, und schrien oder brüllten hin und wieder gedämpft.

Das waren also vermutlich die besonderen Gäste des Netzwerks. Nur für einen Abend. Nur auf Einladung.

Ich kam mir vor wie in einem schlechten Film, in dem sich nacktes Grauen und sexuelle Ausbeutung abwechselten. Ich wusste nicht, ob ich lachen oder weinen sollte. Oder die Aufregung unterdrücken, die mich erfasste.

Ich atmete tief durch, als ich meine Geige ans Kinn nahm, den Bogen hob und Lauralynn zusah, wie sie den Arm senkte und den Bogen an die Saiten ihres Cellos führte.

Wir begannen zu spielen.

Nach der ersten Kadenz sollte eine Tänzerin vorn an der Bühne entlang Pirouetten drehen. Sie hieß Elena, und obwohl Aurelia sie in das Stück mit eingebracht hatte, war sie als klassische Balletttänzerin ausgebildet. Sie war zierlich, hatte dunkle Haare und etwas Elfenhaftes an sich.

Während Lauralynn und ich unsere Töne gemeinsam anschlugen, trippelte Elena auf die Vorbühne.

Bis auf hellrosa Ballettschuhe war sie nackt, und im Meer der Farben, die uns umgaben, wirkte ihre bloße, unbemalte Haut noch nackter und obszöner, als es unter anderen Umständen der Fall gewesen wäre. Sie hatte einen schönen Körper, und bei ihrem Anblick hätte ich beinahe meinen Bogen fallen lassen, hätte aufgehört zu spielen und einfach nur zugesehen.

Ihre Nippel waren klein und hart und standen wie reife Kirschen mitten aus ihren festen runden Brüsten hervor, umgeben von einem kleinen hellrosa Warzenhof. Als sie sich für die erste Pirouette auf die Zehenspitzen stellte, hoben sich die Muskeln in ihren Waden, Schenkeln und in den Pobacken, ihr Kreuz kippte nach vorn, ihre Mitte blieb stabil wie ein Fels. Sie hob die Arme über den Kopf, anmutig und leicht wie eine Blume, die ihre Blätter öffnet, und drehte sich, langsam zunächst, dann immer schneller mit dem Tempo der Musik, bis sie wie ein Kreisel wirbelte. Ohne langsamer zu werden, hob sie ein Bein, sodass die Wade auf gleicher Höhe mit ihrem Ohr war, und drehte sich weiter, ließ ihre offene Möse bei jeder Drehung aufblitzen, so schnell, dass man unmöglich etwas anderes als dunkelrosa Fleisch ausmachen konnte.

Lauralynns Gesicht war eine Maske der Konzentration, und auch ich geriet beinahe außer Atem in dem Versuch, mit Elena mitzuhalten.

Schließlich wurde sie langsamer, blieb stehen und verbeugte sich zu einem lauten Getöse, das eher nach Bellen klang als nach wildem Applaus, aber offensichtlich so gemeint war; eine überschwängliche Begrüßung unserer Ouvertüre.

Das Licht wurde wieder gedämpft, und die Stimme aus dem Off gab den Rahmen vor und erzählte die Geschichte, die ich inzwischen so gut kannte, dass es mir vorkam, als spräche die Stimme in meinem Kopf, statt über ein Mikrofon. Dann kam Alissas Auftritt. Sie tauchte im Scheinwerferlicht auf, stand in ihrem bodenlangen grünen Kleid vollkommen still, beinahe wie ein Reptil, und als Lauralynn und ich zu einem vom kulminierenden Crescendo des von *Le Sacre du printemps* inspirierten Stücks ansetzten, begann sie sich zu bewegen, sinnlich und lustvoll schwankend wie eine verzauberte Kobra unter der hypnotischen Magie eines Schlangenbeschwörers. Je länger ich sie beobachtete, desto mehr fragte ich mich, ob sie unter einem Zauber stand, der sich an diesem Abend auf uns alle übertrug.

Lauralynn mir gegenüber öffnete und schloss die Lippen, als spräche sie den Dialog stumm mit. In diesem Moment fühlte ich mich von der Musik, die ich spielte, losgelöst, als hätten sich meine Arme und Hände vorübergehend von meinem Verstand und meiner Seele getrennt und meinen Körper in die Lage versetzt weiterzuspielen, während mein Blick an den Vorgängen auf der Bühne haften blieb.

Alissa war wie immer völlig ungehemmt, aber sie hatte ihre sonst so starke Ichbezogenheit abgelegt, und ihre Darstellung wirkte zum ersten Mal echt, nicht einstudiert. Antony war jetzt zu ihr getreten und lieferte entweder den überzeugendsten Auftritt seines Lebens oder war derart in den Bann der verzauberten Violine geraten, dass er den Bezug zur Realität verloren hatte und sich blindlings von der Partitur, dem Text und Alissas Stichwörtern lenken ließ. Er spielte die Rolle perfekt, und nur jemand, der so nah zu ihm saß wie ich, konnte erkennen, dass seine Augen glasig waren und er die romantische Schlüsselszene der ersten Hälfte weit über das vorliegende Skript hinaus interpretierte und den Schnörkel einer leidenschaftlichen Umarmung und einen glühenden Kuss hinzufügte.

Seine Hand wanderte dabei an Alissas Brust, er zog eine Seite ihres Kleides herunter, neigte den Kopf und begann, an ihrem Nippel zu saugen. Sie stöhnte und gab seiner Berührung nach, legte ihren Hals frei und warf die Haare zurück, die ihr bis auf den Hintern fielen.

Hitzewogen schienen vom Publikum aufzusteigen. Ich wusste, dass ich von meiner Position auf der hell erleuchteten Bühne aus solche Feinheiten nicht mitbekam, doch ich hatte das Gefühl, dass im gesamten überfüllten Zelt Nippel härter wurden. Die Gäste, die festgebunden waren, sträubten sich gegen ihre Leinen, die in den Käfigen schnappten noch heftiger gegen die Gitterstäbe, Schwänze wurden hart, Mösen wurden nasser. Unterdessen strich mein Bogen weiter über die Saiten, erzeugte die Erregung, die wie eine Flut anstieg und uns alle zu verschlingen drohte.

Das Publikum hatte keine Ahnung, aber ich wusste, dass ein Großteil des Dialogs komplett ausgelassen worden war, ersetzt durch Antonys fortwährende Liebkosung Alissas. War er verrückt geworden? Er schien sich gar nicht bewusst zu sein, dass noch jemand im Raum war. Nicht einmal ich. Er ließ sich von jeder Rundung ihres Körpers fesseln, als sähe er zum ersten Mal eine nackte Frau. Seine Finger glitten zärtlich über ihre Haut, und er übernahm die Rolle von Adam im Garten Eden, der die ersten Rosenblätter streichelt. Jede Berührung so langsam und wohlüberlegt, dass sie nicht nur Alissa erregte, sondern alle Anwesenden, mich eingeschlossen. Er stellte sich hinter sie, zog den Reißverschluss ihres Kleides auf und schälte es nur so weit nach unten, dass ihr Oberkörper, ihre Hüften und ihr Schambein bis knapp über ihrem Schlitz entblößt waren.

Sie war nackt. Alissa hatte sich für diesen Anlass rasiert. Sie war so stolz auf ihre Schamhaare gewesen, dass sie es nur auf Aurelias Anweisung hin gemacht haben konnte. Die Veränderung war offensichtlich ein Schock für Antony, dessen Blick sofort auf ihren glatten Venushügel fiel, und seine Finger folgten seinem Blick, wanderten zwischen ihren Nippeln hinunter zu ihrem Schoß. Seine Hand verschwand hinter ihrem Rücken und tauchte dann wieder zwischen ihren Beinen auf. Ein Ausdruck der Wonne huschte über Alissas Gesicht, als er ihre Klitoris fand und zu reiben begann. Er hatte den Kopf an ihre Schulter geschmiegt, sein Gesicht war ein Bild der Entspannung und Konzentration zugleich, während seine Fingerspitzen fortfuhren, zwischen ihren Falten zu spielen.

Zum ersten Mal sah ich die beiden so zusammen, als Voyeurin, ohne einbezogen zu sein. Ich war hin und her gerissen zwischen

Anfällen von Eifersucht und Erregung, spielte aber die ganze Zeit weiter, bis Alissa kam. Sie hatten sich instinktiv weiter nach vorn bewegt, vielleicht magnetisch durch das Publikum angezogen, und als sie zum Höhepunkt kam und sich unweigerlich ergoss, besprühte sie die erhobenen Gesichter der nahe an der Bühne Stehenden mit ihrem Saft. Der Leopard an der Leine machte den Mund weit auf und schnappte nach den Tröpfchen, die auf ihn herabregneten, bis sich der Vorhang schloss und das Ende der ersten Hälfte der Vorstellung und den Beginn der Pause anzeigte.

Lauralynn sollte, wie die anderen Musiker auch, pausieren, spielte jedoch weiter, als wäre sie an ihr Cello geschweißt. Ich ließ meine Geige sinken. Mein Arm schmerzte, als hätte ich wie verrückt mit dem Bogen über die Saiten gestrichen, doch ich konnte mich an keine einzige gespielte Note erinnern. Ich hatte die Komposition von Strawinsky weit hinter mir gelassen, als ich mich meinem musikalischen Sog überließ.

Aurelia stürmte nackt zwischen den Vorhängen hinten an der Bühne hervor. Ihre Haare waren offen und zerzaust, als wäre sie gerade wach geworden, und ihre Wangen waren gerötet. Ihre Tätowierungen blitzten und zitterten, und ich schaute sofort auf das Tattoo, das ich stets so fesselnd fand, die Zunge des Drachens, die ihren Venushügel zierte. Die Zunge bewegte sich wie wahnsinnig über ihrem Schlitz, als führte sie einen Cunnilingus vor.

»Summer, Summer!«, rief sie atemlos und schaute von einer Bühnenseite zur anderen, als hätten sich ihre Augen noch nicht an die relative Dunkelheit gewöhnt, und sie könnte mich auf meinem Stuhl in der Ecke nicht sehen.

»Ja«, meldete ich mich. Sie kam auf mich zu, legte mir die Hände auf die Schultern und beugte sich vor, wobei ihre Brüste auf mein Gesicht zu schwangen, dann bückte sie sich und gab mir einen Kuss auf den Mund. Ihre Lippen waren weich, ihre Bewegungen drängend. Unsere Zungen tanzten miteinander. Sie zog sich zurück. Der Klang von Lauralynns Cello schwebte auch weiterhin durch das Zelt, hörbar über den zunehmend hektischen Geräuschen, die hinter dem Vorhang ertönten. Ich erkannte Klänge von Schubert.

»Das war schön«, sagte Aurelia. »Einfach wunderschön. Perfekt.«

»Ich weiß bloß nicht, was ich getan habe«, erwiderte ich.

»Schau.« Sie hob den schweren Samtvorhang, der uns vom Auditorium trennte, ein Stück an, damit ich einen Blick hinauswerfen konnte.

Die Menge war sich nähergekommen. Wohin ich auch blickte, überall waren wirre Haufen bemalter Arme und Beine. Der Leopard hatte sich von seiner Leine befreit und schob seinen Schwanz in seine Herrin, die Eule, deren Federn jetzt in Unordnung geraten waren; ihre Miene hatte sich von passiver Langeweile in Freude verwandelt. Ein paar schwarz-weiße Zebras waren so ähnlich geschminkt, dass ich nicht erkennen konnte, wem welche Gliedmaßen gehörten, als sie sich umeinanderwanden und sich vereinten. Die Käfige waren geöffnet worden, und alle, die hinter den Gitterstäben gekauert hatten, liefen jetzt frei herum. Als wäre ein römischer Fries zum Leben erwacht, ein wildes, orgiastisches Fest der Sinne.

»Das hast du bewirkt«, flüsterte Aurelia. »Der Zauber deiner Musik, deine Form der Magie.«

Ich glaubte ihr nicht so ganz. Das Publikum hatte von Anfang an kurz vor einer Orgie gestanden. Damit hatte ich nur wenig oder gar nichts zu tun. Das waren Aurelias Ausstrahlung und das, was hinter ihrer Organisation stand, dem Netzwerk.

Ich wandte mich vom Vorhang ab und schaute zurück auf Antony und Alissa. Sie hatten ihr Liebesspiel eingestellt und starrten sich und ihre direkte Umgebung an, als wären sie gerade aufgewacht und wüssten nicht genau, ob sie noch träumten oder wieder im Hier und Jetzt waren.

Aurelia folgte meinem Blick und streckte den Arm nach mir aus, umfasste mein Handgelenk und drückte mich sanft.

»Geh zu ihnen«, sagte sie, »und sei nett, sie waren ebenso in der Leidenschaft deines Geigenspiels gefangen wie die anderen.« Dann drehte sie sich um, schlüpfte unter den Vorhang und verschwand im Gedränge.

»Summer?« Antony war jetzt nackt, hatte Hose und Jacke in eine Ecke der Bühne geworfen. Schön sah er aus, wie er dort auf den Holzplanken lag, die langen, schlanken Gliedmaßen entspannt von sich gestreckt, ein Bild der Ruhe. Er trug immer noch einen Bart, obwohl er ihn für den Anlass sauber gestutzt hatte. Ich kniete mich neben ihn und küsste ihn. Sein Mund war nass und schmeckte süß nach Alissas Möse. Ich drehte mich zu ihr und hob ihr Kinn an. Wir pressten unsere Lippen aufeinander.

»Summer …«, sagte sie.

Beide klangen benommen.

Auf den Knien rutschte ich zwischen sie und legte spielerisch jeweils eine Hand an ihre Kehle. Sie stöhnten gemeinsam auf.

Hände wanderten über meine Schenkel, den Bauch, die Brüste. Ich hatte die Augen geschlossen und wusste nicht, welche Finger zu Alissa und welche zu Antony gehörten. Sie drückten mir sanft die Nippel, tauchten zwischen die Falten meiner Schamlippen, ließen ihre Zungen darübergleiten, höher und tiefer.

Überrascht schlug ich die Augen auf, als die Klingel das Ende der Pause ankündigte. Ich war davon ausgegangen, dass wir nicht mit der zweiten Hälfte fortfahren würden. Aber die Vorhänge hoben sich, ein Zeichen dafür, dass die Vorstellung weitergehen würde. Statt Alissa und Antony zu beleuchten, die sich laut Skript leidenschaftlich küssen sollten, richtete sich der Scheinwerfer auf uns drei, die gemeinsam auf dem Boden kopulierten. Alissa und

Antony tauschten allerdings wirklich einen leidenschaftlichen Kuss aus, sie rieb ihre Möse außerdem an meinem Gesicht, während Antony meine Beine spreizte und seinen Schwanz in meine Möse steckte.

Wir erhielten stehende Ovationen und hatten erst die Hälfte des Stückes hinter uns.

Als wüssten sie, wo ich die Nacht verbracht hatte, kam Aurelias Limousine mit dem unbeteiligt wirkenden Chauffeur in grauer Livree wie vereinbart am nächsten Morgen zu Antonys Wohnung, um mich abzuholen und zum Flugplatz zu bringen.

Ungeachtet der wundervollen Exzesse der vergangenen Nacht und unserer letzten Aufführung des Stücks hatte ich mich bereit erklärt, drei Monate lang für Aurelias Netzwerk zu arbeiten, und ich hielt mir einiges darauf zugute, stets professionell zu sein, und war fest entschlossen, meinen Verpflichtungen nachzukommen. Außerdem hatten sie meiner Agentin ein äußerst großzügiges Honorarangebot gemacht, und sie hatte mir den Auftritt mit Begeisterung empfohlen, trotz der ungewöhnlichen Umstände und der damit verbundenen Geheimniskrämerei.

Antony schlief fest, als ich auf Zehenspitzen aus dem Schlafzimmer schlich. Ich wollte ihn nicht auf meinen Aufbruch und meine bevorstehende Abwesenheit aufmerksam machen.

Wir fuhren einen Umweg über meine Wohnung in Clapham, aus der ich das Gepäck holte, das ich ein paar Tage zuvor bereitgestellt hatte. Kleidung für warmes Klima, hatte man mich vorgewarnt.

Am Terminal vier des Flughafens Heathrow herrschte viel Betrieb. Bei unserer Ankunft hatte der Fahrer mir einen dicken Umschlag mit den Einzelheiten meiner Reise überreicht. Ich zog den Reiseplan heraus. Las Vegas. Ich war schon eingecheckt und flog erster Klasse.

Der Zielort überraschte mich. Dort war ich noch nie gewesen. Die Stadt war kitschig und hatte mich nie im Geringsten interessiert. Wenn ich überhaupt je gespielt hatte, dann mit meinem Leben und meinen Gefühlen, und ich war nie so verzweifelt oder verblendet gewesen, um Geld zu spielen.

Ich rollte meinen Koffer zum Gepäckschalter.

10

DIE WÜSTE SCHILLERT

Glücksspielautomaten, einarmige Banditen und grelles Licht beherrschten die Ankunftshalle des Flughafens von Las Vegas. Ich war erschöpft, nicht nur infolge der Zeitverschiebung, sondern auch aufgrund eines Gefühls der Leere nach den Ereignissen der letzten Tage und der grandiosen Aufführung unseres Stücks am letzten Abend und dem damit verbundenen süßen Rausch.

Ich war als Erste am Einreiseschalter und kurz darauf bei der Gepäckausgabe auf der Suche nach dem richtigen Kofferkarussell in der riesigen Halle. Meine Aufmerksamkeit wurde immer wieder auf das Ein und Aus grellbunter Farben gelenkt, die ununterbrochen nach einem bestimmten Muster in den vielen an Wänden und Säulen installierten Spielautomaten aufblinkten. Das begleitende mechanische Geklapper war irritierend, beliebig, unmelodisch und nagte an meinen Sinnen, als hätte ich einen Kater. Zum Glück bollerte mein Koffer mit der ersten Ladung Gepäck über die Rutsche, gut zu sehen an seinem Erste-Klasse-Etikett. Aus reiner Gewohnheit drückte ich meinen Geigenkasten fest an die Brust, wie schon während des Fluges, und schaute mich nach einem Gepäckwagen um.

»Sie brauchen keinen«, sagte eine Stimme.

Ich drehte mich um.

In den paar Jahren, seitdem ich sie zuletzt gesehen hatte, war sie kaum gealtert. Die langen Haare fielen ihr immer noch über den halben Rücken, wenn auch inzwischen mit grauen Strähnen durchsetzt, und der zerknitterte Samtstoff ihres fließenden, pur-

purroten Kleides schmiegte sich an ihre kräftigen Hüften, als sie elegant auf mich zu tänzelte.

Es war Madame Denoux, die Directrice des Clubs in New Orleans, in dem ich zum ersten Mal die faszinierende Darbietung der russischen Tänzerin Luba miterlebt und in dem Dominik mich ermutigt hatte, auf die Bühne zu gehen, meine Hemmungen abzulegen und mich schamlos zu präsentieren.

In Wirklichkeit war es keine Überraschung, sie hier auf mich warten zu sehen.

Anscheinend verbrachte ich mein Leben jetzt im Schatten des Netzwerks, und es war weiter keine Offenbarung, zu erfahren, dass der geheimnisvolle Club, den sie geführt hatte, zu Aurelias weit verzweigter Organisation gehörte. Irgendwie war es auch beruhigend. Ich konnte mir schlimmere Leute vorstellen, Organisationen, die mich wie eine Marionette manipulierten. Und mit Beklemmung wurde mir klar, dass ich auf dem Weg bis hierher schon viel Schlimmeres erlebt hatte, was Manipulation betraf. Victor. Das Grauen in Kentish Town, das ich so widerspruchslos hingenommen oder über mich gebracht hatte. Und andere Umstände, die ich lieber vergessen wollte.

Neben ihr stand noch ein breitschultriger, uniformierter Fahrer, viel größer als sie, ein Schwarzer diesmal, aber in der gewohnten grauen Livree. Er trat ans Karussell und nahm meinen Koffer, als wäre er federleicht. Ich wusste, dass es nicht so war. In meiner Eile beim Packen, ohne zu wissen, wohin es ging oder was ich in diesen drei Monaten tun würde, hatte ich ihn so vollgestopft, dass er beim Wiegen am Londoner Flughafen sogar in gefährliche Nähe des zulässigen Höchstgewichts für die Erste Klasse gekommen war.

»Willkommen«, sagte Madame Denoux mit ganz leichtem französischem Akzent.

»Schön, Sie wiederzusehen, Madame«, erwiderte ich.

»Nennen Sie mich Giselle«, sagte sie.

Sie machte auf dem Absatz kehrt, und ich folgte ihr und dem Schrank von einem Fahrer zu den automatischen Schiebetüren, die auf die Straße führten.

Trockene Hitze legte sich wie eine Decke auf mich, als wir nach draußen traten. Ich blieb stehen. Holte tief Luft.

Madame Denoux schaute mich freundlich lächelnd an. »Wüstenluft. Ziemlich trocken. Aber Sie werden sich daran gewöhnen«, sagte sie.

Die Limousine war klimatisiert, und bei dem abrupten Temperaturwechsel musste ich niesen.

Wir fuhren los.

Die Abenddämmerung senkte sich über die Neonschluchten von Las Vegas, eine Oase aus Licht, die wie ein überirdischer Leuchtturm die Dunkelheit der Sandflächen ringsum überstrahlte. Ich war zum ersten Mal hier, aber es kam mir aus den endlosen Filmen, Dokumentationen, Fotos in Zeitschriften bekannt vor. Eingehüllt in die tiefe Stille des Wagens, fühlte sich alles unwirklich an; wie ein Reisebericht voller klischeebefrachteter Bilder, die sich hinter den getönten Scheiben der schnittigen Limousine vor mir entfalteten.

Wir glitten über den Boulevard, glitzernde Hotels, Attraktionen, bizarre und schicke Gebäude rauschten vorüber, Scharen von Touristen in unterschiedlichen Khakifarben, Chinos, geblümten Kleidern, die meisten mit Plastikbechern in der Hand.

»Die sind für Münzen, für Chips«, erklärte Madame Denoux, die meinem fragenden Blick gefolgt war.

Als wir den Strip halb hinter uns hatten und vor uns eine Wand aus Licht aufragte, bog der Wagen nach rechts ab und folgte schmaleren Straßen, vorbei an kleineren, weniger großzügigen Hotels und Gebäuden. Das künstliche Tageslicht nahm ab.

Ich blinzelte, als wir am letzten Häuserblock vorbeifuhren

und von der Dunkelheit der Wüste geschluckt wurden. Innerhalb einer Sekunde waren wir von den Auswüchsen der Zivilisation in pechschwarze Nacht eingetaucht. Meine Augen passten sich an. Über dem tintenschwarzen Horizont erhob sich die zerfurchte Silhouette niedriger Gipfel, Mesas und Hügel. Die Straße wurde kurviger.

Madame Denoux bemerkte, wie müde ich war.

»Schlafen Sie, meine Liebe. Wir haben noch eine lange Fahrt vor uns. Entspannen Sie sich einfach.«

Als ich einnickte, ging mir erleichtert durch den Kopf, dass Las Vegas nicht unser Ziel gewesen war. Zum ersten Mal seit Ewigkeiten war mein Schlaf traumlos, ein langer – so kam es mir zumindest vor – Walzer ins Nichts.

Später wachte ich mit dem Gefühl tiefen Friedens auf, zusammengerollt auf dem ledernen Rücksitz des Wagens, allein, das Surren der Klimaanlage das einzige Geräusch, das ich vernahm. Ich blinzelte. Draußen vor den getönten Fenstern ging die Sonne über einem Hügel in der Nähe auf, weiß und bleich vor dem hauptsächlich rötlichen Hintergrund der Umgebung.

Kurz kam es mir so vor, als wäre ich mitten in einem Western, und die Kavallerie mit John Wayne würde im nächsten Augenblick an mir vorbeiziehen, trampelnde Hufe würden Staubwolken hinter sich aufwirbeln.

Ich bewegte mich.

Zögernd, denn ich spürte noch die tiefe Umarmung des Schlafs, der mich gefangen hielt.

»Ah, Dornröschen wird wach«, sagte Madame Denoux, als sie die Wagentür öffnete und die Hitze über mich hereinbrach. »Ich hoffe, es macht Ihnen nichts aus, dass wir Sie dort gelassen haben. Wir haben es nicht übers Herz gebracht, Sie zu wecken.«

Ich nuschelte etwas Unverständliches vor mich hin. Meine Kehle war wie ausgetrocknet.

Sie kam mir zuvor und gab mir eine Flasche Wasser, die sich herrlich kalt anfühlte.

Ich trank mit unverhohlener Gier.

»Wo sind wir?«, fragte ich, als ich hinausschaute und die Helligkeit des heraufziehenden Tages meine erwachenden Augenlider traf.

»Wir sind ganz in der Nähe des Monument Valley«, erwiderte sie.

Der Name weckte alte Erinnerungen. Wieder Filme.

»Wir befinden uns in einiger Entfernung von Vegas, am Navajo Tribal Park. Hier wird der nächste Ball stattfinden«, sagte sie.

Madame Denoux reichte mir ihre Hand und half mir aus dem Wagen.

Die Hitze legte sich wie ein schweres Gewicht auf mich, sobald ich den Fuß in den pulvrigen ockerfarbenen Sand des Wüstenbodens setzte.

Ich drehte mich um und rechnete mit einer Art Lager, mit Zelten, provisorischen Hütten, in denen wir wohnen würden, doch mein Blick auf die Felsbrocken ringsum wurde von einer imposanten Vorkriegsvilla mit hohen griechischen Säulen entlang der Fassade verstellt. Sie wirkte völlig fehl am Platz, wie ein gigantischer Schandfleck in der Landschaft, ein Schild wies sie als Grand Desert Inn aus. Sie stand mitten im Nichts, als wäre sie vom Himmel gefallen.

»Sie werden hier wohnen. Wir alle«, sagte Madame Denoux. »Wir haben Ihren Koffer und die Geige schon in Ihr Zimmer bringen lassen.«

Das Foyer war offensichtlich vom Ballpersonal und den Mitarbeitern des Netzwerks in Beschlag genommen worden. Spontane Zirkusvorführungen waren an der Rezeption und im gesamten, höhlenartigen und mit Terrakotta ausgelegten Raum zu sehen, der mir übertrieben protzig vorkam, wenn man bedachte, dass sein einziger Zweck darin bestand, Gäste und ihr Gepäck von der Anmeldung in ihr Zimmer zu befördern.

Direkt in der Mitte des Raums war ein Reifen für Luftakrobatik gewagt an der Decke angebracht. Darunter lag eine weiche Matte, obwohl sie meiner Ansicht nach nicht annähernd groß genug war angesichts der Höhe, zu der eine Frau sich pendelnd aufschwang und dabei die volle Länge des Seils ausnutzte, an dem der Reifen befestigt war. Mal hing sie an den Händen, dann wieder zog sie sich hinauf, um einen Überschlag durch den Reifen oder einen Spagat mitten in der Luft zu machen, während sie anscheinend unbeeindruckt von der Schwerkraft dort oben baumelte. Ihr hellrotes Haar war zu einem kurzen, knabenhaften Schopf geschnitten, und sie trug ein schwarz-weiß gestreiftes Bodystocking. Wenn sie sich drehte, verliehen ihr die Zebrastreifen in Verbindung mit der Form ihres langen, geschmeidigen Körpers die Erscheinung einer Barber-Pole-Illusion.

Links von der Tür machten zwei junge, nur mit weichen, dünnen Hosen bekleidete Männer Bauchübungen, die Knie in den oberen Stangen des Gepäckwagens eingehakt. Ihr blondes Haar hing herab und schleifte über den Boden, wenn sie sich lang ausstreckten. Ihre Bauchmuskeln unter der dünnen Hautschicht ohne ein Gramm Fett spannten sich sichtbar, wenn sie wieder hochkamen und mit den Ellbogen die Stange berührten. Zwillinge, stellte ich fest, als sie gleichzeitig schwenkten und den Kopf zur Trapezkünstlerin drehten, die ein lautes, triumphales Hurra! ausstieß, nachdem ihr ein besonders kompliziertes Kunststück gelungen war.

An der Rezeption stand eine Gruppe mit griffbereiten Ausweisen und ließ sich vom Hotelpersonal Zimmer und Schlüssel zuteilen. Vermutlich waren es Tänzer, gemessen an der leichten, geschmeidigen Art ihrer Bewegungen, die anders waren als bei normalen Menschen. Die Frauen hatten dünne Waden und mädchenhaft schmale Hüften, die Männer breite Schultern, schlanke Taillen und einen so festen Arsch, dass man darauf hätte Walnüsse knacken können. Genau die Körperlichkeit, die nur durch jahrelanges Training zustande kommt.

Ich seufzte. In Wirklichkeit waren es nur ein paar Tage gewesen, aber mir kam es so vor, als wäre es lange her, seit ich Gelegenheit hatte, schwimmen oder joggen zu gehen, und mir fehlte es, die Glieder zu strecken, den Kreislauf auf Touren zu bringen, mich wunderbar lebendig zu fühlen. Antony joggte jeden Tag, für gewöhnlich fünfzehn Kilometer oder mehr, bei jedem Wetter, ganz gleich, wo er war oder was er dringend zu erledigen hatte. Er sprach nicht darüber. Einmal hatte ich ihn nach seinen Gewohnheiten gefragt, als ich den erbärmlichen Zustand seiner Fußnägel bemerkte.

»He, du.«

Ich schrak zusammen. Antonys Stimme drang mir in dem Augenblick ins Ohr, als ich an ihn dachte.

»Großer Gott!«, sagte ich und legte die Hand aufs Herz, um meinen keuchenden Atem zu beruhigen. Er berührte mich sanft an der Schulter.

»Tut mir leid«, sagte er lachend. »Hab ich dich erschreckt?«

»Ich habe nicht damit gerechnet, dich hier zu sehen.«

Er trug eine Sonnenbrille, die er sich über die Stirn in die Haare geschoben hatte, ein dünnes weißes Baumwollhemd, dessen obere beiden Knöpfe offen standen, himmelblaue, knielange Jeansshorts und helle Bootsschuhe. Er wirkte unverschämt braun gebrannt. Für einen Engländer nahm Antony schnell Farbe an.

»Ich wollte dich anrufen, aber es passierte alles auf die letzte Minute«, erklärte er. »Und ich dachte, Aurelia würde dir Bescheid geben. Ich bleibe bei der Show. Sie hat mich gebeten, bei der Regie einiger Akte mitzuhelfen. Ich verstehe es selbst nicht so richtig, um ehrlich zu sein. Gestern Abend hat jemand angerufen, und ich bin ins Flugzeug gestiegen. Ich bin nicht gern ohne Beschäftigung, wie du weißt …«

Er verstummte und fuhr sich durch die Haare, wobei die Sonnenbrille herunterfiel, die er aber gerade noch mit einer Hand abfing, bevor sie auf dem Boden aufschlug. »Und da das Stück beendet ist, hält mich im Moment nichts in London. Ich hatte sonst nichts zu tun. Also bin ich hier.«

»Tja, schön, dich zu sehen.« Ich kniff die Schenkel zusammen. Die Zwillinge mit dem bloßen Oberkörper bei ihrem Bauchtraining zu beobachten und die Knackärsche der Schlange stehenden Tänzer zu sehen, hatte mich erregt. Da kam Antony gerade recht. Außerdem fühlte ich mich mit einem vertrauten Gesicht wohler. Ich hatte mein Arbeitsleben lange genug auf Reisen verbracht, sodass es seinen Glanz verloren hatte, selbst mit der zusätzlichen theatralischen Extravaganz des Balls und seiner Kohorten, die eine willkommene Ablenkung von den Alltäglichkeiten eines weiteren Hotelzimmers boten.

»Lauralynn, Viggo und Alissa sind auch auf dem Weg hierher«, fügte er hinzu. »Sie brauchten mehr Zeit zum Packen und haben daher den späteren Flug genommen.«

»Dann wird es genauso sein wie in London«, sagte ich, »bloß wärmer.«

Ich freute mich sogar zu hören, dass Alissa sich uns anschließen würde. Unsere anfängliche Rivalität war zu einer gewissen angenehmen Vertrautheit abgeklungen, einem Verständnis, das sich manchmal zwischen zwei Frauen entwickelt, die denselben Mann gevögelt haben. Hin und wieder war ich noch eifersüchtig auf sie, besonders auf ihre Titten, die, wie sie mir versichert hatte, hundertprozentig echt waren, was ich inzwischen auch glaubte. Ihre Festigkeit und der unglaublich hohe Sitz waren ein Resultat der genetischen Lotterie, der Jugend und des Vitamin-E-Öls, mit dem sie die Brüste jeden Morgen sorgfältig einrieb, nachdem sie diese unter der Dusche eiskalt abgespült hatte, um die Durchblutung zu fördern.

Antony nahm meine Hand, als wir uns der Rezeption näherten. Der kleine Rollkoffer, der seine wenigen Sachen enthielt, war bereits weggebracht worden. Er war sonst nicht der Typ, Zuneigung öffentlich zur Schau zu stellen, aber ich schlang meine Finger glücklich um seine, ohne groß darüber nachzudenken.

Man hatte uns in getrennten Zimmern untergebracht, wie sich herausstellte, doch wir beklagten uns nicht, als die Angestellte das Arrangement und die Karte zum Öffnen der Tür erklärte. Wir beide hatten gern Raum für uns allein. Trennung machte das Zusammensein umso schöner. Wir erledigten den obligatorischen Schreibkram, nahmen die Schlüsselkarten und begaben uns zu den Aufzügen. Madame Denoux – Giselle – hatte uns verlassen, um sich auszuruhen und einzurichten, sie würde uns später in unseren Zimmern anrufen, um beim Abendessen die weiteren Arbeitsanforderungen für unsere jeweiligen Projekte zu besprechen.

Wie sich herausstellte, lagen unsere Zimmer direkt gegenüber.

»Kommst du mit rein?«, fragte Antony, als wir im Flur unschlüssig zwischen unseren beiden Türen stehen blieben, um zu entscheiden, ob wir uns jetzt trennen oder gemeinsam frisch machen sollten. Er wirkte nicht so selbstsicher und nonchalant wie sonst. Seit Aurelia und der Ball in unser Leben geplatzt waren, hatte sich sein gelangweilter, unbeteiligter Ausdruck verflüchtigt, der mich vorher zuweilen wahnsinnig gemacht hatte, bis ich gelernt hatte, ihn einfach als einen Teil von ihm anzunehmen.

»Klar«, erwiderte ich. Mir war in dem Moment ohnehin nicht danach, meinen überladenen, viel zu großen Koffer auszupacken.

Er öffnete die Tür, und wir gingen hinein.

»Wow«, sagte ich und schaute mich um. »Etwas mehr Glamour, als ich sonst gewohnt bin.« Der Raum war riesig und nahm fast eine Hälfte des Stockwerks ein, enthielt einen Küchenbereich, ein langes Sofa und zwei Sessel, einen Schreibtisch vor einem großen Fenster mit Blick über die Wüstenebene und ein Super-Kingsize-Bett. Allein das Badezimmer mit barrierefreier Dusche, Whirlpool, Toilette und Bidet war so groß wie die meisten Zimmer, die ich bisher auf Tournee bewohnt hatte. So viel Platz kam mir irgendwie unpassend vor, aber vielleicht war das mitten in der Wüste einfach angesagt.

Ich machte ein paar Schränke auf und hatte rasch den Wasserkocher für Tee und Kaffee gefunden. Es gab nur Instant. Keine Espressomaschine, Filtertüten oder eine Cafetière. Selbst Aurelia und ihr Netzwerk dachten nicht an alles, ging mir durch den Kopf, während ich den Kocher mit Wasser füllte, zwei Becher ausspülte und einen Stecker suchte.

Antony stand immer noch neben der Tür und wirkte verloren.

»Alles in Ordnung mit dir?«, fragte ich ihn. »Müde?« Ich hatte nach dem Flug eine Nacht geschlafen, fiel mir ein, wenn auch auf dem Rücksitz eines vor dem Hotel abgestellten Wagens, und Antony war gerade erst eingetroffen.

»Ja«, erwiderte er, »alles klar.« Er kam auf mich zu und nahm mir den weißen Porzellanbecher ab, den ich ihm reichte, stellte ihn auf den nächstbesten Schrank und schloss mich in die Arme.

So blieben wir eine ganze Weile stehen. Er drückte mich an sich und streichelte mir über die Haare, und ich atmete seinen Geruch ein, eine Mischung aus Rasierwasser, Schweiß, Waschpulver und noch etwas, der besondere Duft seiner Haut, wenn er auch von den künstlichen Düften nach Duschgel und Reinigungsmitteln überlagert war.

»Entschuldige«, sagte er und trat einen Schritt zurück. »Ich brauche eine Dusche.«

»Ich auch«, erwiderte ich.

»Dann komm mit.«

Er nahm meine Hand und zog mich ins Bad.

So anhänglich zu sein, sah ihm nicht ähnlich, dachte ich, als ich mich auszog und den Duschhahn aufdrehte. Antony war zurückgegangen, um die Zahnbürste aus seiner Toilettentasche zu holen, und ich hatte reichlich Zeit, seinen Körper zu bewundern, als er wieder auftauchte. Der Duschkopf befand sich eher in einem Feuchtraum als in einer Kabine, daher gab es keine beschlagene Glastür, die uns trennte, als Antony am Waschbecken stand.

Unverhohlen voyeuristisch beobachtete ich ihn, wie er seinen ordentlich gepackten Toilettenbeutel aufrollte und seine Reisetube Zahnpasta herauszog. Seine Schenkel waren breit und kräftig, und als er mir den Rücken zuwandte und sich zu den Handtüchern hinunterbeugte, die zusammengefaltet auf einem Regal unter dem Waschbecken gestapelt waren, bestaunte ich den Anblick seines Hinterns, knackig und fest wie die der Tänzer, die ich an der Rezeption gesehen hatte, noch dazu mit einem Grübchen in jeder Pobacke. Seine Wadenmuskeln waren fest und sichtbar angespannt, als er sich vorbeugte. Er drehte sich zum Spiegel um, und ich erwischte einen flüchtigen Blick auf seinen Schwanz und die Eier, die in der warmen Feuchtigkeit des Duschraums herabhingen, fest und stramm und auf dem besten Weg zu einer Latte.

Im Stillen bedankte ich mich bei dem Gott, der Göttin oder einer wie auch immer gearteten zufälligen Wendung des Schicksals, dafür gesorgt zu haben, dass ich mit einer ganzen Reihe gut aussehender Liebhaber gesegnet war. Gutes Aussehen war nicht alles, das wusste ich, half aber auf jeden Fall.

Nachdem er sich die Zähne geputzt hatte, kam Antony in die Dusche.

»Nein, bleib hier«, sagte er, als ich zur Seite treten wollte, um unter dem Duschstrahl Platz für ihn zu machen. Er drückte etwas von dem bereitgestellten Duschgel in die Hände, rieb seine Handflächen aneinander, bis es schäumte, und legte sie dann auf meine Brüste. Er beugte sich vor und küsste mich, und ich schloss die Augen, damit mir das Wasser nicht hineinlief. Ich entwand mich seinem Griff und schob ihn sanft an den Platz, den ich kurz zuvor eingenommen hatte. Ich seifte meine Hände ein und fuhr damit über seinen Körper, wobei ich der glatten Haut seines Penis, der unter meiner Berührung stetig wuchs, besondere Aufmerksamkeit schenkte.

Ich wollte ihn in meinem Mund spüren, hatte aber keine Lust, mich auf die harten Fliesen zu knien.

»Komm ins Bett«, sagte ich, ging an die Handtuchstange, wickelte mich in ein großes, flauschiges weißes Badetuch und hielt ihm ein anderes hin.

Er drehte das Wasser ab und folgte mir.

Wir vögelten; die schlichte, direkte Art Sex, entstanden aus Verlangen, Zuneigung und Müdigkeit. Ich krabbelte auf das Bett, legte mich auf den Rücken, und er glitt auf mich. Ich war schon halb nass, griff sofort nach seinem Schwanz und führte ihn an meine Öffnung, während er seine Lippen auf mein Schlüsselbein drückte, meine Brüste, meinen Hals, meinen Mund, was mich noch nasser machte. Wir lagen halb vereint zusammen, ich erwiderte seine Küsse und liebkoste seinen muskulösen Körper, staunte wie immer über seine ungewöhnlich weiche Haut, packte seinen festen Hintern, bis ich nasser wurde, nass genug, dass er vollständig in mich hineingleiten konnte.

»Ohh, fuck«, stöhnte ich. Der erste Stoß fühlte sich immer so gut an.

Ich klammerte mich an seine Schenkel, hielt ihn in mir und zog ihn noch tiefer hinein, während er zustieß, bis er kam, und wir zurück auf das Laken sanken, völlig verausgabt. Er lag eine Weile auf mir, atmete schwer und schmiegte sich an meinen Hals.

Ich hielt ihn fest umarmt, die Handflächen auf seine Schultern gedrückt, dann wanderte ich mit den Händen nach oben und streichelte seinen Nacken, seine Haare. Er drückte seine Lippen auf meine, hart, dann seine Wange an meine und küsste mein Ohr, ehe er sich vorsichtig löste und langsam seinen Penis herauszog. Er warf sich neben mich auf das Bett und streckte den Arm aus, damit ich mich in seine Schulterbeuge kuscheln konnte.

»Summer«, sagte er, nachdem wir ein paar Augenblicke still nebeneinander gelegen hatten.

»Hmm?«, erwiderte ich schläfrig. Ich wusste, dass etwas kommen würde. Er hatte emotionaler gewirkt, weniger distanziert als sonst, und zerstreut, als läge ihm etwas auf dem Herzen, als müsste er nur den richtigen Zeitpunkt abpassen, um es auszusprechen.

»Wir haben nicht geredet. Über Alissa. Oder … den Abend im Aufzug. Das Seil.«

Ich wusste, was er meinte. Der Sex damals war brutaler gewesen als alles, was wir vorher hatten. Antony war meiner Ansicht nach von Natur aus nicht dominant, aber an dem Abend hatte er mich auf beinahe perverse Art beherrscht, so wie noch nie zuvor. Ich hatte so natürlich und intuitiv reagiert und ihm damit eine Seite meiner selbst gezeigt, die ich vorher verborgen hatte, eine Seite, die ihn vielleicht schockiert hatte. Ich wusste auch, dass es nicht überraschend kam. Wie ich mich an dem Abend auch verhalten hatte, es war nicht mehr und nicht weniger als das, was ich zu anderen Gelegenheiten schon angedeutet hatte. Ich hatte keine neue Seite von mir offenbart, vielleicht nur etwas aufgedeckt, das ihm zwar bewusst war, womit ich ihn bisher aber noch nicht so direkt konfrontiert hatte.

Ich lag schweigend da und fragte mich, was ich sagen sollte, doch mir wollte nichts weiter einfallen, als ihn mit meinem Arm, den ich über seine Brust gelegt hatte, liebevoll zu drücken.

Er hielt inne, und als ich nichts sagte, fuhr er fort.

»Wahrscheinlich will ich damit sagen, dass ich weiß, keiner von uns ist perfekt, und ich weiß, dass es Seiten an dir gibt, die ich vielleicht nicht ganz verstehe. Und dass unsere Beziehung unorthodox ist. Aber ich möchte bei dir sein, Summer. Ich mag dich für alles, was du bist, sogar die schrägen Seiten, und wenn ich jemals etwas tun kann oder etwas sein kann, das dir hilft … dann tu ich es.«

Ich wusste, er sprach über Sex, über die dunklen Dinge, nach denen ich mich manchmal sehnte, und über das hohe Maß meines sexuellen Verlangens, von dem mir nicht zuletzt die Popkultur immer und immer wieder einzureden versucht hatte, es sei im Vergleich zum Rest der weiblichen Bevölkerung abnormal.

»Ich mag dich auch«, erwiderte ich, rollte mich auf die Seite und küsste ihn.

Vielleicht war es keine Romanze im üblichen Sinn, aber wir kamen damit klar.

Wir schlummerten zusammen, bis Giselle uns zum Essen hinunterrief, um den Rest der Mannschaft kennenzulernen und zu erfahren, was die kommenden Wochen bringen würden und welcher Beitrag zum Ball von uns erwartet wurde.

Wir schufteten inzwischen seit einigen Wochen, und bis zur Generalprobe waren es nur noch ein paar Tage. Die Hauptkulisse, vor der wir spielen würden – eine von vielen, die gerade gebaut wurden –, stand an diesem Tag nicht zur Verfügung, weil die Zimmerleute und Ausstatter letzte Hand anlegten. Andrei schlug vor, die Darsteller sollten alle einen Tag freinehmen, um ihre Batterien aufzuladen und die Anspannung in Erwartung des großen Abends abzubauen.

Ich zögerte zuerst, da ich mich derart in den Fluss meiner Improvisationen vertieft hatte und nicht bereit war, mich von störenden äußeren Faktoren aus meiner Stimmung reißen zu lassen. Viele Tänzer schlugen vor, wir sollten nach Vegas fahren, Roulette spielen und Dampf ablassen, während andere, darunter auch Viggo und die Mehrheit der Kostüm- und Bühnenbildner, meinten, wir sollten die Hoover-Talsperre besichtigen, die ein toller Anblick sei, ein kleines Weltwunder, wie Viggo betonte. Antony schwankte zwischen den beiden Alternativen, spürte aber meine mangelnde Begeisterung und sagte, er werde sich meiner Wahl anschließen. Lauralynn rettete uns und schlug stattdessen eine Wanderung in die Wüste vor, um ein altmodisches Picknick zu veranstalten. Schließlich, so meinte sie, befänden wir uns mitten in einer der schönsten Landschaften der Erde und hatten nichts Besseres zu tun, als uns unter Baldachinen und Zelten zu verstecken und den ganzen Tag zu proben. Schließlich waren wir uns lediglich darin einig, dass jeder tun sollte, worauf er Lust hatte. Nur wenige entschieden sich für die Wanderung. Die blonden Zwillinge, die ich an unserem ersten Tag bei ihren Bauchübungen am Gepäckwagen gesehen hatte und die, wie sich später herausstellte, zu einer Achtling-Akrobatengruppe gehörten, entschieden sich zunächst für den Strip, sehr zu meiner Enttäuschung. Alle zusammen stellten sie schon etwas dar, und ihnen dabei zuzusehen, wie sie in kurzen Hosen schwitzten oder oben ohne schwammen, wäre eine wundervolle Ablenkung gewesen, wenn auch nicht unbedingt eine entspannende. Die beiden Mädchen mit dem Kurzhaarschnitt – Nina, die Trapezkünstlerin mit dem hellroten Schopf, und Elena, die Brünette mit den großen Brüsten, die unser Vorprogramm für die letzte Aufführung des Stücks gewesen war – beschlossen, zusammen zur Hoover-Talsperre zu fahren, und die Gruppe knackarschiger Tänzer, hinter der Antony und ich so lange an der Rezeption gestanden hatten, wollte nur am Hotelpool abhängen und Cocktails schlürfen.

Dann schaltete Alissa sich ein. Offensichtlich war sie nicht bereit, Antony und mich loswandern zu lassen, ohne sich anzuhängen, hatte aber noch deutlicher ein Auge auf die Blonden geworfen. »Bestimmt kann ich mindestens einen von denen rumkriegen – es sind immerhin acht«, raunte sie Lauralynn zu, als sie schließlich einverstanden waren, die Glücksspielautomaten auf einen anderen Tag zu verschieben und uns zu folgen. Bis auf den ersten Tag, als die anderen sechs anscheinend nur ein paar Meter entfernt gestanden hatten, aber außer meiner Sichtweite, hatte ich sie noch nie getrennt erlebt. Sie teilten sich sogar dieselbe Suite, alle acht hausten zusammen, schliefen allerdings getrennt, jeder in seinem eigenen Stockbett. Wir Frauen hatten keinen blassen Schimmer, zu welchem Akt sie gehören sollten, obwohl wir natürlich Mutmaßungen anstellten.

»Die sind wie lauter David Beckhams in Miniaturausgabe, bloß jünger«, stellte Alissa fest und betrachtete sie unverhohlen über den Tisch hinweg. »Und ohne ein schickes Spice Girl, das einem in die Quere kommt.«

Keiner von ihnen hatte auch nur einen Moment länger als von der Etikette erlaubt zu ihr herübergesehen, aber ich zweifelte nicht im Geringsten daran, dass mindestens einer, womöglich alle acht, irgendwann in ihrem Bett landen würden. Alissa bekam, was sie wollte. Und um fair zu sein, die Blonden hatten auch sonst niemandem schöne Augen gemacht. Ihnen ging eigentlich jegliche Sexualität ab.

Lauralynn übernahm alle Vorbereitungen, beschaffte die nötige Ausrüstung sowie Verpflegung und Getränke. Sie war sichtbar in ihrem Element, kommandierte uns herum, bellte Befehle, erinnerte uns daran, entsprechende Kleidung und Schuhe anzuziehen, was Alissa mehrfach ins Gedächtnis gerufen werden musste.

So brachen wir in der Morgendämmerung auf, bevor die Hitze des Tages ihre klebrigen Finger vollends nach uns ausstrecken konnte. Lauralynn hatte eine Karte in der Hand, obwohl ich mich fragte, wie jemand sich in einer Landschaft aus Sand, Dünen und hin und wieder einer trockenen Schlucht zurechtfinden wollte. Wir würden ein paar Stunden wandern, bis wir das Gebiet erreichten, das sie für das Picknick ausersehen hatte, verkündete sie.

»In der Nähe gibt es wunderschöne Felsformationen«, teilte sie uns mit. »Eine Menge Höhlen, die man erforschen kann. Und genug Schatten, der uns unter der Mittagssonne kühl hält ...« Sie kicherte.

Wie nicht anders zu erwarten, waren die meisten aus unserer Gruppe ziemlich unerfahren, was das Wandern in der Wüste betraf. Laufen oder Fahrradfahren durch Londons hauptsächlich ebene Straßen bei kühlem Wetter oder akrobatische Übungen auf der Matte waren etwas vollkommen anderes, als stundenlang durch die Wüste von Nevada zu ziehen. Stockend kämpften wir uns durch den harten Wüstensand voran, ohne auch nur einem festen Punkt vor uns wesentlich näher zu kommen. Lauralynn und Viggo führten unsere kleine Expedition an, ihre Silhouetten in scharfem Kontrast – Lauralynn breitschultrig und amazonenhaft, ausdauernd, unerbittlich, mit gleichmäßigen Schritten, während der dürre Viggo etwas weicher ausschritt, aber irgendwie mithielt, ohne sich sichtbar zu verausgaben.

Antony, Alissa, die acht Blonden und ich folgten ihnen in einem gewissen Abstand, den Blick auf ihre farblich abgestimmten Rückseiten fixiert, während sie energisch weitermarschierten. Wir gaben die Hoffnung nicht auf, dass sie am Ende weniger unbarmherzig ausschreiten würden, was aber nie geschah. Von meinen Begleitern wusste ich es nicht, doch ich hatte schnell abgeschaltet und ging wie betäubt weiter, unempfänglich für die wilde Schönheit der Landschaft ringsum.

Wie viele andere auch, trug ich einen formlosen Schlapphut

aus Leinen, den ich aus einer Requisitenkiste des Balls stibitzt hatte. Viggos Bandana bändigte kaum seine ungezähmte Mähne, und Antony, der nicht daran gedacht hatte, in seinen kleinen, minimal gefüllten Koffer Wandersachen zu packen, hatte sich zwangsläufig beim Personal an der Rezeption eine Baseballkappe ausleihen müssen, die ihm überhaupt nicht stand, mit einer Werbung für Bergsteigerausrüstung, die er unter keinen Umständen je anlegen würde.

In der gnadenlosen Sonne behielten wir alle ein angestrengtes Schweigen bei und versuchten, mit Lauralynn Schritt zu halten, während wir immer tiefer in die Wüste vordrangen und vielleicht so unklug waren, ihrem angeborenen Orientierungssinn zu vertrauen.

Schließlich blieb sie im Schatten riesiger Felsbrocken stehen und stopfte ihren Rucksack mit den Wasserflaschen sofort in eine dunkle Felsspalte, um sie vor der Sonne zu schützen. Als wir sie einholten, schlug sie uns vor, es auch so zu machen, und wir folgten gehorsam ihren Anweisungen.

Zu unserer Linken lag ein ausgetrocknetes Flussbett, durch das in anderen Jahreszeiten hin und wieder Wasser fließen mochte. Jetzt war es nur eine mit Sand und Staub gefüllte Senke. Rechts von uns, hinter den Felsbrocken, erhob sich eine riesige Felswand in den Himmel.

Wir blieben stehen, um zu verschnaufen. Hatten wir eine Art Oase erwartet?

»Sind wir da?«, fragte Alissa. Sie war diejenige von uns, die am meisten litt, ihr Gesicht war aufgedunsen und rot angelaufen, ihre vollen Lippen völlig ausgedörrt. Immer wieder fuhr sie sich mit der Zunge darüber, in dem vergeblichen Versuch, die gewohnte Feuchtigkeit wiederzubeleben. Sie hatte es sogar aufgegeben, mit den Blonden zu flirten, die sich anscheinend für niemanden außer sich selbst interessierten und während der gesamten Wanderung mit niemandem von uns ein Wort gewechselt hatten.

Wir setzten uns in den Schatten des Felsens, Zwerge vor der Weite des blauen Wüstenhimmels, wie Tupfer in der Landschaft, Fliegen, die nach einem Weg aus einem weit offenen Labyrinth suchten, dem Wände und Grenzen fehlten, und das demzufolge noch hinterhältiger war als ein Gefängnis.

Dieser ganze alberne Ausflug in die Wildnis ging mir schon bald auf die Nerven, und ich schäumte innerlich, weil ich so dumm gewesen war, diese Herausforderung und Lauralynns tollkühnen Vorschlag anzunehmen, mich an dieser sinnlosesten aller Expeditionen zu beteiligen. Was das Picknick betraf, so hätte ich gut und gerne im Hotel in aller Bequemlichkeit an Sandwiches und Obst knabbern können, bequem in der klimatisierten Atmosphäre des Grand Desert Inn oder in meinem eigenen Zimmer. Wenn ich mir die Gesichter meiner Begleiter anschaute, war ich bei Weitem nicht die Einzige, die so geladen war. Ich brauchte dringend eine Dusche, Wasser auf meinem Körper, meiner trockenen Haut.

Ich biss in den Apfel, den ich in meinen Rucksack gepackt hatte, und genoss den herrlich süßen Saft, der durch meine Kehle rann. Alissa zu meiner Linken hatte ihr kariertes Männerhemd ausgezogen und sich bis auf den BH entblößt, um sich kurz Erleichterung von der Hitze und der Unannehmlichkeit des durchnässten Stoffes zu verschaffen, wenn wir auch wahrscheinlich nicht lange im Halbschatten sitzen würden. Auch andere aßen etwas, Kekse, Trockenobst und Energieriegel, tranken sparsam, da sie nicht wussten, wie lange wir noch in der Wüste bleiben würden.

Lauralynn kletterte mit ihren langen Armen und Beinen wie eine Spinne auf einen der gedrungenen Felsen. Sie kam oben an und zog sich das letzte Stück hinauf.

»Perfekt«, sagte sie, als sie wieder herunterkam.

Wir schauten sie an.

»Das ist die Stelle«, bestätigte sie. Lauralynn hatte ihre Landkarte längst aufgegeben.

Ich folgte ihrem Blick. Ungefähr zweihundert Meter hinter den hohen Felsbrocken sah ich einen Fleck auf dem Boden, an dem die einheitlich rote Farbe der Wüste allem Anschein nach einem dezenteren Muster aus Pastellfarben gewichen war, als hätte die Sonne ihre Brandwunden nicht überall hinterlassen dürfen. Bis auf ein paar vereinzelte Baumstümpfe am Rand des Gebiets gab es keinen offensichtlichen Grund für die Abweichung.

»Was ist das?«, fragte ich Lauralynn.

»Die magische Stelle«, antwortete sie.

Ihre grünen Augen funkelten vor Erregung. Viggo schlurfte zu ihr und ergriff ihre Hand, als wäre diese Stelle ein Geheimnis, von dem nur er und Lauralynn bisher gewusst hatten, und sie wären bereit, es uns gewöhnlichen Sterblichen zu enthüllen.

Alissa hinter mir schnaubte ungeduldig.

»Was ist denn das für ein Scheiß?«, fragte sie.

»Na schön«, erwiderte Lauralynn. »Spielverderberin. Es hat weniger mit Magie zu tun als mit einem Weg hinein. Ich hatte Sorge, dass ich ihn nicht finden würde.«

»Du hast uns den ganzen Weg hierher laufen lassen und warst besorgt, du würdest die richtige Stelle nicht finden?«, fauchte Alissa.

»Ja, genau«, erwiderte Lauralynn. »Aber ich habe sie gefunden, also kein Grund sich aufzuregen.«

Alissa sah aus, als würde sie gleich explodieren oder Lauralynn den Rest ihres Apfels an den Kopf werfen.

»Noch dazu gerade rechtzeitig«, fügte Lauralynn hinzu und zeigte nach oben. Wir schauten in den Himmel. Der zuvor strahlend blaue, wolkenlose Horizont hatte sich in eine Fläche aus unwahrscheinlichen Farben verwandelt, ein lebhaftes Kaleidoskop aus Purpur, Rosa, Rot und Orange, wie ein bedrohlicher früher Sonnenuntergang. Die Luft war schwer, trächtig mit irgendetwas. Regen? Wind? Es war schön und schrecklich zugleich. Heftige Böen kamen aus verschiedenen Richtungen und bliesen Sandkörner wie Nadeln auf unsere bloßen Beine und Gesichter. Und ich war sicher, dass es noch heißer geworden war. Auf den Felsen hätten wir Brot backen können.

Lauralynn holte ihren Rucksack wieder hervor, ohne noch etwas zu sagen, und machte sich auf den Weg zu dem verschwommenen Gebiet aus Pastellfarben. Ich schaute nach vorn, dann wieder zum Himmel und blinzelte. Der eigenartige Sturm war wie ein Spiegelbild des Bodens, auf den Lauralynn jetzt zustrebte, und ich hatte das Bedürfnis, loszurennen und sie davon abzuhalten, darüber hinwegzugehen. Ihre Gestalt waberte. Wahrscheinlich war es nur Hitzeflimmern, aber einem Portal in eine andere Dimension aus einem Science-Fiction-Film verblüffend ähnlich. Alissa folgte ihr als Nächste, wenn auch sichtbar widerwillig. Sie hielt immer wieder nach ein paar Schritten inne, hob das Gesicht und starrte in den Himmel. Dann eilte sie weiter hinter ihr her.

Ich folgte Alissa.

Niemand sprach, zum Schweigen gebracht durch die Anspannung darüber, was wohl passieren könnte, wenn wir im Freien blieben. So vieles in Bezug auf den Ball und das schemenhafte Netzwerk dahinter war in den letzten paar Wochen von Unwahrscheinlichem gekennzeichnet gewesen, Elementen, die ans Übernatürliche oder Unmögliche grenzten. Die Art, wie sie uns kannten, unsere Fähigkeiten besser einschätzten als wir selbst, die hieroglyphischen Tattoos auf Aurelias Körper, die lebendig wurden und allem Anschein nach aus eigenem Antrieb wieder verschwanden. Bizarre Wettermuster und unwirkliche Landschaften waren nur ein weiterer Bestandteil der merkwürdigen

Geschehnisse, die ich, wie zweifellos auch die anderen, irgendwie verdrängt hatte, aber das Gefühl eines Wunders war allgegenwärtig. Ich hatte schon lange den Verdacht, dass Lauralynn stärker in den Ball einbezogen war, als sie je zugegeben hatte, und ich hoffte, dass sie schon bald die Katze aus dem Sack lassen und mir alles sagen würde, was sie wusste.

Lauralynn und Alissa schlenderten durch das Gebiet, das die Cellistin als magisch beschrieben hatte, und gingen weiter zur Felswand dahinter. Ein Stück liefen sie über den Sand. Als ich näher kam, fiel mir auf, dass die Wand nicht so glatt war, wie sie von fern ausgesehen hatte, sondern stattdessen zerklüftet, mit Spitzen und Spalten verziert, alle im selben dunklen Rostrot.

Es hatte angefangen zu regnen, nur ein paar Spritzer, und die Tröpfchen vermischten sich mit dem Staub in der Luft und bedeckten unsere Haut mit orangefarbenen Streifen. Die Blonden hatten schon längst ihre Hemden ausgezogen, die ocker- und feuerfarbenen Schmierspuren auf ihrer Haut verliehen ihnen das Aussehen von Tigern, nur Streifen und Muskeln.

Als wir uns schließlich alle an einem Punkt versammelt hatten, wobei keiner von uns klüger war, wohin es nun gehen sollte, bat Lauralynn uns, ihr wieder zu folgen, und verschwand dann vor aller Augen in der Felswand. Alissa blieb einen Augenblick stehen, stieß einen überraschten Schrei aus und verschwand nach ihr.

Vorsichtig trat ich näher, wurde aber nicht in einen übernatürlichen Strudel gezogen, der in eine andere Welt führte, womit ich schon fast gerechnet hatte. Stattdessen entdeckte ich, dass das, was wie ein schmaler Riss ausgesehen hatte, bei näherem Hinsehen in Wirklichkeit eine tiefe Spalte war, breit genug, um hindurchzugehen. Die Öffnung führte in einen kurzen Tunnel, und ich hielt in der vollkommenen Dunkelheit einen Moment die Luft an und wünschte mir sehnsüchtig, gewartet zu haben, bis Antony mich einholte.

»Aua!«, schrie Alissa, als ich am Tunnelausgang gegen sie prallte. »Pass auf, wo du hintrittst.«

»Dann bleib doch nicht am Tunnelende stehen«, murrte ich.

Ich schaute mich um und begriff dann, warum sie wie angewurzelt stehen geblieben war, sobald sie das Licht gesehen hatte.

Wir kamen in eine große Höhle, die auf allen Seiten und an der hohen Decke gleichmäßig von rostroten Felsen umgeben war. Der Boden war völlig eben, offensichtlich von Tausenden Füßen glatt getreten. In der Mitte lag ein riesiger Teich, dessen Wasser so klar war, dass man bis auf den Grund blicken konnte, und man hätte das Becken für leer halten können, hätte die Wasseroberfläche nicht sanft geschimmert.

»Scheiße«, sagte Antony, als er hinter mir aus dem Tunnel schritt. »Das ist ja irre hier.« Er zog seine Baseballkappe ab und wuschelte seine Tolle auf. Ich war versucht, ihm die Kappe abzunehmen und zwischen den Felsen zu verstecken.

Alissa hangelte mit einer Hand auf ihrem Rücken nach dem Verschluss ihres Sport-BHs, hakte ihn auf und hängte ihn an einen Felsen. Sie schaute ins Wasser, oben ohne, als fragte sie sich, ob irgendein unsichtbares Geschöpf im kristallklaren Wasser lauern könnte. Ihre großen, festen Brüste glitzerten vor Schweiß und zogen eine saubere Linie über ihren Körper, die einzig sichtbare Stelle an ihr, die nicht mit Staub beschmiert war.

Ein Geräusch, als würde etwas platzen, hallte in der Höhle wider. Alle acht Blonden hatten gleichzeitig ihre Shorts aufgeknöpft und zu Boden fallen lassen. Sie hatten den Teich umstellt und standen vollkommen nackt in gleichmäßigen Abständen, die Symmetrie ihres Kreises von Alissa durchbrochen, die inzwischen Hose und Slip ausgezogen hatte, sich aber immer noch überlegte, ob sie hineinspringen sollte oder nicht.

Träge bewunderte ich die Körper der jungen Männer. Wie gut sie aussahen. Ihnen fehlten natürlich die auffallenden Kurven, die Alissa besaß; sie waren wie das Tiefland im Gegensatz zu ihrer Sammlung lebendiger Hügel und Täler, aber die fließenden Bewegungen ihrer Körper und das Nebeneinander ihrer weichen Haut und der festen Muskeln, die darunter verliefen, war verblüffend reizvoll. Ich konnte sie nicht ansehen, ohne Erregung zu verspüren. Sie verströmten das Selbstvertrauen einer Gruppe wilder Katzen, die an einem Wasserloch herumlungern, entspannt in dem Wissen, dass sie zu stark, zu schnell sind, um nach Jägern Ausschau halten zu müssen.

Alissa räusperte sich. Sie hatte den großen und einladenden Schwänzen zwischen den Beinen der Jungen nur einen flüchtigen Blick geschenkt. Sie waren halb erigiert. Ihre Körper schienen dauernd im halb erregten Zustand zu sein, obwohl sie sich dessen vermutlich nie bewusst waren, und sie waren alle gepierct. Ein schlanker Stift, ungefähr so dick wie ein Strohhalm, lief durch die Eichel. An jedem Ende war ein Schmuckstein eingelassen, den ich aus der Entfernung nicht richtig erkennen konnte. Er war cremig weiß, und von Weitem schien er wie ein Tröpfchen von frischem Samenerguss. Eine Perle?

»Ihr könnt da rein«, rief Lauralynn, »es ist absolut ungefährlich.« Sie grinste breit, und ich vermutete, dass sie mit dieser Anweisung gezögert hatte, damit sie die nackten Körper am Teichrand in Augenschein nehmen konnte. Dabei waren die Blonden nicht nervös. Wahrscheinlich waren sie noch nicht ins Wasser gesprungen, weil es ihnen gefiel, angestarrt zu werden.

»Was ist das hier?«, fragte Antony sie. Ich begann mich auszuziehen, was mir Mühe bereitete, da die Hitze, der Schweiß und der Staub, die sich auf meiner Kleidung angesammelt hatten, es schier unmöglich machten, sie abzustreifen. Antony trat hinter mich, während er redete, und half mir, den BH aufzumachen. Sobald meine Brüste frei waren, streichelte er meine Nippel, als ginge es gar nicht, sie nackt und unbehelligt zu lassen. Lauralynns Grinsen wurde noch breiter, und sie schaute unverhohlen auf meine Brust, während sie ihm antwortete.

»Eine Höhlenlandschaft, mehr nicht.« Sie machte eine weit ausholende Geste. »Sie wurde als Veranstaltungsort für den Ball in Betracht gezogen, doch die Planungsgruppe entschied sich dagegen. Gesundheit und Sicherheit und der ganze Kram.« Ihre letzten Worte waren gedämpft, da sie sich dabei das T-Shirt über den Kopf zog.

Ich kicherte.

»Gesundheit und Sicherheit? Wirklich? Ich hätte nicht gedacht, dass der Ball sich über so weltliche Dinge Gedanken machen würde.«

Der Reißverschluss meiner Shorts hakte, und Lauralynn trat vor, um mir dabei zu helfen. Sie stand näher, als für diesen Zweck nötig gewesen wäre, und ihre nackten Brüste streiften meine. Meine Nippel wurden sofort hart.

»Ahh«, sagte sie und wechselte das Thema. »Summer, du hast wirklich tolle Titten.«

»Danke«, erwiderte ich trocken.

»Allerdings«, stimmte Antony ihr zu. Er hatte sich entfernt und untersuchte die Höhle genauer. »Tolle Akustik hier drinnen …«, sagte er.

»Ich weiß.« Viggo nickte. »Schade, den Ort ungenutzt zu lassen, ohne die Show.« Er saß auf einem Felsen, wartete auf Lauralynn und ließ sich anscheinend nicht im Geringsten von den scharfen Kanten stören, die sich in seinen knochigen Hintern bohren mussten.

»Zu viele nicht in Karten verzeichnete Teiche«, erläuterte Lauralynn. »Außerdem ist die Decke von ihrer Struktur her nicht fest genug, um die Geräte für die Luftakrobatik daran aufhängen zu können. Ich weiß, das alles erscheint unwirklich«, fuhr sie fort, »aber hinter jedem magischen Augenblick gibt es eine Menge entsetzlich langweiliges Zeug. Ein Buchhalter für jeden Akrobaten.«

»Verdirb es ihr nicht«, unterbrach Viggo sie. »Bühnenkunst ist keine Bühnenkunst, wenn man weiß, wo die Fäden sind.«

»Stimmt«, lenkte Lauralynn in einer für sie seltenen Geste des Gehorsams ein. Für gewöhnlich hatte sie gern das letzte Wort.

Erneut drückte sie meine Brüste und trat zurück.

»Seht euch doch ein bisschen um«, sagte sie zu Antony und mir und zeigte auf die andere Höhlenseite. »Da drüben sind noch mehr Teiche. Solange ihr uns noch hört, gibt es keine Probleme.«

»Und ich werde dafür sorgen, dass ihr zumindest sie hört«, feixte Viggo.

Die anderen waren schon im Teich, und als ich ihr Platschen hörte, konnte ich es kaum erwarten, einzutauchen und das kühle Wasser auf meiner Haut zu spüren.

Antony ging auf den Durchgang zu, den Lauralynn uns gezeigt hatte. Auch er hatte sich entkleidet und trug nun nichts mehr außer seinen Wanderstiefeln. Er sah aus wie die Karikatur eines männlichen Strippers. Ich unterdrückte ein Kichern und lief hinter ihm her, um ihm einen Schlag auf die Pobacken zu verpassen.

»Herrgott, hast du einen tollen Arsch«, sagte ich. Er lächelte, nahm meine Hand, und wir traten durch einen natürlichen Bogen in der Felswand. Wir gelangten in den nächsten, viel kleineren Raum, der mit mehreren durch einen Bach verbundenen Teichen übersät war.

»Du bist ganz schmutzig«, sagte er und wischte mir etwas Sand von der Hüfte. »Rein mit dir.«

Wir küssten uns im Wasser, wärmten unsere Körper wieder an der Hitze des anderen, sobald wir abgekühlt waren.

Ein süßer Wahn sank herab, seine Geräusche hallten von Höhle zu Höhle wider.

Als wir uns alle, vom Zauber der Höhle befreit, wieder getroffen und uns behutsam zum Ausgang begeben hatten, sank bereits Dämmerung über die Wüste, phantastische Wolken umkreisten die Umrisse der fernen Berge, der Sand unter unseren Füßen kühlte ab, eine sanfte Brise beruhigte unsere glühende Haut.

Die anderen hielten schon auf den Pfad zu wie ein gleichförmiger Zug Ameisen. Es war an der Zeit, langsam zum Basislager des Balls zurückzukehren.

Dennoch fand ich auch in dieser Nacht wieder wenig Schlaf, da mein Verstand und mein Körper anscheinend nicht bereit waren, mir Ruhe zu gönnen. Aber ich war gelassen, beinahe losgelöst. Neben mir im Bett schlief Antony tief und fest, das gleichmäßige Heben und Senken seines Brustkorbs waren die einzigen Lebenszeichen, seine Haare waren zerzaust, ein leichter Hauch Sonnenbrand färbte seine nackte Schulterpartie. Ich beobachtete ihn unablässig, hatte Angst, ihn zu wecken und der Realität ins Auge zu sehen, dass unsere geplante Unterkunft in zwei gegenüberliegenden Zimmern total danebengegangen war. Nicht eine Nacht hatten wir seit unserer Ankunft in Nevada getrennt verbracht, und unsere Beziehung, die wir meiner Ansicht nach in stillschweigendem Einvernehmen als locker betrachteten, gewann offenbar täglich an Zuneigung. Aber ich wusste nicht genau, ob ich bereit war, in Antony mehr als nur einen Liebhaber zu sehen. Ich hing immer noch in der Vergangenheit fest. Als hätte ein Großteil meiner selbst weitergemacht, während ich im Grunde meines Herzens nach wie vor in dem Haus in Hampstead lebte, in dem ich zusammen mit Dominik gewohnt hatte.

Purpurrote Streifen färbten den Himmel, als die Wüste in absoluter Stille erwachte. Ich griff nach dem nächstbesten T-Shirt, einem dünnen Seidenslip und schlich aus dem Zimmer, wobei ich eine meiner Geigen von der Kommode mitnahm.

Das Licht im riesigen Foyer des Hotels war gedämpft, die Tonvasen, riesigen Pflanzen, Kakteen und Verzierungen lagen im Schatten, und der Raum war wie ein gewaltiges Museum. Ich öffnete die Tür zur Wüste und kam von der klimatisierten Kühle des Innenraums in die aufsteigende Hitze des Sandes. Noch war die Temperatur erträglich, angenehm sogar, schließlich war ich nur dünn bekleidet. Ich war barfuß und wusste, ich sollte nicht zu lange draußen bleiben, da die Erde sich aufwärmen würde und der Rückweg für meine Fußsohlen schmerzhaft wäre.

Zehn Minuten lang ging ich in irgendeine Richtung, über die Straße nach Las Vegas und die Kreuzung hinaus, die zu einem nahe gelegenen See mit vielen Kasinos und zur Hoover-Talsperre führte. In der Ferne hörte ich das Geräusch eines Sattelschleppers, der über die Straße donnerte.

Einem Impuls folgend bog ich in die offene Wüste ab, die langsam aufgehende Sonne im Rücken.

Ich gelangte an eine kleine Felsformation. Als ich blinzelte, bekamen ihre Umrisse etwas Lebendiges, wie bei einem Rorschachtest, und nahmen abwechselnd die Gestalt von Büschen und Sträuchern oder einer Gruppe sitzender Löwen an.

Mit dem Rücken zu den Felsen und dem Blick auf die Unermesslichkeit der Wüste öffnete ich meinen Geigenkasten und überlegte kurz. Dann setzte ich ihn sacht wieder ab und zog mich aus. Nackt zu sein, fühlte sich richtig an. Nichts Sexuelles, nur meine natürliche Daseinsform.

Ich schaute an meinem Körper hinunter. Meine kleinen Brüste waren fest, die Brustwarzen nach dem Liebesspiel der vergangenen Nacht noch in einem halb erregten Zustand – Antony und ich hatten uns angewöhnt zu vögeln, bevor wir einschliefen, Tag für Tag, oft auch am Morgen. Meine Schamlippen waren noch geschwollen, fast dick.

Ich nahm die Geige wieder heraus und führte sie ans Kinn.

Ich wusste bereits, was ich beim Ball in ein paar Tagen spielen würde, eine Mischung aus meinem festen Repertoire, versetzt mit einer ganzen Reihe meiner ursprünglich für das Stück ausgedachten Improvisationen, die seither in alle möglichen melodischen Richtungen aufgeblüht waren, mit musikalischen Boxenstopps unterwegs, von denen ich mich auf weitere Ausschweifungen einlassen, die Gangart wechseln, je nach meiner Laune, den sich rings um mich abspielenden Aktivitäten oder den Reaktionen der Zuhörer improvisieren konnte.

Doch in diesem Augenblick wollte ich mich von meiner Vergangenheit verabschieden. Ein für alle Mal die dicke Eichentür schließen, bevor das nächste Kapitel begann.

Daher entschied ich mich für Vivaldi.

Die vier Jahreszeiten.

Das, was ich Dominik zuerst vorgespielt hatte.

Das, was ich Dominik zuletzt vorgespielt hatte.

Und ich beschloss, es würde das letzte Mal sein, dass ich dieses Stück spielte. Es reichte.

Der Bogen schwebte über den straffen Saiten, meine Finger waren bereit.

Ich schloss die Augen.

Ich begann zu spielen.

In der endlosen Leere der Wüste stiegen die Töne mit kristallklarer Reinheit auf, die Klänge erhoben sich in die Luft wie die trockene Hitze, in der ich badete, die meine nackte Haut durchtränkte.

Die Musik packte mich an der Kehle, jeder Zoll Emotion kämpfte sich einen Weg durch meine Lunge, mein Herz war schwer wie Blei. Schweiß tropfte mir von der Stirn, während die Sonne unerbittlich höher stieg. Ich spürte eine lästige Ameise, die von meinem Fußgelenk bis an mein Knie krabbelte, beschloss aber, mein Spiel nicht zu unterbrechen und das zunehmende Unbehagen zu überwinden. Ich konnte mein Bein nicht bewegen, ohne den heiligen Fluss von Vivaldis unsterblichen Melodien anzuhalten, mit denen ich so eng verbunden war. Ich biss die Zähne zusammen.

Eine leichte Brise erhob sich und tanzte über meine Haut. Ich schlug die Augen wieder auf. Ohne auch nur eine Note auszulassen.

Ich war allein, ein zweifelsohne unpassender Anblick hier im Herzen der Wüste von Nevada, nackt, während ich mit meiner zierlichen Violine wie mit einer Waffe umging. Die Klänge meiner Musik verschwanden in der Luft, die unsichtbaren Töne fügten sich nahtlos in den aufsteigenden Hitzeschleier.

War ich jemals so allein gewesen?

Die fröhlichen Töne von Vivaldis *Sommer* hüpften herum, mein Handgelenk angeregt durch die innere Wahrheit der Musik. Mein ganzer Körper war jetzt von Kopf bis Fuß von einem glitzernden Schweißfilm überzogen. Die Ameise, die an meinem Bein hochgekrabbelt war, hatte inzwischen meine Leiste erreicht. Sie würde doch nicht etwa auf meine geschwollenen Schamlippen zuhalten?

In letzter Minute bog sie ab und huschte über meine Pobacke, wo ich sie nicht mehr spürte. Vielleicht war sie aber auch nach ihrer furchtlosen Besteigung meines Berges aus menschlichem Fleisch wieder zu Boden gefallen, oder ich hatte ihr einfach nicht geschmeckt.

Mein Herz tat einen Sprung, als ich in die nächste Jahreszeit überging.

Die Musik hielt mich in ihrer Umarmung fest, jetzt vollkommen beherrscht, Hände und Bewegungen von ihr geführt, eine Marionette, der nichts anderes übrig blieb, als das Stück zu vollenden, meine Opfergabe an den leeren Himmel.

Ich tropfte.

Überall.

Meine Lunge war ausgetrocknet, meine Kehle verdorrt, meine Lippen waren wie Pergament. Ich war mir vage bewusst, dass ich kein Wasser mitgenommen hatte. Oder Schuhe. Oder einen Hut. Aber wie auch immer, ich musste weiterspielen.

Bis die letzte Note ins Leben gelockt war.

Ich schwankte.

Unsicher.

Klammerte mich ans Bewusstsein.

Das Herz schlug mir bis zum Hals, meine Seele oder was auch immer da drinnen war, geriet ins Schlingern. Es fühlte sich sogar wie ein Orgasmus an, nur stärker und völlig asexuell.

Ich löste mich von der Welt.

Die Musik ging weiter.

Ich floss dahin mit ihren gleitenden, klugen, schönen Tönen, schwamm den Fluss aus Emotionen hinunter, der hinter ihr herzog.

Keuchte.

Der Bogen strich ein letztes Mal über die Saiten.

Die Welt explodierte.

Mein Bewusstsein schwand allmählich.

Absichtlich hielt ich den Atem an. Testete aus, wie lange ich es schaffte, ohne nach Luft zu schnappen.

Die in meiner Lunge gespeicherte Wüstenluft schrie danach, befreit zu werden.

Ich ließ los.

Das längste Ausatmen meines Lebens.

Es war vollbracht.

Ich würde Vivaldis Musik nie wieder spielen.

Das war auch nicht nötig. Sie war jetzt ein Teil meiner selbst, stärker als je zuvor.

Zum ersten Mal seit Ewigkeiten wurde mir das leichte Armband bewusst, das nachlässig an meinem Handgelenk hing. Seit mir klar geworden war, dass ich ohne das Armband in der Sauna in Kentish Town gewesen war, hatte ich es Tag und Nacht getragen, als hätte es eine gewisse Macht, mich vor mir selbst zu schützen. Dominiks letztes Geschenk.

Mit Mühe fand ich den Verschluss und öffnete ihn.

Scharrte in der roten Erde zu meinen Füßen eine kleine Höhlung frei, in die ich das Armband fallen ließ, schob rasch wieder Erde darüber und begrub das Andenken. Die Wüstenwinde würden den Rest übernehmen.

Mit zittrigen Händen legte ich die Geige in ihren abgenutzten Kasten und schloss ihn, ließ mein T-Shirt und den Slip liegen, die ich irgendwie in den ockerfarbenen Sand getrampelt und für immer verschmutzt hatte, und machte mich auf den Weg zurück zum Grand Desert Inn. Mir machte es nichts aus, wenn mich jemand in meinem nackten Zustand sah. Das war ich. So wie ich geboren wurde, so wie ich liebte und geliebt wurde. Nackt und bloß. Lebendig.

Jetzt war ich bereit für den Ball.

11

DAS GEFLÜGELTE BALLETT

Ich war zu spät dran, schnappte mir meinen Geigenkasten und schaute mich noch einmal im Schlafzimmer um. Es sah aus wie ein Schlachtfeld, überall war Kleidung verstreut, das Bettzeug völlig durcheinander, eine Szene wilder Verwüstung.

Ich eilte durch das Foyer nach draußen und traf auf den Fahrer, der auf mich wartete. Der Motor brummte. Alle anderen Musiker saßen bereits in dem Pullman-Wagen und sahen zu, wie ich angerannt kam. In der Ferne ging die Sonne in Zeitlupe hinter den Mesas unter, und der Himmel leuchtete in allen Schattierungen von Rot, Orange und Purpur.

Die Reifen des Pullman knirschten auf dem Feldweg und warfen kleine Staubwolken auf, als wir losfuhren.

In Gedanken ging ich zurück.

Seit der Wanderung hatte ich nicht viel von Antony gesehen. Er war in die letzten Vorbereitungen für den Ball vertieft, während ich mit den Generalproben zu tun hatte, bei denen die Musiker und Tänzer hinzugezogen wurden. Obwohl wir uns auch weiterhin ein Zimmer teilten, nahm ich kaum seinen warmen Atem zwischen den Laken wahr, da wir beide zu verschiedenen Uhrzeiten erschöpft ins Bett fielen, und wenn ich aufstand, war er immer schon fort.

Der unbeholfene, liebevolle Antony, der unsere Beziehung verbal hatte untermauern wollen, war verschwunden, und er zeigte wieder sein normales, irgendwie distanziertes Selbst. Ein- oder zweimal hatte ich notgeil wach gelegen und mich an seinen Rücken geschmiegt in der Hoffnung, er würde in derselben Stimmung wach werden, doch er verschlief meine dezenten Annäherungsversuche ausnahmslos, und ich war nie so diszipliniert, meinen Wecker früher zu stellen, damit wir den Vorteil eines gemeinsamen frühen Morgens nutzen und vögeln konnten, bevor wir beide aufbrachen.

Wenigstens hatte er nicht wieder angefangen zu trinken. Die Minibar blieb unangetastet, und seit wir uns in Amerika aufhielten, waren mir keine Anzeichen für einen Kater aufgefallen. Nur bedeuteten die Vorbereitungen für den Ball in Verbindung mit den flatterhaften Persönlichkeiten der Kreativen und der Darsteller, dass er seine Tage hauptsächlich damit verbrachte, im übertragenen Sinn Flöhe zu hüten. Ich wusste, seine persönlichen Dämonen würden ihn nie verlassen, und niemand, nicht einmal ich, würde sie je in Schach halten können. Aber ich hoffte, er würde weiterhin Trost in seiner Arbeit finden, so wie ich, auch wenn das hieß, dass ich ihn zuweilen daran verlieren würde.

In den letzten achtundvierzig Stunden waren die Gäste eingetroffen, ein unaufhörlicher Strom von Autos, Jeeps, Bussen, Nutzfahrzeugen, schnittigen Harley Davidsons, sogar ein paar Hubschrauber landeten auf einem provisorischen Landeplatz einen Steinwurf vom Hotel entfernt. Man hatte den Platz frei geräumt und mit einer gitterartigen künstlichen Oberfläche versehen. Zuerst trampelte eine Schar Neuankömmlinge durch den Sand, die schwere Taschen, Koffer und Kleiderständer hinter sich herzogen, gefolgt von einer unaufhörlichen Parade gesichtsloser Besucher, doch ich verlor schon bald das Interesse. Die Menge hatte etwas Anonymes, bildete eine nichtssagende Einheit, auf die ich mich nicht einlassen konnte. Das war mir mit Zuschauern schon immer so gegangen, ich fand es peinlich, mit ihnen Kontakt aufzunehmen. Sie waren einfach da. Der Parkplatz hatte sich rasch gefüllt, und die Ansammlung von Fahrzeugen, Zelten und diversen provisorischen Unterkünften hatte sich blitzschnell rund um das Grand Desert Inn ausgebreitet, wie Samen, die in einer immer wiederkehrenden Abfolge unter der brennenden Sonne aufbrachen. Während es immer mehr wurden, fragte ich mich, ob es jedes Jahr so war, dass sie aus aller Welt zum Ball zurückkehrten auf der Suche nach Hedonismus und Transzendenz. Was machten sie während des restlichen Jahres? Waren sie normale Menschen, Beamte, Bankmanager, Hausfrauen, reiche Müßiggänger oder arme Schlucker, die ein ganzes Jahr lang sparten, um sich die Reise zum Ball leisten zu können?

Wir ließen die untergehende Sonne hinter uns. Zum ersten Mal durfte ich nun den Hauptveranstaltungsort des Balls betreten. Die Tanz- und Musikproben hatten ausschließlich im widerhallenden Keller des Inn oder in verschiedenen, in direkter Nähe errichteten Räumlichkeiten stattgefunden. Nur Antony und sein Bautrupp sowie der innere Zirkel des Balls waren jeden Tag früh am Morgen aufgebrochen und dorthin gefahren. Aber sie waren zur Geheimhaltung dessen verpflichtet, was sie gesehen hatten oder womit sie beschäftigt waren.

Ich hob die Hand, um mir eine Haarsträhne aus dem Gesicht zu streichen. Der schlichte schwarze Onyxring, den ich am Mittelfinger trug, erinnerte mich an etwas.

»Der wird dir jederzeit Zugang zu allen Bereichen des Balls und den Aktivitäten nach Mitternacht verschaffen«, hatte Aurelia gesagt, als sie ihn mir an den Finger steckte und mit sanftem Druck über den Knöchel schob. »Das heißt, wenn du dich entschließt, nach deinem Auftritt noch zu bleiben.«

»Kann sein«, erwiderte ich.

»Ich bin mir sicher«, sagte sie.

Ich hatte so viele Fragen an sie in Bezug auf die Veranstaltung.

»Erzähl mir mehr über den Ball«, bat ich.

»Was zum Beispiel?«

»Wann wurdest du zum ersten Mal mit einbezogen?«

»Mir blieb nichts anderes übrig«, antwortete Aurelia. »Ich bin für den Ball geboren.«

Meine ausdruckslose Miene verriet mein Unverständnis.

»Meine Mutter war die Ball-Maîtresse, und ich hatte keine andere Wahl«, fuhr sie fort. »Ich musste in ihre Fußstapfen treten.«

Ich war noch immer verwirrt.

»Und er findet jedes Jahr statt? Oder alle zwei Jahre?«

»Wir versuchen es. Gelegentlich lassen wir ein Jahr aus. Das hängt vom Umfang der Vorbereitungen ab, vom Veranstaltungsort, der erforderlichen Arbeitsmenge.«

»Und du leitest das Ganze mit Andrei?«

»Nein, dahinter steckt eine ganze Organisation. So viele Menschen sind als Unterstützer beteiligt, finanzieren das Projekt, unsere Aktivitäten.«

Mir fielen der Privatclub in New Orleans und Madame Denoux ein, die ihn führte, und ich ahnte, dass es nur eines von vielen solcher Etablissements war.

»Wie lange ...«

Aurelia unterbrach mich. »Der Ball reicht Jahrhunderte zurück. Selbst diejenigen unter uns, die am vertrautesten damit sind, bleiben über seine Ursprünge im Unklaren. Der Legende zufolge hat alles im alten Ägypten begonnen ...«

»Wirklich?«

»Aber die Dinge verändern sich«, fügte sie hinzu. »Wir versuchen, mit der Zeit zu gehen. Innovativ zu sein. Doch bestimmte Traditionen bleiben erhalten.«

Ich hatte noch tausend weitere Fragen, aber Aurelia legte einen Finger auf meine Lippen.

»Geduld, Summer. Alles zu seiner Zeit.«

Dann wandte sich die Unterhaltung praktischeren Dingen zu,

meinen Konzepten für die Ouvertüre, die ich für den diesjährigen Ball hatte zusammenstellen sollen.

Ich wollte sie noch mehr fragen. Nach den Anzeichen für Magie und das Übernatürliche, das sie und den Ball allem Anschein nach umgab, den unglaublichen Ereignissen, die ich gesehen und erlebt zu haben glaubte, seitdem ich in Kontakt mit ihr war, den Kraftfeldern des Unwahrscheinlichen, der verführerischen Atmosphäre, die sie verbreitete. Ich wollte schon den Mund aufmachen, aber sie las meine Gedanken.

»Alles ist Illusion, meine Liebe«, sagte Aurelia und verließ den Raum. Aber in ihren Augen war ein Glitzern gewesen, als würde sie mit mir spielen.

Ich kehrte wieder in die Gegenwart zurück. Der Wagen wurde langsamer. Der Feldweg, dem wir gefolgt waren, hörte einfach auf. Wir waren mitten im Niemandsland.

Wir waren angekommen.

Als ich aus dem Wagen stieg, schlug mir die Hitze ins Gesicht, und ich stellte verwundert fest, dass die ganze Wüste, so weit das Auge reichte, jetzt von bunten Zelten und Baldachinen übersät war, zerbrechlichen, kurzzeitigen Konstruktionen, mit Bannern und Wimpeln geschmückt, von stämmigen Flaggenmasten, festen Pfählen, die in den harten Boden gerammt waren, verbunden durch ein Spinnengewebe aus Netzen. Überall standen gigantische Sattelschlepper, die mit Generatoren und futuristisch anmutenden Maschinen beladen waren. Als wäre ein riesiger Zirkus einmarschiert in der Absicht, sich bis in den letzten Winkel auszubreiten.

Madame Denoux erwartete uns. Wie üblich trug sie ein langes Samtkleid, das diesmal jedoch bronzefarben war und ihren Körper wie ein Wasserfall aus fließendem Gold umspielte, als sie uns willkommen hieß und uns zu einem großen Zelt führte, außer Reichweite der letzten Sonnenstrahlen. Wir folgten ihr rasch, traten nacheinander durch die doppelten Zeltklappen aus schwerem Material in eine kühlere Welt. Die vielen Generatoren machten ihren Job offensichtlich gut, speisten die Klimaanlagen und ermöglichten alle Aktivitäten, die hier stattfinden würden, trotz der schwierigen Bedingungen.

»Hier legt ihr eure Kostüme an und werdet geschminkt«, verkündete sie und deutete auf eine Reihe Metallständer, die unter dem Gewicht bereitgestellter Kostüme ächzten. Vor den zahlreichen Kleiderständern standen Kartons in wildem Durcheinander auf dem Boden, aus denen Schuhe, Schals und allerlei Accessoires hervorquollen. Auf der anderen Seite des großen, niedrigen Zelts waren Stühle vor kleinen Tischen mit Spiegeln aufgereiht, neben denen sechs junge Leute in sittsamer Dienstmädchenkleidung standen, die uns beim Anziehen oder beim Auftragen des Make-ups helfen sollten. Sie trugen die Haare zu hüftlangen Zöpfen gebunden und glichen sich wie ein Ei dem anderen. Ihre Gesichtszüge waren individuell, doch ihre Bewegungen und ihre Ausdrucksweise waren nahezu identisch. Unwillkürlich versuchte ich, ihr Geschlecht zu erraten. Sie trugen mit Spitze besetzte lange Shorts statt Röcke und besaßen eine Anmut, die auf Weiblichkeit deutete, auch wenn ihnen etwas Mädchenhaftes fehlte.

»Sind das Mädchen oder Jungen?«, flüsterte ich Giselle zu.

Sie schaute mich an, als wäre die Frage völlig bescheuert.

»Ich glaube, das haben sie noch nicht entschieden«, erwiderte sie.

Aus verschiedenen Gründen hatten wir im Basislager noch keine richtige Kostümprobe durchgeführt und würden nun zum ersten Mal die Kostüme zu sehen bekommen, in denen wir auftreten sollten. Nicht nur wir Musiker, sondern auch die Truppe der geschmeidigen, wenn auch schweigsamen Tänzer, denen wir unsere Musik vorgeführt hatten. Ihre Choreografie hatte sich zu unseren Improvisationen entwickelt.

Lauralynn strich an mir vorbei und steuerte direkt auf die Kostüme zu. »Wird auch Zeit«, bemerkte sie.

Überwacht von der finster blickenden Madame Denoux huschten unsere kleinen Helfer umher, reichten uns Kostüme, Schuhe, Gürtel, Bänder. Sie waren perfekt gedrillt und effektiv, fest entschlossen, das Puzzle an möglichen Kombinationen zusammenzufügen. Jedes Kleidungsstück an den Ständern trug anscheinend eine Nummer, unsere Größen und Rollen waren vorab eingetragen worden, damit wir mit sagenhafter Präzision aufeinander abgestimmt werden konnten. Die Schuhe glitten passgenau über unsere Füße wie Aschenputtels Pantoffeln, waren weder zu eng noch zu weit, jedes Kostüm saß wie angegossen, einfach perfekt.

Bald wurden wir alle eingekleidet, das heißt, zumindest in das gehüllt, was der Ball unter Kostümierung verstand. Danach wurden wir geschminkt.

Man hatte mir gesagt, ich solle ihrem Urteil vertrauen, und Aurelia hatte verkündet, sie wolle mich in einer ganz besonderen Aufmachung spielen sehen. Und so war es auch.

Ich war nie schüchtern oder zurückhaltend gewesen, gelinde gesagt, aber was mich da erwartete, war dennoch ein Schock.

Mein Kostüm, oder meine Uniform oder wie man es auch nennen wollte, bestand aus einer komplizierten Kombination von Gurten und Metallschlaufen.

»Wie um alles in der Welt soll ich das denn tragen?«, fragte ich den stillen kleinen Helfer, der mir die Vorrichtung reichte. »Ziehe ich denn nichts darunter? Wenigstens einen Bodystocking?«

Mein Helfer schaute mich ausdruckslos an und prüfte das nummerierte Schild, mit dem bestätigt wurde, dass dies tatsächlich mein Kostüm war und nichts weiter dazugehörte als passende Schuhe. Majestätische High Heels, vollkommen transparent, als wären sie aus Glas. Sollte ich auf diesem Ball ein modernes Aschenputtel sein? Typisch für Aurelias Stil war es ihnen gelungen, das Vulgäre von Plastikpumps zu umgehen, und an meinen Füßen sahen sie verblüffend geschmackvoll aus dank ihrer Beschaffenheit, die geschmeidige Linien und eine eigenartig geometrische Form kombinierte.

Madame Denoux tauchte neben mir auf.

»Sie sehen absolut umwerfend aus«, sagte sie. »Und mit den Schuhen wird jeder, der aus einiger Entfernung zuschaut, den Eindruck haben, Sie schwebten in der Luft ...«, fügte sie lächelnd hinzu.

Lauralynn gesellte sich zu uns. Sie war bereits für unseren Auftritt eingekleidet. Halb bekleidet, besser gesagt. Eine auserlesene, helle Seidenbluse schillerte bei jeder ihrer Bewegungen, der dünne weiße Kragen umgab ihren Hals wie eine Kette aus Milch und hob das Sonnenblumengelb ihres fließenden, glänzenden Haars hervor. Ich schaute an ihr hinab. Unter der Bluse trug sie nichts. Sie war komplett nackt, unten ohne. Obwohl sie natürlich auch High Heels trug, was bei ihren amazonenhaften Proportionen gar nicht nötig gewesen wäre. Sie war gut einen Kopf größer als ich, da ich immer noch barfuß dort stand.

Sie hatte wieder ein sauber gestutztes Dreieck aus falschem Schamhaar an ihrem Venushügel befestigt, diesmal in dunklem Purpur, das in scharfem Kontrast zu ihrer blassen Haut stand. Ihre langen Beine streckten sich wie Schwanenflügel, wohlgeformt, kräftig, in perfekter Übereinstimmung mit dem restlichen Körper.

»Was zum ...?« Ich schaute mich um; alle anderen Musiker waren ähnlich be- oder unbekleidet. Helle Seidenoberteile und unten durchweg ohne. Männer wie Frauen.

Bis auf Lauralynn, die in jeder Aufmachung immer etwas Sinnliches ausstrahlte, war der Effekt verblüffend asexuell. Diese entblößten Genitalien überließen nichts der Phantasie und waren für mich daher uninteressant. Sie hätten obszön wirken sollen, doch nach kurzem Hinschauen, bei dem ich automatisch registrierte und einordnete, ob sie behaart oder enthaart waren, ob der Schwanz oder die Scham glatt und groß oder klein waren, richtete ich meine Aufmerksamkeit sofort wieder auf ihre Gesichter und die Instrumente, die sie bei sich hatten.

»Interessant, was?«, bemerkte Lauralynn verschmitzt.

»Eine Idee des Balls?«, fragte ich sie.

»Eigentlich meine«, antwortete sie und zwinkerte mir zu.

Na ja, sie war die Cellistin und würde zwangsläufig mit gespreizten Beinen spielen müssen, um ihr Instrument umfassen zu können. Kein anderer Musiker müsste eine derart freizügige Pose einnehmen. Mir fiel auf, dass Lauralynn und Madame Denoux schwarze Onyxringe am Mittelfinger trugen. So wie ich.

»Kommen Sie«, sagte Madame Denoux und trat zu mir. »Ausziehen.« Ich gehorchte.

Sobald ich splitternackt war, deutete sie auf meine Arme. »Hoch«, befahl sie. Ich streckte sie nach oben, und sie machte sich an die akribische Prozedur, das Gewirr aus Gurten, Schlaufen und Schnallen um meine Gliedmaßen und dann um meinen Körper zu winden, wobei Lauralynn und mein junger Helfer ihr aufmerksam zuschauten. Lauralynn reichte mir jedes Mal ihre Hand, wenn ich ein Bein heben musste und aus dem Gleichgewicht geriet. Dabei knabberte sie scherzhaft an meinem Ohr und hauchte mir einen verschwörerischen Kuss zu.

Wie beim Twisterspiel musste ich meine Arme, Beine und andere Körperteile verdrehen, damit alles passte. Ich fädelte mich wie ein Schlangenmensch zwischen die Ledergurte.

»So, fertig.« Meine drei Helfer betrachteten mich bewundernd. Ich wagte nicht, an mir herabzuschauen. Sie führten mich zu einem Spiegel.

Die Riemen umschlossen meinen Hals, meine Brüste und

meine Taille fest, hoben meine Körperteile in obszönen Einzelheiten hervor, pressten meine Brüste, hielten sie hoch, machten sie unbeweglich, ohne mir jedoch das Blut abzuschnüren. Meine Nippel waren bereits hart geworden und standen schamlos hervor. Die Riemen um meine Körpermitte sperrten meine Möse wie in einen Schraubstock, übertrieben ihre Rundlichkeit unter dem gleichmäßigen Druck von vier Gurten, die mir wie angegossen passten. Das Ganze lenkte die Aufmerksamkeit nur auf meine Titten und Genitalien, umrahmte sie demonstrativ und hob sie hervor.

Ich sah aus wie eine Sklavin aus Haremszeiten.

Ein Opferlamm, das zu einem weit entfernten Wüstenaltar geführt wird.

Eine Woge der Erregung überschwemmte mich bei dem Gedanken, in diesem Aufzug vom Publikum gesehen zu werden.

Die kreuz und quer über meinen Körper verlaufenden Gurte und Schlaufen ließen mich mehr als nackt wirken. Völlig bloßgestellt, dargeboten. Um andere zu unterhalten.

»Schön«, flüsterte Madame Denoux.

»Verblüffend«, fügte Lauralynn hinzu.

»Vielleicht noch ein bisschen fester«, schlug eine von ihnen vor, als ich dort stand und wie betäubt auf meine Verwandlung schaute. Finger flogen über mich, zogen an Schlaufen und Schnallen und drückten meine empfindlichen Teile noch stärker heraus. Der junge Helfer zog sich zurück.

Ich trat einen Schritt vor und merkte dabei, dass die Gurte aus zwei unterschiedlichen Seiten bestanden. Außen waren sie aus glänzendem, glatt poliertem Leder. Innen waren sie bedeutend rauer, wie Seile, und rieben an meiner nackten Haut. Ich konnte mir schon die tiefen Abdrücke vorstellen, die sie auf meinem Körper hinterlassen würden, sobald ich entkleidet war. Meine Kehle schnürte sich zu.

»Antony fand es gut«, sagte Lauralynn. Sie führte mich an

einen Schminktisch, und ich setzte mich vor einen mit hellen Glühbirnen umgebenen Spiegel. Ich verdrängte diese Information, sobald ich die leichte Verärgerung überwunden hatte, dass wohl alle gemeint hatten, er müsse sein Einverständnis zu meinem Kostüm geben. Er hatte mich noch nie so gesehen. Ich fragte mich, ob die Aufmachung ihn anmachen würde oder ob er dem Ganzen nur phlegmatisch gegenüberstand; ob es für ihn lediglich ein weiterer Kostümwechsel war, um eine Rolle zu spielen, mehr nicht.

»Ich finde, nur eine Spur Make-up«, schlug Madame Denoux vor. »Nur die Lippen. Röter. Passend zu Ihren Haaren.«

»Ja. Ganz unauffällig«, stimmte Lauralynn ihr zu.

Der nächste, wie ein Dienstmädchen gekleidete Helfer tauchte auf und begann, mir das Haar kräftig auszubürsten. Wir kamen überein, dass ich es nach hinten gekämmt und zusammengebunden tragen sollte. Schlicht. Verwundbar.

In mir kochten Emotionen. Seit Langem hatte ich mich nicht mehr so gefühlt oder so etwas getragen. Nach Dominik nicht mehr.

Meine Haare wurden mit einer Spange festgehalten. Ich wandte mich vom Schminkspiegel ab. Die Tänzer gingen bereits hinaus. Sie sahen aus wie dünne, flinke Goldstatuen, die von einer Explosion aus Licht verschluckt wurden. Die untergehende Sonne schien warm auf sie, sobald sie die sichere Oase des Zelts verlassen hatten, das uns von der zuvor noch lodernden Wüste trennte.

Madame Denoux führte uns hinaus. Lauralynn griff mit einer beruhigenden Geste nach meiner Hand.

Der Bus wartete auf uns, und wir nahmen unsere Plätze ein, viele von uns zu verlegen, um den anderen einen Blick zuzuwerfen, nachdem wir alle für das, was kommen sollte, ausstaffiert und in strategisch unterschiedlichem Ausmaß entkleidet waren.

Rasch stellte ich fest, dass der goldene Glanz der Tänzer nur Körperfarbe war, kein Kostüm oder eine Täuschung des Lichts, denn sie waren ebenso entblößt wie wir Musiker. Ein zweiter, kleinerer Bus wartete draußen auf unsere Helfer, die jeweils eine große Leinentasche mitnahmen.

Madame Denoux flüsterte dem Fahrer eine Anweisung ins Ohr, und wir machten uns langsam auf den Weg hinein in die Wüste, entfernten uns vom Lager aus Zelten und provisorischen Bauten. Wir fuhren schweigend, vorbei an Felsformationen und ausgetrockneten Flussläufen, im Schatten von gedrungenen Bergen und Mesas. Wie weit mochte das Reich des Balls sich noch ausdehnen?, fragte ich mich. Die meisten von uns kauten auf Schokolade oder Energieriegeln, Teigtaschen oder Sandwiches, die bereitgestellt worden waren. Dabei versuchten wir, unser Make-up nicht zu verschmieren. Giselle drängte uns, da wir bis zum Ende des Balls nichts mehr zu essen bekommen würden.

Dann kamen wir durch einen schmalen Durchgang in die Ebene, eine endlose Erdschale, die sich bis an einen verschwommenen, in der Hitze flimmernden Horizont erstreckte. Ein gigantischer Eco-Dome beherrschte das geografische Zentrum, wie ein futuristisches Zirkuszelt, das aus gewaltiger Höhe auf die Erdoberfläche gefallen war. Unmengen von Fahrzeugen parkten in der Nähe. Der Bus hielt an, und wieder fungierte Madame Denoux als unsere Führerin, der wir in Reih und Glied zum Bauwerk folgten.

Absolute Finsternis.

Stille, nicht einmal ein Hüsteln im unsichtbaren Publikum, niemand, der sich räusperte.

Ein Podium war errichtet worden, auf das wir uns stellten oder setzten, die Instrumente bereit.

Als sie uns auf unsere Positionen brachte, hatte Madame Denoux angedeutet, ich würde schon wissen, wann ich anfangen sollte zu spielen, das Signal sei eindeutig.

Wir warteten.

Die anderen Musiker hielten sich bereit, bis ich zum ersten Ton ansetzen würde.

Beklemmung überkam mich, sosehr ich auch die Ruhe bewahren wollte.

Ein eigenartiger, wenn auch erregender Duft – ein Gemisch aus Gewürzen, Blüten, Laub, warmer Haut – schwebte durch die riesige Kuppel, streichelte meine nackte Haut, beruhigte und reizte mich.

Das Trappeln von Füßen in der Arena unten. Körper bewegten sich, ein Rascheln, ein fernes metallisches Echo, dann erneut ein tiefer Brunnen der Stille.

Die Tänzer suchten ihre Markierungen und nahmen Aufstellung.

Tausend Menschen im Publikum, das sich auf der gegenüberliegenden Seite der Kuppel schemenhaft abzeichnete, hielten hörbar die Luft an.

Ein mikroskopischer Lichtstrahl tauchte einer Nadel gleich auf, anscheinend aus meilenweiter Entfernung in den Tiefen der Kuppel. Das musste es sein. Ich spannte mich an. Führte meine Violine ans Kinn, meine andere Hand hob den Bogen.

Der Lichtpunkt wurde heller und größer, und ich stellte mit unwillkürlichem Schaudern fest, dass der Strahl direkt auf meinen Körper zielte, genau auf den Schnittpunkt der festen Gurtkombination um meine Genitalien, wobei er die unnatürliche Schwellung meiner Möse hervorhob.

In diesem Augenblick der Erkenntnis wuchs der Lichtkreis an, bis mein gesamter Körper in seinem blendenden Glanz eingefangen war.

Oh, Antony, dachte ich. Nur er konnte sich einen so dramatischen Auftakt für das Konzert ausgedacht haben. Im alltäglichen, realen Leben führten wir bestenfalls eine brüchige Liebesbeziehung. Doch sobald unsere Arbeit, sobald meine Musik und seine Theaterregie aufeinanderprallten, verstand kein anderer Mann so instinktiv, was im Grunde meiner Seele lag – meine Sexualität. Zum Teufel mit ihm ...

Alles, was hunderte Zuschauer jetzt unter der riesigen Kuppel sehen konnten, war mein Körper in schamloser Zurschaustellung, eingefangen vom nackten Licht, fest umrissen wie Feuer vor einer dunklen Wand. Ich zweifelte nicht daran, dass sich die weiter weg Stehenden am Anblick meiner Nacktheit ebenfalls erfreuen konnten, übergroß auf einer Leinwand über mir, wie es so oft bei Rockkonzerten in einer Arena der Fall war.

Bogen an die Saiten.

Den ersten Ton spielen. Dann den nächsten. Und den nächsten.

Die geschmeidige Melodie, die mich nun seit Wochen nachts verfolgt hatte, die meine tiefsten Ängste, Emotionen und sehnsüchtigsten Wünsche ausdrückte. Traurigkeit, Erinnerungen, Hunger, Schmerz, Melancholie, Verlangen, Wonne, Hoffnung und Verzweiflung zusammengefasst in einem Klang, der jetzt für immer Teil meines inneren Wesens war.

Ich spielte allein. Zog die Töne in die Länge, bis weder mein Herz noch mein Instrument es länger aushielten, ging zu einem Moll-Akkord über und hörte Lauralynns Cello zum Kontrapunkt ansetzen, um mich zu erden, das Thema auszudehnen. Dann übernahmen die Streicher, und wir alle schwangen uns gemeinsam auf, wie getrennte Ströme, die sich vereinen, und fanden zu einer Art Chor zusammen.

Der auf mich gerichtete Lichtstrahl hatte sich ausgedehnt, beleuchtete nicht mehr nur meine Scham, sondern tauchte meinen ganzen Körper ein und weitete sich aus, bis er alle Musiker umfing.

Weitere Lichtstrahlen erwachten im Dach der Kuppel zum Leben, strömten herab wie Lawinen ins Zentrum der Arena, in dem sich die Tänzer jetzt anmutig bewegten, mit ihren Schritten geometrische Formen voller Strenge und Eleganz bildeten, wobei sie die Musik, die wir spielten, in exakte Muster umsetzten.

Sie bildeten schlanke Säulen aus Gold, während sie geschmeidig, mühelos dahinglitten. Ein groß gewachsenes Tanzpaar löste sich von der Ballettgruppe und umkreiste sie mit zierlichen Pirouetten. Ich passte meinen Rhythmus dem ihren an, und Lauralynn, die meine Absichten perfekt deutete, fiel mit ein.

Der Lichtstrahl, der dem Paar über den Boden des Kuppelzelts folgte, wechselte plötzlich die Farbe von grellem Weiß zu warmem Gold, und ihre makellosen Körper schimmerten in seiner Umarmung.

Sie wirbelten und schwebten mit vollkommener Leichtigkeit, fließend wie Eiskunstläufer, Hand in Hand oder Hand auf Schulter. Ein konzentrischer Kreis der Bewegung brachte sie vorübergehend näher an das Orchesterpodium. Die Haare der Tänzerin fielen offen über ihren Rücken, die Wadenmuskeln ihres Partners waren fest, während er sie führte. Als sie an mir vorbeisausten, trennten sie sich kurz, und ich hielt die Luft an; eine dünne Goldkette verband sie beim Tanz, anscheinend an zwei Stellen ihrer Schamlippen befestigt und mit dem Cockring verbunden, den ihr Partner an der Peniswurzel trug. Ohne auch nur einen Ton zu verpatzen, versuchte ich ihnen nachzuschauen, um alles deutlicher zu sehen, doch sie mischten sich rasch wieder unter die anderen Tänzer und entfernten sich.

Bei unserer Probe hatte es auf so etwas keinerlei Hinweise gegeben. Aber, um fair zu sein, waren wir da auch korrekt, wenn nicht gar konservativ gekleidet gewesen und hatten uns eher auf die Melodien und die Frage konzentriert, wie der Tanz sich in die Musik einfügen würde.

Die Tänzer standen alle eng zusammen, ihre Körper zitterten, während die vorderen Streicher einen Sturm dramatischer Pizzikati entfesselten. Ich zog meinen Bogen an den Hals der Geige, bereit, mich in den mittleren Teil der Improvisation zu stürzen, die ihre Wurzeln ursprünglich in einem romantischen Teil einer Mahler-Symphonie hatte. Das war zunächst einmal gar kein Stück für eine Geige, sondern für ein ganzes Orchester, das in meinen Ohren kraftvoll nachhallte und mir eine geeignete Ausgangsbasis für melodische Abweichungen bot. Wie eine Straße, die sich zu einem fernen Horizont erstreckt, mit zahlreichen Ausfahrten, die vorüberhuschen, sich abwechselnd anbieten, jedoch nur vom Instinkt richtig ausgewählt werden können. Ich wurde viel entspannter, wenn ich improvisierte, und fragte mich sogar, ob ich je wieder fähig wäre, einer Partitur getreu zu folgen. Wollte ich das überhaupt?

Auf meine musikalische Richtungsänderung hin brach die Gruppe der Tänzer auseinander, sie teilten sich und traten zurück, wobei es aussah, als würde sich eine Blüte öffnen. Alle waren an Schamlippen und Penis miteinander verbunden, ein gewagtes Spinnennetz aus goldenen Körpern, die an den Geschlechtsteilen der anderen zogen. Die Fäden spannten sich, die dünnen Metallketten verbanden sich zu magischen Mustern, Gesichter verzerrten sich vor Schmerz oder Wonne, Körper waren erregt durch Wogen von Empfindungen, die ich nur erahnen konnte, und dennoch tanzten sie, jedes Stakkato in präziser Harmonie mit den Klängen meiner Geige, Lauralynns brummendem Cello und dem besänftigenden Lied des restlichen Orchesters, das unseren unwiderstehlichen, leidenschaftlichen Fluss untermauerte.

Ihr Timing war perfekt. Wie die gleichmäßigen Schläge eines Herzens.

Wir behielten den Rhythmus bei, die Scheinwerfer blieben unbeirrt auf unsere entblößten Geschlechtsteile gerichtet, während wir kaum merklich unsere Stellung änderten, um uns den gleitenden, himmlischen Bewegungen der miteinander verbundenen Tänzer anzupassen.

Sie entfernten sich voneinander und drängten sich zusammen, verwoben sich in unterschiedlichsten Formationen, wie ein Fadenspiel, stets verbunden und vibrierend vor Sex und Leben.

Während meines Spiels stellte ich mir vor, selbst auf der Tanzfläche zu sein, mit einem goldenen Piercingring an der zartesten Stelle meiner Haut, in den eine dünne Kette eingefädelt war, die mich gespreizt und offen hielt, hin und her gerissen von einer Schar erigierter Schwänze in ständiger Bewegung, gezwungen, den Rhythmus beizubehalten, der mich tragen oder mir Schmerz zufügen konnte.

Mein Herz hämmerte wild.

Meine Geige verwandelte sich in den Teufel, der den wahnsinnigen Tanz anführte, und auch ich wurde zu einem Instrument in seinen Diensten. Das Crescendo erreichte seinen unvermeidlichen Höhepunkt.

Die Lichter explodierten, das Publikum jubelte.

Ich war in Schweiß gebadet und hatte das Ende der Melodie erreicht. Weiter führte die Straße nicht. Kurz hielt ich den Atem an. Alle anderen Musiker hinter mir beobachteten mich zweifelsohne und warteten auf ein Signal, für das ich mich zu erschöpft fühlte. Die Tänzer waren zu Statuen erstarrt, Gold schälte sich von ihren Körpern, während das Licht allmählich schwächer wurde und wir kurz darauf wieder in absolute Dunkelheit getaucht waren.

Ich hörte, wie die Zuschauer sich durch die Reihen schoben, in denen sie gesessen hatten, umgeben von unablässigem Raunen, wobei sie die Darbietung anerkennend, abwertend oder meinetwegen auch gleichgültig kommentierten.

Ich wartete, bis wieder Stille herrschte.

»Komm«, sagte Lauralynn, trat zu mir und griff nach meiner Hand. »Es ist vorbei. Wir können jetzt gehen.« Ich hatte nicht gemerkt, dass wir allein auf dem Podium zurückgeblieben waren. Alle anderen Musiker hatten sich leise davongemacht.

Sie führte mich durch das Dunkel des Kuppelbaus zu einem Seitenausgang.

Madame Denoux erwartete uns dort. Sie wirkte erhitzt, warf mir einen wissenden Blick zu, und wir gingen zurück zum Bus, der uns zum Garderobenzelt brachte.

Gedankenlos überließ ich mich meinen Helfern, die mir die Gurte, Schnallen und Schlaufen abnahmen. Als ich meinen Körper im Spiegel betrachtete, sah ich, wie tief sich die raue Unterseite eingeschnitten und ihr wildes Muster auf meine Haut tätowiert hatte.

»Ist das nicht wunderschön?«, rief Lauralynn.

»Es wird bald verblassen«, bemerkte ich.

»Nicht unbedingt.« Madame Denoux reichte mir einen unbeschrifteten Cremetopf. »Reiben Sie es ein«, schlug sie vor. Die Salbe war erfrischend kühl. Ich massierte sie in die kreuz und quer verlaufenden Einkerbungen, die meine Haut verunstalteten.

»Auf diese Weise wird das Muster mindestens vierundzwanzig Stunden halten«, wurde mir gesagt. Dann ging sie. »Der nächste Teil des Balls beginnt nach Mitternacht«, sagte sie noch. »Sie haben freien Zugang. Amüsieren Sie sich.«

Lauralynn ging an einen anderen Tisch und streifte ihre helle Seidenbluse ab. Sie durchsuchte die Kleiderständer, holte ein Stück heraus und zog es an. Dann drehte sie sich zum Spiegel um.

»Das wird reichen«, meinte sie. Nachdem sie bei der Vorführung ihre untere Körperhälfte zur Schau gestellt hatte, machte sie es jetzt umgekehrt. Sie trug eine marineblaue Seidenhose mit Hosenträgern, die ihre Nippel bedeckten, den Rest ihrer Brüste und ihren Oberkörper jedoch frei ließen. Sie griff nach einer Kappe – die Sorte, die es in einem Kostümverleih passend zur Uniform von Polizistinnen gibt, nur handgefertigt und zweifellos sehr viel teurer –, die schief auf einem Hutständer hing, als hätte jemand sie quer durch den Raum daraufgeworfen.

Ich stand regungslos da, immer noch überwältigt von den starken Empfindungen, die mich gegen Ende der Vorführung überflutet hatten.

»Für dich?« Sie hielt mir ein Kleidungsstück hin.

Ich warf nicht einmal einen Blick darauf, was ich ihrer Meinung nach für den Rest des Balls anziehen sollte.

»Nein«, sagte ich. Ich schaute an meinem Körper hinunter, auf die tiefen Striemen, die über meine Haut liefen, und wie sie immer noch meine Intimstellen hervorhoben, mich schmückten. »Ich bleibe so.«

Sie musterte mich von Kopf bis Fuß, lächelte und sagte: »Toll. Die High Heels sind gerade richtig für das Outfit …«

Als wir nach draußen gingen, kam mir in den Sinn, dass ich nicht wusste, ob ich Antony an diesem Abend sehen würde oder nicht. Natürlich rechnete ich damit. Aber ich hatte ihn noch nicht entdeckt, und ich wusste nicht, ob Aurelia ihm auch einen Ring gegeben hatte. Mir war durchaus bewusst, dass wir beide die Grenzen unserer Beziehung noch nicht besprochen hatten, oder wie sich der andere als Teilnehmer des Balls unserer Meinung nach verhalten sollte, und ich war mir auch nicht ganz sicher, was ich von diesem Abend wollte.

»Antony wird dort sein«, verkündete Lauralynn und beantwortete die bisher ungestellte Frage, womit sie das Schweigen brach, das sich zwischen uns ausgebreitet hatte. »Wenn auch noch im Dienst. Bei der Arbeit, zumindest bis später.«

Zunächst waren wir mit einem der kleinen motorisierten Gerätewagen gefahren, die Ausrüstung und Menschen zwischen den zahlreichen, über die Wüste verteilten Baldachinen und Wohnwagen hin und her fuhren, und hatten neben einem roten Zelt angehalten, das auf den ersten Blick nach nichts Besonderem aussah. Drinnen jedoch wirkte es viel größer, als es von außen den Anschein hatte, und Lauralynn schritt mir voran durch ein kompliziertes Netz aus Durchgängen und schweren Segeltuchplanen, die als Türen dienten. Offensichtlich ging es bergab, was eigentlich unmöglich sein sollte, da ich wusste, dass die Landschaft meilenweit vollkommen eben war.

»Oh«, erwiderte ich. »Das ist gut.« Und mir wurde klar, dass ich es auch so meinte. Ich freute mich darauf, Antony zu sehen.

»Hast du dir jemals Gedanken darüber gemacht, Summer«, fuhr sie nach einer langen Pause fort, »dass der Grund dafür, warum du dir gern sagen lässt, was du tun sollst, zweifellos der ist, dass du nicht weißt, was du willst? Oder nicht den Mumm hast, danach zu fragen?«

Ich blieb wie angewurzelt stehen, schockiert über ihre unerwartete Bemerkung.

»Das ist ein bisschen herb«, erwiderte ich.

Sie drehte sich zu mir um. Ihre Kappe saß in einem kecken Winkel und bedeckte ihr halbes Gesicht. Man konnte sie kaum ernst nehmen, da sie wie eine Edeldomina aussah, die eine Stripper-Botschaft überbrachte.

»Ach ja? Hast du mit Antony über heute Abend gesprochen?«

»Es gab keine Gelegenheit dazu«, sagte ich. »Wir haben uns kaum gesehen.«

»Ich wollte nicht grob sein«, seufzte sie, legte mir den Arm um die Schultern in einer Geste der Entschuldigung, die mich beinahe aus dem Gleichgewicht brachte, und ich taumelte gegen sie. Obwohl ich seit Jahren High Heels zum Ausgehen und bei Auftritten trug, hatte ich immer noch nicht gelernt, darin zu laufen.

Lauralynn schritt damit aus, als wären ihr irgendwann zwischen Jugend und Volljährigkeit Stilettos gewachsen, und sie waren jetzt für sie nicht hinderlicher als Flossen für einen Fisch. »Es geht nur darum, dass du lernen musst, anderen zu sagen, was du fühlst. Du kannst nicht alles wegspielen. Oder wegficken, um es mal so zu sagen. Genauso, wie er nicht alles im Suff ertränken kann.«

»Du weißt davon?«, fragte ich überrascht, als sie auf Antonys Hang zum Alkohol anspielte.

»Alissa hat ein loses Mundwerk«, sagte sie. Ich zog missbilligend die Stirn kraus. »Aber auch ein großes Herz«, fügte sie hinzu. »Ich glaube nicht, dass sie tratscht. Wir hatten nur einen Plausch unter Mädchen.«

»Mir war nicht klar, dass ihr euch angefreundet habt.«

»Die Kleine hat ihre guten Seiten.« Lauralynn grinste von einem Ohr zum anderen. »Zwei zumindest.« Sie kicherte.

»Ja, ja, ich weiß …«, murrte ich. Inzwischen ging Alissas Titten ein solcher Ruf voraus, dass sie in jeder Show einen Soloauftritt hätte haben können.

»Ich will damit auch nur sagen, rede mit ihm. Findet eine Lösung. Heute Abend wirst du dir wie eine Mänade vorkommen … Denk an die Insel. Als hättest du die Kontrolle über dich verloren, aber das wird in Wirklichkeit nicht so sein. Der Ball verschafft den Leuten nur die Möglichkeit, sich so zu benehmen, wie sie wirklich sind. Sich gehen zu lassen. Manche sind schockiert über ihre eigenen Gelüste, daher machen sie etwas dafür verantwortlich, das sie nicht sehen können. Drogen, Alkohol, Magie … was auch immer. Aber das stimmt alles nicht. Es ist eine Illusion. Die Auffassung, dass die Teilnehmer keine persönliche Verantwortung dafür tragen, was hier vor sich geht, gibt ihnen die Freiheit, zu tun, was sie wollen. Deshalb kommen sie immer wieder, zu jedem Ball. Menschen … Herrje, wir sind so beschissene, vorhersehbare Geschöpfe.«

Ich bekam ihren kleinen Monolog nur halb mit, denn ich war zu neugierig, mehr darüber zu erfahren, wie Aurelia und das Netzwerk diese Illusionen erzeugten. Ich hatte in genügend Vorstellungen mitgewirkt, um zu wissen, dass man mit einem guten Bühnenbild, fachmännischen Technikern und einem anpassungsfähigen Publikum Unglaubliches zustande bringen konnte. Aber Tätowierungen, die verschwanden, wieder auftauchten, sich bewegten? Ranken, die zum Leben erwachten? Ich lechzte danach, mehr zu erfahren, alles. Ein Teil meiner selbst wollte allerdings nicht wissen, wie es funktionierte, falls dadurch das Mysteriöse an dem Ganzen ruiniert würde. Ich glaubte gern an Magie. Und Sex *war* Magie, meiner Ansicht nach. Zumindest der richtige. Und der falsche, das wusste ich aus Erfahrung, konnte ebenso mächtig und traumatisch sein wie jede Form von Voodoo-Fluch.

»Illusionen? Aurelia hat dasselbe gesagt …«

Ich wollte Lauralynn schon bitten, mir zu erzählen, wie sie in das alles hineingeraten war, als die Lichter ausgingen und ein Geräusch wie Geschützfeuer durch die Luft knallte und den Stoff ringsum aufblähte, als wäre eine gewaltige Windbö ins Zelt gefegt. Dann gab der Boden unter uns nach.

Ich schrie auf und hangelte nach etwas, an dem ich mich festhalten konnte, ungefähr so anmutig wie eine Spinne auf Rollschuhen. Meine eine Hand schlug gegen Lauralynns Brust und packte unwillkürlich danach, die andere fuchtelte in der Luft herum.

Wir fielen nicht einmal eine Sekunde lang, bis unsere Reise ganz sanft von etwas um uns herum gebremst wurde, was immer es war. Das, was wie ein natürlicher Wüstenboden aus festem Sand gewirkt hatte, war zu einem Tunnel geworden, der direkt abwärts führte, und in dem etwas wirbelte, das offensichtlich die Schwerkraft aufhielt und uns ermöglichte, sicher unten am Boden anzukommen.

Dunkelheit wurde durch Licht ersetzt, das immer heller wurde, und als meine Augen sich daran gewöhnten und ich den ersten Schock des Sturzes überwand, wurde mir allmählich klar, was meine Haut berührte.

Hände.

Eine Vielzahl menschlicher Hände führte uns nach unten, alle in ultradünnen Handschuhen unterschiedlicher Farben. Ich schaute zu denen auf, an denen wir bereits vorbei waren, und es kam mir so vor, als fielen wir durch ein Blumenfeld, auf dem die Finger an jeder Hand sich öffneten und schlossen wie in einer Brise schwankende Blütenblätter. Ihre Berührung war vorsichtig und zart, und zunächst vollkommen darauf ausgerichtet, uns aufzufangen und nach unten abzulassen. Doch je weiter wir kamen, desto kühner wurden die Finger, und ich spürte feste Schläge auf meinen Hintern, meine Brüste wurden geknetet, ein zarter, forschender Finger stieß sogar in die Falten meiner Möse vor, während andere Hände meine Fuß- und Handgelenke umfassten und mein Vorankommen noch weiter bremsten, damit die Vagabunden in aller Ausgiebigkeit über meinen Körper streifen konnten.

Ich entspannte mich. Schließlich blieb mir nichts anderes übrig. Kurz darauf driftete ich in denselben Zustand höchster Erregung, den ich auf der Insel erlebt hatte. Jeder kleinste Windhauch, auch die sanfteste Berührung meiner Haut wurde tausendfach verstärkt.

»Oh«, seufzte ich, als wir schließlich wieder auf festem Boden standen, enttäuscht, dass unsere eigenartige Reise zu Ende war. Die Hände gehörten einem hoch aufragenden Tunnel aus Akrobaten, verbunden zu einer langen Kette, ähnlich dem Affenfass-Spiel, mit dem ich als Kind gespielt hatte. Wenn einer ermüdete, wurde ein anderer Akrobat in einem nie enden wollenden athletischen Kreislauf an dessen Platz gehievt.

Alissa erwartete uns schon, bekleidet mit einem interessanten

Ensemble aus röhrenförmigem Latex, das alle Stellen bedeckte, die sonst unbedeckt waren – Schenkel, Arme, Hals und Bauch –, und den Schritt, den Hintern und die Brüste frei ließ. Ich hatte sie in letzter Zeit so oft gesehen, dass ihre Nacktheit mir nicht außergewöhnlich vorkam. Sie vollständig bekleidet anzutreffen, wäre ein größerer Schock gewesen.

Lange Schnürstiefel umschlossen ihre Waden, doch im Gegensatz zu ihren normalen Stilettos hatten sie eine hohe, aber flache Sohle und waren mit einer beunruhigenden Reihe silberner Spikes versehen. In einer Hand hielt sie ein dickes schwarzes Lederpaddle, ihre Haare waren zu einem strengen Knoten gebunden, der wie ein einsames Brötchen auf einem Bäckertablett auf ihrem Kopf thronte. Ihr Lippenstift hatte das dunkle Blaurot gepresster Beeren, und ihre Augen waren mit schwarzem Lidstrich umrahmt. Sie wirkte ausgesprochen entzückt, den Part der Domina zu spielen, wenn auch einer mit unorthodoxer Herangehensweise, da sie den Zuschauern erlaubte, ungehindert den Blick über ihren Körper schweifen zu lassen.

»Und, habt ihr den Ritt genossen?«, fragte sie.

»Du nicht?«, erwiderte ich.

»Ich wollte schon wieder nach oben«, sagte sie. »Aber da gibt es noch viel mehr in der Art.«

Ihr Gesichtsausdruck glich der einer Fresssüchtigen, die gerade feststellt, dass sie in einer französischen Patisserie eingeschlossen ist.

Ich folgte ihrem Blick, den sie durch den Raum wandern ließ.

Doch eigentlich war es kein Raum, sondern eher eine Landschaft.

»Aber ...«, brachte ich hervor.

»Ich weiß«, erwiderte Alissa. »Es scheint unmöglich. Trotzdem ...«

»Daran hat Antony gearbeitet.«

Sie nickte.

Der Boden, auf dem wir standen, sah aus wie die Oberfläche des Mondes und erstreckte sich so weit, dass ich keine Wände ausmachen konnte. Über uns wölbte sich ein riesiger offener Raum, dunkel und mit funkelnden Sternen übersät, wie der Nachthimmel. Ein leichter, kühler Luftzug strich über mein Gesicht, als befänden wir uns im Freien.

»Wie hat er …?«

»Klimatisiert. Künstliche Decke. Sie haben unterirdisch gearbeitet, dorthin sind sie jeden Tag verschwunden.«

Sie sprach mit vollem Mund, kaute auf irgendeiner Süßigkeit herum. Eiercreme drang zwischen ihren Zähnen hervor, Puderzucker bildete eine Linie auf ihrer Lippe.

»Das musst du probieren«, sagte sie zwischen zwei Bissen und steckte einen von Creme und Teig bedeckten Finger zwischen meine Lippen. Die Süßigkeit war feucht und zäh und schmeckte nach Erdnussbutter, Banane und Karamell.

Lauralynn machte den Mund auf und gab zu verstehen, dass sie auch einen Bissen haben wollte, genauer gesagt, dass sie sich gern von Alissa füttern lassen würde.

Es war mir peinlich, als Alissa mit den Fingern schnippte, um nach einem Kellner zu rufen. In Windeseile stand einer vor uns und bot uns einen flachen weißen Teller an, auf dem winzige Süßspeisen gestapelt waren, aufgespießte Früchte, mit Schokolade überzogen, kandierte Mandeln, kleine Geleehügel und Töpfchen mit luftiger Mousse, versehen mit einem Teelöffel, der kürzer war als mein kleiner Finger. Ich nahm mir etwas, das so aussah wie Weintrauben, und steckte mir die weiche, smaragdgrüne Frucht in den Mund. Dort zerplatzte sie sofort und spritzte zischenden, süßen Saft auf meine Zunge, der nach Alkohol schmeckte.

»Vorsichtig damit«, sagte der Kellner. »Die sind voll Grenadine. Ein ganze Traube davon, und Sie sind sturzbetrunken.«

Seiner Umgebung angepasst war er in sehr dünnen Stoff gekleidet, der sich über seiner Haut spannte. Als er sich entfernte und durch den Raum ging, fiel mir auf, dass sein Outfit die äußere Erscheinung dessen annahm, neben dem er stand, sei es ein weiterer ungewöhnlich gekleideter Gast, ein Möbelstück oder etwas, das wie eine aus der Erde gemeißelte Felsformation wirkte.

»Wo ist er?«, fragte ich Alissa. »Antony. Hast du ihn gesehen?«, fragte ich sie noch einmal, als sie nicht reagierte. Sie und Lauralynn hatten den Vorwand aufgegeben, sich gegenseitig mit Süßigkeiten zu füttern, und knutschten jetzt begeistert, die Hände fest um die Pobacken der anderen geklammert. Alissa hatte noch ihr Paddle, das an einem um ihre Taille geschlungenen Lederband baumelte, aber ich bezweifelte, dass sie es wagen würde, es bei Lauralynn einzusetzen.

Schließlich befreite Alissa ihre Zunge aus dem Mund meiner Freundin und beantwortete meine Frage kurz und mit belegter Stimme.

»Da drüben«, sagte sie und zeigte in die Ferne auf etwas, das für mich nur ein weiter Raum ohne erkennbare Formen war.

»Wo?«, erwiderte ich, verärgert, dass sie kaum innehielt, um ihren Arm in die richtige Richtung zu heben.

»Geh einfach weiter, du wirst ihn schon finden«, rief sie mit vor Erregung brechender Stimme, hervorgerufen durch Lauralynns drängende Küsse auf ihren Hals.

Vorsichtig stöckelte ich in die angedeutete Richtung, ängstlich, im schummrigen Licht und auf dem unebenen Boden den Halt in meinen unpraktischen Schuhen zu verlieren, doch schon nach ein paar Schritten stellte ich fest, dass ich unvermittelt auf einen glatten Pfad getaumelt war, und mit jedem Schritt schien es heller zu werden. Sensoren, die als Reaktion auf Körpergewicht automatisch das Licht einschalteten?, fragte ich mich.

Trotz meiner fantastischen Umgebung fiel es mir schwer, abzuschalten und die Party zu genießen, da sich mein Verstand immer wieder mit Fragen einmischte, mein Umfeld analysierte, interpretierte, versuchte, den Schlüssel zu finden, der die Tricksereien des Balls offenlegen würde. Wie Dorothy beim Zauberer von Oz gab ich mich nicht zufrieden damit, der offensichtlichen Macht seiner Stimme zu lauschen, sondern war unablässig von dem Wunsch getrieben, festzustellen, was hinter dem Vorhang war.

Die vielen Sterne am künstlichen Himmel über mir hüpften und tauchten und sausten über das Firmament, als wäre ein Container voller Feuerwerk eingefangen und in der Atmosphäre gezündet worden. Einer fiel plötzlich vom Himmel, landete mit leichtem Aufprall direkt vor mir, entfaltete sich und kam auf die Beine. Es war Nina, die Luftakrobatin mit dem Kurzhaarschnitt, die ich bei meiner Ankunft an einem Reifen im Grand Desert Inn gesehen hatte. Vom Hals abwärts steckte sie in einem glitzernden, mit Pailletten besetzten Bodysuit, der das Licht so gut reflektierte, dass sie wie eine Discokugel glitzerte. Ihr Gesicht war ungeschminkt, aber ihre Haare waren zu kunstvollen, über den ganzen Kopf verteilten Knoten gebunden, jeder mit bunten Lichtern verwoben, die in regelmäßigen Abständen aufblitzten.

Sie lächelte mich an und hielt den Finger an die Lippen.

»Schh, Sie haben mich nicht gesehen«, sagte sie. »Wir sollen alle noch ein paar Stunden da oben schweben, aber ich musste runter, weil ich dringend pinkeln muss.«

Statt sich auf die Suche nach einer Toilette zu begeben, zog sie zu meiner Verwunderung den Reißverschluss vorn an ihrem Anzug auf, streifte ihn bis zu den Knien ab, hockte sich hin und pinkelte gleich neben mir auf den Boden, wobei sie sorgfältig mit ihrem Strahl zielte, damit sie den Stoff um ihre Waden und Fußgelenke nicht einnässte. Dann zog sie ihr Kostüm wieder hoch und versuchte vergeblich, ein wenig Staub über die Pfütze zu treten, die sie auf dem felsigen Boden hinterlassen hatte, trabte dann aber mit einem Schulterzucken davon.

Sie beim Urinieren anzusprechen, hatte ich für unangemessen gehalten, auch wenn sie auf jeglichen Anschein von Ungestörtheit verzichtet hatte, als sie sich entschied, es vor meinen Augen zu machen. Schließlich war nicht ich es gewesen, die über sie gestolpert war. Trotzdem stellte ich nicht die Frage, die mir auf der Zunge lag, als ich ihr mit offenem Mund hinterhersah: Wie um alles in der Welt machte sie das? Ich sah genau zu, wie sie immer schneller lief, hochsprang und offensichtlich an unsichtbaren Fäden in die Luft gehoben wurde. Teile ihres Outfits glänzten heller, und ich vernahm ein fernes Brummen, als sie durch die Luft sauste. Eine Art Raketenanzug, vermutete ich.

Ich ging weiter, kam langsam voran, teils wegen meiner vorsichtigen, kleinen Schritte, aber auch weil ich immer wieder von anderen Ereignissen und Anblicken abgelenkt wurde. Was aus ein paar Schritten Entfernung wie ein aufsteigender Staubwirbel ausgesehen hatte, war tatsächlich ein Kreis von Tänzern, alle nackt bis auf lange, ockerfarbene Chiffonschals, die sie um Handgelenke, Hals, Taille und Fußgelenke geschlungen hatten und die sich aufbauschten, während die Männer schwungvolle Pirouetten drehten. Mein Blick wanderte unwillkürlich zu ihren schlaffen Schwänzen. Alle waren vollkommen nackt, ohne auch nur ein einziges Schamhaar, das vom Ansatz der zwischen den Schenkeln der Männer hüpfenden, tanzenden und schwingenden Schäfte hätte ablenken können. Ihre Schlaffheit stand in scharfem Kontrast zu den kräftigen Muskeln ihrer Waden und Schenkel. Ich stellte mir die samtene Weichheit ihres Fleisches an meinen Lippen vor, wenn ich mich vor sie hin kniete und nacheinander ihre Schwänze in den Mund nahm und so lange saugte, bis sie zum Leben erwachten. Wenn sie nur stehen bleiben und sich von mir Lust bereiten lassen würden. Die Männer tanzten um mich herum, ohne sich meiner Gegenwart bewusst zu sein, gleichgültig.

Danach schaute ich bei allen offensichtlich natürlichen Merkmalen der Landschaft näher hin und stellte fest, dass das, was ich für Felsformationen oder merkwürdige, in unsichtbaren Windböen schwankende Wüstenpflanzen gehalten hatte, in Wirklichkeit Menschen waren, die sich umarmten, deren extravagante Kostüme sie aber als leblose Gestalten ausgaben. Manche waren Paare, die standen und einander festhielten, reglos wie Felsbrocken. Andere waren zu dritt oder bildeten Gruppen aus vier, fünf oder mehreren, die fickten oder sich mit wandernden Zungen und Fingern gegenseitig befriedigten.

Meine Ohren hatten sich plötzlich auf eine andere Frequenz eingestellt, als wäre ich auf einen Radiosender gestoßen, von dem ich vorher nichts gewusst hatte. Das Geräusch des flüsternden Windes oder das Geheul eines Kojoten, das ich für aus verstreuten Lautsprechern verteilte Hintergrundgeräusche der Wüste gehalten hatte, war eigentlich das Geräusch von Körpern, die sich aneinander rieben. Das Stöhnen von Männern und Frauen bei der Vereinigung, das weiche Gleiten von Haut an Haut, während Menschen überall vögelten, wo sie gerade saßen oder standen, wenn es sie überkam, ohne sich auch nur einen Deut um den rauen, harten Boden zu scheren oder darum, wer ihnen zusehen könnte. Mir fiel auf, dass für diese Zwecke Decken und Kissen wie Nester ausgebreitet worden war, aber die wenigsten davon wurden benutzt. Die Leute umarmten sich leidenschaftlich nur zwanzig Schritte von einer Bettstatt entfernt und fielen dann an Ort und Stelle übereinander her.

Ich stieß mit der Schuhspitze gegen eine Metallstufe.

»Scheiße«, murmelte ich. Ich war zu sehr in meine Umgebung vertieft gewesen, um zu merken, dass ich an eine Treppe gekommen war.

Ich streifte die Schuhe ab und trug sie an den Absätzen in einer Hand, während ich mich mit der anderen am Geländer festhielt. Was auch da oben sein mochte, bestimmt war es kein weiterer »Aktivitätsraum« des Balls. Dafür hätten sie einen Glasaufzug, eine mit Samt ausgelegte Rolltreppe oder vielleicht sogar einen fliegenden Teppich installiert. Nicht dieses gewöhnliche, kalte Metall, das eher an ein Industrielager erinnerte.

Die Stufen führten in einen kurzen Flur mit einer Tür hinten links. Nach leisem Anklopfen schob ich sie auf.

Ich betrat ein großes, hell erleuchtetes Büro, vollgestopft mit Bildschirmen und Computerausrüstung, wie etwas aus einem Spionagethriller, in dem das Hauptquartier des Geheimdienstes dargestellt wird. Ich erkannte Antony sofort. Er saß mit dem Rücken zu mir auf einem gepolsterten Lederdrehstuhl und schaute konzentriert auf mehrere Monitore, die vor ihm standen. Gelegentlich tippte er etwas auf einer Tastatur, drückte auf Knöpfe oder legte Schalter auf dem komplizierten Instrumentenbrett vor ihm um.

Als er hörte, wie die Tür aufging, drehte er sich um.

»Summer«, sagte er. Er winkte mich zu sich. Er lächelte und schien sich zu freuen, mich zu sehen, aber seine Augen waren müde.

Wally, einer der Techniker, die auch an den *Tagebüchern einer Violine* mitgewirkt hatten, und Andrei, Aurelias Partner, waren ebenfalls dort. Wir grüßten uns, aber sie waren zu sehr mit ihrer Arbeit beschäftigt, um viel zu sagen, und ich wollte sie nicht ablenken. Sie trugen T-Shirt und Jeans oder legere Hosen. Andrei war barfuß, Antony hatte beigefarbene Bootsschuhe an.

»Du warst toll«, sagte er, »wie immer.« Er schlang den Arm um meine Hüfte und meinen Hintern und zog mich an sich. Ich zerzauste seine Haare.

»Danke«, sagte ich. »Was ist das hier? Was machst du?«

»Das hier«, erwiderte er, »ist der Kontrollraum. Schau mal auf die Monitore.«

Ich ließ meinen Blick von einem zum anderen wandern. Sie lieferten Bilder wie von Überwachungskameras, installiert, um festzuhalten, was in den einzelnen Bereichen des Balls vor sich ging, der sich viel weiter ausdehnte, als mir klar gewesen war. Zahlreiche Räume schlossen sich an den Hauptbereich an, in dem die Gäste des Balls tanzten, aßen, tranken und natürlich fickten. Ein Bereich war als Dungeon eingerichtet. In der Mitte sah ich einen älteren Mann – vielleicht in den Fünfzigern oder Sechzigern. Das war schwer zu erkennen, da sein Alter nur am Weiß seiner langen, wehenden Mähne auszumachen war, sowie an der Beschaffenheit seiner Haut, während seine Haltung und die geschmeidige Festigkeit seines Körpers ebenso gut einem zwanzig Jahre Jüngeren gehören konnten. Er peitschte auf eine Frau ein, die vor ihm an ein Andreaskreuz gefesselt war. Sie hing mit dem Gesicht nach unten, daher konnte ich ihr Alter nicht schätzen, aber vermutlich war sie nicht viel jünger als er. Sie war keineswegs dick oder schlabberig, aber ihre Haut besaß nicht die offensichtliche Rundlichkeit derer, die sie nicht zu schätzen wissen, der unter Fünfundzwanzigjährigen. Ihre Haare waren mausbraun und zu einem lockeren Pferdeschwanz gebunden, der wahrscheinlich in letzter Minute so hergerichtet worden war, damit ihr Partner bei der freiwilligen Folter Zugang zu ihrem Fleisch hatte. Sie wäre mir kaum in Erinnerung geblieben, hätte ich nicht die große Tätowierung entdeckt, die ihren Rücken, den Hals und die Schultern zierte: ein stilisierter Vogel aus Spiralen, Kreuzschraffuren und Wirbelmustern und mit offenen Flügeln, die sich über ihre Schultern breiteten, einem an ihrem Haaransatz ruhenden Kopf und einem Schwanz aus vier Federn, der etwa zehn Zentimeter über dem Ansatz ihrer Pobacken endete.

Die Peitsche hatte nur einen Riemen, der bei jedem Schlag

unglaublichen Schmerz verursacht, wie ein Brandmal, und viel Können erfordert. Er ließ sie langsam, in regelmäßigen Abständen knallen, und bei jedem Schlag zuckte sie kaum merklich zusammen.

Seit ich Leder auf meiner Haut gespürt hatte, war viel Zeit vergangen, die zuckende Wärme des Schmerzes, der mit Liebe zugefügt wird. Während ich sie beobachtete, spürte ich zweierlei. Erregung und Neid.

Ich drehte mich zu Antony um. Er fuhr gerade geistesabwesend mit den Fingerspitzen über die kleinen Erhebungen und Vertiefungen auf meiner Haut, an denen die Schnallen meiner Gurte festgezurrt gewesen waren. Giselles Salbe übte immer noch ihren Zauber aus. Antony hatte meine Nacktheit nicht kommentiert, schien sie nicht einmal bemerkt zu haben, doch in dieser Situation war ein weiterer nackter Körper kaum fehl am Platz. Sein Blick wanderte über alle Bildschirme, ohne sich auf eine besondere Szene zu konzentrieren.

»Was hältst du davon?«, fragte ich ihn und deutete auf den Monitor, der das Paar im Dungeon zeigte.

Er runzelte die Stirn. »Was meinst du?«, fragte er, nicht sicher, worauf ich hinauswollte. »Ist es zu dunkel? Ich kann das Licht verstärken.« Er streckte die Hand nach einer Reihe von Knöpfen über der Tastatur aus.

»Nein, die Beleuchtung ist okay. Ich wollte damit sagen, was hältst du von ihnen oder davon, was sie tun?«

»Oh.« Er zuckte mit den Schultern. »Sieht schmerzhaft aus. Aber jedem das Seine, nehme ich an.«

»Würdest du jemals mit mir so etwas machen wollen?«, fragte ich ihn leise. Eigentlich war es nicht der richtige Ort, um zu reden. Er arbeitete, und im Hintergrund schlürfte Wally einen Becher Fertigsuppe und kaute auf einem Brötchen. Es roch leicht nach Huhn.

Antony erstarrte, seine Finger schwebten über ein paar Erhöhungen an einer Seite meiner Hüfte.

»Soll ich ehrlich sein? Das ist mir viel zu anstrengend. Vielleicht etwas Sanfteres. Handschellen und Spanking?«

Er hörte auf, die Striemen auf meiner Haut zu erforschen, und drückte mich fest an sich.

»Ja, ich weiß, was du meinst«, erwiderte ich, als ginge es mir genauso, obwohl es eigentlich nicht stimmte. Ich spürte Lauralynns Geist hinter mir, die Arme vor der Brust verschränkt, wie sie mich wütend anfunkelte, weil ich in letzter Minute kniff, statt zu sagen, was ich wirklich empfand.

Fick mich, Antony, tu mir weh, mach mich dir untertan, sag mir, ich soll für dich auf alle viere gehen wie ein braves kleines Mädchen …

Aber ich fand keine Worte, die ich laut über die Lippen bringen konnte.

»Ich sollte gehen«, sagte ich und löste mich von ihm. »Wieder auf die Party.«

»Nein«, sagte er, »bleib hier.« Er schaute auf eine Uhr an der Wand, die fünf Minuten vor drei anzeigte. »Die Hauptveranstaltung fängt gleich an. Und von hier aus haben wir die beste Aussicht.«

Er zog mich auf seinen Schoß, und ich machte es mir auf seinem Knie bequem, während er umständlich um mich herum griff, um an den Bedienungselementen zu hantieren und den großen Bildschirm einzuschalten, der die ganze Wand hinter uns einnahm.

Wally hatte seinen Snack beendet und wandte sich wieder seiner Arbeit zu, setzte Schalter und Computerausrüstung in Gang. Andrei schaute kaum von dem auf, was immer er machte.

Auf dem Bildschirm war die Mitte des Hauptraums zu sehen. Ein Geräusch wie ein Donnerknall hallte im höhlenartigen Raum und allen anschließenden Räumen wider und rief alle Gäste des Balls auf, sich im Hauptraum zu versammeln, wo sie sich in einem großen Kreis um ein Podium verteilten, das sich – auf einen von Wallys Einsatzbefehlen hin – aus dem Boden zu einer hohen Bühne erhob.

Die Menge schnappte hörbar nach Luft, als jedes Licht bis auf das im Büro, in dem wir saßen, im selben Augenblick verlosch, darunter auch die Elektronik, die einige Kostüme der Darsteller beleuchtet hatte. Die Dunkelheit war mit Händen greifbar, dicht und zähflüssig wie ein besonders schwerer Nebel, und schien ewig anzuhalten, obwohl es nach dem Ticken der Wanduhr nur ein paar Sekunden waren.

Das Licht, das die Bühne im nächsten Moment in gleißende Helligkeit tauchte, war wie Sonne und Mond zugleich, es überströmte die Menge mit abwechselnd weißen und goldenen Strahlen – Wärme und Kälte. Es dauerte eine Weile, bis ich erkannte, dass es von Aurelia ausging. Sie stand mit hoch erhobenen Armen und über die Schultern fallenden langen Haaren wie in einem heftigen Wind. Ihre Tätowierungen tanzten und sprangen über ihre Haut wie ein zum Leben erweckter, bunter Wandteppich. Sie zu beobachten war, als erlebe man die Ankunft eines Erzengels, der vom Himmel herabstieg, um einen Segen oder einen Fluch über die Erde zu bringen. Ich fragte mich, was es sein würde.

Andrei drehte sich um und sah zu. Sein Gesicht war entspannt, doch seine Hände waren verkrampft. Er hatte einen Becher mit einem Rest Kaffee in der Hand und hielt ihn fest umklammert.

Acht Lichtstrahlen in gleichem Abstand zueinander vereinten sich auf Aurelia, die in der Mitte stand. Zunächst waren sie dünn wie Nadelspitzen, verbreiterten sich dann ständig, bis sie sich in Laserstrahlen verwandelten, die aus dem Podium aufstiegen. Am anderen Ende der Nadelspitze erschien jeweils ein geflügelter Mann, der wie in einem unsichtbaren Windzug an dem Lichtstrahl entlangglitt, bis alle acht die Bühne erreichten und anmutig landeten. Die Flügel falteten sich zusammen und legten sich an den Körper, sobald die Füße den Boden berührten.

»Können die … fliegen?«, fragte ich Antony.

Er grinste. Er beobachtete die Szene mit derselben Mischung aus Stolz und Sorge wie ein Vater, der die ersten Versuche seines Kindes auf einem Fahrrad überwacht. Das war ganz offensichtlich seine Glanznummer.

»Nein, sie sind angeschnallt. Der Raum ist voller Kabel, die man nur nicht sehen kann.«

Aurelia ließ die Arme an den Seiten herabhängen, die Tattoos verlangsamten ihre wahnsinnige Ekstase und gingen in einen hypnotisierenden, langsamen Tanz über.

Die Kamera schwenkte auf die Gesichter der geflügelten Männer. Ich erkannte, dass es die Akrobaten waren. Die Achtlinge, die uns auf der Wüstenwanderung begleitet und mit denen Alissa erfolglos versucht hatte zu flirten.

Ihr Haar war mit Gel zurückgekämmt, was sie noch jünger machte und die wie gemeißelte Perfektion ihrer hohen Wangenknochen und glatten Kinnpartie hervorhob. Ihre Lippen waren zwar nicht auffällig geschminkt, hatten aber die dunkelrote Farbe reifer Himbeeren und luden zum Küssen ein. Ihre Fingernägel waren blauschwarz lackiert, passend zum seidigen Nachtblau ihrer Flügel.

Natürlich wanderte mein Blick nach unten auf ihre Schwänze. Im Gegensatz zu den Sandsturmtänzern trug jeder von ihnen einen Busch weicher Schamhaare zur Schau. Die Schwänze waren schlaff.

Aurelia hob die Arme erneut, diesmal in Brusthöhe ausgestreckt, um auf zwei identische junge Männer zu zeigen, von denen der eine direkt vor ihr stand, der andere hinter ihr.

Sie traten vor, bis sie in ihrer Reichweite waren. Aurelia nickte beiden zu und legte nacheinander die Hand an ihre Schwänze, als wollte sie einen Segen spenden. Sobald Aurelia sie berührte, wurden sie steif. Lang, dick und steinhart. Sie ließ die Arme wieder seitlich herabhängen, straffte die Schultern und schob ihr Kinn nach vorn. Majestätisch. Ihr wogendes Haar umrahmte ihr Gesicht.

Verstohlen schaute ich zu Andrei hinüber. Er starrte nach wie vor auf den Bildschirm, offensichtlich wie gebannt durch die Vorführung. Sein Mund war ein schmaler Strich, wie ein Schnitt quer über sein Gesicht.

Die beiden aufgerufenen Männer traten vor und drangen in sie ein, der eine von vorn, der andere von hinten. Sie hoben ihr Bein an, um sich in Stellung zu bringen. Aurelias Ausdruck war erhaben, wie eine Madonna in den Fängen der Ekstase. Die Mienen der in sie Eindringenden drückten zunächst Freude, dann jedoch Schmerz aus. Sie runzelten die Stirn zu einer Grimasse. In ihre Augen liefen Schweißtropfen, die sie nicht abwischen konnten aus Angst, ihren Halt an Aurelias Körper zu verlieren. Immer wieder stießen sie zu und wurden sichtlich schwächer, während Aurelias Kraft anzuwachsen schien. Ihre Locken wanden sich wie Medusas Schlangen, ihre Tätowierungen waren wieder in Bewegung, ihre Haut wurde unter dem Bühnenlicht noch heller – Moment ... war es das Bühnenlicht? Oder strahlte Aurelia? Ich konnte es nicht sagen.

Sie kamen zum Höhepunkt und brachen sofort auf dem Boden zusammen.

Tot? Bestimmt nicht. Sie taten nur so.

Zwei weitere wurden auserwählt, um ihren Platz einzunehmen, und sie zerrten die Leiber ihrer gefallenen Brüder beiseite, bevor sie ihren erigierten Schwanz in Aurelias wartende Möse und in ihren Anus schoben.

In den wenigen Sekunden, in denen sie vernachlässigt wurde,

leer war, hatten sich die Tattoos auf ihrer Haut wie verrückt gewunden, wütend. Der Drache, der ihren Venushügel zierte, bleckte die Zähne. Aurelias Gesicht war ein Abbild der Wut. Als sie wieder gefüllt war, schien sie zufrieden, wenn auch in ihrer Gier nach Sex angsteinflößend.

Unwillkürlich identifizierte ich mich mit ihr und war etwas verlegen, zum Teil wegen des Melodrams der ganzen Szene, aber auch weil ich erkannte, wie verderbt es schien, etwas so sehr zu brauchen oder zu begehren, sei es eine Cremetorte, ein Glas Whiskey oder einen harten Schwanz. Ich versuchte zu ergründen, was ich dachte, was ich fühlte, wer ich war, fand aber keine Antworten, nur noch mehr Fragen. Ich richtete meine Aufmerksamkeit wieder auf den Bildschirm.

Schließlich waren alle Männer verbraucht und lagen als besiegtes Häuflein aus Flügeln und Muskeln zu Aurelias Füßen.

Die Beleuchtung wurde schwächer, die Spitze des Lichtstrahls war nur noch auf Aurelia gerichtet.

Sie lächelte.

Das Publikum jaulte auf wie ein Wolfsrudel, das den Mond anheult.

Andrei erhob sich und verließ den Raum, wobei er die Tür mit einem leisen Klicken schloss.

Das Licht wurde abgeschaltet.

Dunkelheit breitete sich über das Podium und die Zuschauer.

12

NACH DEM BALL

Als der Ball zu Ende war, kamen wir uns vor wie Überlebende, die nach der Apokalypse endlich wieder an die Erdoberfläche gelangten.

Antony und ich hatten zwar versucht, uns nach Aurelias fulminantem Finale der Party anzuschließen, da seine Dienste nicht länger gebraucht wurden, aber wir fühlten uns beide außerstande, uns wirklich auf die verbliebenen Festlichkeiten einzulassen. Alissa und die anderen waren unauffindbar, und die übrigen Gäste waren entweder zu betrunken oder zu sehr von der eigenartigen, mächtigen Energie des Balls erfasst, um wirklich Kontakt mit ihnen aufnehmen zu können. In der Weltlichkeit des hell erleuchteten Kontrollraums hatten wir die Ereignisse der letzten Stunden auf einer anderen Ebene als alle anderen erlebt, als beobachteten wir alles durch eine Glasscheibe, wie Voyeure, unfähig, teilzunehmen.

Wir brachen früh auf, gingen durch einen ziemlich neutralen, normal wirkenden Ausgang im hinteren Bereich des Hauptzuschauerraums, nachdem wir zunächst vier Treppen hinaufgestiegen waren. Die Sonne ging auf, und statt ohne Wasser, Proviant oder eine genaue Vorstellung, wohin wir gingen, den Rückweg durch die Wüste anzutreten, ließen wir uns lieber auf einigen flachen Felsen in der Nähe nieder, um den Sonnenaufgang zu beobachten und auf einen der Busse zu warten, die am Morgen in regelmäßigen Abständen die Partygäste zum großen Parkplatz bringen sollten. Ich hatte keine Schuhe, bis auf die Glaspumps, die ich nach wie vor an ihren hohen, kühlen Absätzen in der Hand hielt.

Ich war immer noch nackt. Unwillkürlich zog ich die Knie an die Brust, um meinen Körper zu bedecken. Antony zog sein T-Shirt aus und reichte es mir. Ich streifte es über den Kopf und versuchte vergeblich, den Saum bis über meine Pobacken zu ziehen, damit ich etwas Stoff hatte, auf dem ich lieber sitzen wollte als auf dem harten Fels.

»Wow, das war wirklich der Hammer«, sagte Antony.

»Was würden wohl die Kritiker sagen?« Ich lachte.

»Die wären sprachlos«, erwiderte er.

»Oh, das bezweifle ich. Denen würde schon etwas einfallen. ›Ehrgeizig und mutig, aber letztlich ein Triumph des Stils über den Inhalt‹ oder ›Geschmacklos – nicht kreativ‹ oder ›Was ist mit den Kindern?‹«, äffte ich sie mit tiefer Stimme nach und straffte die Schultern.

»Ja, du hast recht. Gewinnen kann man dabei nicht. Trotzdem hat es Spaß gemacht, oder? Eine Produktion mit einer gut aussehenden, unglaublich talentierten Besetzung und praktisch unbegrenztem Budget … der feuchte Traum eines Regisseurs.«

»Wirst du noch einmal mitmachen?«, fragte ich und dachte daran, dass mein Vertrag mit Aurelia auslief. Ich hatte noch ein paar Wochen, wusste aber nicht genau, wozu ich gebraucht wurde.

»Bei einem Ball?«

Ich nickte.

»Ja, klar, wenn sie mich fragen.«

Er nahm meine Hand, und wir beobachteten schweigend, wie die aufgehende Sonne den wolkenlosen blauen Himmel mit orangefarbenen und gelben Streifen überzog.

Ich hatte einen Kloß im Hals. So viele Veränderungen und Unsicherheiten erwarteten mich. Ich fragte mich, ob mein Leben jemals anders verlaufen würde oder ob ich dazu bestimmt war, immer hinter dem nächsten leuchtenden Ding herzujagen, das am Horizont auftauchte.

Was wollte ich?

Der Nebel über dem Wasser des Puget Sound stieg auf, als ich aus dem Fenster schaute und eine Fähre beobachtete, die gemächlich auf die Inseln in der Ferne zuhielt.

Ich stand noch etwas über einen Monat beim Netzwerk unter Vertrag, obwohl meine Pflichten, seitdem ich ein paar Tage nach dem Ball von Las Vegas nach Seattle geflogen war, eher vage, wenn überhaupt ein Thema waren.

»Entspannen Sie sich einfach, kommen Sie wieder runter«, hatte Madame Denoux vorgeschlagen.

Auf mehreren Stockwerken des hohen, anonymen Gebäudes, in dem ich einen Steinwurf vom Pike Place entfernt untergekommen war, befanden sich Büros, und es gab mindestens eine Etage mit Mietwohnungen. Die Suite, die man mir zur Verfügung gestellt hatte, war hell und hatte eine hohe Decke; luxuriös im minimalistischen Sinn, überall herrschten gerade Linien und moderne Möbel in Braun- und Metalltönen vor.

Ich hatte gehofft, Madame Denoux hier öfter zu sehen, war ihr aber seit meiner Ankunft noch nicht begegnet. Ich hatte so viele Fragen an sie. Fragen, die ich nur ungern Aurelia stellen wollte, die, wie man mir gesagt hatte, derzeit in einer anderen Suite auf demselben Flur wohnte. Giselle Denoux hatte etwas Mütterliches, was ich beruhigend fand, und wusste vermutlich so viel über das Netzwerk, wusste von halb verborgenen Geheimnissen, die ich nur allzu gern in Erfahrung bringen wollte.

Jeden Morgen nach Kaffee und Frühstück – die Küche wurde stets großzügig wieder aufgefüllt, wenn ich gerade unterwegs war – fragte ich an der Rezeption nach, ob Aufgaben für mich anstanden. Ein paarmal hatte ich in einem Studio im Innern des Gebäudes mitgewirkt, um Toningenieuren beim Mischen und Aussteuern der beim Ball aufgezeichneten Musik von mir, Lauralynn oder unseren Musikern zu helfen. Doch an den meisten Tagen war ich auf mich allein gestellt, lief ziellos durch die Stadt, besuchte viele Hügel, Elliott Bay, Capitol Hill oder das Universitätsgelände, verzehrte mit Wonne jede Menge Muschelsuppe und hing in den reichlich in der Stadt vorhandenen Kaffeebars ab. Man hatte mir versichert, Antony könnte schon bald zu mir kommen, aber kein genaues Datum genannt.

Das Telefon klingelte. Zum ersten Mal seit Tagen. Ich nahm ab. Aurelia wollte mich sehen. In ihrer Suite. Seit der Wüste hatte ich sie nicht zu Gesicht bekommen.

Ich schlüpfte in Jeans und Sweatshirt und ging den Flur entlang. Ich war neugierig darauf, Aurelia in einer anderen Umgebung zu sehen.

Die Tür zu ihrer Suite war angelehnt, und ich trat ein.

Zu meiner Überraschung war überall Spielzeug in allen Farben, Formen und Größen auf dem Parkettboden bis hinein ins Wohnzimmer verstreut: Legosteine, Puppen, eine Wonder Woman ohne Beine, Plüschtiere, Bauklötze, kleine rosa Handtaschen und ein Mini-Besteck.

»Komm hier rüber«, rief Aurelia, und ich folgte der Spielzeug-Spur.

Sie saß ausgestreckt auf einem orangefarbenen, dick gepolsterten Ecksofa neben großen Erkerfenstern, die auf die Bucht hinausgingen. An einem Schreibtisch daneben gab Andrei etwas in einen Computer ein. Auf dem Boden hockte ein schätzungsweise zweijähriges Mädchen mit Pausbacken, dichten blonden Locken und dunkelbraunen Augen. Das Kind schaute zu mir auf, als ich näher kam, und schenkte mir ein breites Lächeln. Dann beschäftigte es sich weiter mit den Spielsachen.

»Das ist Alice«, stellte Aurelia vor.

Ich war sprachlos.

»Unsere Tochter«, fuhr sie fort.

Das war das Letzte, was ich erwartet hätte. Das kleine Mädchen trug enge Jeans, ein Superman-T-Shirt und war barfuß. Aurelias Outfit spiegelte das der Tochter wider, obwohl ihr Top mit Werbung für eine Austernbar in New Orleans bedruckt war. Andrei war ebenso leger gekleidet, tippte an seinem Schreibtisch weiter und achtete nicht auf uns.

Mir wurde Kaffee angeboten.

Ich hatte nichts gegen Kinder, war aber in ihrer Gegenwart befangen. Während wir unseren Kaffee tranken und plauderten, trank die kleine Alice Apfelsaft aus einem blauen Plastikbecher.

Schließlich kam eine Angestellte des Netzwerks herein, deren Gesicht mir vom Aufenthalt in der Wüste bekannt vorkam, und nahm das Kind mit, nachdem Aurelia ihrer kleinen Tochter den Besuch von zwei nahe gelegenen Spielplätzen in Aussicht gestellt hatte. Dann entschuldigte Andrei sich, und wir waren allein.

»Sie ist sehr hübsch. Sie gleicht dir«, sagte ich zu Aurelia.

»Ich weiß«, erwiderte sie. »Sie ist die Zukunft. Meine Zukunft.«

Ich nickte und musste die Offenbarung, dass sie ein Kind hatte, erst einmal verdauen.

»Wird sie …?«

»Ja, eines Tages wird sie die neue Ball-Maîtresse. Aber kein Grund zur Eile. Sie soll jede Menge Zeit haben, ihre Kindheit zu genießen. Das bin ich ihr schuldig.« Ihre Miene verfinsterte sich, da der Gedanke an die schwere Bürde, die das Erbe des Kindes mit sich brachte, ihr den umständlichen Weg in Erinnerung rief, auf dem sie selbst in diese Position gelangt war.

»Wie auch immer.« Sie fing sich wieder. »Lass uns über dich sprechen, ja? Und wie deine Pläne für die Zukunft aussehen. Mir ist zu Ohren gekommen, dass du seit dem Ball nicht mehr Geige gespielt hast. Ist alles in Ordnung?«, fragte sie.

Das stimmte. Nur selten hatte ich so viel Zeit ohne Üben, Proben, Spielen verbracht. Nur direkt nach Dominiks Tod hatte ich so lange pausiert. Das Ganze erschien mir jetzt irgendwie sinnlos. Als hätte ich in jener Nacht in der Wüste einen Gipfel erreicht, an dem die Musik in mich eingedrungen, für immer Teil meiner selbst geworden war und dabei ihren Zauber verloren hatte. Einen Moment lang war ich in die Musik eingetaucht, und es hatte den Anschein, als könnte ich jetzt nirgendwo mehr hin, als gäbe es nichts, was dieser Erfahrung gleichkäme. Alles andere wäre Wiederholung, Nachahmung, eine Wanderung über unfruchtbaren Boden.

Ich versuchte es ihr zu erklären.

Aurelia hörte mir zu, wobei ein Anflug von Mitgefühl über ihr Gesicht huschte.

»Ich glaube, ich kann dich verstehen«, sagte sie.

Ich hatte mir überlegt, ihr von den Fragen zu erzählen, die mir in den Sinn gekommen waren, als ich sie auf dem Höhepunkt des Balls beobachtet hatte. Sie in all ihrer Pracht zu sehen, so strahlend, ihre Sexualität so offen auslebend, hatte mich erkennen lassen, wie geringfügig meine Offenbarungen, wie unbedeutend meine Abenteuer in den Gestaden von Lust und Sex gewesen waren. So gewöhnlich. Aber ich wusste, dass sie es ahnte, einen sechsten Sinn besaß, der ihr ermöglichte, die Gedanken anderer genauer zu betrachten.

Was die Erkenntnis, dass sie auch Mutter eines Kindes war, noch überwältigender machte. Göttin, Mutter, Magierin, Zauberin, Vertraute. Sie war all das und noch mehr.

Sie fragte mich nach Antony. Und ich scheute mich nicht, ihr von unserem Sex zu erzählen, von der Nähe und Verlockung, dem Wahnsinn, den wir manchmal erreichten, den Kinky-Praktiken, der Verzweiflung, an die wir uns klammerten und die diesen Sex am Leben hielt und gegen jede Wahrscheinlichkeit befeuerte. Unsere Unvollkommenheiten, unsere Geister.

»Er kommt noch heute«, sagte Aurelia. »Du wirst seine Nachricht vorfinden, wenn du wieder in deiner Suite bist. Er will eine Woche bleiben.«

»Schön«, sagte ich. Ich brauchte dringend einen Fick. Aber die Nachricht über seine Rückkehr bewegte mich nicht so, wie es hätte sein sollen. Weil mir inzwischen klar geworden war, dass Antony, Männer – sogar Dominik – und Musik noch nicht genug waren. Ich wollte mehr als nur leben und ficken und musizieren und mich selbst herausfordern, wenn ich unsichtbare Schranken einriss. Aber was?

»Ich will nicht wieder in mein altes Leben zurück«, teilte ich Aurelia mit. »Keine Konzerte mehr. Keine Leere.«

»Dann bleib bei uns«, bat sie.

»Hier?«

»Nicht unbedingt in Seattle, obwohl du hier dein Hauptquartier aufschlagen könntest, wenn du willst. Aber uns gehören überall Wohnungen. Bleib beim Ball. Vollzeit. Reise mit ihm. Gib ihm deine Seele, Summer, und er wird dir so viel mehr zurückgeben. Du bist ein mitreißendes Geschöpf, das aus Emotionen besteht und aus ihnen lebt. Sie sind wie ein Beben, das über deine Haut huscht, eine Aura, die über dir schwebt. Ich kann es sehen. So wie andere auch, die ihre Blindheit besiegt haben.«

»Ich …«

»Sag jetzt noch nichts. Lass dir Zeit. Verbring Zeit mit Antony, bevor du dich entscheidest …«

Mir war klar, dass das ein völlig anderes Leben wäre. Und sobald Aurelia mir das Angebot machte, wusste ich, dass sie mich am Haken hatte und ich zustimmen würde. Morgen. Nächste Woche.

Und sie wusste es auch.

»Wo finden die nächsten Bälle statt?«, fragte ich.

»Zwei sind bereits im fortgeschrittenen Vorbereitungsstadium«, erwiderte Aurelia. »Einer im Herzen des Regenwalds in der Nähe des Amazonas. So viele wunderbare Möglichkeiten. Und danach haben wir einen anderen weit im Norden von Island ins Auge gefasst, eine fast unbewohnte Eisebene, die wir vor Kurzem entdeckt haben. Wir erkunden gerade die Gegebenheiten. Antony wird ein paar Skizzen und Ideen mitbringen. Wir haben ihn verpflichtet.«

»Welche Rolle würde ich spielen?«

»Die würdest du erschaffen, mach daraus, was du willst. Deiner Phantasie sind keine Grenzen gesetzt. Das Kind muss keinen Namen haben. Alles, was mit dem Ball zu tun hat, ist fließend, ständigen Veränderungen ausgesetzt. Aber ich weiß, du würdest dazupassen, und wir hätten gern, dass du eine von uns wirst.«

»Es ist reizvoll, muss ich gestehen«, erwiderte ich.

»Giselle, Madame Denoux, könnte dich zu Beginn betreuen, wenn du einverstanden wärst.«

Was würde ich hinter mir lassen? London und eine einsame Wohnung. Eine Karriere als Musikerin, die sich bereits im Kreis drehte. Meine Dämonen, hoffentlich.

Ich verließ die Suite von Aurelia, Andrei und Alice, beschwingt bei der Aussicht auf dieses neue Leben, das man mir anbot. Wieder eine Chance, klarzukommen. Vielleicht.

Antony kündete seine Ankunft nur mit einem kurzen Klopfen an meine Schlafzimmertür an, obwohl er wartete, bis ich »Herein« rief, bevor er eintrat. Nur ein paar Wochen waren vergangen, aber ich war eigenartig nervös vor dem Wiedersehen mit ihm und hatte fast eine Stunde damit verbracht, zu duschen, einen Schlafanzug mit kurzer Baumwollhose und dazu passendem Oberteil anzuziehen, weiß mit Blümchenmuster, das hoffentlich sexy war und nicht so aussah, als hätte ich es dringend nötig und die ganze Zeit nur an ihn gedacht. Die Haare ließ ich offen und tupfte gerade so viel Make-up auf, um die dunklen Ringe unter den Augen zu verdecken, sprühte ein paar Spritzer Parfüm auf und verbrachte mindestens zwanzig Minuten auf dem Bett mit einer Zeitschrift, in die ich keinen einzigen Blick warf, veränderte meine Position ein dutzendmal, um eine reizvolle Nonchalance zu erzielen.

Aber als ich die Klinke hörte, vergaß ich das alles, sprang aus dem Bett und begrüßte ihn an der Tür.

»Hi«, sagte er, ließ seine Reisetasche zu Boden fallen und nahm mich in die Arme.

Wir küssten uns. Sein weicher Mund auf meinem erweckte die Gier in mir, seine Zunge an anderen Körperteilen zu spüren, und ich fuhr mit den Händen hinten über seine Jeans, packte seinen Hintern, wanderte weiter zu seiner Gürtelschnalle, die ich öffnete, ohne den Druck meiner Lippen auf seinen zu verringern.

Er wich zurück und hielt mich ein wenig auf Abstand, die Hände um meine Oberarme.

»Ich muss nur kurz unter die Dusche«, sagte er, »dann komm ich zu dir.«

»Klar«, stimmte ich zu. »Soll ich dir was holen? Tee, Kaffee, einen Drink?«

»Ein Glas Wasser wäre nicht schlecht«, erwiderte er, und ich zeigte ihm das Bad. Er zog den Reißverschluss seiner Reisetasche auf, kramte nach seinem Toilettenbeutel und ging, um den Reisestaub abzuwaschen.

Ich schenkte zwei Gläser voll Mineralwasser ein. Verließ sogar den Raum, um Eis aus der Maschine im Korridor zu holen.

Das Wasser lief noch, als ich zurückkam.

Ich saß auf dem Bett und trank einen Schluck, zuckte unter der Kälte zusammen und ärgerte mich ein bisschen darüber, dass mir jetzt ein Gin Tonic lieber gewesen wäre. Mir selbst einen einzugießen, fühlte sich gemein an, da ich automatisch angenommen hatte, dass Antony keinen Alkohol mehr anrührte, und ohne ihn zu trinken, erschien mir grausam, doch ihn zum Trinken zu verführen, war noch grausamer.

Seine Ankunft war eine Enttäuschung, und ich war frustriert, gleichzeitig aber auch wütend auf mich, weil ich so gereizt war. An seiner Stelle hätte ich wahrscheinlich auch duschen wollen.

Nein, hätte ich nicht, dachte ich. Ich hätte auf der Stelle ficken wollen, zum Teufel mit der Verschwitztheit nach einem Transatlantikflug. Er sollte mich so sehr begehren, dass seine Erregung sein Unbehagen überwog. Und mir wäre jede leise Andeutung von Schweiß, den seine Klamotten während eines langen Fluges aufgenommen hatten, völlig gleichgültig gewesen.

Meine gute Laune kehrte schnell zurück, als er aus dem Bad kam und eine Dampfwolke hinter sich herzog. Er trug nur ein Handtuch um die Hüften und fuhr sich durch sein feuchtes, dunkelblondes Haar.

Er roch angenehm nach einer leicht duftenden Seife, und ich schalt mich selbst, weil ich so übertrieben reagiert hatte.

Dann ließ ich auch diese Gedanken fallen, als Antony vor mir auf die Knie ging, auf jeder Seite einen Finger in den Bund meiner Baumwollshorts einhakte, sie herunterzog, meine Beine spreizte und umgehend meine Möse zu lecken begann.

»Das war unglaublich«, sagte ich hinterher, als wir Seite an Seite auf dem Rücken lagen und wieder zu Atem kommen mussten. Er hatte mich mit seiner Zunge zweimal zum Höhepunkt gebracht, und dazwischen hatten wir gevögelt. Ich war völlig entspannt.

»Ja, stimmt«, erwiderte er und streckte den Arm in meine Richtung aus, seine stille Einladung, mich in seine Armbeuge zu kuscheln, meinen Arm über seine Brust und einen meiner Schenkel über seine Beine zu schieben, unsere normale Haltung nach dem Sex.

»Du hast mir gefehlt«, sagte ich. Das stimmte. Er hatte mir wirklich gefehlt. Die Verbindung von meiner Arbeit mit seiner, ihm nah zu sein, während er sich in seine Notizen und Pläne für seine laufende oder nächste Produktion vertiefte, hatte mich immer ermutigt, zu Geige und Bogen zu greifen, wenn ich ansonsten nur einen faulen Tag eingelegt hätte. Wahrscheinlich hätte ich nie angefangen, meine eigene Musik zu erschaffen, wenn Antony nicht in mein Leben getreten wäre, und das war eine Fähigkeit, die inzwischen so sehr zu mir gehörte, dass ich mir nicht vorstellen konnte, jemals wieder ein Notenblatt zu lesen und blind den Vorgaben des Komponisten zu folgen, statt mich auf den freien Fluss einer Melodie einzulassen. Obwohl ich nun nicht mehr das Bedürfnis hatte, das Instrument tatsächlich zu spielen, da die Musik in meinem Herzen lebte. Ständig.

Und mir hatte das Gefühl seines Körpers neben meinem gefehlt. Ihm beim An- und Ausziehen zuzusehen, seine festen Muskelpartien unter der Haut zu betrachten, wenn er in Shorts schlüpfte, ohne sich bewusst zu sein, wie sehr ich mich an diesem Anblick weidete. Der Sex war gut. Toll. Hart und körperlich und regelmäßig. Die Art von schlichtem, gutem Fick, wie ich ihn liebte. Und wenn uns das winzig kleine Etwas fehlte, die Verbindung Dom und Sub, die ich mit Dominik gehabt hatte, darüber konnte ich leicht hinwegsehen, fast die ganze Zeit.

Aber nicht immer.

Ich wollte nach wie vor mehr. Vielleicht lag das einfach in meiner Natur.

Der Rest der Woche verging erwartungsgemäß wie im Flug. Wenn wir nicht miteinander schliefen und weder ich noch Antony mit Aurelia oder Giselle Pläne schmiedeten, verbrachten wir die Zeit mit Essen in den Restaurants von Seattle, oder wir tranken Kaffee auf dem kleinen Balkon vor meinem Zimmer mit Blick über die Stadt, plauderten über das Leben in London oder machten uns gemeinsam Gedanken darüber, welche anderen Geheimnisse der Ball noch bereithalten mochte, in die man uns bisher nicht eingeweiht hatte.

Wie sich herausstellte, war Alissa bei Lauralynn und Viggo untergekommen.

»Die sind zusammen?«, fragte ich Antony.

»Na ja, das ist vielleicht zu krass ausgedrückt. Sie fickt mit denen, klar. Ich glaube, deiner Freundin Lauralynn macht es Spaß, Alissa ganz neue Praktiken beizubringen.«

»Armer Viggo«, bemerkte ich und stellte mir die Tortur vor, der sie ihn wahrscheinlich unterzogen.

»Oh, ich bin mir ziemlich sicher, dass es ihm gefällt«, erwiderte Antony.

Als ich ihn am Flughafen zum Abschied küsste, wollte ich nicht, dass er ging.

»Ich komme wieder, Summer, versprochen«, sagte er, löste meine Arme von seiner Brust, als der Lautsprecher verkündete, der Check-in für seinen Flug nach London werde gleich schließen.

Ich wusste, es gab noch jede Menge, womit ich mich hier in Seattle beschäftigen konnte, trotzdem hatte ich das Gefühl, Blei an den Füßen zu haben, als ich mich umdrehte und den Flughafen verließ. Auch die Leere, die ich auf dem Rückweg ins Hotel empfand, wurde dadurch nicht vertrieben.

Als ich in mein Zimmer kam, masturbierte ich, und in meiner Vorstellung ragte Antonys Körper über meinem auf. Meine Haut erinnerte sich an seine Berührungen, meine Lippen an den Druck seines Mundes, meine Möse an das Schnalzen seiner Zunge, bis ich kam.

Doch als ich das nächste Mal versuchte, mir selbst Befriedigung zu verschaffen, war meine Vorstellung von ihm verschwommen, und er verschmolz teilweise mit den Gesichtern von einem Dutzend anderer Männer, die in meine Phantasie eingebrannt waren.

Am Tag zuvor hatte ich in New York am Rand von Chinatown im Hinterzimmer der oberen Etage eines Dim-Sum-Lokals, das gleichzeitig als Lagerhaus diente, Stoffe für einen zukünftigen Ball ausgesucht. Man hatte mich mit verbundenen Augen hingeführt, und ich durfte die Stoffe zunächst nur anfassen, mich mit der seidigen Weichheit der Falten und den schweren Stoffrollen vertraut machen, um die kunstvollen, verborgenen Muster zu erahnen, meinen sechsten Sinn zu trainieren, an meiner Fähigkeit zu feilen, Schönheit in neuer Form wahrzunehmen. Nachdem ich eine Vorauswahl getroffen hatte, durfte ich richtig hinsehen und die Feinheiten, die Sinnlichkeit der Materialien bewundern, die ich ausgesucht hatte. Ich begann sie den Themen, Farben und Stimmungen anzupassen, die ich ansprechen sollte. Das war eine vollkommen neue Kunst für mich, aber ich war zuversichtlich, dass mir meine Intuition gute Dienste leisten würde. Schönheit hatte nicht ausschließlich mit Musik zu tun und konnte, wie ich jetzt begriff, auf so viele Arten sinnlich sein.

Ich hatte ein Taxi zum Flughafen La Guardia genommen und war nach New Orleans geflogen, wo ich jetzt für absehbare Zeit meinen Wohnsitz haben würde. Da Madame Denoux sich in San Francisco zur Ruhe setzen wollte, hatte man mir angeboten, ihr Etablissement in New Orleans zu führen, und ich hatte begeistert zugesagt. Meine Erinnerungen an die dort verbrachte Nacht würden nie verblassen, und es wäre eine Möglichkeit, eine Brücke zwischen meiner Vergangenheit und meiner Zukunft zu schlagen, in der berauschenden, feuchten Atmosphäre der *Crescent*

City, einer Stadt, die allem Anschein nach unveränderlich war, von den Zeitläufen unbehelligt.

Es war schon dunkel, als ich am Louis Armstrong Airport eintraf, und eine lange Schlange wartete auf Taxis. Ich hatte nur Handgepäck dabei, da alles andere schon vor einigen Tagen von Seattle aus geschickt worden waren. Seltsam, dass kein Wagen mit dem traditionell grau livrierten Chauffeur des Netzwerks auf mich wartete, als wäre ich aus der Starszene degradiert worden und jetzt nur ein weiteres Zahnrad in der Maschinerie des Netzwerks, eine unter den vielen Gefolgsleuten des Balls, die über die ganze Welt verstreut waren.

»Sind Sie Summer Zahova?«, fragte eine Stimme mit starkem italienischem Akzent hinter mir in der Schlange.

Ich drehte mich um. Eine große junge Frau mit frechem Gesicht und strahlendem Lächeln schaute mich an. Ihr Haar war kurz geschnitten, dunkel wie Ebenholz, knabenhaft. Sie zog zwei schwere Koffer hinter sich her. »Ich habe Sie vor ein paar Jahren in Rom spielen sehen«, sagte sie. »Sie waren wunderbar.« Ich erinnerte mich an das Konzert, an die Musik, die ich gespielt, das Kleid, das ich getragen, den Fremden, den ich spätabends an der Hotelbar kennengelernt und mit dem ich geschlafen hatte. Aber ich konnte mich nicht an seinen Namen erinnern.

»Ja, das bin ich«, sagte ich. »War ich.«

»Sie waren mein Idol«, sagte das junge Mädchen.

»Das ist sehr schmeichelhaft.«

Sie komme aus Pescara in Italien und sei Tänzerin, teilte sie mir mit.

»Ihre Musik hat mich inspiriert«, fuhr sie fort. »Ich tanze oft zu diesen Stücken. Was machen Sie hier?«

»Ich ziehe gerade hierher«, erwiderte ich. Mir fehlte der Mut, ihr zu sagen, dass ich die Musik aller Wahrscheinlichkeit nach aufgegeben hatte.

Ein Taxi fuhr vor. Auch ihr Ziel war das French Quarter, also teilten wir uns das Taxi. Sie wohne in einem kleinen Hostel an der Burgundy Street, wo die alten Sklavenquartiere renoviert und in kleine Bungalows umgebaut worden seien. Sie klang ganz aufgeregt dabei. Das Taxi fuhr den Veterans Boulevard entlang auf die hellen Lichter der Stadt zu. Zu unserer Rechten lagen ein weitläufiger Friedhof und daran anschließend die größeren Gebäude der Tulane University.

Sie hieß Marirosa. Sie hatte ein sechswöchiges Engagement als Tänzerin in der Bar des Hotels Monteleone in der Royal Street. Sie war zum ersten Mal außerhalb Europas und freute sich wie ein Schneekönig über diese Gelegenheit. Ich kannte das Hotel, ein sehr ehrwürdiges, wenn auch altmodisches Haus mit sehr hohen Ansprüchen. Wenigstens klang der Job seriös. Ich beneidete sie um ihre Begeisterung.

Als das Taxi sie absetzte, reichte ich ihr meine neue Visitenkarte und schlug vor, wir könnten uns doch bald mal auf einen Kaffee treffen. Sie war einverstanden.

Als ich in dem fremden Zimmer zu Bett ging, das nun meins sein sollte, war schon Mitternacht. Es befand sich in einem kleinen, zurückgesetzten Haus hinter dem Club in den dunkleren Teilen von Bourbon Street Richtung Esplanade Avenue. Mein neues Zuhause. Ein prächtiger Blumenstrauß wartete auf mich mit Grüßen von Aurelia und Giselle Denoux.

Eine gewisse Beklemmung überfiel mich, als wäre dies die erste Nacht meines restlichen Lebens. Ob es nur aus Nächten bestehen würde?

Nach der langen Reise schlief ich rasch ein. Die berauschenden, für das French Quarter typischen Gerüche, der Duft von Blumen, Gewürzen und Kräutern, sowie das Echo ferner Musik und die üppige, modernde Vegetation des nahen Mississippi und der benachbarten Sümpfe dampften am Rand meines Bewusstseins.

Unausweichlich kamen die Träume. Eine nicht aufzuhaltende Prozession von Bildern und Gefühlen, ein Wirbel von lebhaften Empfindungen, den ich nicht beherrschen konnte.

Ich schwamm im Meer der Träume.

Wie ein Zelluloidfilm, der im Schnelldurchlauf auf einem Projektor abgespielt wird.

Die Ranken der Insel kreuzigten meine ausgestreckten Gliedmaßen mit quälender Zärtlichkeit, streckten mich, öffneten mich, drangen in mich ein, bis die Wonne unerträglich wurde und mir die Sinne schwanden.

Dann war ich auf einmal in der Wüste, eingebettet in ein Wirrwarr aus bleichen Körpern, die gefickt wurden und fickten, fröhlich und verzweifelt, und griff lustvoll nach einem Feuer, das sich bei jedem Schritt zurückzog, den ich unbeholfen darauf zu trat.

Ich sah mich im Mittelpunkt der geflügelten blonden Jungs, wurde von vorn und von hinten genommen, ihre harten Schwänze füllten mich nacheinander aus, bis sie sich alle verausgabt hatten und der Nächste gezwungen war weiterzumachen, mich zu befriedigen, die Unersättliche zu nähren.

Gesichter.

Alle Gesichter meines vergangenen Lebens. Dominik. Simón. Victor. Lauralynn. Viggo. Giselle. Luba. Antony. Alissa. Aurelia und viele mehr.

Sie alle rasten über meine innere Leinwand und waren plötzlich verschwunden, hinterließen eine leere Fläche. Ein tiefes Gefühl der Gelassenheit.

Im Schlaf entspannte ich mich. Sank zurück. Im Frieden mit mir selbst.

Ich stellte mir die kommenden Bälle vor.

Ein schlammiger Fluss, auf beiden Seiten von wilden Tieren bewohnt, eine heiße Sonne, die auf meine Schultern herabbrannte. Die überwältigende Präsenz des Dschungels, Bilder von geschmeidigen Tänzern, Akrobaten, die durch seine Unermesslichkeit flogen wie Insekten aus Licht, von heiliger Musik, die ihre aufstrebenden Bewegungen mit einem sanften Lied begleitete. Der Ball und seine unsichtbaren Tentakel, seine magischen Kräfte, die sich über das Land, den Fluss, die unendliche Landschaft ausbreiteten und den stetigen Aufstieg eines Reiches der Lust orchestrierten.

Und ich war genau in der Mitte, führte, dirigierte, leitete, mein Körper das Gefäß für seine Krönung, seine Apotheose.

Frieden.

Neue Visionen.

Eine weite Ebene aus Eis, die sich in alle Richtungen wie ein weiß glühender Fleck ausbreitet, menschliche Ameisen in unterschiedlicher Form der Entkleidung schleichen auf Zehenspitzen über die weiße Landschaft, verbunden durch zarte Ketten, Luftschlangen, und wandern über Teppiche in allen Regenbogenfarben. Und jedes Gesicht schaut mit verständnisvollem Lächeln zu mir auf. Zollt mir Anerkennung. Heißt mich willkommen.

Ich wurde wach. Nass geschwitzt, die Bettdecke zerknüllt unter und um meinen nackten Körper.

Draußen wartete ein Morgen in New Orleans. Schwerer tropischer Regen prasselte herab. Ein warmer, willkommener Sturm, um die verbleibenden Gerüche und wirren Gedanken zu vertreiben. Ich stand auf und ging nackt die Treppe hinunter, öffnete die Tür zum Garten, der das kleine Haus, in dem ich wohnte, von dem größeren trennte, in dem der Club untergebracht war. Der Garten war voller Blumen. Farben, die vom platschenden Regen gewaschen wurden.

Ich trat in den Regen hinaus.

Der Ball erwartete mich.

Fragte mich, ob ich bereit sei, mich dem Tanz anzuschließen.

»Ja, ich will«, sagte ich. »Mit Freuden.«

Dank

Wir freuen uns sehr, ins Team von Simon & Schuster aufgenommen worden zu sein und mit Clare Hey, Ally Grant, Rumana Haider, Hayley McMullan und Emma Capron bei Hot Bed zusammenzuarbeiten. Mögen sie die Veröffentlichung unserer Erforschungen der Lust lange genießen.

Unser Dank geht ebenfalls an unsere kühnen Verleger in Deutschland und in den USA, sowohl an Christian Rohr von carl's books, als auch an Jane Friedman und Tina Pohlman von Open Road Integrated Media, dass sie sich für die Welt von EIGHTY DAYS, für Summer und den Ball noch einmal mit Begeisterung und Unterstützung engagiert haben, genau wie die Clique von Amber in Warschau. Ohne das Netzwerk internationaler Verleger, die uns freudig in ihre Teams aufgenommen haben, wären wir nicht da, wo wir jetzt sind.

Dieser Roman hätte das Licht der Welt nicht erblickt ohne die unablässigen Bemühungen unserer Literaturagentin Sarah Such und ihrer für ausländische Rechte zuständigen Mitarbeiterinnen Rosie und Jessica Buckman und Carrie Kania, vor allem nicht ohne unsere vielen Fans und Leser der ersten sechs Bände dieser Serie. Eure Kommentare bei Facebook und Twitter und eure aufbauenden Nachrichten haben uns veranlasst, weiterhin Tinte aufs Papier zu bringen (beziehungsweise die Finger auf die Tastatur zu setzen), auch an den unvermeidlichen Tagen, an denen uns nichts einfallen wollte. Ebenfalls ein dickes Dankeschön an Wendy Toole, unsere Lektorin mit den Adleraugen, die nicht wenige peinliche anatomische und Anschlussfehler korrigiert hat.

Außerdem noch ein dankbares Kopfnicken für Adam und Dee, die uns ein Dach über dem Kopf boten, als die Jackson-Hälfte von uns in einem ziemlich entscheidenden Moment aus dem Internet verbannt war. Immerwährender Dank ist fällig, nein, überfällig an einen Lebenspartner, der sich damit abfindet, in einem angrenzenden Raum oder im selben Hotelzimmer Tag für Tag in aller Unschuld weiterzulesen, während nur wenige Meter entfernt dreckige und romantische Wörter getippt werden.

Vina bleibt wie immer ihrem Arbeitgeber zu Dank verpflichtet für eine Flexibilität, die weit über die Pflicht hinausgeht, und Kollegen, die nie auch nur ansatzweise erbost waren, wenn sie gebeten wurden, in letzter Minute einzuspringen, während Vina zu Hause blieb, um den Abgabetermin einzuhalten. Ein herzliches Dankeschön an dich, Matt, der du immer wieder sowohl auf fotografischem als auch auf nicht-fotografischem Gebiet Unterstützung und Aufmunterung geleistet hast, und dem Summer ihre Existenz größtenteils verdankt. Dank auch an die verbleibende Handvoll Freunde und Familie, die »im Bilde sind«, aber nicht genannt werden können, und die sich geduldig mit meinen Absagen in letzter Minute, unregelmäßigen E-Mails und Anrufen, unverzeihlicher Abwesenheit bei Geburtstagen und Verlobungsfeiern abfinden und sich zur Verfügung stellen, wenn ich meinen Laptop nicht mehr sehen kann. Ihr wisst, wer ihr seid – und, nein, ihr seid nicht in dem Buch, bis auf Tony, der schließlich doch noch als Kapitän eines kleinen brasilianischen Schiffs (eigentlich eines Bootes) Eingang gefunden hat. Zu guter Letzt noch Dank an Terence, der in zahlreichen frühen Morgenstunden als mein Wecker fungierte, wenn Schlaf vordringlicher war als die Beendigung eines Kapitels, und der beim Schreiben meiner Hälfte fast immer bei mir war und mir auch sonst nicht aus dem Kopf ging. Du bist der Beste.

VINA
JACKSON

4 Seasons

LABYRINTH DES BEGEHRENS

LESEPROBE

Aus dem Englischen
von Susanne Aeckerle
und Marion Balkenhol

carl's books

1

VERZAGT UND NACKT IN LONDON

Die Musik war laut. Der Club fast vollkommen dunkel. Sie hatte einen trockenen Hals und brauchte noch einen Drink.

Auf dem Weg zum Tresen wurde sie von den kreuz und quer über den Boden zuckenden Lichteffekten abgelenkt.

Ein vertrautes Gesicht. Eine Hand auf der Taille einer Frau. Ein küssendes Paar.

Das Licht reichte aus, die beiden zu erkennen.

Olen. Und Simone.

Giselle war den Tränen nahe. Sie rannte über die rutschigen Steinplatten auf den Kanal zu und überquerte vorsichtig in völliger Finsternis die schmale Holzbrücke der Schleuse. In der Ferne grummelte rasch näher kommender Donner.

Der Regen setzte ein, als sie das Kopfsteinpflaster auf dem linken Kai erreichte. Sie war schon öfter in Camden Market gewesen, aber nur während des Tages, wenn es hier laut und geschäftig zuging. Nachts wirkte alles trostlos und unheimlich, wie die Filmkulisse einer Geisterstadt.

Das Herz war ihr schwer, ihr Magen krampfte sich zusammen. Ihr ganzer Körper tat ihr weh, ein schreckliches Gewicht lastete auf ihren Schultern. Ein Schmerz, so tief, als würde ihre Seele in Stücke gerissen.

Das Pflaster war rutschig, und sie ging langsamer.

Am liebsten wäre sie jetzt irgendwo anders gewesen, nur nicht in London. Wieder zu Hause in Paris, oder – ein flüchtiger Gedanke huschte ihr durch den Kopf – in Orléans, wobei sie ihre Geburtsstadt kaum kannte und sich nur auf fragwürdige Kindheitserinnerungen idyllischerer Zeiten verließ. Oder sie konnte vielleicht, noch ein bisschen abwegiger, in das New Orleans ihrer Phantasie fliehen? Ein Ort, an dem sie nie gewesen war, den es jedoch gab und der in ihrer weltfremden Vorstellung vor Leben und Voodoo-Zauber nur so sprudelte.

»Giselle!«

Sie drehte sich um.

»Bitte, können wir reden?«

Olen.

Ihr erster Impuls war, einfach wegzulaufen, doch irgendwas hielt sie zurück. Sie wartete, bis er sie eingeholt hatte, blieb am Kanalufer stehen, wo der flache Anstieg zur Camden High Street begann, auf der sie einen Bus zu erwischen und dem Gewitter zu entfliehen hoffte.

Er wirkte zerzauster denn je, sein weißes T-Shirt und die engen Jeans an seinen langen, kräftigen Körper geklatscht, die schwarzen Locken platt gedrückt vom nun strömenden Regen, all seine Selbstsicherheit fortgespült, eine wirklich traurige Figur.

Er erreichte sie.

»Danke, dass du gewartet hast.«

Giselle spürte Wut in sich aufsteigen. Sie wollte ihn dafür bestrafen, sie so öffentlich gedemütigt zu haben. Doch sie schwieg, wischte sich die Tränen und die Regentropfen von den Wangen.

Er sah sie mit Hundeaugen an, wollte sie wohl schweigend um Verzeihung bitten.

In dem Moment, als sie gesehen hatte, dass ihr Freund ihre Freundin küsste, hatte Giselle für sich etwas erkannt.

Sie war nicht in Olen verliebt.

Diese Erkenntnis schmerzte wie ein Messerstich.

Olen war ihr vollkommen egal. Sie hatte sich die ganze Zeit

belogen, war lediglich in die Vorstellung verliebt gewesen, tatsächlich einen Freund zu haben. Verliebt in die Vorstellung, dass jemand wie er – gutaussehend, leicht exotisch – sich in sie verguckt hatte. Und wie dumm stand sie jetzt da?

»Was soll ich sagen?«, fragte Olen.

»Nichts.«

Ihre Wut verflüchtigte sich, wurde durch Mitleid ersetzt. Nicht mit sich, sondern mit ihm. Sie mochte Olen immer noch, nahm sie an, selbst wenn sie ihn nicht liebte.

Und nun musste sie irgendwie erklären, warum es ihr egal war, dass er mit einem anderen Mädchen geknutscht hatte.

Trotzdem nagte die ganze Sache weiter an ihr. Sie fühlte sich verloren. War verwirrt. Es entsetzte sie, dass sie eine Beziehung mit einem Jungen hatte, den sie nicht liebte. Als wäre ihr ein Teil ihrer Identität genommen worden, und sie musste nun mit der Vorstellung klarkommen, nicht die zu sein, die sie zu sein gemeint hatte, sondern eine völlig andere Person.

Wahrscheinlich hätte sie einfach davonstürmen sollen, aber sie konnte sich einfach nicht dazu aufraffen.

»Es tut mir leid.« Olen hielt den Blick gesenkt.

»Das sollte es auch …« Sie suchte nach den richtigen Worten.

»Können wir darüber reden?«, schlug er vor.

Mit einer unwirschen Handbewegung wies ihn Giselle auf das Wetter hin und zuckte mit den Schultern.

»Ich glaube, es ist weder der richtige Ort noch der richtige Zeitpunkt.«

»Hier muss es doch irgendwo eine Bar oder ein Café geben.«

Giselle blickte über die Straße und die nahe Brücke. In der Ferne schimmerte das orangefarbene Licht eines Taxis auf, und sie war ernsthaft versucht, es anzuhalten und sich nach Hause fahren zu lassen. Aber sie wusste auch, dass sie sich das eigentlich leisten konnte. Wenn sie ihr Geld für ein Taxi verschwendete, würde sie für den Rest der Woche von Baked Beans und Toast leben müssen, bis die nächste Rate ihres kärglichen Zuschusses auf dem Konto eintraf. Andererseits wurde sie immer nasser, und der lange Weg zur nächsten U-Bahn-Station würde alles nur noch schlimmer machen. Außerdem durfte sie sich keinesfalls erkälten, da in einer Woche Zwischenprüfungen anstanden.

»Wir müssen aus dem Regen raus …«, sagte sie.

Olen war ihr in der Ballettschule ein Jahr voraus und stand nicht mehr unter dem Druck der Prüfungen. Er hatte sich langfristig in London niedergelassen, und sie hatte mehrere Auftritte von ihm gesehen. Er war zweifellos einer der Stars ihrer Gruppe. Geschmeidig, elegant und mit ruhigem Selbstvertrauen glitt er über das Parkett des Studios, ließ den Tanz so leicht aussehen, das anmutige Fließen seines Körpers und das Zusammenspiel mit den anderen Tänzern anscheinend bar jeder Technik. Ein Naturtalent. Im Gegensatz zu ihr, für die alles mit Anstrengung verbunden war. Wenn er doch auch nur so selbstsicher im Bett gewesen wäre.

»Wo möchtest du denn hin?«, fragte er sie.

»Irgendwohin, nur weg von hier.«

Das schwarze Taxi kam die High Street hinauf und war nur noch wenige Meter von ihnen entfernt, als Olen winkend den Arm hob. Giselle wusste, dass sein Vater ein großes Transportunternehmen in Dänemark führte und Olen sich daher, im Gegensatz zu ihr, Taxis durchaus leisten konnte.

Das Taxi schwenkte zum Randstein und hielt an. Sie liefen los, und Olen öffnete ihr die Tür. Eine Woge abgestandener Wärme schwappte über sie hinweg, als sie sich auf den Ledersitz sinken ließ. Olen sprang hinter ihr hinein und knallte die Tür zu.

»Wo soll's denn hingehen, Kinder?«, fragte der Fahrer.

In ihrer momentanen Stimmung hatte Giselle keine Lust, in ihr winziges Dachzimmer in Dalston und nicht die ständige Erinnerung an unerreichbare Träume und erlahmendem Ehrgeiz zurückzukehren. Und zu der undichten Stelle an der Decke, die der Vermieter einfach nicht reparieren wollte, und dem unzuverlässigen Warmwasserboiler, der jedes Duschen zu einem gefährlichen Abenteuer machte.

Sie sah Olen in die Augen. Er wartete auf ihre Antwort.

»Zu dir?«, schlug sie vor. »Aber können wir erst irgendwo was trinken? Reinen Tisch machen?« Sie wusste, dass es unter den gegebenen Umständen völlig falsch war, zu ihm zu gehen, in das geräumige, helle, mindestens dreimal größere Zimmer als ihres, das er im zweiten Stock einer Villa in Kensington gemietet hatte, die der Ballettschule gehörte und ihre eigenen finanziellen Möglichkeiten weit überstieg.

Olen wies den Fahrer an, sie nach Notting Hill zu bringen.

»Dir ist es vollkommen egal, oder?«, sagte er trübselig, während sie vor ihren Getränken auf einer der mit rotem Leder bezogenen Nischen im Electric Diner saßen.

Giselle hatte darauf geachtet, dass Olen als Erster in die Nische rutschte, damit sie ihm gegenüber sitzen konnte, daher hatte sie jetzt einen ungehinderten Blick auf seine Oberlippe, beschmiert mit einer dünnen Sahneschicht und Kakaopulver von der heißen Schokolade, die mit winzigen Marshmellows auf der Sahne serviert wurde. Der Milchbart machte ihn nicht küssenswert, anders, als es im Kino in solchen Situationen gern dargestellt wurde. Giselle widerstand dem Drang, sich vorzubeugen und ihm den Mund sauber zu wischen. Sie fand sowieso schon, dass er wie ein kleiner Junge aussah, und wollte sich nicht auch noch wie seine Mutter fühlen.

Sie strich sich das feuchte Haar aus dem Gesicht und achtete darauf, mit den Ärmeln ihrer cremefarbenen Seidenbluse nicht an die klebrige Tischplatte zu kommen. Die anderen weiblichen Gäste waren lässiger gekleidet, in Jeans oder Miniröcke und neonfarbene Tops, dazu Sneakers, das toupierte Haar und der dicke Lidschatten vollkommen im Widerspruch zu Giselles ungeschminktem Gesicht. Sie trug kein Make-up und war sich bewusst, dass ihre Wangen jetzt blutleer waren und ihr die dichten dunklen Brauen eine stets ernsthafte Miene verliehen, die sie selbst im besten Fall unnahbar wirken ließ. Ihr brünettes Haar war noch nie gefärbt worden und umrahmte ihr Gesicht, wenn es nicht klatschnass war, in einem schicken Bubikopf, dessen gerader Pony ihre Stirn bedeckte.

In ihrer Bluse und dem gut geschnittenen, kurzen – aber nicht zu kurzen – schlichten schwarzen Rock und den flachen Lackschuhen sah Giselle, nun ja – französisch aus. Sie trug Strapsstrümpfe und einen Hüftgürtel, damit ihre Beine nicht kalt wurden, und sie wusste, dass auch das ungewöhnlich war. Die meisten Engländerinnen ihres Alters trugen blickdichte Strumpfhosen zu knalligen Farben, die Giselle aufdringlich fand, dazu enge, tief ausgeschnittene Tops zur Betonung ihres Busens.

Sie vermutete, dass all diese Andersartigkeit zu Olens Interesse an ihr beigetragen hatte. Sie mochte zwar ein wenig unnahbar wirken, aber immerhin stolperte sie nicht mit entblößten Brüsten um drei Uhr morgens aus den Clubs. Zumindest sah Giselle wie ein Mädchen aus, das man seinen Eltern vorstellen konnte. Olen hatte sogar mal von ihr gesagt, sie habe »Klasse«.

Giselle presste die Lippen zusammen und beschloss, dass sie ihm die Wahrheit schuldete. Außerdem fiel ihr keine passende Lüge ein.

»Ja«, sagte sie. »Ist es wohl.«

Sie fühlte sich erleichtert, nachdem sie es jetzt ausgesprochen hatte.

Olen verschluckte sich. Heiße Schokolade spritzte aus seinem Mund. Er wischte sich mit dem Handrücken über die Nase.

»Aber ich bin dir nicht egal?«, fragte sie ihn.

»Natürlich nicht«, schnaubte er.

»Kam mir heute Abend allerdings so vor«, fuhr sie ihn gereizt an. »Als du deine Zunge in Simones Hals versenkt hast.«

»Hör zu … es tut mir leid. Ich weiß nicht, was ich sonst sagen soll. Ist einfach passiert. Hatte nichts zu bedeuten. Wir hatten was getrunken, und …« Er wollte nach ihrer Hand greifen, doch Giselle zog sie rasch weg.

»Hab wenigstens den Mumm, es nicht auf den Alkohol zu schieben«, wies Sie ihn zurecht. »Übernimm Verantwortung. Du hast mich betrogen.«

»Also, ich finde, das geht ein bisschen zu weit. Ich behaupte ja nicht, dass es in Ordnung war, aber es war nur ein Kuss.« Er klang mürrisch, wie ein Teenager, der auf frischer Tat ertappt worden ist und dennoch alles abstreitet. Genau genommen war Olen nach wie vor ein Teenager, wenn auch schon fast zwanzig, während Giselle knapp neunzehn war.

Insgeheim neigte sie dazu, Olen zuzustimmen. Schließlich war sie Französin und glaubte daran, dass ein Kuss nur ein Kuss war. Im Großen und Ganzen machte es ihr nicht viel aus. Doch sie genoss es, ihn zappeln zu lassen. Sie spürte, wie viel Macht sie im Moment über ihn hatte, als wäre er, weil sie ihn erwischt hatte, ein Gefangener, den sie nach Lust und Laune bestrafen könnte. Giselle spielte gern Gott.

Die Birne der Lampe über ihnen begann zu flackern. Ein Kellner kam, um eine neue einzuschrauben und die inzwischen leeren Tassen und Unterteller abzuräumen.

Er war stämmig, blond, breitschultrig und bewegte sich mit einer ungelenken, aber überwältigenden Sinnlichkeit. Wie ein Rugbyspieler, der an seinen freien Tagen besser dazu geeignet wäre, Gräben auszuheben, als Tabletts zu tragen. Das genaue Gegenstück zu Olens dunkelhaariger, glatter Anmut.

Giselle fing einen Hauch seines Geruchs auf – Schweiß und

Moschus –, ein männlicher Duft, bei dem sie die Schenkel unwillkürlich zusammenpresste und ihre Aufmerksamkeit auf das schwache Kratzen ihrer mit Spitze verzierten Strapsstrümpfe und das seidige Gefühl des Hüfthalters an ihrer Haut lenkte.

»Kannst du mir verzeihen?«, fragte Olen.

»Müsste ich wohl. Wir haben zusammen Unterricht, daher bleibt mir nichts anderes übrig.«

Olen nickte kaum merklich, und seine schmalen Schultern sackten vor Erleichterung ein wenig nach vorn.

Giselle spürte, dass das Gespräch zu einem Ende gekommen war. Was gab es sonst noch zu sagen? Trotzdem konnten sie sich hier nicht ewig in unangenehmem Schweigen gegenübersitzen.

Sie räusperte sich.

»Zwischen uns ist es aus, ist dir das klar? Wir werden uns beim Unterricht sehen, aber ich treffe mich nicht mehr mit dir.« Obwohl es ihr gelungen war, ein gewisses Maß an Zuneigung ihm gegenüber zu entwickeln, war Giselle zu stolz, weiterhin eine Liebesbeziehung mit einem Mann zu führen, der sie in der Öffentlichkeit so behandelt hatte.

Sie blickte ihn an, versuchte herauszubekommen, was sie so anziehend an ihm gefunden hatte. Jetzt hatte sie nicht einmal entfernt das Gefühl, dass zwischen ihnen die Chemie stimmte. Hatte sie das überhaupt je empfunden? Sie hatte doch gar nicht gewusst, wie es sich zwischen einem Mann und einer Frau anfühlen sollte. Vielleicht lag darin das Problem. Sie waren beide völlig unerfahren.

»Und was jetzt?«, fragte er. »Möchtest du was essen? Noch was trinken? Oder …« Er blickte sie hoffnungsvoll an.

Giselle seufzte. Wieder war es an ihr, den letzten Schritt zu tun, über ihrer beider Zukunft zu entscheiden. Sie war es leid, immer die Führung zu übernehmen, als wäre er ein Welpe und sie sein Herrchen.

»Gehen wir halt zu dir«, sagte sie und schlüpfte in ihre Strickjacke.

Sie überließ es ihm, die Rechnung zu bezahlen. Giselle knapste sich weiß Gott genug ab, um durchzukommen, und er hatte das Geld und beharrte sowieso immer darauf, zu zahlen.

Vor der Tür des Lokals drängten sie sich aneinander, um nicht wieder nass zu werden, und warteten auf ein weiteres Taxi. Zögernd legte er den Arm um sie, und sie ließ es geschehen. Sie wusste, was als Nächstes kam, und dass es das letzte Mal sein würde. Es spielte kaum noch eine Rolle.

Denkwürdige erste und letzte Male. War es das, worauf sich ihre Beziehung reduziert hatte? Ein Anfang und ein Ende.

Als das Taxi kam, hielt er ihr die Tür auf, ganz Gentleman. Giselle ließ sich in den Sitz sinken und rief sich ihr erstes Zusammensein ins Gedächtnis.

In Paris hatte es nie eine Gelegenheit gegeben oder, um fair zu sein, den richtigen Mann. Die Jungen, mit denen sie Umgang hatte, meist aus Familienkreisen, der Schule oder entfernten Freunden von Freunden, hatten alle irgendwas »Gewöhnliches« an sich. Nichts Aufregendes. Giselle war nicht sehr romantisch veranlagt, wünschte sich aber trotzdem, dass der erste Junge, mit dem sie gehen würde, anders war, unvergesslich. Sie hatte immer gewusst, dass es in London passieren würde. Die Jungen dort waren bestimmt aufregender. Sie besaßen etwas Kosmopolitisches. Erfahrung. Und heute Nacht wäre es soweit.

Sie war vor drei Monaten angekommen und hatte sich in der Ballettschule eingerichtet. Die Schüler ihres Jahrgangs kamen aus aller Herren Länder, doch erstaunlicherweise war sie die einzige Tänzerin, die aus Frankreich stammte. Jeden Abend kehrte sie erschöpft in ihr Zimmer weit draußen an der Central Line zurück, alle Gelenke in ihrem Körper schreiend vor Schmerz und im Kopf nur noch Watte. Die ersten Tage waren ernüchternd gewesen. Sie musste das meiste von dem vergessen, was ihr in dem Pariser Tanzstudio beigebracht worden war, das sie seit ihrem siebten Lebensjahr besucht hatte, und sie hatte rasch begriffen, dass die Mehrzahl ihrer Mitschüler wesentlich tüchtiger, von Natur aus talentierter und mehr auf die Tanzkunst ausgerichtet waren als sie. Ihre Körper besaßen ausnahmslos die perfekte Form, ihre Bewegungen waren sauber und mühelos, wohingegen Giselle zu groß und zu schwerknochig war und sich schweigend abmühte, mit ihnen mitzuhalten und den unaufhörlichen Anweisungen und Korrekturen zu folgen.

Sie blickte aus dem Fenster zu den weißen Fassaden der Gebäude auf der anderen Seite der Landsdowne Road. Der Winter nahte, und die Bäume warfen ihr Laub ab. Der Himmel verdunkelte sich mit Beginn der Dämmerung. Sie fröstelte kurz in Erwartung der nächsten Stunden, aber im Haus war es warm.

Olen war in die Küche gegangen, um Wein zu holen. Sein Zimmer war riesig, mit hoher Decke, geschmackvoll möbliert und ordentlich, mit Drucken alter Karten und berühmter Ballett-Tänzer, Fonteyn, Nijinsky und anderer, die sie kennen sollte, aber nicht erkannte, in gleichmäßigen Abständen an die Wand gepinnt. Eine schlichte beige Wolldecke lag über frische weiße Bettwäsche gebreitet. Nervös blickte sie darauf. Im Gegensatz zu ihrer schmalen Schlafkoje, die fast die Hälfte ihres Mietzimmers in Dalston einnahm, war dieses Bett geräumig, groß genug, um mehr als ein Paar aufzunehmen, dachte sie.

»Hier.« Er war barfuß auf Zehenspitzen zurückgekommen, ohne dass Giselle ihn gehört hatte, und reichte ihr ein Glas. »Ich könnte auch Kaffee machen, wenn dir das lieber wäre …«

»Nein, brauchst du nicht.« Er schien sie beruhigen zu wollen, dass er nicht versuchte, sie betrunken zu machen.

Sie nahm einen Schluck. Der Wein war vollmundig, fruchtig und angenehm wärmend. Er schmeckte teuer. Wobei sie sich trotz ihrer französischen Herkunft nicht sonderlich mit Wein auskannte.

Während der letzten Monate waren sie sich beim gemeinsamen Unterricht, bei Proben, in den Pausen mehr und mehr nähergekommen.

Olen sah gut aus, auf leicht manierierte, ätherische Weise, mit seinen schokoladenbraunen Augen und den dunklen Locken, die ihm über die bleiche Stirn hingen. Er hätte den Part einer Elfe übernehmen können, einer Waldnymphe; all diese langen Gliedmaßen und die katzenhafte Anmut, die seine erstaunliche Kraft so überraschend machten, wenn er seine Partnerinnen mit solcher Mühelosigkeit hochhob, als wären sie federleicht. Er war lässig, amüsant, flirtete gern und hatte einen köstlichen Hintern: wie zwei Pfirsiche, die perfekt auf seinen langen, muskulösen Schenkeln balancierten. Manchmal, wenn Giselle ihn Streckübungen an der Barre machen sah, wollte sie sich hinter ihn knien und in diese festen Pobacken beißen. Er hatte ihr früh zu verstehen gegeben, dass er sie mochte, sie unter dem Vorwand zum Essen eingeladen, sein Schulfranzösisch aufzubessern, und sie hatten sich ein paarmal geküsst, an den langen Abenden in den verrauchten Pubs um die Cromwell Road und Earls Court, in denen Schüler aller Jahrgänge oft den Tag ausklingen ließen. Eines Abends hatte sie ihm erlaubt, mit der Hand unter ihre Bluse zu schlüpfen und ihre Brüste zu berühren. Es hatte sie wie ein Stromschlag durchzuckt, gleichzeitig war es ihr unglaublich gewagt vorgekommen, weil so viele ihrer Freunde dabei waren und sie anstachelten. Allem hatte etwas Unvermeidliches innegewohnt.

Und nun war sie hier in seinem Schlafzimmer mit dem Vorsatz, alles auf einmal hinter sich zu bringen, nachdem sie seine Einladung für den Samstagabend angenommen hatte. Sie hatten verabredet, in einen Kellerclub in Soho zu gehen, um sich einen amerikanischen Folksänger anzuhören und sich dort mit anderen aus ihrer Klasse zu treffen, doch Olen hatte vorgeschlagen, zuerst zu ihm zu gehen, damit er sich nach den nachmittäglichen ziellosen, ruhigen Spaziergang entlang der Portobello Road umziehen konnte. Sie wussten beide, dass es ein Vorwand war und sie am heutigen Abend nicht mehr ausgehen würden, da sie sowieso nicht viel für Folkmusik übrig hatten.

Giselle spürte die Wärme seines Körpers nahe an ihrem. Sie nahm einen leicht zitronigen Geruch wahr, vermutlich von einem Duschgel oder Deodorant, das er verwendete, jedoch auch eine würzige, dunklere Duftnote, gedämpft, aber kräftig, wahrscheinlich der Geruch seiner Begierde. Wie sie wohl roch?

Seine Lippen strichen über ihr Ohrläppchen, und sie bekam eine Gänsehaut.

Niemand hatte sie je auf diese Weise berührt.

Ein schockierendes Gefühl, aber auch berauschend. Ganz anders als ein einfacher Kuss auf die Lippen.

Sie schloss die Augen.

Das war die Ruhe vor dem Sturm, wie sie ahnte, und diese Zärtlichkeiten würden bald intensiver werden. Und irgendwann, in dieser Nacht, würde sie dank Olen ihre Jungfräulichkeit verlieren. Diese Erkenntnis war wie das Öffnen einer Tür, ein Zittern durchlief sie, das in ihrer Magengrube begann und durch ihr gesamtes Nervensystem, durch ihre Blutbahnen raste.

Giselle spürte seinen Atem direkt über ihren heißen Wangen.

Sie drehte den Kopf. Ihre Lippen trafen sich.

Olens Zunge traf auf ihre, sein unbeschreiblicher Geschmack erfüllte ihren Mund. Die feuchte Wärme. Die willkommene Weichheit. Während Giselle diese Gefühle verarbeitete, die von dieser neuen, intimen Umarmung in ihr ausgelöst wurden, während sie jeden Augenblick zu erfassen versuchte, damit sie später darüber nachsinnen, ihn in alle Einzelheiten zerlegen konnte, merkte sie, wie eine Hand ihre Kaschmirjacke aufknöpfte und dann eine andere Hand am Reißverschluss ihrer Jeans zog. Wie viele Hände hatten Männer, damit sie mit so oktopusartiger Effizienz mehreren Aufgaben gleichzeitig nachkommen konnten? Sie rührte sich nicht, war ganz starr, aber gefügig, ihre eigenen Hände untätig, da sie nicht wusste, wohin sie als Erstes wandern sollten. Zu seinem Gesicht? Seinen Haaren? Unter seinen Gürtel?

Er drückte sich an sie, und sie spürte die harte Ausbeulung in seiner Jeans. Sie wusste, was das war, obwohl sie zum ersten Mal die Erektion eines Mannes fühlte.

Immer noch im Bann ihres anhaltenden Kusses, ihre Lippen im Zwiegespräch, erforschten Olens zögernde Hände die nackte Haut unter den Kleidungsstücken, die er irgendwie gelockert hatte. Giselle machte einen Schritt zurück, dann einen weiteren, auf das Bett zu. Olen folgte ihren Bewegungen, ein unbeholfener Pas de deux über die kleine Lücke. Ihre Schenkel stießen an die Bettdecke, sie ließ sich hinabsinken und zog Olen mit sich.

Giselles Herz schlug schneller.

Wie oft hatte sie von diesem Augenblick geträumt? Sich gefragt, wie es wirklich sein würde?

Olen war über ihr, schwer, sein Atem kam stoßweise. Seine Augen sahen tief in die ihren. Eine unglaublich dunkle Iris, mit muskatfarbenen Flecken gesprenkelt. Warm. Fragend.

»Ja«, willigte Giselle auf die Frage ein, die er noch nicht gestellt hatte.

»Bist du dir sicher?«

»Ja.«

»Das ist nicht der Grund, warum ich dich gebeten hatte, mit herzukommen, weißt du …«, log er, suchte nach Worten, als ob ihm alles zu schnell ginge und er die Situation nicht mehr unter Kontrolle hätte.

»Das ist mir klar«, antwortete sie. Giselle hatte genau gewusst, warum sie zugestimmt hatte, an diesem Abend herzukommen, und warum er sie darum gebeten hatte. Sie streifte ihre Stiefel ab, dachte mit einem Lächeln daran, wie ihre Eltern sie immer dafür ausgeschimpft hatten, daheim in Paris mit den Schuhen auf die Bettdecke zu steigen.

Olen beobachtete sie, Bewunderung im Gesicht.

»Hast du irgendeinen ... Schutz?«, fragte sie.

»Natürlich«, erwiderte er rasch. »In der Schublade, da drüben.«

»Gut.«

Giselle zog ihre Socken und die engen Jeans aus. Sie wusste, dass ihre Beine zu ihren größten Pluspunkten gehörten. Sie waren wirklich endlos. Olen starrte darauf, und sie wurde befangen.

Sie griff nach seinen Händen, legte sie auf ihre Brüste, was ihn aus seiner Erstarrung wachrüttelte.

Kurz kämpfte er mit dem Verschluss ihres BHs. Nun war er derjenige mit weniger Selbstsicherheit, obwohl Giselle die ganze Zeit angenommen hatte, er wäre aufgrund seines Alters in sexuellen Dingen erfahrener als sie. Abgesehen von seinem freundlichen Naturell und dem guten Aussehen, war auch das ein Grund gewesen, warum sie sich bewusst für Olen als ihren ersten Liebhaber entschieden hatte. Zu viele Freundinnen in Paris hatten sich immer wieder über ihre Enttäuschung mit jüngeren Freunden beschwert: ungeschicktes Gefummel, Minifiaskos und ein nagendes Gefühl von »Ist das alles?«. Daher war sie entschlossen, dass ihr Einstieg in die Welt des Sex befriedigender verlaufen sollte.

Nachdem sie beide völlig nackt waren, sich mit so etwas wie Zärtlichkeit umarmten und gegen ihre Ungeduld ankämpften, genoss Giselle zunächst das Gefühl seines warmen, harten Penis an ihrem Oberschenkel. Am liebsten wäre sie kurz von ihm abgerückt, hätte den Penis in die Hand genommen und ihn genauer betrachtet. Natürlich hatte sie schon Jungsschwänze gesehen, aber keine erigierten. Während der Sommerferien vergangenen Jahres hatte sie sich mit einer Gruppe von Freunden in aller Unschuld an einem Nacktbadestrand im Süden ausgezogen – aber das hier war ein ganz neuer Eindruck. Sie wollte nicht schamlos oder lüstern erscheinen und befürchtete, wenn sie zu dreist vorging, würde Olen schlecht von ihr denken. Die Konventionen einer bürgerlichen Erziehung ließen sich nicht so leicht ablegen.

Seine Hände erforschten sie, wanderten schüchtern über ihre nackte Haut und wagten sich zögernd zu intimeren Stellen vor. Sie spürte seinen Herzschlag, den Rhythmus seines Atems, seine samtige Zunge in ihrem Mund, nahm wieder den zitronigen Duft seiner Haut wahr. Ihre Finger kratzten über seinen Rücken, gruben sich mit den Nägeln zart in seinen festen Hintern.

Ihre Nippen waren hart, und sie spürte eine vertraute Hitze in sich aufsteigen, eine langsame Woge, aus einer Welt in ihr herausströmend, die bisher mutwillig vernachlässigt worden war.

Das fühlte sich gut an, aber sie verlangte nach mehr.

Aus halb geschlossenen Augen beobachtete sie, wie er sich rasch ein Kondom über den Schwanz streifte. Sie schlüpften unter die Laken, und Olen schob sich auf sie. Folgsam öffnete Giselle die Beine. Er brachte sich in die richtige Stellung, sein Blick in ihre Augen gerichtet, fuhr mit den Händen unter die Decke und zielte mit seinem Schwanz auf ihre Mitte.

Seine ersten Versuche, in sie zu gleiten, misslangen. Giselle war zu trocken, und sie hielten ein paar verlegene Augenblicke inne, während er seine Fingerspitzen anfeuchtete und das provisorische Gleitmittel über ihren Eingang strich.

»Alles in Ordnung?«, fragte er.

Giselle seufzte. »Ja. Tu es. Jetzt.« Sie hielt den Atem an und machte sich auf Schmerz gefasst, doch als sein Schwanz endlich in sie eindrang und auf einen gewissen Widerstand stieß, machte er einfach weiter. Es war nicht mehr als ein scharfer Krampf, der rasch verging, sofort besänftigt von der Sturzflut ausgeschütteter Endorphine und jeder Menge neuer Gefühle, die sie durchströmten.

Sie hatten »es« endlich gemacht. Sie, Giselle, hatte Sex, schlief mit ihrem Freund.

Sie packte Olens Schultern, drückte sie fest, presste ihn an sich, und er begann mit seinen langsamen Stößen in ihr. Giselle gab sich dem Augenblick hin, gefüllt, geöffnet und, wie sie hoffte, vollständig.

Weniger als zehn Minuten später lagen sie, nicht mehr vereint, unbeholfen zusammen unter der Bettdecke. Beide fanden sie nicht die richtigen Worte, mühten sich ab, die Etikette postkoitaler Unterhaltung zu begreifen. Wobei Giselle nicht gekommen war, wie sie wusste. Ihre Gefühle waren aufgeheizt worden, liebkost, gelockt, hatten aber nicht explodieren, nicht zu einem neuen, blendenden Licht aufsteigen dürfen. Mit einem unterdrückten Seufzer des Bedauerns erinnerte sie sich an die Berichte ihrer enttäuschten Freundinnen. Also war auch sie nichts Besonderes, wie sich herausstellte. Ihr war es genauso ergangen. Vielleicht lag es daran, dass Olen zu nett war, überlegte sie, ein liebenswerter Typ, für den sie nicht genug Zuneigung aufbringen konnte.

»Du kannst gern über Nacht bleiben«, flüsterte er. Draußen war es dunkel, obwohl die Vorhänge nicht zugezogen waren.

»Das würde ich gern«, erwiderte sie.

Am Morgen, beschloss Giselle, würden sie erneut miteinander schlafen. Und es würde sich als besser erweisen. Sie irgendwie verwandeln.

»Das war toll.« Olen legte den Arm um sie und drückte sich an sie.

»Ja, war es«, log Giselle. Vielleicht war der Sex mit Olen gar nicht so schlecht. Vielleicht war Sex immer so? Aber irgendwie glaubte sie das nicht. Sie konnte sich doch in all ihren Träumen und Phantasien nicht so geirrt haben.

Bald versank sie in ein unruhiges Dösen, ihr Kopf voll summender Fragen und Zweifel.

Giselle überlegte träge, wohin das nächste Kapitel ihres Lebens sie führen würde. Sie blickte zu dem jungen Mann, der neben ihr schlief, sein Kopf umrahmt von einer Fülle dunkler Engelslocken, seine vollen Lippen bebend, ein leichtes Lächeln auf seinen träumenden Gesichtszügen. Ihr erster Mann. Tief in ihrem Inneren wusste sie bereits, dass es andere geben würde. Viele andere. Sie wollte mehr Männer schmecken, sie ausprobieren, reiten, lieben, verschlingen. Aber für den Augenblick gab sie der Müdigkeit und den sie belastenden, widersprüchlichen Emotionen nach, die immer noch tief unter ihrer Haut und in ihrem Kopf rumorten. Sie wollte alles tun, damit es mit Olen funktionierte. Sie würde seine Freundin sein. Lernen, ihn zu lieben. Gefügig sein.

Im Morgengrauen, als beide früh durch die Anwesenheit des anderen im Bett erwachten, liebten sie sich erneut. Giselle nahm Olens Schwanz in die Hände und stellte fest, was für ein Wunderding er war. Dann wechselten sie sich dabei ab, ihre Körper genauer zu erforschen. Und diesmal war es besser. Vielleicht würde es mit der Zeit perfekt werden, hoffte Giselle.

Und so ging es weiter. Freundin und Freund. Geliebte. Bis zu dem Gig am heutigen Abend in Dingwalls, wo sie ihn dabei erwischt hatte, wie er Simone küsste.

Als das Taxi jetzt bei Olens Haus in Notting Hill hielt und er in seiner Tasche nach Geldscheinen fummelte, kehrten Giselles Gedanken in die Gegenwart zurück. Der Regen hatte aufgehört.

Sie gingen hinauf zu seinem Zimmer.

Zu dem Bett, in dem sie zum ersten Mal mit ihm geschlafen hatte.

»Es ist einfach passiert«, platzte Olen heraus. Warum wärmte er die ganze Geschichte noch einmal auf? Das hatten sie doch schon im Lokal hinter sich gebracht. »Ich …«

»Halt die Klappe …«, schrie Giselle ihn an. Nach dem, was sie gesehen hatte, war es vermutlich nicht das erste Mal gewesen.

»Aber …«

Sie wollte nichts mehr von ihm und Simone hören, ob es nun ein zufälliger Kuss gewesen war, oder, wahrscheinlicher, die Enthüllung eines tiefer gehenden Betrugs. Das spielte keine Rolle mehr. Ihre Wut köchelte noch, ebbte aber ab.

»Halt die Klappe«, sagte sie erneut, ging auf ihn zu und schlug ihm fest ins Gesicht. Vor Schreck blieb ihm der Mund offen stehen. Giselle kniete sich vor ihn, öffnete den Reißverschluss seiner Jeans, zog seinen Schwanz heraus und nahm ihn in den Mund. Nach ihrem ersten Zusammensein hatte sie ein paar Wochen gebraucht, bis sie den Mut aufbrachte, endlich seinen Schwanz zu lutschen, doch nach der Reaktion seines Körpers und dem Ausdruck in seinem Gesicht wusste sie, wie sehr er es genoss.

»Was machst du da?«, fragte er, obwohl er hart wurde.

Sie nahm seinen Schwanz aus dem Mund, damit sie antworten konnte.

»Für was hältst du es denn?«

»Aber …«

»Aber, aber, aber, Olen, das ist dein Mitleidsfick. Unser letztes Mal«, sagte Giselle und nahm ihn wieder in den Mund.

Sie war nicht mal versucht, in seinen Schwanz zu beißen.

Und am Morgen, sie beide getrennt durch eine Wand des Schweigens, nachdem sie sein Bett besetzt und ihn angewiesen hatte, auf dem Sofa zu schlafen, kehrte sie nach Highams Park zurück, um sich umzuziehen und ihre Tanzsachen zu holen. Dann fuhr sie mit dem Fahrrad in die Ballettschule zum täglichen Unterricht, auf den sie über Nacht alle Lust verloren hatte.

VINA JACKSON

4 SEASONS
LABYRINTH DES BEGEHRENS

Roman

Aus dem Englischen von
Susanne Aeckerle
und Marion Balkenhol

Erscheint im Januar 2015
bei carl's books

Weitere Informationen unter www.carlsbooks.de